Una chica italiana
en Brooklyn

SANTA MONTEFIORE

Una chica italiana *en* Brooklyn

Argentina • Chile • Colombia • España
Estados Unidos • México • Perú • Uruguay

Título original: *An Italian Girl in Brooklyn*
Editor original: Simon & Schuster UK Ltd
Traducción: Nieves Calvino Gutiérrez

1.ª edición Julio 2024

Copyright © 2022 *by* Montefiore Ltd.
All Rights Reserved
© 2024 de la traducción *by* Nieves Calvino Gutiérrez
© 2024 *by* Urano World Spain, S.A.U.
Plaza de los Reyes Magos, 8, piso 1.º C y D – 28007 Madrid
www.titania.org
atencion@titania.org

ISBN: 978-84-19131-74-4
E-ISBN: 978-84-10159-62-4
Depósito legal: M-12.109-2024

Fotocomposición: Urano World Spain, S.A.U.
Impreso por Romanyà Valls, S.A. – Verdaguer, 1 – 08786 Capellades (Barcelona)

Impreso en España — *Printed in Spain*

Para mi hermano James,
con amor.

PRIMERA PARTE

Greenwich, Nueva York, 1979

Evelina se apartó y admiró la mesa. Qué bonita estaba. Había vaciado pequeñas calabazas para usarlas como candelabros y las había colocado alrededor de los tres jarrones con girasoles, claveles y rosas que dominaban la larga mesa puesta para diez comensales. Había hecho sus propios servilleteros con frutos rojos y hojas amarillas de sicomoro, los había colocado en cada plato e insertado la tarjeta con el nombre de cada invitado en una piña. El efecto resultaba encantador, pero faltaba algo importante.

Evelina salió al jardín. El sol casi se había puesto. El cielo sobre Greenwich era de un azul pálido y acuoso, veteado de intensas tonalidades doradas y carmesíes. Unas panzudas nubes lo surcaban con lentitud. Desde donde estaba, parecían oscuros cascos de barcos vistos desde el fondo del mar. Se quedó un rato buscando formas en las nubes más pequeñas; delfines, ballenas y medusas; olas que rompían en espuma rosa; lejanas cordilleras teñidas de púrpura. Luego, el centelleo de una solitaria estrella atravesó el índigo cada vez más oscuro a medida que el sol se ponía, llevándose consigo su panoplia de colores y también los barcos y las criaturas marinas. Evelina permaneció allí, contemplando la noche, viendo una multitud de estrellas unirse una tras otra a la primera y brillar en la oscuridad como las linternas de los pequeños barcos de pesca.

Fue al huerto y cortó unas matas de romero. Frotó una con los dedos pulgar e índice y se la acercó a la nariz. El olor del hogar asaltó sus sentidos y le trajo un torrente de recuerdos. La nostalgia la invadió y cerró los ojos durante un momento, saboreando tanto el placer como el dolor, pues su proporción era la misma. Suspiró con resignación. No tenía sentido emocionarse por algo que había perdido en el pasado cuando el presente le prodigaba tanto por lo que estar agradecida.

Regresó al comedor y esparció las ramitas de romero sobre el mantel. Claro que llevaba más de treinta años viviendo en Estados Unidos, pero su alma seguía siendo italiana. Por lo tanto, en la festividad de Acción de Gracias era apropiado que recordara a su vieja patria al menos en la decoración de la mesa.

Evelina estaba encendiendo las velas de la mesa, cuando su marido, Franklin, regresó a casa. Abrió la puerta principal, entró en el vestíbulo y le avisó de su llegada con un: «Cielo, estoy en casa», mientras se quitaba el abrigo de paño y su sombrero de fieltro y dejaba su bolsa. A sus setenta y seis años, Franklin van der Velden ya estaba jubilado, pero seguía implicado en la vida universitaria de Skidmore, donde hasta hacía poco había sido profesor de lenguas clásicas. Era alto y delgado con un espeso cabello cano, una recta nariz patricia y unos inteligentes ojos azules. Los ojos de un hombre siempre curioso e inquisitivo. Antes era atlético, pero ahora caminaba encorvado, con paso lento y pesado.

Evelina apagó la cerilla de un soplido, se desató el delantal que llevaba puesto para no mancharse el vestido verde y lo dejó sobre una silla. Era una esposa solícita y diligente, catorce años más joven que Franklin, cuyo respeto por su erudito marido no había mermado desde el día en que se casó con él. Entró en el vestíbulo, sonriendo con aquella dulzura que hacía que su rostro fuera hermoso. A sus sesenta y dos años, no era ni mucho menos una belleza evidente, pero sus rasgos poseían carácter y un vivaz encanto y sus ojos color avellana siempre brillaban y rebosaban afecto. También poseían una profundidad forjada en oscuros secretos y penas ocultas que hacía que en ellos brillara una empatía que la gente percibía de forma subliminal y, por ello, le confiaban sus propios secretos y penas. Llevaba su largo cabello castaño recogido y sujeto de manera floja con una horquilla, que dejaba sueltos algunos mechones para que enmarcaran su rostro. Tenía un cuerpo bien proporcionado, suave y atractivo, y una piel mediterránea siempre bronceada por el sol de su país natal, como si aún habitara los olivares y viñedos de su juventud. Tenía un marcado acento italiano cuando hablaba inglés, pues no se había entregado por completo a este nuevo país, sino que se reservaba algo para sí.

Asió el abrigo de su marido y él la besó en la sien. Su curtido rostro le devolvió la sonrisa con gusto, pues contemplarla era todo un placer. Ni siquiera después de treinta y dos años de matrimonio se había vuelto complaciente respecto a la mujer con la que compartía su vida. Sabía que era afortunado. Sin ella, jamás habría conseguido las cosas que había conseguido ni sería el hombre que era. Ella era un ancla para su barco, que lo amarraba con firmeza a su hogar y a su familia, y que le procuraba la tranquilidad que necesitaba para trabajar.

—No tardarán en llegar —dijo, colgando el abrigo en el armario y el sombrero en el gancho detrás de la puerta.

—¿Me da tiempo a bañarme?

—Si te das prisa.

Franklin asintió, pero ambos sabían que era incapaz de hacer nada con prisas. Subió las escaleras despacio, agarrándose al pasamanos con las manos un tanto temblorosas, y se detuvo un momento a la mitad para recobrar el aliento. Evelina regresó a la cocina para ocuparse de la cena. Había preparado todas las guarniciones tradicionales para acompañar el pavo, que llevaba casi toda la tarde cocinándose en el horno. Puré de patatas, salsa de arándanos, relleno de pavo, judías verdes y tarta de calabaza. Antes de casarse no le interesaba la cocina, pero había aprendido por necesidad. Sin embargo, cuando recordaba su vida en Italia, ese capítulo cerrado hacía tiempo y sepultado bajo tantos capítulos posteriores, el aroma de los tomates cociendo a fuego lento y de la focaccia recién horneada parecía dominar sus recuerdos, envolviéndolos en un miasma de aromas e impidiéndole recordar mucho más. Quizá fuera la forma que tenía la naturaleza de evitarle recuerdos dolorosos, pensó. Tal vez la naturaleza estaba siendo amable.

Evelina removió la salsa en la sartén, cautivada de forma momentánea por el remolino creado por su cuchara de madera. Acción de Gracias era una celebración anual de familiares y amigos, por lo que, dada su historia, no tenía nada de raro que sacara a las superficie viejas heridas infligidas en el pasado, cuando era joven y compasiva. No tenía nada de extraño estar triste por aquellos que había dejado atrás y aquellos que había perdido. A fin de cuentas, el otoño era una época llena de nostalgia y melancolía; los estertores del verano, el lúgubre preludio del invierno. No, no era raro sentirse agradecida por lo que tenía y lamentar aquello a lo que había renunciado. No tenía nada en absoluto de raro.

⌒◦✺◦⌒

Los primeros en llegar fueron sus dos hijos, Aldo y Dan. Lisa, la esposa del primero, y Jennifer, la novia del segundo, entraron detrás de ellos con un ramo de flores y una caja de bombones para Evelina. Aldo era alto y guapo como su padre, con el cabello y la piel oscuros y los ojos de color avellana de su madre. De no ser por su apellido holandés, podría haber pasado por italiano sin problemas. En cambio, Dan era más bajo y corpulento que su hermano, con los ojos azules y abundante cabello. Pero tenía un sentido del humor mordaz e irreverente y, a diferencia de su hermano, que era responsable como suelen ser los primogénitos, Dan aborrecía las reglas y se resistía al conformismo en todo momento.

Ver a sus hijos sacó a Evelina de su ensimismamiento y les dio una afectuosa bienvenida. Los abrazó y los besó en la cara, olvidándose por un momento de que tenían treinta y uno y veintinueve años respectivamente. Para ella siempre serían unos niños.

—Pareces cansado, Aldo —dijo, tomando su rostro entre las manos—. Tienes que dormir. ¿Trabajas mucho? ¿Trabaja mucho, Lisa?

—Mamá, estoy bien. No te preocupes —murmuró Aldo, pasando junto a ella para saludar a su padre.

—Y tú, Dan. Si pareces cansado no es por trabajar demasiado, ¿verdad? —Evelina enarcó una ceja con suspicacia—. A ti te digo que trabajes un poco más.

Dan se rio.

—Mamá, Dan es un chico aburrido; mucho trabajo y nada de diversión. —Se quitó su chaqueta de cuero y olisqueó—. Qué bien huele.

—La cena es una sorpresa —repuso Evelina con una sonrisa, consciente de que hacía años que esa broma estaba desfasada, pero incapaz de resistirse a repetirla.

—¿Qué? ¿Has preparado cabra en vez de pavo? —preguntó Dan, fingiendo estar horrorizado.

—Sí, una cabra de Acción de Gracias. He pensado que a todos nos vendría bien un cambio. ¿Quién quiere pavo cuando podemos comernos a una vieja cabra escuálida?

Evelina saludó a su nuera Lisa y a Jennifer, que sabía que nunca sería su nuera; Dan no era de los que sentaban la cabeza. Sería un milagro que se casara algún día, pensó mientras observaba con orgullo a su apuesto hijo. Podría haber por ahí una joven que tuviera lo necesario para domesticarlo, pero aún no la había conocido. Y desde luego no era Jennifer, pues era demasiado amable.

Momentos después, la puerta principal se abrió de nuevo, trayendo una ráfaga de frío viento y a la hermana menor de Aldo y Dan, Ava María, que tiraba de su maleta.

—¡Ya estoy aquí! —exclamó, y debido a su vozarrón y a su brío todos se volvieron a mirarla, como sabía que harían—. Hola, chicos. ¡Feliz Acción de Gracias! ¿Verdad que es divertido? Todos juntos otra vez. —Abrazó y besó a sus padres y saludó a los demás, incluso a Jennifer, aunque sabía que no valía la pena porque Dan la dejaría al final de la semana. Ava María era morena y guapa, con una personalidad que exigía ser el centro de atención. Mimada por sus padres y favorecida por el destino, Ava María no tenía una sola preocupación.

Entraron en el salón y se acomodaron en los sillones y sofás dispuestos alrededor de la chimenea, pues se sentía a gusto en la casa a la que Franklin y Evelina se mudaron a principios de 1960, cuando se hartaron del ruido y el tumulto de Manhattan. Evelina tenía un estilo cómodo y sin pretensiones. Los muebles, los cuadros, las alfombras y los adornos los había comprado porque le gustaban, no porque encajaran en una combinación de colores o un diseño pensado de antemano. Nada combinaba, todo se mezclaba como en un guiso de verduras y, sin embargo, había conseguido crear una atmósfera sorprendentemente armoniosa. Era una habitación acogedora e informal, de esas de las que no quieres salir.

Evelina estaba echando un vistazo a su reloj, cuando oyó que la puerta se abría y se cerraba en el vestíbulo. Se levantó con rapidez y se apresuró a salir. Allí estaba su formidable tía de noventa y tres años, Madolina Forte, robusta y rechoncha como un tanque Panzer. A su lado, ayudándola a quitarse el abrigo, estaba el amigo de la familia al que todos conocían como el tío Topino, que significaba «ratoncillo» en italiano, aunque no era pariente de Evelina ni de Franklin y no se parecía en nada a un ratón. Era un viejo amigo que los Van der Velden adoptaron cuando los niños eran pequeños y era una parte tan importante de la familia que nadie preguntaba nunca cómo había ocurrido.

—¡Bienvenidos! —exclamó Evelina, tomando el abrigo de su tía de manos de Topino y dándole un beso a la anciana.

—Esta humedad me cala los huesos —se quejó Madolina. A diferencia de su sobrina, Madolina no había querido aferrarse a su pasado y se había despojado por completo de su acento italiano, salvo algún que otro vestigio ocasional—. Gracias a Dios, se está muy bien aquí. Voy dentro a acomodarme junto al fuego. —Se encaminó con paso decidido hacia el salón, apoyándose con fuerza en su bastón.

Evelina le brindó una sonrisa a Topino. Su mirada se enterneció al contemplarlo; su esponjoso cabello, su frente despejada, la larga nariz y la sensual boca. Y sus expresivos ojos grises brillaron tras sus gafas redondas al devolverle la mirada.

—Tienes buen aspecto, Eva —dijo en italiano. Después le rodeó la cintura con la mano y le plantó un beso en la mejilla.

—Tú también tienes buen aspecto, viejo amigo —repuso.

—Otro año más. —Sacudió la cabeza y exhaló un profundo suspiro—. ¿Quién lo hubiera dicho?

—Todo pasa. Tú me lo enseñaste.

—Lo bueno y lo malo. La vida es una serie de ciclos y solo somos ratones en una rueda. Este ciclo es el que más me gusta. Posee un aire de permanencia. ¿Qué tal el pavo?

—Gordo y jugoso. —Rio y le ayudó a quitarse el abrigo. Era el mismo abrigo que llevó en la primera cena de Acción de Gracias a la que lo invitaron hacía dieciséis años. A Topino no le gustaba derrochar dinero en cosas que no necesitaba.

—¿Y tarta de calabaza?

—Tu favorita.

Él asintió y en sus carnosos labios se dibujó una sonrisa, que le curvó las comisuras y dotó a su rostro de un encanto cómico.

—Todos los años me voy con la panza llena de tarta de calabaza y luego me paso las cincuenta y dos semanas posteriores soñando con la siguiente porción. Esta noche celebraré la vida y la tarta de calabaza.

Evelina lo acompañó al salón. La estancia prorrumpió en gritos de alegría en cuanto entró Topino. Ava María lo abrazó de forma calurosa y le besó las ásperas mejillas y los chicos le dieron palmaditas en la espalda de forma efusiva. Franklin sacudió la cabeza y le presentó a Jennifer, que sonrió con timidez, pues hasta ella había oído hablar mucho del célebre tío Topino. Lisa lo saludó con un beso y rio mientras él la reprendía por no ser una buena esposa, pues Aldo parecía cansado y demasiado delgado.

—Este hombre necesita comer —dijo Topino—. ¿Qué le cocinas? ¿Caldo de verduras?

—Como bien —dijo Aldo en defensa de Lisa.

—Pues no parece que comas bien. Esta noche celebramos la vida y la buena comida. Sobre todo la buena comida. —Se encogió de hombros—. La vida es una celebración en sí misma.

Madolina agitó su enjoyada mano desde el parachispas, donde se calentaba la espalda al fuego.

—Soltadlo, ¿me oís? ¡Lo vais a matar de tanto estrujarlo! —Observó con mirada feroz mientras todos volvían a tomar asiento de manera obediente. Nadie desafió a la tía Madolina, excepto Topino.

—Me gusta que me estrujen, aunque me medio maten —replicó—. La mitad superviviente hace que me sienta vivo.

—Ven a sentarte aquí, Topino —insistió, palmeando el hueco que quedaba a su lado—. Puedo sentir el dolor en mis huesos mientras se descongelan.

Topino se sentó a su lado con un gemido. Solo tenía sesenta y cinco años, pero a veces sus huesos parecían los de un viejo con artritis.

Franklin le dio una copa de vino tinto.

—¿Listo para nuestra partida de ajedrez? —preguntó.

Topino sonrió.

—Ya me conoces. Nunca rechazo la oportunidad de perder.

Franklin rio, pues era bien sabido que Topino era un endiablado jugador de ajedrez.

—Bien, ya somos dos.

Topino rio con él. La idea de dos jugadores luchando por perder apelaba a su peculiar sentido del humor.

—Dime, Madolina, ¿qué tal estás? —preguntó Topino, que escuchó con atención mientras ella le contaba con todo lujo de detalles lo de su cadera, inoperable a causa de su avanzada edad.

—Cuando llegas a mi edad, no tiene sentido pasar por el quirófano a menos que estés preparada para no volver, Topino.

—Claro, es un riesgo —convino, encogiéndose de hombros—. Pero, en mi opinión, estás hecha un roble. Dentro de diez años seguirás hablando de tu cadera.

A Madolina le encantaba el sentido del humor de Topino.

—¿Y tú, Topino?

—Yo soy como una cucaracha. Soy prácticamente indestructible. —Bebió un sorbo de vino y la miró con los ojos brillantes—. Cuando el Señor me lleve, será solo porque se lo haya suplicado.

Ava María los interrumpió desde el sofá.

—¿Estáis hablando de la muerte? —preguntó—. ¡Es Acción de Gracias, por Dios santo!

—Pues entretennos —dijo Topino, echándose hacia delante con los codos apoyados en las rodillas, y la miró de manera expectante—. ¿Qué has estado haciendo desde la última vez que te vi? ¿Qué tal la universidad? Seguro que dándoles caña a los chicos. —Y Topino hizo lo que mejor se le daba; escuchar. Y Ava María hizo lo que mejor se le daba; hablar de sí misma. Madolina disfrutó del calor de la lumbre en su espalda y observó a Evelina, que era como una hija para ella, pues su sobrina dejó Italia a los veintiocho años y se vino a vivir con ella a Brooklyn. Madolina estaba orgullosa de la mujer en que se había convertido.

Cuando Evelina anunció que la cena estaba lista, Topino le ofreció el brazo a Madolina y los dos encabezaron al grupo hacia el comedor. Madolina se quedó sin aliento al ver las velas en sus portavelas de calabaza y las flores.

—¡Es precioso! —exclamó—. Qué estilo tiene esta chica. Siempre lo ha tenido. Es muy particular, todo hay que decirlo, pero siempre extraordinario. —Topino acercó la silla al extremo de la mesa y ella se sentó, entregándole su bastón para que lo apoyara en la pared—. Su madre tiene estilo. Artemisia tiene una casa preciosa, pero en ruinas. Tani odiaba gastar dinero más aún de lo que odiaba a la sociedad —añadió, refiriéndose a su hermano Gaetano—. Villa L'Ambrosiana posee un enorme encanto. De ahí le viene a Evelina, de su madre y de su magnífica casa.

A Topino le dieron el asiento del medio a un lado de la mesa porque todos querían hablar con él. Franklin ocupaba la cabecera. Evelina se sentó a la izquierda de su tía. El tío de Evelina, Peppino, el marido de Madolina que había muerto hacía seis años, siempre se había sentado al lado de Evelina. Reparó en que su tía posaba la mirada en aquella silla y en la repentina expresión sombría que veló su rostro y supo que estaba pensando en él. Acción de Gracias era un momento de gratitud, pero la gratitud nunca venía con las manos vacías, siempre aparecía con su amiga, la pérdida. Desde que enviudó, Madolina solo vestía de negro, y si bien daba gracias por la vida de Peppino, no podía evitar llorar su muerte.

Fue una cena ruidosa. La voz de Ava María era la más fuerte mientras deleitaba a todos con anécdotas. Topino le tomó el pelo, burlándose con su habitual tono irónico y afectuoso solo para que ella le respondiera con réplicas ingeniosas y así crear una animada batalla verbal que entretuvo a toda la mesa. Dan, que trabajaba para un empresa de publicidad en Manhattan y tenía muchas anécdotas propias, se unió a la conversación y fue casi tan ruidoso como su hermana, mientras Aldo y Franklin intentaban charlar de manera tranquila sobre libros, ya que Aldo trabajaba en una editorial. Madolina se quejaba de que no podía seguir las conversaciones.

—Tiene que haber un control de volumen en esta casa —dijo, agitando la mano e indicando a todos que bajaran la voz. Evelina miró los rostros a su alrededor con diversión. Era lo mismo todos los años. Era maravilloso.

Por fin llevaron la tarta de calabaza a la mesa. Evelina la había cortado en porciones. Tomó una con la pala de servir y la dejó en el plato de Topino.

—No te la comas de una sentada —dijo con voz suave.

—Si pudiera conseguir que me durase todo un año, lo haría —replicó, tomando el tenedor—. Pero soy demasiado glotón.

Se hizo el silencio en el comedor mientras degustaban la tarta. Ava María lo rompió.

—Cuando toda la mesa se queda en silencio, significa que ha pasado un ángel —comentó, levantando la vista al techo.

—¿Cómo va a pasar un ángel si lo tengo sentado enfrente? —dijo Topino.

—¡Ay, eres un solete, Topino! —exclamó Ava María.

—Los ángeles no hablan tan alto —intervino la tía Madolina.

—Este sí —replicó Ava María sin bajar la voz.

—¿Hay más? —preguntó Dan.

—¿Ya te la has acabado? —preguntó Evelina con sorpresa.

—¡Está buenísima! —exclamó, lamiendo el tenedor.

—Sí, hay más. Sé a quién estoy dando de comer. ¡A una nube de langostas! —Evelina se levantó con una carcajada. Le encantaba que disfrutasen de su cocina. Jamás imaginó que podría decir eso.

Topino se recostó en su silla y se palmeó la panza. Últimamente empezaba a abultarse un poco.

—Nadie hace la tarta de calabaza como tu madre —dijo, sonriendo a Evelina.

—¿Te apetece un poco más? —preguntó ella.

—¿De verdad tienes que preguntarlo? —repuso él.

—Es por ser educada. Claro que ya me sé la respuesta.

—Entonces diré que sí por educación. Sí, por favor, *signora*, me encantaría otro trozo.

❦

Cuando no quedó ni rastro de tarta en los platos, Franklin golpeó el vaso con el cuchillo y se levantó. Para alivio de Madolina, la estancia volvió a quedar en silencio. Topino se limpió la boca con una servilleta y apuró su copa de vino. Evelina puso las manos en su regazo y miró a su marido con orgullo.

—Esta es una noche especial para los estadounidenses de todo el mundo, pero también es una noche especial para aquellos que vinimos de lejos e hicimos de Estados Unidos nuestro hogar. Lo celebramos juntos como una variopinta nación construida por inmigrantes y basada en el respeto y la aceptación mutuos. Como todos sabéis, mis antepasados llegaron a Estados Unidos desde Holanda en el siglo XVIII; la tía Madolina y el tío Peppino, que en paz descanse, vinieron de Italia a principios de siglo como una pareja de recién casados; Evelina, con veintiocho años, dejó Italia al final de la guerra; y el tío Topino, en los años cincuenta.

Evelina miró a Topino y su sonrisa se llenó de ternura. Él le devolvió la mirada con la misma ternura y una pizca de tristeza que, en raras ocasiones, afloraba a su semblante cuando bajaba la guardia. Franklin continuó dando las gracias por los amigos, la familia, la buena suerte y la prosperidad.

—Todos somos afortunados —dijo—. Y la suerte es un don que hay que agradecer. Brindo por la suerte y por todos vosotros, a quienes tengo la fortuna de tener como familia y amigos.

Todos se pusieron en pie, alzaron sus copas y se desearon un feliz día de Acción de Gracias.

Después de la cena, Franklin y Topino se sentaron a la mesa de cartas y jugaron al ajedrez. Los dos hombres eran jugadores experimentados y la partida se prolongó durante largo rato después de que Aldo y Lisa acompañaran a Madolina a casa y Dan y Jennifer se despidieran y se fueran. Ava María subió a acostarse después de ayudar a su madre a recoger la mesa de la cena. Evelina recogió las ramitas de romero y las puso en un cuenco junto al fregadero. Luego fue al salón para ver qué tal iba la partida de ajedrez.

—Parece que al final ninguno tiene tantas ganas de perder —comentó, poniéndole la mano en el hombro a Franklin—. Creo que deberíais dejarlo por hoy.

—Tienes razón —respondió Franklin, enderezando la espalda y respirando hondo—. Podemos dejar el tablero como está y retomar la partida mañana.

—¿Quieres que venga mañana? —preguntó Topino—. ¿Aún no estás harta de mi cara?

Evelina se echó a reír.

—Ven a comer. Ava María va a pasar unos días en casa y sé que le gustaría verte más, igual que a nosotros.

—Bueno, no puedo decir que no me tiente tu cocina o vuestra compañía, Evelina.

—Vale, pues ya está arreglado. —Fue a la cocina y tomó un paquete envuelto en papel de estraza y atado con una cuerda—. Te acompaño a la puerta —dijo cuando volvió.

Topino le dio las buenas noches a Franklin y siguió a Evelina al vestíbulo. Tenía un aspecto arrugado y un poco cansado. El vino lo había adormecido y tenía los ojos embargados de emoción. Ella le sostuvo el abrigo y él metió los brazos en las mangas y se lo puso.

—Eres una buena anfitriona, Eva —dijo, hablando de nuevo en italiano, como solía hacer cuando estaban solos.

Evelina sonrió con suavidad y le tendió el paquete.

—¿Qué es? —preguntó.

—Tarta de calabaza —respondió, y su sonrisa se ensanchó—. He preparado una especialmente para ti.

A Topino le brillaron los ojos.

—Piensas en todo —dijo. Se inclinó y le dio un beso en la mejilla—. Hasta mañana.

Ella asintió.

Topino abrió la puerta y salió a la noche.

Evelina volvió a la cocina para apagar las luces. Se fijó en el romero junto al fregadero. Con el corazón henchido de gratitud, tanto por su buena como por su mala suerte, frotó una ramita entre el índice y el pulgar. Luego se la acercó a la nariz y cerró los ojos.

1

Norte de Italia, julio de 1934

Evelina inspiró hondo. El olor a romero llenó sus fosas nasales. Le encantaba aquel arbusto de agujas de hoja perenne y flores púrpuras que crecía en todos los rincones de la villa. La finca rebosaba de flores; había enormes macetas de terracota con buganvillas, montones de tomillo, abundantes adelfas y jazmines que cubrían las paredes de piedra caliza de la villa y liberaban su dulce fragancia en las habitaciones. Y, sin embargo, el olor que definía el lugar era el romero. Era un aroma amaderado, aromático y sensual. Para Evelina, de diecisiete años, era el olor del hogar.

Con la ramita sujeta aún entre los dedos índice y pulgar, Evelina cruzó de forma apresurada el jardín hacia la villa del siglo XVI que se alzaba majestuosa, aunque destartalada, pues necesitaba reparaciones para las que su padre carecía de los medios y, al parecer, de las ganas de llevarlas a cabo. Gaetano Pierangelini, conocido como Tani, era un hermético escritor de literatura de ficción al que le interesaba más la palabra escrita que el mantenimiento de su hogar. Pasaba la mayor parte del día en su estudio, ataviado con un traje de tres piezas, fumando cigarrillos sin parar y mecanografiando novelas que tardaba años en escribir. Ganaba poco dinero, pero cosechaba premios literarios y un gran prestigio, que valoraba más que los bienes materiales.

En cambio, Artemisia, la esposa de Tani, tenía doce años menos que él y acumulaba cosas con la tenacidad de una urraca.

Hermosa y bohemia, anhelaba esas cualidades en el mundo que habitaba, como si la villa fuera una prolongación de sí misma. Lejos de sentirse derrotada por el ruinoso estado del lugar, se planteaba su embellecimiento como un reto, sabiendo que ninguna otra mujer podría hacerlo como ella, con tanto garbo y estilo. Tapó las grietas de las paredes con enormes tapices, extendió alfombras persas sobre los desgastados suelos de losa y enmascaró todo tipo de imperfecciones tras enormes macetas, extravagantes adornos florales, bustos de mármol y cuadros que había ido coleccionando a lo largo de los años, pues tenía buen ojo para las gangas y aún mejor para detectar la calidad. En ocasiones, algunas obras de arte baratas habían resultado ser obras de grandes maestros o al menos medianamente grandes. Eran esas inteligentes compras las que habían mantenido a flote Villa L'Ambrosiana y a sus habitantes, y habían permitido a Tani dar rienda suelta a su pasión sin preocuparse por el dinero.

Artemisia era afortunada, porque el esqueleto de la villa, al ser tan antigua, poseía un aire de desvaída grandeza que resultaba encantador. No necesitaba ninguna intervención. La humedad había dañado los frescos que representaban escenas alegóricas y pastorales y requerían que los restauraran, pero no se podía negar que eran exquisitos. Las habitaciones tenían unas proporciones armoniosas, con techos altos y grandes ventanales, y se comunicaban entre sí por puertas dobles enmarcadas con mármol rosa y trampantojos. El lugar poseía un lánguido encanto, un aire de serena vigilancia, como si las personas que lo transitaban no fueran en realidad parte de él, sino breves fragmentos de tiempo en los que sus pequeños dramas, tan vitales en el momento, al final quedaban reducidos a polvo. Las generaciones iban y venían y aquellos muros permanecían como testigos de la transitoriedad y la fragilidad de la vida y quizá también de su aparente falta de propósito, pues ¿qué sabían los muros del corazón humano y de la naturaleza imperecedera del amor?

Evelina subió con premura los escalones que llevaban del jardín a una amplia terraza en la parte posterior de la villa. Se deslizó entre las enormes macetas de terracota repletas de limoneros y atravesó las puertas francesas abiertas de par en par hacia el fresco interior de la casa. Podía oír el piano de su hermana mayor en el salón de música, a unas habitaciones de distancia, y los chillidos de su hermano pequeño, Bruno, que jugueteaba con el perro en su dormitorio en el piso de arriba mientras su niñera, Romina, canturreaba para sí en el descansillo a la vez que ordenaba la colada. En la parte más fresca de la villa, su abuela, la *nonna* Pierangelini, y Constancia, su hermana solterona, dormían durante las indolentes horas de la calurosa tarde de verano, después de haber disfrutado de un prolongado almuerzo, una partida de cartas e innumerables cigarrillos. Evelina continuó hasta la entrada de la villa y después se detuvo en el escalón y esperó. Al frente había un estanque ornamental que centelleaba al sol bajo una fuente de Venus de la que hacía años que no manaba agua y que estaba cubierta de musgo. Dos estatuas de mármol de hombres desnudos en *contrapposto* se alzaban en sus pedestales a ambos lados del camino de entrada, entre macetas de buganvillas de color púrpura y setos de tejo recortados en esferas de forma irregular.

Vio por fin la carreta de la *signora* Ferraro aproximarse despacio entre las sombras al final de la avenida de cipreses. Llena de entusiasmo, saltó de un pie al otro y después, cuando pudo ver con claridad el rostro de su profesora de arte, saludó con brío. Fioruccia Ferraro le devolvió el saludo y sonrió mientras la brisa agitaba las cintas de su sombrero. Evelina esperaba sus clases de pintura con más ansia que ninguna otra. No solo porque le encantaba pintar, sino también porque adoraba a la *signora* Ferraro. La joven era amable, divertida y afectuosa y Evelina, a quien su narcisista madre ignoraba casi siempre, atesoraba el tiempo que pasaban juntas.

Los jardines de Villa L'Ambrosiana estaban llenos de cosas que dibujar. Había plantas y árboles, por supuesto, pero también bustos y estatuas, arcos de piedra, grutas cubiertas de musgo, fuentes y arcadas y el ornamentado invernadero de la *nonna* Pierangelini, lleno de tomates. Escondida entre pinos había una iglesia neogótica donde antes la familia celebraba misa en privado, pero que ahora estaba abandonada y olvidada, a merced de la intemperie y de los juegos de Bruno y de sus amigos. Era un lugar maravilloso para jugar al escondite y celebrar reuniones secretas.

Las dos jóvenes colocaron sus taburetes frente a la estatua de un regordete querubín que tocaba el arpa y se pusieron a dibujar. Reinaba el silencio en aquel alejado rincón del jardín, rodeado de árboles centenarios y vigilado por estatuas cuyos nombres hacía tiempo que se habían olvidado. Hacía calor incluso a la sombra y la *signora* Ferraro se había quitado el sombrero y dejado que su larga y rizada melena castaña cayera por su espalda. Llevaba un vestido blanco con una descolorida banda rosa en las caderas y se había despojado del chal de flores rosas y amarillas con borlas que se había echado sobre los hombros. Tenía unos ojos oscuros y almendrados, enmarcados por espesas pestañas negras y una boca carnosa. Sus pómulos eran prominentes y su piel de color café con leche. Más allá de su serena belleza, era una artista con mucho talento. Evelina la consideraba la persona más inspiradora que jamás había conocido y quería ser como ella.

Las dos conversaban mientras dibujaban y la *signora* Ferraro miraba el cuaderno de Evelina de vez en cuando y le decía de qué forma podía mejorar su dibujo, pero siempre la elogiaba porque sabía de primera mano lo sensibles que eran los artistas y lo importante que era recibir apoyo. Evelina era una buena alumna y hacía todo lo que la *signora* Ferraro le decía.

—Mamá le ha encontrado marido a Benedetta —le dijo Evelina.

—¿Cuántos años tiene ahora Benedetta? —preguntó la *signora* Ferraro, levantando el carboncillo del papel un instante e imaginando a la hermana de Evelina, que siempre había parecido una mujer incluso cuando era niña.

—Veinte.

—¿Cómo es él? —La *signora* Ferraro sonrió con entusiasmo—. ¿Le gusta a Benedetta?

—Aún no lo conoce.

La *signora* Ferraro frunció el ceño. Evelina no parecía pensar que ese tipo de noviazgo fuera algo fuera de lo común.

—¿No lo conoce? —repitió la *signora* Ferraro con perplejidad.

—Mañana viene a comer con su madre. Por lo que sé, trabaja para su padre en un banco de Milán.

—Ah. —La *signora* Ferraro no pudo disimular la consternación en su voz.

Evelina la miró con los ojos entrecerrados.

—¿No te agradan los banqueros?

—Seguro que es simpático.

—Es rico —repuso Evelina, haciendo hincapié en ello—. Papá conoce a su padre porque estudiaron juntos en París. Mamá dice que son una buena familia y muy antigua. Parece que la antigüedad tiene gran importancia. Al menos para papá. Que sean ricos le importa más a mamá.

—¿Vienen desde Milán?

—Sí.

—¿Benedetta está ilusionada?

—Creo que está nerviosa. Lleva todo el día tocando el piano. Siempre toca a Tchaikovsky cuando está nerviosa.

—¿Y si no le gusta?

Evelina se encogió de hombros.

—Tiene que gustarle. Papá quiere que se casen y eso harán.

—Tu padre está muy chapado a la antigua.

—Chapado a la antigua y distante. Vive para su trabajo. Creo que mamá y nosotros no somos más que meros accesorios de su genio. Estaría muy feliz sin nosotros.

—Estoy segura de que eso no es verdad.

—Por supuesto que lo es. —Evelina espantó una mosca con la mano libre—. A Benedetta y a mí nos han preparado para que nos casemos y Bruno dirigirá la finca algún día. Entretanto, mi padre escribirá obras maestras y recibirá elogios y esta vieja casa se desintegrará poco a poco a su alrededor. En cuanto a mamá, envejecerá entre sus flores, sus plantas y sus cuadros porque esas son las cosas que más le importan.

—¿Y tú, Evelina?

—Yo no me voy a casar.

La *signora* Ferraro sonrió.

—Es agradable cuando amas al hombre con el que te casas.

—¿Tú amas al *signor* Ferraro?

—Más que nadie en el mundo.

—Cuando tengáis hijos, ¿los querrás más a ellos?

—No lo sé. Creo que amaré a Matteo y a nuestros hijos por igual.

Aquello satisfizo a Evelina, que volvió a su dibujo.

—Cuando tengas hijos, ¿me seguirás enseñando a pintar?

—Por supuesto que sí, boba —respondió la *signora* Ferraro con una risita—. Sabes que eres mi alumna favorita.

⁓⁓⁓

El mayor de los cuatro hermanos de la *signora* Ferraro era propietario de una tienda de telas en Vercellino y su esposa era modista. Gran parte del guardarropa de Artemisia Pierangelini procedía de allí. Como Benedetta tenía ahora veinte años y estaba en edad de casarse, se le permitía hacerse también prendas bonitas, pero a Evelina no se le permitía ese privilegio. Ella tenía que ponerse los vestidos viejos de su hermana, que a Evelina le parecían raídos y poco elegantes. Cuando la conversación volvió a centrarse en el almuerzo del día siguiente, la *signora* Ferraro preguntó a Evelina qué se iba a poner.

—Imagino que uno de los espantosos vestidos viejos de mi hermana —se quejó—. Pero ¿qué me importa? No soy yo quien tiene que agradar.

—¿Quieres que te preste algo mío? —preguntó la *signora* Ferraro—. Mi cuñada me hace vestidos gratis y mi hermano me da telas que no puede vender. Tengo un vestido que te quedaría bien. ¿Quieres venir a probártelo? Podemos tomar limonada en mi casa para variar y puedo enseñarte mis cuadros.

Evelina se levantó de un salto.

—Vayamos ahora —propuso—. Estoy harta de dibujar este estúpido querubín. Me encantaría que me prestaras un vestido y ver tus cuadros. Seguro que son muy buenos. ¿Podemos?

—No veo por qué no. Has hecho un trabajo estupendo con el querubín y a mí me parece que está un poco harto de que lo dibujen. Imagínate, ha tenido que aguantar en esa postura toda la tarde.

Evelina rio y las dos mujeres recogieron sus cosas y atravesaron el jardín con paso decidido hacia la carreta de la *signora* Ferraro. La yegua alazana estaba a la sombra de un eucalipto, junto a un cubo de agua que le había proporcionado uno de los trabajadores de la finca. La *signora* Ferraro la desató y le dio una cariñosa palmadita en el cuello. Evelina no perdió tiempo y se montó en la carreta. La *signora* Ferraro se unió a ella y dejó su bolsa de artista en el asiento a su lado. Emprendieron el trote y cabalgaron por entre las alargadas sombras que los cipreses proyectaban sobre el camino.

Fue un trayecto de veinte minutos hasta Vercellino. El cielo era de un azul cobalto, los llanos y encharcados arrozales eran de un verde casi fosforescente y las nevadas montañas que se alzaban en el horizonte resplandecían entre la niebla, como nubes bajas de un blanco radiante. Evelina se animó ante toda esa belleza; los pajarillos que revoloteaban entre los arbustos; el aroma a pino y a hierbas silvestres que flotaba en el aire; la suave caricia de la brisa y el calor del sol en su rostro; el rítmico sonido de los cascos del caballo y el traqueteo de las ruedas al avanzar por el camino de tierra hacia los tejados rojos y las torres de la iglesia que poco a poco se vislumbraban. Evelina no iba a Vercellino con demasiada frecuencia, solo a misa los domingos y de vez en cuando a dar una vuelta con su madre, cuando no tenía clase. Sin duda esto era emocionante.

La ciudad medieval se construyó en la llanura del río Po, entre Milán y Turín. Era uno de los núcleos urbanos más antiguos del norte de Italia, fundado en el año 600 antes de Cristo según los historiadores y arqueólogos. Contaba con algunas reliquias romanas; un anfiteatro, un circo y la basílica de Santa María del Fiore del sigo xii, que era uno de los monumentos románicos mejor conservados de Italia. Sin embargo a Evelina le interesaban menos las reliquias y más ver a la gente. Su vida en la villa era solitaria y tranquila y ansiaba pasear por las calles como lo hacían los lugareños, mirando escaparates, comprando comida en los puestos del mercado, comiendo tarta en las cafeterías y paseando por la plaza del pueblo entre las palomas. Aquello era vida, aquello era la libertad y su espíritu lo anhelaba.

Vercellino era un hervidero de gente que se dedicaba a sus quehaceres; hombres tirando de carros de mercancías, mujeres con cestas de frutas y verduras, niños pequeños jugando, perros callejeros buscando sobras, algún que otro automóvil que circulaba con gran estruendo por las empedradas calles. Evelina estaba encantada, sentada en lo alto de la carreta desde donde podía contemplarlo todo.

La *signora* Ferraro aparcó fuera de la tienda de su hermano, que llevaba su nombre, Ercole Zanotti.

—Vamos, tenemos que escoger una tela.

Evelina se bajó de un salto. Había estado en Ercole Zanotti una o dos veces con su madre y fue un auténtico placer. Los interminables rollos de hermosas sedas y linos, la variedad de colores, las cintas y los botones, los encajes y los galones, las borlas, los adornos y los flecos, y las brillantes lentejuelas que captaban la luz y resplandecían como el cristal tallado. Para Evelina era como la cueva de Aladino.

Siguió a su profesora de arte al interior de la tienda. Una campanilla sonó cuando se abrió la puerta y el *signor* Zanotti saludó a su hermana desde detrás del mostrador.

—¡Fioruccia! —exclamó, y levantó las manos como si fuera a abrazarla. El *signor* Zanotti tenía un abundante cabello canoso, un bigote y una barba poblados y un par de gafas redondas sobre el puente de su gran nariz, debajo de unas peludas cejas que se movían de forma animada cuando hablaba. Vestía un elegante traje gris de tres piezas, un reloj de bolsillo y un anillo en el dedo meñique de la mano izquierda, junto a una sencilla alianza de oro—. Y tú debes ser la *signorina* Pierangelini —le dijo a Evelina. Esbozó una sonrisa y su rostro era amable y alegre como el de su hermana, pues el *signor* Zanotti era un hombre que amaba a la gente—. Te has convertido en una joven muy guapa —añadió—. La última vez que te vi eras solo una niña. —Levantó la mano para mostrarle lo pequeña que era. Evelina rio, encantada de que se refiriera a ella como una joven guapa. Ojalá su madre le permitiera vestirse como tal en vez de obligarla a ponerse los vestidos de cuando su hermana era pequeña—. ¡Ezra! —llamó—. Trae la tela de la tía Fioruccia, ¿quieres? Está sobre mi mesa. Con permiso —dijo, girándose para atender a un par de ancianas con sombreros adornados con tantas plumas que Evelina pensó que parecían gallinas exóticas.

Pasó la mano por un rollo de cinta rosa. Era un rosa precioso, como el de las peonías, y se imaginó cómo le quedaría en el pelo o prendida en un sombrero. Un momento después, Ezra salió de la trastienda con un paquete envuelto en papel de estraza. Evelina dejó de mirar el lazo para mirarlo a él. Sus miradas se cruzaron un instante y se le encogió el estómago con fuerza. Entonces Evelina sintió que las mejillas le ardían por culpa de un profundo sonrojo de vergüenza. Horrorizada por esa inesperada reacción centró con rapidez la atención de nuevo en el lazo, pero ya no lo veía. Tampoco se percató de que le temblaban los dedos al posarlos sobre la tela. Sin embargo, era muy consciente del hombre de cabello castaño rizado y suaves ojos grises que estaba hablando con la *signora* Ferraro. Le entregó el paquete y le echó otro vistazo a Evelina.

—Gracias, Ezra —dijo la *signora* Ferraro—. ¿Conoces a la *signorina* Pierangelini?

—No, no he tenido el placer —respondió, posando de nuevo esos ojos grises en Evelina y haciendo que se sonrojara más.

Evelina irguió los hombros y se esforzó por parecer indiferente. Esbozó una sonrisa educada, fingiendo desinterés, aunque era casi imposible mantener la fachada.

—Ezra Zanotti es mi sobrino —le dijo la *signora* Ferraro a Evelina—. Ahora trabaja aquí con su padre.

—Encantado de conocerte —dijo Ezra, inclinándose un poco. Sonrió con timidez y Evelina sintió que el nudo en su estómago se apretaba más.

—Lo mismo digo —repuso y bajó la mirada. Entonces se le quedó la mente en blanco. No se le ocurría nada que decir. Ella, que nunca se quedaba sin palabras, ahora estaba muy perdida. Así que respiró hondo, avergonzada por el rubor en sus mejillas.

—La *signorina* Pierangelini es mi alumna —dijo la *signora* Ferraro de manera servicial.

—Ah —murmuró Ezra—. Qué afortunadas sois las dos.

—Algún día será una gran artista.

Evelina sabía que tenía que decir algo o quedaría como una boba y una inmadura. Ojalá se hubiera puesto su mejor vestido.

—Me gustan mucho nuestras clases —repuso al fin y su voz le parecía extraña y lejana.

—A mí también —convino la *signora* Ferraro—. Son lo mejor de la semana para mí.

Los dos jóvenes miraban a cualquier parte menos el uno al otro y la *signora* Ferraro se echó a reír.

—Bueno, será mejor que nos vayamos. Gracias por la tela, Ezra. Haré algo muy bonito con ella.

Evelina salió disparada de la tienda y tomó una bocanada de aire. Le temblaban tanto las piernas que a duras penas pudo subirse a la carreta. Agradeció la brisa que le refrescó el arrebolado rostro y le devolvió la cordura. Se llevó los dedos a los labios y sintió una repentina hinchazón en el pecho, como si acabara de llenársele de burbujas. La *signora* Ferraro se sentó a su lado y sacudió las riendas. El caballo avanzó por la calle.

—¿Verdad que mi sobrino es encantador? —comentó la *signora* Ferraro como si tal cosa, como si no se hubiera fijado en el rubor que teñía las mejillas de Evelina—. Sabes, de todos mis sobrinos, y tengo muchos, él es mi favorito. Es sensible y amable, como mi hermano. La mayoría de los hombres tan guapos como él están pagados de sí mismos, pero Ezra no. Es gentil y considerado. ¿Sabes que también toca el violín y el piano? Creo que podría tocar cualquier instrumento si quisiera. Es un músico de mucho talento. Incluso escribe su propia música. Yo no entiendo una partitura, pero él sabe leer música como yo leo un libro.

—Se llevaría muy bien con Benedetta —respondió Evelina, con la esperanza de desviar la atención de su persona, pues temía que su maestra descubriera cuánto le había afectado su encuentro—. ¿Cuántos años tiene? —preguntó.

—Veinte —replicó la *signora* Ferraro.

Evelina se quedó callada y pensativa hasta que giraron hacia la vía Montebello. Entraron en un edificio a través de un amplio arco, aparcaron en un patio donde las buganvillas rosas brotaban en las macetas y los geranios crecían en abundancia en jardineras en cada ventana.

El apartamento de los Ferraro era pequeño e íntimo, con un balcón construido sobre el patio y ventanas que daban a la vía Montebello. La *signora* Ferraro hizo pasar a Evelina a su estudio, en el que había un caballete y un taburete dispuestos en la parte de la habitación que recibía más luz natural. Había lienzos apilados contra las paredes, tarros de pigmentos y pinturas y frascos llenos de pinceles alineados en estanterías. Evelina estaba encantada y enseguida comenzó a revisar la obra de su maestra. Había bocetos a carboncillo de rostros y manos y pinturas de paisajes y flores. Vio uno o dos que eran sorprendentemente diferentes y quedó cautivada por lo novedosos que eran.

—Influenciados por Picasso —explicó, sujetando uno en alto.

—Es importante aprender de los grandes —repuso la *signora* Ferraro con una sonrisa.

Después de beber limonada y de comer unos pasteles, la *signora* Ferraro fue a su dormitorio y volvió con un bonito vestido de color marfil y estampado con pequeñas florecillas amarillas. Evelina se dio cuenta de inmediato que tenía un estilo sofisticado, pero no demasiado adulto, y se moría de ganas de probárselo.

—Puedes cambiarte en mi habitación —dijo la *signora* Ferraro y Evelina corrió adentro y desapareció detrás del biombo.

Al cabo de un momento se puso frente al largo espejo y se contempló en él. El vestido, cortado al bies, se ceñía a las curvas de su cuerpo como si lo hubieran hecho para ella, se abría hasta las rodillas y le llegaba hasta media pantorrilla. Nunca se había puesto un vestido así y estaba encantada con su aspecto. Se sentía una mujer. Ya no era una niña, la hermana pequeña, la *bambina*. Ojalá pudiera volver a Ercole Zanotti y encontrarse con Ezra por primera vez. Ojalá hubiera podido verla así vestida y no con ese vestido sin forma de su hermana. Se dio la vuelta y admiró el elegante escote del vestido en la parte baja de la espalda. Nunca se había planteado si era guapa o del montón. De hecho, a Benedetta siempre la habían considerado la hija guapa. Pero ahora Evelina se daba cuenta de que ella también era agradable a la vista, por sorprendente que pareciera.

Volvió a la salita para enseñárselo a la *signora* Ferraro.

—¡Me encanta! —exclamó Evelina mientras giraba—. ¿Crees que me queda bien? —De sobra sabía que sí.

La *signora* Ferraro jadeó de alegría.

—¡Es precioso! —exclamó, retocándolo aquí y allá, tirando de las mangas cortas y quitando una pelusilla del hombro—. Debes ponértelo. Parece que esté hecho para ti.

—Nunca me lo quitaré.

La *signora* Ferraro rio.

—Estoy segura de que no querrás dormir con él puesto.

—Lo haré. Es como una segunda piel. —Evelina dio otra vuelta.

—Espero que no eclipses a tu hermana mañana. No creo que tu madre me diera las gracias si ese banquero decidiera casarse contigo.

—Jamás ocurriría eso —aseveró Evelina—. Benedetta siempre ha sido la belleza de la familia y además yo no aceptaría. No quiero casarme con un banquero.

La *signora* Ferraro esbozó una sonrisa cómplice y enarcó las cejas.

—Creía que no querías casarte.

El rostro de Ezra Zanotti apareció en la mente de Evelina y sintió que se ruborizaba de nuevo. Se dio la vuelta y volvió al dormitorio.

—Soy demasiado joven para pensar en el matrimonio —dijo, desabrochándose el vestido detrás del biombo—. Además, aún no he conocido al hombre con el que me gustaría casarme. —Pero sabía, igual que la *signora* Ferraro, que eso ya no era cierto.

Esa noche, cuando se fue a la cama, Evelina se quedó junto a la ventana y contempló el jardín, iluminado por la plateada luz de la luna llena. Los árboles y los arbustos estaban inmóviles. No corría la brisa y el aroma a jazmín perduraba en el aire cálido, pues las noches estivales eran calurosas en Piedmont. Las estrellas brillaban en el cielo negro como el carbón y, por primera vez en su vida, una nostalgia que le resultaba desconocida y confusa a la vez le embargaba el corazón. Los jardines eran tan hermosos, el cielo tan misterioso y la luna tan romántica que la invadió la melancolía, inspirada por el inconsciente anhelo de compartir esa belleza con alguien a quien amara. Evelina no sabía nada del amor romántico y sin embargo su corazón lo reconoció como a un viejo amigo, como si siempre lo hubiera conocido.

Posó una mano en la cortina de lino y apoyó la cabeza. Se preguntó cuándo volvería a ver a Ezra.

2

Evelina se despertó a la mañana siguiente al oír la música de Tchaikovsky que su hermana tocaba al piano con fuerza. Debía estar nerviosa, pensó mientras se vestía con su atuendo habitual y bajaba las escaleras. Su madre estaba en el vestíbulo, supervisando a un par de trabajadores de la finca que estaban descolgando un cuadro de un paisaje y sustituyéndolo por algo moderno que había comprado en una subasta en Milán. Evelina estaba acostumbrada a que su madre siempre estuviera cambiando de lugar las obras de arte para dejar sitio a algo que acababa de comprar o simplemente para cambiar los cuadros de lugar y no aburrirse de verlos siempre en el mismo sitio. Era una compulsión y a la vez una afición. Sin embargo ese día se debía a que Francesco Rossi y su madre, Emilia, venían a comer para conocer a Benedetta. Artemisia estaba decidida a que la villa reflejara tanto su nobleza como su buen gusto y, por ende, el de Benedetta.

Artemisia estaba al pie de la escalera dando órdenes mientras los dos jóvenes sudaban de calor. Iba vestida con su habitual estilo bohemio, con más esmero del que quería que pensara la gente. Una vaporosa bata de seda ribeteada con borlas negras encima de un vestido campesino, un pañuelo de seda a juego enrollado alrededor de la cabeza y anudado a un lado, de modo que los dos extremos cayeran a su aire sobre un hombro, adornado con largas sartas de perlas. A Artemisia no le interesaba lo convencional. Llevaba lo que consideraba que expresaba mejor su carácter único y extravagante y tenía suficiente autoestima para llevarlo con estilo.

Tenía poco más de cuarenta años y era guapa. De hecho, el tiempo había sido benévolo y había pasado por alto su rostro mientras grababa su implacable paso en los de sus amigas. Con el pelo castaño oscuro corto y ondulado, una nariz aguileña con carácter, unos vivaces ojos color avellana y una barbilla decidida, Artemisia era una mujer formidable, que no temía expresar sus opiniones, que a menudo eran bastante radicales; le gustaba escandalizar. Sobre todo le gustaba llamar la atención. Hoy la protagonista era Benedetta, pero a juzgar por los originales jarrones de flores, el trasiego de cuadros y muebles y los olores que salían de la cocina, donde Angelina, la cocinera, estaba horneando pan y preparando ñoquis para comer, a cualquiera se le perdonaría por pensar que era Artemisia.

Evelina sabía que no debía estorbar a su madre. Artemisia no era nada maternal. Al menos no sentía especial interés por sus hijas. Sin embargo sí que se preocupaba por su hijo. Bruno era el muy ansiado heredero. Después de dos niñas, Tani y Artemisia recibieron con placer la bendición de tener por fin un varón y ambos se lo consentían todo. Tani Pierangelini no poseía una vasta fortuna que legar a su hijo, pero tenía un apellido de abolengo y una propiedad antigua, aunque en ruinas, y eso tenía cierto prestigio.

Artemisia estaba demasiado ocupada para saludar a su hija, así que Evelina fue a interrumpir a su hermana, cuyo frenético aporreo de teclas hacía temblar la casa. Recorrió las habitaciones hasta llegar al salón de música y se quedó en la puerta, tapándose las orejas con las manos. Su hermana levantó la vista y apartó los dedos de las teclas de mala gana. La habitación se sumió en un silencio sepulcral. Evelina bajó las manos.

—Benedetta, ven a hacerme compañía mientras desayuno —dijo—. Si tocas así toda la mañana no tendremos casa con la que impresionarlos y yo me quedaré sorda.

Benedetta suspiró y bajó la tapa del piano. Tenía una expresión mohína, aunque no hacía que fuera menos guapa. De hecho, tal vez incluso realzara su atractivo, ya que hacía que sus ojos azules brillaran más. Benedetta era una belleza. Poseía una belleza arrebatadora, con sus rasgos delicados, sus pómulos marcados, su pelo largo y rizado del color del heno y sus labios carnosos y suaves como nubes.

—Ojalá no vinieran ahora —dijo, levantándose del taburete. Siguió a su hermana hasta la terraza, donde había una larga mesa colocada debajo de una sombrilla para cuatro personas. La *nonna* Pierangelini y Costanza aún no habían aparecido. Las dos jóvenes se sentaron y María, la mujer que ayudaba a Angelina en la cocina, salió de las sombras para servirles el desayuno—. ¿Y si es feo? —preguntó Benedetta, colocándose la servilleta en el regazo.

—Mamá dice que es guapo —respondió Evelina, agradecida de no ser ella la que tuviera que conocer a su futuro marido.

—¿Y si miente?

—No miente. Es brutalmente sincera. Por supuesto, puede que no tenga los mismos gustos que tú. Lo que es atractivo para ella puede no serlo para ti. Pero no mentiría y no te sugeriría que te casaras con alguien poco atractivo. Además, siempre puedes negarte.

—Y entonces, ¿qué? No quiero quedarme sin un marido.

—Hay muchos peces en el mar, Benedetta.

—Puede, pero pocos peces adecuados. Francesco Rossi es una ballena en un mar de pececillos.

Evelina bebió un sorbo de zumo de naranja.

—Mamá se considera partidaria del derecho de la mujer a definirse, a ser independiente y a que se la escuche. No parece propio de ella aceptar la idea de papá de un matrimonio concertado. Cabría pensar que lo considerase anticuado.

—Es que es anticuado —convino Benedetta—. Pero lo que mamá dice y lo que hace son dos cosas muy distintas. La mayor parte del tiempo solo dice cosas para llamar la atención. Una mirada severa de papá y es como un perrillo que corre de vuelta a su canasta. Es una auténtica farsante. Ya lo sabes. —Benedetta suspiró y se metió un trozo de pan con queso en la boca—. De todas formas dice que no es un matrimonio concertado, sino tan solo una presentación. ¿Cómo, si no, voy a conocer jóvenes adecuados aquí sentada, en este magnífico aislamiento? Ni siquiera se nos permitía ir al colegio, sino que teníamos que recibir clases aquí, en esta casa vieja y destartalada.

—No creo que sea porque no quieran que conozcamos a la gente equivocada, es que simplemente no se molestan en procurarnos una vida social. Están demasiado ocupados en sus propios mundos, pensando en sí mismos.

—Bueno, no veo la hora de salir de aquí. Es asfixiante.

A Evelina se le iluminaron los ojos.

—¿Por qué no vamos a la ciudad las dos solas?

—Mamá jamás nos dejaría.

—No se lo hemos preguntado. Si es tan progresista debería permitirnos algunas libertades. Si te comprometes con Francesco, seguro que nos lo permite.

Benedetta pensó durante un momento.

—Ya veremos. No se pierde nada por preguntar, ¿no? Y no estaría mal salir de la finca para otra cosa que no sea ir a misa el domingo por la mañana.

Bruno salió a la terraza en ese momento con Romina, su niñera, y con su perrito Dante. Las dos jóvenes adoraban a su hermano, que acababa de cumplir ocho años, y lo llamaron para que se uniera a ellas. Benedetta lo sentó sobre sus rodillas y le llenó la cara de besos. Bruno se secó con la manga y tomó una uva. Romina se sentó en una silla y se refrescó con el abanico que llevaba en el cinturón del uniforme.

—Hace mucho calor —se quejó—. Me siento como un helado derritiéndose al sol.

Bruno rio.

—Si fueras un helado, ¿de qué sabor serías, Romi?

—De vainilla —replicó.

Evelina se echó a reír.

—Qué aburrido, Romi. Seguro que te gustaría algo más exótico, como melocotón, limón o menta.

—Soy de vainilla —insistió con una sonrisa—. Siempre he sido de vainilla. Sencilla, pero de fiar. Estoy conforme con eso.

—¿Y tú, Bruno? —preguntó Benedetta.

—Chocolate —dijo Bruno sin dudar—. Mi favorito.

—Bueno, tienes el pelo de color chocolate y la piel de color chocolate con leche. Menos mal que no eres de chocolate, porque si no ya te habríamos comido —dijo Evelina.

—¿Qué serías tú, Eva? —inquirió Benedetta—. Yo sería de fresa.

—¡El favorito de todo el mundo! —exclamó Romina con deleite, pues era verdad. Todo el mundo quería a Benedetta.

Evelina entrecerró los ojos.

—De pistacho —respondió con cierta rebeldía—. Porque me da igual no gustarle a todo el mundo y me gustaría ser un poco diferente.

Benedetta puso los ojos en blanco.

—Típico síndrome de la segunda hija.

—En absoluto —replicó Evelina—. No soy como mamá, que tiene que ser diferente porque sí. Yo solo quiero ser yo misma.

—Y lo eres, Evelina —dijo Romina de manera diplomática—. Tú forjarás tu propio camino.

Bruno arrugó la nariz.

—No me gusta el helado de pistacho —dijo.

—Pero ¿yo si te gusto?

Él asintió.

—En realidad, no eres un helado.

La *nonna* Pierangelini y Costanza salieron de entre las sombras, quejándose. Hacía demasiado calor o demasiada humedad, siempre hacía demasiado algo. La *nonna* Pierangelini siempre vestía de negro en señal de luto por su difundo marido y por dos de sus hijos fallecidos en la infancia, pero Costanza, que nunca se había casado, vestía de colores brillantes y llevaba elaboradas joyas, como si se sintiera victoriosa por haber escapado del matrimonio, del parto y de los tormentos de ambos. Cuando vieron a Bruno, sus rostros se transformaron y se olvidaron de sus quejas. La *nonna* Pierangelini le pellizcó la mejilla y lo colmó de elogios mientras su hermana le alborotaba el pelo con su huesuda mano enjoyada y le decía que estaba aún más guapo que el día anterior. Se frotó los dedos con los pulgares en alto y murmuró: «Lagarto, lagarto», para ahuyentar a los hados que pudieran sentirse tentados a destruir tan buena fortuna.

Se sentaron y María les llevó café recién hecho, fruta y galletas, que la *nonna* Pierangelini devoró con fruición. Costanza, que estaba delgada como un junco, se bebió el café y no comió nada. No había conservado la figura tantos años comiendo pasteles. Sin embargo, disfrutaba viendo comer a su hermana. Cuanto más comía, mejor se sentía Costanza consigo misma y con su moderación. La *nonna* Pierangelini nunca se había preocupado por su figura y no iba a empezar a hacerlo ahora, a sus setenta y cuatro años. Untó un *brioche* con mantequilla y le dio un buen mordisco.

Bruno salió corriendo al jardín con Dante, seguido por Romina. La *nonna* Pierangelini clavó su perspicaz mirada en Benedetta.

—Hoy es un día importante —dijo—. Acuérdate de sonreír. A los hombres les gustan las mujeres que sonríen.

—Lo haré, *nonna* —repuso Benedetta, pues le habían enseñado que era conveniente dar la razón a las personas mayores.

—Y déjate el pelo suelto. A los hombres les gustan las mujeres con el pelo bonito —añadió.

—Creo que eres bonita tal como eres —intervino Costanza—. O eres guapa o no, y tú lo eres, así que no importa de qué forma te peines. Ella tiene razón al decirte que sonrías. Los hombres se dejan seducir con facilidad por una sonrisa. —Por encima de su taza de café esbozó una sonrisa a la vez traviesa y nostálgica—. Yo seduje a muchos hombres con mi sonrisa.

—¡Virgen santa! —exclamó la *nonna* Pierangelini con una mueca—. No necesitamos saber nada de eso mientras desayunamos ni en ningún otro momento. No me refiero a esa clase de sonrisa.

Evelina rio.

—¿Cómo era tu sonrisa? —preguntó con la esperanza de animar a su tía abuela, que solía dejarse llevar por indecorosos alardes sobre su pasado—. ¿Me la enseñas?

La *nonna* Pierangelini fulminó a su nieta con la mirada.

—¡Desde luego no hace falta que tú sepas sonreír así! —espetó de forma tajante.

—¿Por qué yo no? —protestó Evelina con una risita.

—Porque tú ya tienes una chispa pícara en los ojos, por eso.

—Debes parecerte a mí —dijo Costanza.

—Y no es un cumplido —intervino la *nonna* Pierangelini.

—¿Qué no es un cumplido? —preguntó Tani, que salió de la villa con los pulgares enganchados en los bolsillos de su chaleco de lino.

Las mujeres rieron.

—No te preocupes, cariño —le dijo su madre, cuyo rostro se suavizó al ver a su hijo—. Estamos deseando conocer a este joven hoy.

—Me mantendré al margen —repuso Tani. Miró a Benedetta a través de las gafas—. No dudo de que te encuentre de su agrado, la cuestión es si él lo será del tuyo.

—¿Acaso importa lo que yo piense? —preguntó Benedetta, que de repente parecía indefensa.

—Es una presentación, nada más. Estoy seguro de que estas dos sabias mujeres, que con toda certeza sabrán mejor que tú lo que te conviene, te guiarán si tienes dudas. Lo que es seguro es que ambas tendrán mucho que decir al respecto.

Evelina miró a su abuela, a su tía abuela y por último a su hermana, que se había puesto pálida. Acto seguido desvió la mirada hacia el jardín, al sol que se elevaba poco a poco en el cielo a medida que se aproximaba el mediodía, y sintió lástima por Benedetta.

⁂

A las doce, Evelina se vistió para comer. Entusiasmada con el vestido de la *signora* Ferraro, fue al cuarto de su hermana para enseñárselo. Benedetta estaba en ropa interior, poniéndose un par de pendientes. Cuando la vio, se quedó boquiabierta. Evelina se había recogido el pelo. Parecía la mujer que quería ser.

—¿De dónde has sacado ese vestido? —exigió Benedetta.

—Me lo ha prestado la *signora* Ferraro.

—Es precioso. —Benedetta se acercó a tocar la tela—. Es la hermana de Ercole Zanotti, ¿verdad?

—Sí. Le da telas que no puede vender.

—Pues esta podría haberla vendido. Solo es amable. Lástima que tengas que devolverlo.

—Me siento como Cenicienta. —Evelina suspiró y se sentó de golpe en la cama—. Esta noche volveré a llevar harapos y esto no será más que un sueño.

Benedetta rio.

—Qué dramática eres, Eva.

—Tienes suerte de que te hagan vestidos solo para ti. Prueba a ser la hermana pequeña y a no tener nada propio.

—Ten paciencia. Dentro de poco podrás elegir la tela en Ercole Zanotti y te harás vestidos solo para ti.

—¡Un año! —Evelina se tumbó en la cama con fingida desesperación—. ¡Es una eternidad!

Benedetta se puso un elegante vestido azul con los hombros anchos, cuello babero y un estrecho cinturón que acentuaba su pequeña cintura.

—¿Qué te parece? —Se volvió hacia su hermana, que se incorporó y la observó.

—Pareces una mujer que va a prometerse con un rico banquero —dijo con una risita—. Puede que él no te guste, pero te puedo asegurar que tú si le vas a gustar.

Eso pareció agradar a Benedetta. Se alisó la tela de la cintura y las caderas y se giró para verse por detrás.

—Espero que sea guapo, Eva. Me encanta la idea de irme a vivir a Milán. Tener mi propia casa. Ser esposa y formar una familia.

Evelina hizo una mueca.

—Te echaré de menos —dijo—. Estaré aquí sola con mamá, papá y las dos arpías.

—Y con Bruno. No te olvides de él.

—Claro que no, pero no es un gran conversador.

—Puedes venir a visitarme.

—En cuanto te hayas instalado. ¡Podría quedarme meses!

Benedetta se rio y fue a sentarse a su lado. Le asió la mano.

—Puedes quedarte todo el tiempo que quieras. También te encontraremos marido. Un milanés. Así nunca tendremos que estar lejos la una de la otra.

Evelina sonrió, pero no quería un marido milanés.

Artemisia se alegró cuando vio a sus dos hijas con sus vestidos. Entrecerró los ojos al ver el de Evelina y arqueó una depilada ceja.

—Supongo que es un préstamo de la *signora* Ferraro —dijo—. Es precioso. Las dos estáis preciosas.

Evelina siguió a su madre y a su hermana hasta la terraza, donde la *nonna* Pierangelini y Costanza jugaban tranquilamente a las cartas en una mesa en el rincón, a la sombra de una gran palmera en una maceta. El omnipresente cigarrillo se consumía despacio en los amarillentos dedos de Costanza. Artemisia alisó el vestido de Evelina donde se había arrugado.

—Si insistes en vestirte como una mujer, tendremos que empezar a buscarte un marido —dijo con una sonrisa. Sin embargo, a los diecisiete años, Evelina sabía que estaba bastante a salvo.

La *nonna* Pierangelini levantó la vista de sus cartas. Le dijo algo a su hermana, que también apartó los ojos de los naipes. Las dos mujeres se quedaron mirando. Evelina no esperó a oír lo que tenían que decir sobre su vestido y siguió a su madre hasta la mesa del almuerzo. Artemisia se aseguró de que todo estuviera donde debía, enderezó un cuchillo y colocó el jarrón de rosas color rosa pálido en el centro. La *nonna* Pierangelini llamó a Benedetta y las tres hablaron sin que nadie las oyera. Evelina miró a Benedetta, que estaba pálida por los nervios. Sin duda su abuela le estaba dando algún consejo de última hora.

A la una en punto, un coche azul se detuvo frente a la villa, tapando la vista de la fuente de Venus y del camino de entrada. Artemisia salió a recibirlos. A Benedetta y a Evelina se les ordenó esperar en la terraza. La *nonna* Pierangelini y Costanza dejaron las cartas, apagaron los cigarrillos y se acercaron a las chicas.

—¿Lo ves? —preguntó Benedetta, retorciéndose las manos con nerviosismo—. No soporto mirar. ¿Es un adefesio? Puedes decírmelo si lo es.

Evelina miró a través de la casa hacia donde su madre hablaba con la posible suegra de Benedetta, pero no vio a Francesco.

—Solo veo a su madre —dijo—. Es muy elegante.

—Sigue mirando.

—Oh, ya lo veo. —Evelina puso cara de espanto—. Es como un pequeño sapo. Bajo, gordo y muy feo. ¡Cómo vas a soportarlo! Señor, salva a mi pobre hermana de eso.

El rostro de Benedetta enrojeció. Costanza se echó a reír.

—Tendrás que tumbarte y pensar en Italia.

La *nonna* Pierangelini le lanzó una mirada de desaprobación a Costanza.

Evelina se echó a reír.

—¡Estoy bromeando, tonta! Creo que no está mal —dijo, y vio que el rostro de su hermana perdía el color poco a poco.

—Eres una arpía, Eva —repuso entre dientes Benedetta, con los ojos llenos de lágrimas.

—Soy una arpía buena. Oh, aquí viene. Recobra la compostura. Es un príncipe, no un sapo. Estás salvada.

Francesco Rossi era muy guapo. Alto, rubio y con un cuidado bigote, parecía más austríaco que italiano. Tenía la nariz recta, los ojos de un azul claro y la mandíbula cincelada. Tenía un hoyuelo en la barbilla, que según Costanza hacía especial a un hombre, y caminaba con rigidez, como un oficial del ejército, con los hombros y la barbilla erguidos. Cuando le presentaron a Benedetta, le asió la mano y se inclinó. Luego recorrió con la mirada su vestido azul y la posó por fin en su rostro con una sonrisa de satisfacción.

—Es un gran placer conocerla —dijo, con una voz grave y potente. La voz de un hombre que imponía respeto.

Benedetta se sonrojó, pero esta vez de felicidad y no de espanto. No podría haberse imaginado a un hombre más atractivo que él. Evelina supo en ese momento que estaba a punto de perder a su hermana.

La madre de Francesco, Emilia, llevaba un traje y un sombrero de color lila pálido y zapatos blancos de charol. Evelina se dio cuenta enseguida de que era una mujer convencional que nunca decía una palabra que pudiera escandalizar a nadie. Era bajita y regordeta, de cara redonda y sonrisa amable y tímida. Evelina esperaba que su madre reprimiera su carisma porque, de lo contrario, Emilia podría sentirse algo abrumada por él.

Francesco saludó a Evelina de forma educada, pero ella no le interesaba lo más mínimo, ni siquiera con el bonito vestido de la *signora* Ferraro. Solo tenía ojos para Benedetta. La madre prestó más atención a Evelina, quizá consciente de que su hijo y su posible futura esposa necesitaban tiempo para conocerse sin que Artemisia y ella interfirieran. Costanza casi se sonrojó cuando Francesco se llevó su mano a los labios y se la besó. Le habría concedido el beneficio de su seductora sonrisa de haber sido treinta años más joven. La *nonna* Pierangelini estaba callada, lo cual resultaba sorprendente. Lo observaba con recelo desde el extremo de la mesa, como un gato pensativo.

El almuerzo estaba delicioso. La frialdad de la llegada se disipó con los aromáticos sabores de la cocina de Angelina y el excelente vino que Tani había elegido de la bodega. El propio Tani permaneció en las profundidades de la casa con sus libros, pues habría dado demasiada importancia a esta reunión informal si hubiera decidido asistir.

Francesco elogió los ñoquis con tanto entusiasmo que Evelina decidió que era un hombre que disfrutaba de la comida. Benedetta tendría que aprender a cocinar y a hacerlo bien, porque tenía pinta de tener el listón muy alto y no le gustaría que se lo rebajaran. Sin embargo, se dio cuenta de que se ablandaba con un poco de vino. Se volvió menos formal, menos encorsetado y un poco más gracioso. No era gracioso —eso habría sido pedirle demasiado a un hombre que parecía satisfacer casi todos los deseos—, pero sonreía y se reía de las cosas raras que Benedetta decía y que le divertían. Artemisia, que solía dominar la conversación con sus opiniones poco convencionales, se contuvo, como si hubiera captado el deseo tácito de Evelina y hubiera reprimido su luminosa personalidad para adaptarse mejor a la de Emilia. Mientras Francesco hablaba en voz baja con Benedetta, Artemisia le preguntó a Emilia sobre su vida en Milán. Evelina preguntó a su tía abuela sobre su juventud, que siempre le resultaba entretenida. A pesar de los intentos de la joven por distraerla, la *nonna* Pierangelini permanecía callada, atenta y seria.

Después de comer, Francesco y Benedetta dieron un paseo por el jardín. La *nonna* Pierangelini y Costanza se retiraron a sus habitaciones para dormir la siesta. Evelina dejó a las dos madres hablando en la terraza y se llevó un libro a la arbolada gruta para leer. Se tumbó en una manta a la veteada sombra de un plátano y se olvidó de su hermana y del aburrido almuerzo, porque a pesar del breve respiro de las historias de Costanza, había sido sumamente aburrido. Emilia no había dicho nada interesante y por una vez Evelina había echado de menos la vitalidad de su madre. Sabía que la reunión había ido bien. Benedetta y Francesco no habían parado de hablar ni se habían quitado los ojos de encima. Benedetta no tardaría en casarse y Evelina se quedaría sola con un niño de ocho años y un perro por compañía. Suspiró y pasó la página. ¿Cuándo empezaría su vida a ser interesante?, se preguntó.

Absorta en su libro, perdió la noción del tiempo. Era ya tarde cuando se levantó con los músculos agarrotados y se estiró. Cuando volvió a la terraza, Emilia y Francesco se habían marchado y sus padres estaban sentados a la mesa con Benedetta en su lugar, fumando y bebiendo café. Artemisia tiró la ceniza al cenicero.

—Ven a felicitar a tu hermana —le dijo a Evelina, llevándose la boquilla de ébano a sus labios de color carmesí—. Francesco le ha pedido la mano de Benedetta a tu padre y Tani ha dado su bendición.

—Qué rápido —dijo Evelina, sorprendida, y se sentó.

—Cuando se sabe, se sabe —repuso Benedetta con alegría. Su rostro estaba radiante de emoción y Evelina no pudo evitar sentir envidia. Cuánto deseaba salir ella también al mundo.

Tani miró a Evelina de arriba abajo y enarcó las cejas. Nunca había visto a su hija menor vestida de mujer. Sin embargo, no era la clase de hombre que se entrometía en el vestuario de sus hijos, así que se abstuvo de hacer comentarios. Además, le interesaba mucho más el contrato matrimonial que pronto firmarían dos antiguas y nobles familias.

—Los Rossi son de buena estirpe —adujo, asintiendo con aprobación—. Bien relacionados y respetados. Me alegro de que os hayáis gustado, Benedetta. Por supuesto, es importante que os toleréis. —Sus finos labios se curvaron ligeramente y Artemisia soltó una carcajada.

—Es guapo, ¿verdad? —dijo—. Muy guapo. Al principio me pareció un poco estirado. Un poco demasiado alemán. Pero se animó.

Benedetta estaba horrorizada.

—No es alemán, mamá.

—Austríaco, entonces. Es muy del norte.

—No cabe duda de que los Rossi tienen sangre austríaca en sus venas —dijo Tani—. Pero no creo que debamos echárselo en cara. La parte italiana es muy antigua, ya que está emparentada con la familia Pallavicini. Su linaje se remonta a Oberto I, en 1148.

—Está claro que nosotros somos unos nuevos ricos —aseveró Artemisia, sonriendo a su marido—. Nuestro linaje solo se remonta al siglo XIV. Pero tenemos un papa, lo que nos eleva un par de peldaños en la jerarquía.

—No creo que importe que sea de una familia antigua o rica —repuso Evelina—. Es mucho más importante que sea simpático. Y amable con Benedetta, ¿no crees?

—Es simpático —replicó Benedetta con firmeza.

—¿Se te ha declarado? ¿Se ha arrodillado?

Artemisia chasqueó la lengua.

—Por Dios, Evelina. Este es el mundo real. No se lo ha pedido, sino que dio por supuesto que estaba hecho.

Benedetta sonrió al recordarlo, claramente aturdida por los acontecimientos de la tarde y deseosa de compartirlos.

—Me ha hablado de cómo será nuestra vida en Milán. Vamos a vivir con sus padres hasta que tengamos casa propia. Estoy segura de que me gustará. Su madre es muy amable. Dice que su padre es bastante formidable, pero que le caeré bien. —Bajó la mirada con timidez—. Me ha dicho que yo le gustaba. Me ha dicho que soy guapa.

—Claro que sí. Eres preciosa —dijo Evelina. Luego se dirigió a su madre—. Ahora que Benedetta está prometida, puede acompañarme a la ciudad. Necesitará ropa nueva para su ajuar. Podemos ir a echar un vistazo a Ercole Zanotti. ¿No sería divertido?

Artemisia soltó una bocanada de humo por un lado de la boca, pero dejó que su marido contestara.

—No veo por qué no —dijo él, llevándose la taza de café a los labios—. No está bien tener a los pájaros enjaulados.

—Unos hermosos pájaros —dijo Evelina, apenas capaz de contenerse. Se imaginó a Ezra Zanotti y su sonrisa se ensanchó—. ¿Cuándo vamos?

—Mañana por la mañana —sugirió Benedetta.

—Llamaré a la *signora* Zanotti y le diré que vamos —adujo Artemisia—. Y tendrás que devolver ese vestido, Evelina.

Evelina suspiró.

—Cenicienta tendrá que volver a vestir harapos. —Luego sonrió con picardía, con el rostro resplandeciente de emoción—. Pero podrá ir a la ciudad.

3

A la mañana siguiente, Evelina y Benedetta entraron en Vercellino en la carreta con Benedetta llevando las riendas. Evelina apenas había dormido por los nervios; hoy iba a ver de nuevo a Ezra. Había hecho lo que su madre le había pedido y había doblado el vestido de la *signora* Ferraro en una bolsa. Sin embargo, no tenía intención de devolvérselo todavía. A mitad de camino hacia Vercellino hizo parar a Benedetta. Bajó y desapareció detrás de un arbusto. Unos instantes después, salió con el vestido, muy satisfecha de sí misma.

—¡Eva! —jadeó su hermana, asombrada de que pudiera ser tan desobediente.

—Si crees que voy a ir a la ciudad vestida como una niña, te equivocas, Benedetta —dijo Evelina de forma tajante, y se subió de nuevo a la carreta—. Además, la *signora* Ferraro dijo que me lo pusiera. No me dijo cuándo tenía que devolvérselo.

—Espero que mamá no se entere.

—Mamá está demasiado ocupada para preocuparse por eso. Está moviendo cuadros, vendiendo los viejos, comprando nuevos y viendo a su aquelarre de amigas. No estoy segura de que le importe lo que hacemos.

—Espero que tengas razón. Me di cuenta de que papá no estaba muy contento de verte con ese aspecto.

—Pues será mejor que se acostumbre. Eso es lo que les pasa a las chicas, se convierten en mujeres.

—No esperaba que te convirtieras en una tan pronto.

—Tengo diecisiete años. Por Dios, ya no soy una niña. Estoy lista para enamorarme.

Benedetta se rio.

—No creo que encuentres a nadie adecuado aquí.

Evelina ladeó la cabeza y sonrió.

—Nunca se sabe.

Era emocionante estar fuera de la finca y en la bulliciosa ciudad. Ambas jóvenes sentían un inmenso placer al formar parte del ajetreo de una vida de la que en general se las excluía. También les complacía que las admiraran, pues no podían evitar fijarse en que los hombres las miraban al pasar. Algunos se levantaban el sombrero, otros sonreían con aprecio, un grupo de chicos corrió tras la carreta como una tribu de competitivos monos para ver quién la tocaba primero. Evelina y Benedetta doblaron la esquina y se detuvieron frente a Ercole Zanotti. Bajaron y Benedetta ató el caballo. Evelina respiró hondo y siguió a su hermana al interior.

Ercole ya estaba atendiendo a una mujer de aspecto elegante y a su hija, bajando rollos de tela y calculando longitudes en la mesa de corte. Ezra estaba junto a un expositor de adornos y pasamanería, escuchando con atención a una anciana que le hablaba de su nieto. Levantó la vista cuando entraron Benedetta y Evelina, distraído por la campanilla de latón que tintineaba sobre la puerta. Su mirada se detuvo en Evelina. Ella le sonrió y se dio la vuelta, sabiendo que había captado su interés. Estaba agradecida a la *signora* Ferraro por prestarle el vestido. Siguió a Benedetta por la tienda, tocando las sedas y los algodones y pasando los dedos por los encajes y las cintas, fingiendo curiosidad, sabiéndose observada. Benedetta era decidida. Sabía bien lo que le gustaba y lo que no. Evelina fingía escuchar, pero sus oídos captaban la conversación que Ezra mantenía con la anciana y deseaba que terminara para que pudiera atenderlas a ellas.

Por fin la anciana se marchó con su paquete de telas y Ezra se acercó a Evelina y a Benedetta.

—Buenos días, *signorine* —dijo, y saludó de forma educada con la cabeza. Sus ojos grises miraron a Evelina—. ¿Puedo ayudarlas?

—Puedes —dijo Benedetta con confianza. Ya se sentía como una *signora*—. Quiero que me hagan algunos vestidos para mi ajuar.

Ezra enarcó las cejas y sonrió.

—Permítame felicitarla —dijo.

—Gracias. Me los hará la *signora* Zanotti, pero tengo que elegir algunas telas.

—Le pediré a mi madre que salga para que pueda aconsejarla. Creo que sería mejor hablarlo con ella.

Desapareció en la trastienda. Evelina lo vio marchar y sintió una oleada de excitación en el pecho. Deseaba confiar en su hermana, pero algo se lo impedía. No sabía por qué, pero una vocecita dentro de su cabeza le advertía que fuera prudente.

Un minuto después, la *signora* Zanotti salió de la trastienda. Era una mujer delicada, con una mirada dulce como la de su hijo y el pelo oscuro recogido en un moño en la nuca. Preguntó por la *signora* Pierangelini con su voz suave y felicitó a Benedetta por su compromiso. Evelina dejó que las dos mujeres hablaran y se dirigió al otro extremo de la tienda, esperando que Ezra la encontrara allí. No tuvo que esperar mucho.

—¿Puedo ayudarla en algo, *signorina*?

Se giró y lo vio sonriéndole con afecto.

—Quisiera todo lo que hay en la tienda —dijo con una sonrisa—. Pero no soy yo la que se casa, así que, por desgracia, no puedo comprar nada.

—El vestido de mi tía te sienta muy bien. —Recorrió sus curvas con la mirada y Evelina se recreó en su admiración. Sabía lo bien que le sentaba.

—Adoro a la *signora* Ferraro. Es una inspiración para mí en muchos sentidos. ¿Has visto sus cuadros?

—Así es. Es muy buena.

—Lo sé. Solo puedo soñar con ser tan buena como ella.

—Mi tía dice que tienes talento.

Evelina rio.

—Le pagan por decir eso. Podría ser un caso perdido y aun sí diría que tengo un don. —Lo miró fijamente, saboreando la intimidad de su mirada—. Me ha dicho que tocas el violín.

Él se encogió de hombros.

—No soy muy bueno, pero me encanta dejarme llevar por la música.

—¿No hay nadie a quien puedas pagar para que te diga lo brillante que eres?

Ezra se echó a reír y por primera vez Evelina vio las deliciosas arrugas que se formaban en su rostro alrededor de la boca y en los rabillos de los ojos. El corazón le dio un pequeño vuelco y rio con él, porque era imposible no hacerlo. Su alegría era contagiosa.

—Por desgracia no. Pero mi tía me anima gratis.

—Lo que es mucho más valioso.

—Está siendo amable. No soy un prodigio, solo un entusiasta.

—Mi hermana toca el piano.

—¿Y tú?

—Toco, pero no me entusiasma.

—¿Por qué no?

—No lo sé. Tal vez porque mi hermana es muy buena y me siento incompetente comparada con ella.

—No dejes que eso te frene. Simplemente disfrútalo. Déjate llevar por la melodía. No importa si tocas bien o mal, lo que importa es que la música te conmueva y te lleve a otro lugar.

Evelina sonrió con anhelo.

—Me encantaría que me llevaran a otro lugar —dijo—. ¿Cómo podría hacerlo?

Él se animó y la pasión iluminó sus ojos grises.

—Imagina que eres un pájaro que se lanza desde el alféizar de la ventana. Mientras tocas, deja que la música te lleve como alas al viento. A donde quieras ir. —Sonrió con timidez—. Parece una tontería, pero dejo que la música me lleve a islas exóticas en el mar, a selvas en los trópicos, a montañas en Sudamérica, a selvas tropicales en Brasil. Nunca veré esos lugares de verdad, pero los imagino.

—¿A dónde más vas?

—A las profundidades del mar. Nado con delfines, ballenas y bancos de peces multicolores. El sol lanza rayos de luz que atraen a todo tipo de criaturas y ellas se contonean entremedias, al igual que yo. A veces yo mismo soy un pez. —Se rio—. Puedes ser lo que quieras.

—¿Y haces todo eso mientras tocas el violín? —preguntó.

—La música es la llave que abre la puerta a tus fantasías más profundas.

—Eso me encantaría.

—No es difícil. Ya lo verás.

—Lo intentaré —dijo—. Imaginaré que soy un pájaro. Me encantaría sentir lo que es volar.

Si antes había quedado prendada de él, ahora se estaba enamorando de verdad. Nunca había conocido a una persona que hablara como él, que soñara como ella.

—Ezra —lo interrumpió su padre—. ¿Te importaría atender a la señora De Luca?

Ezra le dedicó a Evelina una sonrisa de disculpa. Evelina se dio cuenta de que lamentaba tener que separarse de ella. Deambuló por la tienda sin importarle en absoluto que Benedetta se entretuviera mirando telas y fotos de diseños en un libro que le estaba mostrando la *signora* Zanotti. Evelina estaba contenta de estar en el mismo espacio que Ezra, respirando el mismo aire. De vez en cuando lo miraba y una o dos veces captó su mirada y sus labios se curvaron en pequeñas sonrisas apenas perceptibles.

Cuando Benedetta terminó, dio las gracias a la *signora* Zanotti y a su marido Ercole con los modales propios de una dama que adoptaría en adelante, pues pronto sería una mujer casada, y se dispuso a salir de la tienda. Evelina se detuvo en la puerta y se volvió hacia Ezra. Él dejó de hacer lo que estaba haciendo y la miró.

—Gracias —le dijo en voz baja, y esperaba que él supiera que le estaba dando las gracias por haberle dado la llave para abrir la puerta de sus más profundas fantasías.

Las dos mujeres pasearon por Vercellino tomadas del brazo y con paso ligero. Era un placer estar solas, sin acompañante, libres para ir adonde quisieran. Curiosearon los escaparates, tomaron café al sol en una mesita redonda en la calle, se sentaron en un banco de la plaza y contemplaron la vida como si estuvieran en la platea de un gran teatro.

Ya era tarde cuando se dirigieron a casa, cantando canciones juntas mientras la carreta avanzaba despacio por el camino de tierra. La felicidad las embargaba. Evelina estaba rebosante de amor. Había hablado con Ezra, los dos solos, y nadie se había dado cuenta ni le había importado. Fue un momento solo suyo, para saborearlo a placer. Un delicioso secreto que guardaría para sí. No quería que le dijeran que era demasiado joven o que Ezra no era el adecuado. No quería que nadie le estropeara esa sensación. Parecía que estuviera flotando. Como si su pecho estuviera lleno de burbujas y sus pies despegaran del suelo, rompiendo las raíces que la ataban a la tierra. Se sentía libre.

Evelina no estaba tan embriagada como para no acordarse de cambiarse de vestido. Una vez más, Benedetta se detuvo y esperó mientras su hermana se metía detrás de un arbusto y salía un momento después con el viejo vestido que se había puesto. Pero Benedetta estaba demasiado contenta con sus propios planes para comentar el pequeño acto de rebeldía de su hermana o para advertirle que no lo hiciera. ¿Por qué iba a importarle? Iba a casarse con Francesco Rossi y a trasladarse a Milán.

Evelina fue al salón de música en cuanto llegaron a la casa y se sentó al piano. No se molestó en abrir un libro de música. Cerró los ojos y respiró hondo. Pensó en Ezra y colocó los dedos sobre las teclas. No importaba que no fuera muy buena. No importaba que se tropezara con las notas. Lo importante era dejarse llevar por la música. Eso le había dicho él. Con esto en mente, empezó a tocar de memoria una melodía que siempre le había gustado. Estaba en tono menor. Una pieza sencilla pero emotiva que la conmovía. Mientras tocaba, notó que en su mente se formaban imágenes. Era un pájaro volando, contemplando el mundo desde una gran altura.

Vio palmeras, ríos, orquídeas salvajes y helechos. Monos y elefantes, tigres y cocodrilos y una barca de pesca en medio de un riachuelo; la luz del sol danzando en el agua, libélulas elevándose en el aire. Siguió tocando, ya más despacio, y las imágenes se hicieron más estables a medida que las mantenía quietas y se sumergía en ellas. Y de repente estaba allí, caminando por un sendero del bosque, pisando el blando suelo con los pies descalzos y extendiendo los dedos para tocar las flores. Y su espíritu se llenó de felicidad y las lágrimas le anegaron los ojos. Su corazón languidecía con el profundo y urgente anhelo del primer amor.

⚜

Aquella tarde, Evelina encontró a su madre en la mesa de la terraza con sus tres mejores amigas. Estaban bebiendo Campari y jugando al buraco. Desde niña, Evelina había visto a aquellas cuatro mujeres como pájaros, ya que cacareaban, se reían y se atusaban las plumas como hacían los pájaros. Por supuesto, su madre era un cisne negro; no podía ser menos que la más bella. Giulia Benotti era una oca, regordeta y prepotente, con una risa estridente y un carácter generoso y maternal. Eleonora Maggi era un águila; esbelta, de rostro anguloso, ojos perspicaces y gran nariz aquilina; y, por último, Ottavia Sanfelice, que, con sus largas piernas, su rostro altivo y ese aire de superioridad, solo podía ser una garza.

Evelina las saludó y luego se sentó en un sillón de mimbre a poca distancia de donde las mujeres se dedicaban a cotillear. Desde allí podía escuchar a escondidas su conversación mientras fingía estar absorta en un libro. Hablaban de Hitler y de sus controvertidas opiniones sobre la raza. Evelina había oído a sus padres hablar del tema durante el desayuno, ya que aquello copaba los periódicos italianos. Por lo que ella sabía, Hitler creía en una raza superior de «arios» rubios y de ojos azules y que los judíos en particular eran una raza inferior a la que no se le debía conceder los mismos derechos que a sus superiores. Desde que lo nombraron canciller alemán en 1933, empezó a restringir todos los aspectos de la vida privada y pública del pueblo judío. Como Evelina no conocía a ningún judío, el tema le parecía algo lejano y escuchaba a medias, como hacía cuando sus padres hablaban de cosas que no tenían nada que ver con ella.

—Ese tipo de barbaridad nunca ocurriría aquí —aseveró Ottavia—. El *Duce* es amigo de los judíos. Son italianos primero y judíos después, y eso es algo importante que hay que recordar. A fin de cuentas lucharon por su país en la Gran Guerra.

—Los judíos viven en Italia desde la época romana —adujo Eleonora—. Son italianos. Así de simple. El propio Mussolini ha dicho que no existe la raza, solo el orgullo nacional.

—Lo que dice y lo que piensa son dos cosas distintas —arguyó Artemisia—. Es escurridizo como una anguila. Acordaos de los pobres eslavos, y en cuanto a los negros, los considera inferiores a los blancos. Yo no me fiaría de nada de lo que diga Mussolini sobre la raza. Su mirada se dirige hacia donde sopla el viento y el viento viene de Alemania.

—Piensa lo que quieras, Artemisia, pero Mussolini no es amigo de Hitler —añadió Giulia—. Él considera al pueblo judío un gran pueblo.

—No me fiaría del *Duce* ni un pelo —insistió Artemisia, y Evelina supo que lo decía para crear polémica. Su madre nunca iba a tener la misma opinión que los demás. Tenía que ser diferente, siempre.

—¡Oh, Artemisia! —graznó Giulia—. Mussolini cree en las grandes tradiciones de la cultura italiana; la familia, la religión, el derecho de cada persona a ser individual. El fascismo es patriotismo, no opresión. Creo que es muy bueno. Un hombre fuerte. Un hombre que cree en la potencial grandeza de nuestra nación.

—El *Duce* cree en el segundo Imperio romano —convino Ottavia—. Va a hacer grande a Italia de nuevo.

—Por medio de la guerra —repuso Artemisia—. No me gusta la guerra. Prefiero que nuestros jóvenes vivan a que pierdan la vida en una batalla sin sentido, solo para satisfacer el ego de un hombre.

—Si hay que ir a la guerra, que así sea —continuó Ottavia, moviendo la cabeza para demostrar lo inevitable que creía que era la guerra—. Es deber de todos los italianos sacrificar sus vidas por su país si hace falta.

—No me interesa ser grande —dijo Artemisia—. Ni ser un imperio. Mussolini es competitivo. Solo quiere ser más grande y mejor que Inglaterra, Francia y, por supuesto, Alemania.

—Hitler y Mussolini son fascistas, pero sus ideas del fascismo son muy diferentes —adujo Eleonora—. Menos mal. No me gustaría ser alemana ahora mismo.

Artemisia estuvo de acuerdo.

—Esta cuestión de la raza es ridícula y la religión también. Judíos, católicos, protestantes, hindúes, budistas, las personas son personas y deberían llevarse bien y aceptarse unas a otras. Al fin y al cabo, todos somos diferentes.

—En efecto, lo somos. Los italianos somos muy diferentes de los alemanes. Por suerte, no tenemos problemas con los judíos —repuso Giulia.

—En eso estamos de acuerdo —dijo Artemisia, riendo—. Se me encoje el corazón cuando pienso en cómo los tratan en Alemania. Pienso en los Zanotti, por ejemplo, y en cómo les afectaría semejante intolerancia. —Al oír ese nombre, Evelina aguzó el oído y dejó de leer—. Son gente buena, honrada y trabajadora. Me agrada mucho Olga Zanotti.

Ottavia asintió.

—Ercole luchó en la guerra, como su padre, y es un miembro entusiasta del Partido Nacional Fascista. Es un italiano que resulta que es judío.

Evelina no oyó el resto. Durante todo el tiempo que la prensa había estado debatiendo las diferencias entre los judíos italianos y los judíos sionistas y la persecución de los judíos por parte de Hitler y el respeto de Mussolini por los judíos, ella había ignorado que los Zanotti eran judíos. Nunca se le había pasado por la cabeza. ¿Por qué iba a hacerlo? Ahora bien, esos debates significaban algo. No es que percibiera peligro, porque lo que ocurría en

Alemania no iba a ocurrir en Italia. ¿No había dicho Giulia que el *Duce* consideraba al pueblo judío un gran pueblo? No, no había ninguna amenaza para el pueblo judío en Italia. Pero qué interesante que Ezra Zanotti fuera judío.

La siguiente vez que la *signora* Ferraro vino a darle clase de pintura a Evelina, le preguntó por aquello.

—¿Te preocupa lo que está pasando en Alemania? —le preguntó.

La *signora* Ferraro se encogió de hombros.

—Sí, la persecución de Hitler contra los judíos nos preocupa mucho —respondió—. Como judía, siempre tengo la maleta preparada. Nunca damos nada por sentado. No hace tanto que estábamos en los guetos. Sin embargo, confío en que aquí no ocurra nada parecido a lo que pasa en Alemania. Tenemos un gobierno y nación tolerantes. Pero a uno le inquieta y, por supuesto, siento una gran pena por nuestros compatriotas judíos que sufren bajo el Tercer Reich. Espero que no dure. Quizás haya un cambio de gobierno y las cosas vuelvan a mejorar.

Esto satisfizo a Evelina; el pueblo judío de Italia no tenía nada que temer.

En el transcurso de las semanas siguientes, Artemisia comenzó a planear la boda de Benedetta. La fecha se fijó para mayo. Artemisia, como era su estilo, aprovechó la ocasión y elaboró extravagantes diseños para impresionar a la familia Rossi y a sus amigos y para lucirse ella y la villa de la mejor manera posible. Francesco le regaló a Benedetta un anillo de esmeraldas que le encantó por su tamaño y modernidad, y ambos empezaron a verse en Milán, en casa de los Rossi y en Villa L'Ambrosiana. Tani estaba chapado a la antigua y no permitió que su hija se fuera sola con Francesco.

Insistió en que Artemisia la acompañara a Milán. En alguna que otra ocasión, tanto Artemisia como Tani iban con ella, pues a Tani le gustaba pasar tiempo con el padre de Francesco, su viejo amigo de la universidad.

Durante esas excursiones a Milán, Evelina se quedaba sola en la villa con Bruno y Romina, su abuela, su tía abuela y los criados, que trabajaban en silencio en las sombras y no le hacían caso. Practicaba el piano y pintaba, leía, paseaba por el jardín y jugaba a las cartas con la *nonna* Pierangelini y con Costanza. A su abuela no le gustaba Francesco.

—Es demasiado pulcro y ordenado —dijo una tarde en que las tres estaban merendando en la terraza, bebiendo zumo de cereza y comiendo galletas de almendra y tarta—. Desconfío de los hombres demasiado pulcros y ordenados.

—Creo que es guapo —adujo Costanza, sonriendo con aire pícaro a Evelina en medio de una nube de humo de tabaco.

—Reconozco que es guapo, pero es controlador y estricto. —La *nonna* Pierangelini comió un buen trozo de tarta—. Todo está en el bigote.

Evelina arrugó la nariz, incrédula.

—¿Puedes decir todo eso por un bigote?

La *nonna* Pierangelini arqueó una ceja.

—Te sorprendería lo mucho que puede comunicar una simple mata de pelo en el labio superior de un hombre. Ni que decir tiene que el pequeño mechón de Hitler, porque eso es lo que es, un mechón bien recortado, denota una naturaleza inflexible e implacable.

—Ese bigote no tiene nada de sexi —coincidió Costanza con una mueca—. ¡Pica!

—No acabará bien.

—¿Hitler o Francesco? —preguntó Costanza.

—Ambos —respondió la *nonna* Pierangelini con seguridad.

—No puedes decírselo a Benedetta —dijo Evelina—. Está muy enamorada de él.

La *nonna* Pierangelini se encogió de hombros.

—La juventud es ciega. Se necesita experiencia para leer bigotes.

—¿Estás diciendo que no la tratará bien? —preguntó Evelina, preocupada.

—Eso es justo lo que estoy diciendo. Por supuesto, al principio lo hará. Será muy romántico y dirá todas las cosas indicadas. Pero cuando la luna de miel termine, y las lunas de miel siempre terminan, la controlará. Eso es lo que hacen los hombres como Francesco, los hombres de bigote prolijo. No pueden permitir que los que están bajo su control tengan libertad. Le dirá qué puede ponerse, qué puede decir, adónde puede ir y, sobre todo, adónde no puede ir. No, no me gusta nada, pero no diré una sola palabra porque algunas personas tienen que descubrirlo por sí mismas. La sabiduría no se enseña. Hay que aprenderla por medio de la experiencia y Benedetta tiene muy poco de eso porque sus padres apenas la han dejado salir.

—Creo que te equivocas —dijo Costanza.

—Siempre piensas que me equivoco.

—A mí me gusta Francesco.

—Tú no te vas a casar con él.

—Creo que será bueno para Benedetta.

—Ya veremos —replicó la *nonna* Pierangelini con un suspiro—. Me encantaría equivocarme de vez en cuando.

Un sábado, mientras sus padres y Benedetta se encontraban a hora y media de distancia en Milán, Evelina utilizó la carreta y fue a Vercellino con el vestido de la *signora* Ferraro. Aburrida de entretenerse entre los muros de Villa L'Ambrosiana, salió a buscar diversión fuera. No había posibilidad de que la descubrieran porque sus padres tenían pensado estar fuera todo el día y sabía que Romina no la traicionaría. En cuanto a la *nonna* Pierangelini y a Costanza, estaban demasiado ocupadas con las cartas y la siesta como para preguntar por su paradero.

Cuando Evelina llegó a Vercellino había un desfile fascista en Piazza Roma, organizado por las eufóricas Juventudes Fascistas, con sus uniformes blancos y negros y sus banderas negras en alto. Tocaban música, cantaban y desfilaban con gran aplomo ante una multitud de padres orgullosos y vecinos entusiastas. Evelina ya lo había visto antes. Bruno iba a la escuela local y le encantaban los ejercicios, los uniformes y las canciones fascistas, que volvía cantando: «Somos el dorado amanecer, crecemos alegres bajo el sol y el aire. Somos la joven Italia».

Evelina no se consideraba fascista ni antifascista. Hacía lo que le decían, leía los periódicos y escuchaba la radio con distancia, como si las cosas que ocurrían fuera de los muros de Villa L'Ambrosiana tuvieran poco que ver con ella y su mundo aislado. Su padre consideraba impropio de las mujeres el tener opiniones y solo toleraba las de su esposa porque sabía que la mayoría de las cosas que decía eran para provocar una reacción, como un juego. Creía que la política era cosa de hombres y que las mujeres debían ocuparse de la familia, el hogar y las artes. Benedetta y Evelina estaban conformes con eso. El propio Tani era antifascista, aunque no lo iba anunciando a los cuatro vientos. No era prudente hablar en contra del gobierno. Admitía que le estaba agradecido a Mussolini por haber puesto orden en el caos, pero le interesaban más sus proyectos, que lo mantenían en un espléndido aislamiento en su estudio, en una de las alas más alejadas de la villa, donde sus hijas sabían que no debían molestarlo, que lo que él consideraba un régimen fascista opresivo.

Con la misma distancia observó Evelina el desfile fascista. Deambuló por la plaza, divertida por aquel espectáculo tan patriótico de una pequeña ciudad de provincias sin importancia. A juzgar por la expresión seria de los rostros de los jóvenes, hombres y mujeres, se creían parte de algo grande. Creían en las aspiraciones imperiales de Mussolini, en el nuevo Imperio romano. Eran los chicos de los que Ottavia Sanfelice hablaba cuando dijo que los italianos debían estar dispuestos a sacrificar sus vidas por su nación si Italia entraba en guerra. Evelina no creía que ninguno de los presentes allí ese día se negara.

Se alegró mucho cuando vio a la *signora* Ferraro observando el desfile desde la escalinata de la fuente de Diana que dominaba la plaza. Estaba de pie junto a un nutrido grupo de familiares, sin duda disfrutando del espectáculo. Evelina se abrió paso entre la multitud para reunirse con ella.

—¡Evelina! —exclamó con alegría la *signora* Ferraro al verla—. Ven y únete a nosotros. —Extendió la mano, Evelina la tomó y se puso a su lado—. Me alegro de que te guste mi vestido —añadió la *signora* Ferraro, mirándola de arriba abajo con una sonrisa.

—Es mi favorito —respondió Evelina, esperando que no le pidiera que se lo devolviera.

—He oído que Benedetta está prometida. Debe haberle gustado.

—Así es. Se gustan mucho. Él también es guapo. Creo que es todo lo que ella podría haber deseado.

—¿Está aquí?

—No, está en Milán con mamá y papá…

—Por eso estás aquí. —La *signora* Ferraro entrecerró los ojos—. ¿Estás sola?

Evelina puso cara de no importarle las reglas.

—Ya no estoy sola. Estoy contigo —dijo, y la *signora* Ferraro se rio con su humor.

—Algunos de mis sobrinos están en el desfile —le dijo, señalándolos—. ¿Verdad que les queda bien el uniforme? Están muy orgullosos. Algunos incluso se los ponen en casa.

Evelina aplaudió al paso de los niños. Entonces oyó una voz que reconoció.

—Hola, *signorina*. —Era Ezra, que la estaba mirando.

—Ezra —dijo sorprendida, olvidando toda formalidad. Saltó del escalón para unirse a él—. ¿Alguno de tus hermanos está en el desfile?

—Sí, tres. Enrico, Giovanni y Damiana.

—Está claro que se lo están pasando bien.

—Les gustan sus uniformes.

—Eso me ha dicho la señora Ferraro. Les quedan bien.

Ezra la miró un momento, con una expresión divertida en los ojos.

—¿Quieres tomar algo? Estoy cansado de ver el desfile. Prefiero sentarme en una cafetería y charlar contigo.

Evelina se sintió halagada.

—Yo también estoy cansada —convino, aunque apenas llevaba allí media hora. Miró a la *signora* Ferraro, pero su maestra estaba demasiado ocupada disfrutando del desfile como para darse cuenta de que se escabullía con su sobrino.

Caminaron entre la multitud y salieron de la plaza por una calle empedrada de descoloridos edificios rosas y amarillos. Las fachadas de las tiendas brillaban al sol bajo los toldos festoneados. Las farolas de hierro forjado los saludaban desde arriba y las macetas de árboles frutales bordeaban su estrecha ruta. Aminoraron el paso y entablaron una conversación relajada. Ezra la llevó a su cafetería favorita de la Piazza Cavour, una bonita plaza con columnas dominada por la basílica de la Santa Cruz. Se sentaron fuera, en una pequeña mesa redonda, bajo un enrejado de parras.

—Toqué el piano tal como me dijiste —le dijo Evelina.

Ezra sonrió y la miró a los ojos como si no quisiera mirar a ningún otro sitio.

—¿A dónde fuiste?

—A una selva tropical —respondió—. Al principio volaba y luego iba andando. Fue maravilloso. Mucho más divertido que leer libros de música y sentirme insatisfecha.

Ezra se dio un golpecito en la sien.

—Todo está en la mente —dijo—. Puedes sentirte feliz con solo imaginar cosas que te encantan.

Y Evelina tuvo ganas de decirle que sobre todo era feliz pensando en él.

4

Al final del verano, Tani viajó a París para documentarse sobre el libro que estaba escribiendo. Benedetta siguió conociendo a Francesco y haciendo planes de boda con su madre, Bruno celebró el comienzo de un nuevo curso escolar y Evelina reanudó sus estudios con sus tutores, un par de profesores que enseñaban en la escuela de Vercellino y estaban encantados de ganarse un dinero extra dándole clases. Uno de ellos, el *signor* Stavola, era apuesto, con unos ojos verdes muy profundos y el pelo castaño claro, retirado de la amplia frente y fijado con una pomada que lo hacía brillar. Tenía un pico de viuda que hacía las delicias de Artemisia, pues pensaba que parecía una estrella de cine estadounidense. Las asignaturas que impartía eran literatura italiana, historia y francés, que eran las favoritas de Evelina. Pero la asignatura favorita del profesor parecía ser Artemisia, que lo retenía para charlar en el pasillo todas las mañanas cuando venía a dar clase. Durante esas charlas, Artemisia coqueteaba y se reía como una colegiala, y él adoptaba una expresión altiva y arrogante, mirándola con aire altanero como si en realidad fuera una de sus alumnas. Evelina le puso el apodo de «Signor Scivoloso»; don Escurridizo.

La *signora* Ferraro reanudó sus clases de arte y de vez en cuando le traía una nota de su sobrino. A veces, Ezra hacía un dibujo; otras, copiaba un verso de poesía. De vez en cuando, escribía un mensaje; «Anoche sobrevolé el Machu Picchu». O «La vieja *signora* Belvedere vino a la tienda esta mañana con una ramita de perejil prendida en la cinta del sombrero. Es tan corta de vista que lo ha confundido con lavanda». Evelina respondía a cada misiva. Le daba igual mostrarse comedida. No suscribía la idea de hacerse la tímida. El hecho de que solo tuviera diecisiete años y estuviera prácticamente prisionera en Villa L'Ambrosiana hacía que estuviera prácticamente fuera de su alcance sin necesidad de que ella complicara adrede la situación. Sus notas eran más largas que las de él. Escribía sobre a dónde la llevaba tocar el piano y que las matemáticas no tenían ningún sentido, de modo que su pobre profesor se distraía intentando explicarle la forma de encontrar patrones en los números. Pronto las cartas de Ezra se dirigieron a Evelina en lugar de a la *signorina* Pierangelini. Ella las guardaba todas en una caja debajo de la cama que decoró con flores secas que había hecho en su prensa para flores.

De vez en cuando, Evelina acompañaba a Benedetta a la ciudad para las pruebas de vestuario, no solo para su ajuar sino también para su vestido de novia, que también estaba confeccionando la *signora* Zanotti. Evelina tenía que andarse con cuidado de no llamar la atención sobre las conversaciones susurradas que Ezra y ella mantenían en la tienda mientras su hermana estaba en la trastienda. Fingía interés por las telas y le pedía a Ezra que bajara los rollos para poder palpar el material con los dedos. Incluso le pedía que los sacara fuera para poder ver el color a la luz del día y mientras aprovechaba para hablar un poco, lejos de la mirada curiosa de su padre. Evelina sospechaba que el *signor* Zanotti sabía lo que se traía entre manos. Era astuto y observador y tal vez ella no fuera tan sutil como creía, pero como ella era tan joven imaginaba que él no creía que las intenciones de su hijo fueran serias. Evelina no dudaba de que lo fueran. Estaba encaprichada con Ezra. Incluso creía que lo amaba. Quizá le sacara tres años, pero por la forma en que le hablaba y le enviaba notas a través de su tía, estaba segura de que esperaría a que se convirtiera en una mujer con la que pudiera ir en serio.

Evelina sabía poco de romances. Nunca la habían cortejado ni besado. Había leído novelas románticas y animado a Costanza a compartir sus historias de lo que claramente había sido un pasado agitado, pero no tenía ni idea de cómo funcionaba realmente el mundo de los adultos. Sentía curiosidad por el sexo, pero era algo remoto e imaginario que sin duda no le ocurriría en años. Francesco había besado a Benedetta, pero su hermana se resistía a compartir el momento con ella por miedo a estropearlo. «Si te lo cuento, dejará de ser especial», le explicó con cierta mojigatería. Evelina no estaba segura de por qué, pero no discutió. Ya lo averiguaría a su debido tiempo y tendría también su momento especial. Mientras tanto, imaginó cómo sería que Ezra la besara.

A medida que avanzaba el otoño, Artemisia empezó a ir por las tardes en coche a Vercellino dos o tres veces por semana para asistir a reuniones importantes. La boda de Benedetta era una tarea enorme y tenía que discutir los preparativos con el cura, entre otros, explicó. Tani empezó a llevar a Benedetta a Milán en tren, que gracias a Mussolini, llegaba y partía con puntualidad. Benedetta pasaba el día con Francesco y Tani se perdía en la Biblioteca Nacional Braidense, que databa de la década de 1770 y era su lugar favorito del mundo después de Villa L'Ambrosiana. Evelina se encontraba cada vez más atrapada en casa con Bruno y Romina, su abuela y su tía abuela, sus libros, su música, su pintura y su añoranza.

Una tarde, después de un largo día de clases, Evelina dejó al *signor* Scivoloso con su madre en el vestíbulo y se fue a tocar el piano. Cuando tocaba, se sentía cerca de Ezra. Oía su voz diciéndole que se imaginara que era un pájaro, un delfín o una leona. Imaginaba que volaba, con el sol en la cara, el viento bajo las alas y muy por encima de las montañas, las copas de los árboles y los arroyos. Hacía poco que había empezado a componer sus propias melodías. Acordes simples al principio y luego notas intercaladas, hasta convertirlas en sofisticadas piezas. Su formación formal le procuraba las herramientas con las que tocar sus composiciones; su imaginación permitía que esas composiciones florecieran. Expresaba su amor en los compases de la melodía.

Era casi de noche cuando salió al jardín. En noviembre anochecía pronto. El aire era frío y húmedo y desprendía un empalagoso olor a follaje en descomposición y manzanas podridas. Escuchó el susurro de las criaturas y el ulular de los búhos. Le encantaba la noche, el brillo de las estrellas y la misteriosa luna que jugaba al escondite con las nubes. Adoraba la tranquilidad y esa atmósfera mágica. Se dio cuenta de que había luz en el otro extremo de la villa, donde estaba el despacho de su padre. Tani aún estaba en Milán y no volvería hasta el día siguiente. Supuso que debía de habérsela dejado encendida y no le dio mayor importancia.

Pero cuando volvió a entrar, decidió que era mejor ir a apagarla. Su padre era muy puntilloso con derrochar dinero en electricidad. Evelina se paseó por la casa, apresurándose de un helado salón a otro, iluminada por la luz de la luna y guiándose por su propio conocimiento detallado de su hogar. Cuando llegó a la puerta del estudio, alargó la mano para girar el pomo. Justo cuando estaba a punto de agarrarlo, oyó una carcajada procedente del interior. Se le quedó la mano inmóvil. La risa pertenecía a su madre, pero no se reía sola. Algo le decía a Evelina que la persona con la que reía no era su padre. Sus padres nunca pasaban tiempo juntos en el estudio de Tani, y por lo que Evelina sabía, su padre seguía en Milán. Su estudio era zona prohibida para todos, incluso para su mujer. Siempre lo había dejado muy claro. Evelina se preguntaba qué estaría haciendo su madre allí. ¿Era posible que se lo estuviera enseñando al *signor* Scivoloso? Claro que había libros raros en las estanterías y algún que otro premio literario que había ganado su padre expuesto en una vitrina, pero Evelina no se imaginaba que hubiera allí algo lo bastante interesante como para justificar que el *signor* Scivoloso recorriera toda la casa para verlo.

Acercó la oreja a la puerta. De nuevo el sonido de la risa, el murmullo de voces bajas y luego una risita ahogada, como si le estuvieran haciendo cosquillas a su madre. Evelina se quedó estupefacta y al mismo tiempo se moría de curiosidad. Sin dudarlo un instante, volvió a atravesar la casa corriendo y salió al jardín. Tenía tanta prisa que no se molestó en ponerse el abrigo y ni siquiera notó el frío. Corrió por el césped hasta la ventana del estudio de su padre, donde la luz aún iluminaba el jardín. Se puso de puntillas porque la ventana estaba alta, se agarró con los dedos al borde de la pared y levantó la barbilla. Sus ojos miraron por encima de la cornisa al interior de la habitación. Para su horror, vio a su madre y al *signor* Scivoloso tumbados en el sofá, besándose. Era tan espantoso y fascinante a la vez que Evelina no pudo apartar la mirada, aunque sabía que debía hacerlo, por su cordura más que por su supervivencia. Los dos estaban demasiado absortos en lo que hacían como para fijarse en su pálida cara en el cristal.

Al final se apartó de la pared. No podía estar de puntillas mucho tiempo y ahora le dolían las pantorrillas y tenía frío. Se apresuró a cruzar la hierba y entrar por la puerta principal, preguntándose qué acababa de presenciar. ¿Qué significaba todo aquello? ¿Por qué haría eso su madre con el *signor* Stavola y en el estudio de su marido? ¿En qué estaría pensando? Evelina decidió sentarse en el escalón del vestíbulo y esperar a que salieran.

Esperó y esperó. Hacía frío sentada en el escalón de piedra, con la corriente de aire que se colaba por debajo de la puerta principal. Bruno no tardaría en bajar a cenar con Romina y también la *nonna* Pierangelini y Costanza. ¿Se lo perdería Artemisia? ¿Qué diría Tani si se enterara de que había estado en su estudio con el *signor* Stavola? ¿Qué diría su madre si le contara lo que había visto? ¿Debería contárselo a Benedetta? No sabía qué hacer.

Por fin oyó voces, primero lejanas y luego más cercanas. Su madre se reía y era una risa extraña y aniñada. El *signor* Scivoloso hacía comentarios, pero Evelina no podía entender lo que decía. Al final entraron en el vestíbulo. Cuando vieron a Evelina, sentada en el escalón con la cara desencajada por la furia, ambos se sobresaltaron de manera visible. El *signor* Stavola sonrió para ocultar su vergüenza e hizo un comentario poco convincente sobre que estaba perdiendo el tiempo cuando podría estar haciendo los deberes. Artemisia lo llevó a la puerta a toda prisa, cerró y se volvió para mirar a su hija.

—¿A qué viene esa cara? ¿Tienes hambre? Es hora de cenar. Ve a llamar a Bruno. ¿Dónde están la *nonna* y Costi?

—¿Por qué estabas en el estudio de papá con el *signor* Stavola? —preguntó Evelina. Su corazón latía tan deprisa que estaba segura de que su madre podía oírlo resonar en el vestíbulo.

—Quería enseñarle algunos de los libros de tu padre. De todos modos, no es asunto tuyo, ¿verdad? ¿Te has lavado las manos?

Evelina se dio cuenta de que su madre tenía las mejillas sonrojadas y el pelo alborotado, como si acabara de levantarse de la cama.

—No —respondió Evelina.

—Bueno, pues no te quedes ahí sentada. Ve a lavártelas.

Evelina sabía que su madre no iba a discutir el asunto con ella. En cualquier caso, tenía razón; no era asunto suyo. Pero Evelina se había hecho un poco más sabia con la experiencia, como su abuela había dicho que haría. Ahora sabía que los viajes de su madre a Vercellino no tenían nada que ver con la boda de Benedetta.

⁕⁘⁕

Desde que Evelina descubrió que los Zanotti eran judíos, se interesó por el tema. Empezó a leer los periódicos con más atención y a escuchar la radio atenta a cualquier referencia a la comunidad judía. Había escuchado a escondidas las conversaciones de su madre con sus amigas y le había hecho preguntas a su padre, por supuesto con sutileza y cuidado, porque no aprobaba que se interesara demasiado por la política. Se había interesado por la historia de su pueblo y le preocupaba mucho el trato que habían recibido.

La persona con la que podía hablar abiertamente sobre judaísmo era la *signora* Ferraro. Si sabía o no por qué Evelina se había interesado de repente por su religión y su cultura, no lo dijo, y respondió a sus preguntas con su paciencia habitual. Le habló de la historia del pueblo judío, de las fiestas, las tradiciones y los rituales que marcaban su año y discutió la cuestión de la raza, tan de actualidad en aquel momento y que se debatía sin cesar en la prensa. No parecía probable que Mussolini y Hitler llegaran a ponerse de acuerdo sobre esta cuestión y, en lo que a la *signora* Ferraro concernía, al tener opiniones tan opuestas sobre un tema que era sin duda de vital importancia para Hitler, era poco probable que llegaran a formar una alianza política. A fin de cuentas, Mussolini estuvo a punto de entrar en guerra con Alemania por el intento de Hitler de tomar el poder en Austria. La *signora* Ferraro afirmaba que Mussolini creía que Hitler era su mayor amenaza.

Benedetta se casó en la iglesia de la Virgen del Rosario en un perfecto día primaveral de mayo. Tani acompañó a su hija al altar, y Bruno, orgulloso con su esmoquin, hizo de paje y le ofreció a Francesco el anillo en un cojín de satén. Evelina fue dama de honor junto con cinco primas. Sus vestidos habían sido confeccionados especialmente por Olga Zanotti y eran más hermosos de lo que Evelina hubiera podido imaginar. Le regalaron un ramo de rosas y lirios y una corona de flores para la cabeza. Por fin se sentía una joven elegante y estaba preparada para dejar atrás su niñez en el armario con todos los viejos vestidos de Benedetta. Su hermana se iría de casa y Evelina se quedaría sola con Bruno. Pero, por mucho que le entristeciera la idea de que Benedetta se mudara a Milán, le alegraba pensar en ser la mayor de la casa. Quizás ahora su madre le encargaría vestidos nuevos y la trataría como a una mujer joven, como hacía con Benedetta.

La *nonna* Pierangelini se obstinó en vestir de negro. Aunque la boda era una ocasión feliz, se negaba a vestirse de otro color que no fuera el del luto. Claro que había enterrado a un marido y a dos hijos pequeños, pero Evelina sospechaba que en su solemne elección de color revelaba una protesta tácita por el marido elegido para Benedetta.

—¿Y si Francesco se hubiera afeitado el bigote? —le preguntó mientras la acompañaba al coche que la esperaba.

—Ya es demasiado tarde. He visto el hombre que es —contestó la *nonna* Pierangelini con pesimismo—. Y de todos modos, los hombres así no se afeitan el bigote. Lo llevan como insignias de honor.

Evelina se rio.

—Estoy segura de que serán felices juntos —dijo.

La *nonna* Pierangelini se encogió de hombros.

—Durante los primeros meses.

Entonces apareció Costanza, tambaleándose con un vestido rosa fucsia y un sombrero a juego. Parecía un flamenco flacucho de piernas largas y delgadas y nariz aguileña y altiva.

—¿Verdad que es emocionante? —exclamó, con una amplia sonrisa—. Piensa en Benedetta y Francesco en su noche de bodas. A mí me negaron una noche de bodas.

—Pero lo compensaste con muchos entrenamientos —dijo la *nonna* Pierangelini con sorna y subió al coche con rigidez.

⚜

El banquete nupcial se celebró en Villa L'Ambrosiana, donde cuatrocientos invitados disfrutaron de un gran banquete en el jardín, bajo celosías de rosas blancas. Los grandiosos diseños de Artemisia habían quedado tal y como ella esperaba, aunque Tani palideció al darse cuenta de lo mucho que estaba costando todo. A medida que el cielo nocturno se oscurecía hasta tornarse de un intenso azul añil, las luces de la villa brillaban como un magnífico barco en un mar de velas parpadeantes. Las luciérnagas danzaban en el aire perfumado como si Artemisia se lo hubiera ordenado y las estrellas fueron apareciendo una a una, centelleando igual que gemas. El efecto era cautivador y Artemisia se sintió satisfecha porque, si bien no poseían una gran riqueza como la familia Rossi, tenían clase y estilo y una casa realmente hermosa.

Los tres hermanos de Tani y sus familias habían venido de la Toscana y de Umbría, y su temible hermana mayor, Madolina, había viajado desde Estados Unidos, adonde su marido Peppino y ella habían emigrado poco después de casarse. Artemisia también tenía familia; sus padres y un par de hermanas menores, Rosa y Lidia, que habían seguido a pies juntillas el llamamiento de

Mussolini a las mujeres italianas para que tuvieran el doble de hijos de los que deseaban con el fin de aumentar la población y, por defecto, el poder de la nación, y tenían seis y ocho hijos respectivamente.

Artemisia había invitado a Ercole y Olga Zanotti y a su hijo Ezra. También había invitado a la *signora* Ferraro y a su entusiasta marido Matteo, y al *signor* Stavola, por supuesto, que estaba soltero y acudió solo. Evelina sabía muy bien por qué su madre había invitado a este grupo, que se sentaba en mesas separadas con el personal que trabajaba en la villa y en la finca. Todo era porque quería estar cerca del *signor* Stavola. Evelina no tenía la menor duda de que en esos tres viajes semanales a la ciudad, su madre lo visitaba y hacía todo tipo de cosas picantes que no debería hacer como mujer casada. Lo sabía por el buen humor de su madre cuando volvía, pero sobre todo porque ese buen humor no tardaba en transformarse en mal humor en cuanto veía a Evelina. Su madre evitaba el contacto visual y hacía todo lo posible por no cruzarse con ella, como si las miradas de reproche que su hija le lanzaba le hicieran sentir unos remordimientos que tal vez provocaban vergüenza. Debido a esto, Evelina supo que Artemisia tenía una aventura con el *signor* Stavola.

Sin embargo, esa noche Evelina no pensaba en su madre ni en su tutor. Sus pensamientos estaban con Ezra y, aunque su mesa estaba en el otro extremo del jardín, podía verlo con claridad entre los invitados. Él no trató de captar su atención a pesar de que Evelina deseaba que lo hiciera. Estaba enfrascado en una conversación con Romina, la niñera de Bruno.

La cena estuvo repleta de deliciosos platos y vinos traídos de la Toscana, donde el hermano de Tani poseía un viñedo. Se dieron discursos. Parecían interminables. Daba la impresión de que todos los hombres Rossi quisieran disfrutar de su momento de gloria. Si hubieran sabido lo aburridos que eran, tal vez se hubiera comedido más. Pero Benedetta estaba serena y feliz, disfrutando de cada momento de su día especial. Por la expresión de su rostro, estaba deseando que esos pesados parientes de su flamante marido acapararan la atención durante más tiempo.

Por fin empezó a tocar la orquesta y Francesco condujo a su mujer a la pista de baile. Tani y Artemisia los siguieron y pronto se les unieron otros. Costanza, que había bebido demasiado, fue la primera, pues arrastró a uno de sus sobrinos nietos a bailar agarrados. Evelina, que se había sentado junto a dos primos, bailó con un familiar tras otro. Intentó encontrar a Ezra entre las parejas que bailaban, pero fue en vano. Supuso que aún estaría en su mesa, hablando con Romina, y esa idea le produjo un momento de angustia.

Al final Evelina se excusó y fue en su busca. Sin embargo, no había llegado muy lejos, cuando la tía Madolina la sorprendió.

—Querida, cuánto has crecido —comentó, mirando a su sobrina de arriba abajo con su penetrante mirada y asintiendo con la cabeza—. Te has convertido en una joven muy hermosa. Siempre sentí pena por ti por tener una hermana mayor tan guapa, pero ya no siento pena por ti. Creo que siento pena por Benedetta. Eres una belleza.

—Gracias, tía Madolina —dijo Evelina, preguntándose cómo iba a arreglárselas para escapar ahora que su tía la había capturado.

La tía Madolina era una mujer corpulenta y con un carácter fuerte que no soportaba a los tontos. Como era la mayor, estaba acostumbrada a expresar sus opiniones y a que la escucharan. No se había criado con un padre que consideraba impropio de una mujer interesarse por la política. De hecho, el abuelo de Evelina, Beto Pierangelini, animaba a sus hijos a tener opiniones y los felicitaba si diferían de las suyas. No quería criar loros, decía. Los había empujado a pensar y a actuar con independencia, lo que había provocado acaloradas discusiones con Tani, que era más convencional. Si Beto hubiera vivido, habría animado a Benedetta y a Evelina a cuestionar las creencias de su padre y a formarse las suyas propias. Por tanto fue una suerte para Tani que su padre falleciera antes de que pudiera hacer valer su poderosa influencia sobre ellas.

—¿Cuántos años tienes ahora, Evelina? —preguntó la tía Madolina.

—Diecisiete.

—No dejes que tu padre te obligue a casarte, ¿quieres? Ven a vivir conmigo a Estados Unidos.

Evelina no podía imaginarse nada peor.

—Me encantaría —mintió, esperando que la conversación terminara ahí.

—Tienes una forma de pensar demasiado independiente para quedarte aquí. Este lugar es como un túnel del tiempo. Mi hermano parece un hombre de las cavernas. Pertenece al siglo pasado, no a este. Europa es ahora mismo una olla a presión. No esperes a que estalle. Ven a Nueva York. Estados Unidos tiene más que ofrecer a mujeres como tú. Hablaré con Tani.

Evelina se preguntó cómo sabía la tía Madolina que su forma de pensar era independiente.

—Por suerte, soy demasiado joven para casarme —respondió—. Y quizá, ahora que Benedetta se ha casado, papá se olvide de mí y se dedique a Bruno, que está creciendo muy deprisa.

—Bruno es adorable. ¡Qué mofletes! No puedo quitarles las manos de encima. Pero sigue siendo un niño. Yo no contaría con que tu padre te quite los ojos de encima, querida. Sabe lo vivaz que eres, y en opinión de Tani, las mujeres vivaces son peligrosas, como yo. —Se rio—. Me recuerdas a mí de joven. Tu mirada tiene algo...

—Si piensa que las mujeres vivaces son peligrosas, ¿por qué se casó con mamá?

—Porque tu madre es pura palabrería. Como una bella actriz, no cree ni una sola palabra de lo que dice. Al final, se siente intimidada por su marido y hace todo lo que él le pide. Tu madre no es tan independiente como le gusta pensar que es. Es una esposa y madre italiana como cualquier otra, pero más bella. Artemisia es única en ese sentido.

Evelina pensó en su tutor. «Mamá es más independiente de lo que crees», meditó para sí.

Evelina por fin encontró a Ezra. Iba a llenar de nuevo su copa de vino. De hecho, llevaba dos copas en la mano. Cuando el joven la vio, su expresión se suavizó.

—Evelina —dijo, mirándola con admiración—. El vestido te sienta muy bien. —Sabía que lo había confeccionado su madre.

—Gracias —respondió con una sonrisa—. Por fin tengo un vestido bonito propio.

—¿Has estado bailando?

—Sí, pero me ha aprehendido una de mis tías. La formidable tía Madolina, que ha venido de Estados Unidos.

—Todas las familias tienen una de esas —dijo poniendo los ojos en blanco.

—Supongo que la tuya también, ¿no?

Evelina rio cuando él le habló de su locuaz tía Mira, cuyo marido se había cansado tanto de intentar que le escucharan que casi había renunciado por completo y ahora apenas abría la boca, excepto para comer. Pero era una cocinera excepcional, reconoció Ezra, y por eso se quedó con ella.

—Al menos puede cocinar y hablar al mismo tiempo.

—¿Bailas? —preguntó Evelina, esperando que la invitara a bailar.

Ezra levantó las copas.

—Voy a llevarle algo de beber a Romina y luego vendré a buscarte.

—¿Lo prometes?

—Lo prometo.

—Entonces te esperaré —dijo, preguntándose cuánto tiempo tendría que esperar.

Evelina se vio arrastrada de nuevo a la pista de baile por los dos primos junto a los que se había sentado en la cena y a partir de ahí bailó con todos sus tíos y primos. Cuando bailó con su tío Peppino, él también la animó a que fuera a Estados Unidos.

—Puedes quedarte con nosotros todo el tiempo que quieras —dijo, dándole vueltas—. Allí todo es mejor, incluso la pizza.

A las tres de la madrugada, los novios se retiraron al piso de arriba entre aplausos. Después, los invitados empezaron a marcharse y sus faros desaparecieron por el camino de entrada. Evelina buscó a Ezra. Después de todo, le había prometido un baile y pronto terminaría la música. Recorrió los jardines en su busca.

El aroma a pino y a romero impregnaba la noche, y el suave brillo de las hogueras y el canto de los grillos la dotaban de vida. La rosada luna se alzaba en el cielo como un pomelo y las estrellas centelleaban con más nitidez de lo habitual. No podía ser más romántico, pero la decepción se adueñó del corazón de Evelina al saber que no podría bailar con Ezra. Ni siquiera estaba segura de que él siguiera allí. Incapaz de soportar el malestar de culparlo por no haber ido a buscarla, se culpó por haberse dedicado a bailar con otros y se preguntó si tal vez él la habría abandonado. Deseó no haberse dejado llevar tanto. Deseó haber esperado como dijo que haría.

En ese momento se fijó en una pareja sentada bajo la pérgola, al fondo del jardín. Eran dos figuras veladas por la oscuridad, pero Evelina supo de inmediato quiénes eran; Ezra y Romina. Se acercó de puntillas y se escondió detrás de un árbol.

Se asomó para ver mejor, con cuidado de que no la descubrieran. Estaban hablando, con las cabezas juntas, casi tocándose. Estaban sentados de un modo que desprendía una sensación de intimidad que hizo que a Evelina se le hiciera un nudo en la garganta. Si no se equivocaba, estaban tomados de la mano.

Evelina permaneció allí largo rato, paralizada por el horror y la curiosidad. Poco a poco, la tristeza llenó el fondo de su corazón, donde formó una creciente capa de cieno, espesa y nauseabunda.

Entonces se besaron. Evelina los observó, presa de la desesperación, pues fue un beso largo y tierno. Por sus mejillas manaron

lágrimas ardientes, que formaron gotas en su barbilla y le humede-
cieron el vestido al caer. Tuvo ganas de interrumpirlos con un grito
o exponerlos con una antorcha. Cualquier cosa para separarlos. Pero no quería revelar que estaba allí. Así que no hizo nada salvo
torturarse viéndolos.

Al final se secó la cara con las manos y cruzó a toda prisa el
jardín en dirección a la casa. Entró por la puerta trasera y subió a
su dormitorio sin hacer ruido.

Ezra había faltado a su promesa; jamás volvería a confiar en él.

5

A la mañana siguiente, durante el desayuno en la terraza, antes de que nadie hubiera bajado y mientras Bruno estaba entretenido con su *croissant* con mermelada, Evelina le preguntó a Romina por Ezra.

—Yo diría que tuviste suerte con tu compañero de mesa —dijo, manteniendo una expresión neutra para no delatar sus verdaderos sentimientos.

—Es encantador —respondió Romina. Una sonrisa reservada curvó sus labios y Evelina estaba segura de que el rubor de sus mejillas no se debía al calor.

—Y guapo también —convino Evelina—. Supongo que ya os conocíais.

—Por supuesto —respondió Romina—. Vamos a la misma sinagoga.

Evelina se quedó mirando a Romina con asombro.

—¿Eres judía? —preguntó.

—Sí. —Romina parecía sorprendida de que Evelina no lo supiera—. A mis padres no les haría mucha gracia que me casara con alguien que no lo fuera.

—¿Estáis prometidos?

—No, todavía no. Pero creo que pronto lo estaremos. —El rubor en las mejillas de Romina se intensificó—. Me gusta mucho.

Y ahí estaba. Tan claro como un cuchillo de cuarzo en el corazón. Ezra se casaría con uno de los suyos. ¿Por qué no se le había ocurrido? Abandonó la mesa del desayuno sin haber comido, se tiró en la cama y volvió a llorar.

En las semanas siguientes, Evelina se esforzó por encontrar algo positivo en su vida. Benedetta se había marchado y Ezra iba a casarse con Romina. Estaba atrapada en casa con Bruno, que era adorable, aunque ni mucho menos la compañía que era su hermana. Dejó de tocar el piano y de interesarse por la religión y la cultura judías. La *signora* Ferraro continuó trayéndole notas de Ezra, pero Evelina no las leía ni respondía. Las añadía a la caja que guardaba debajo de la cama y después, cuando se agotaron, llevó la caja al salón y la quemó en la chimenea. No quedaba nada de las cartas, pero su amor no podía destruirse tan fácilmente. Si acaso, las llamas se avivaban aún más por el hecho de que no podía tenerlo, y su anhelo la ponía melancólica.

A finales de junio, Evelina celebró su decimoctavo cumpleaños con una cena en Villa L'Ambrosiana. Llevó el vestido que había lucido en la boda de Benedetta y trató de divertirse con los cuarenta jóvenes a los que habían invitado a compartir su mayoría de edad. Su madre se había asegurado de incluir en la lista a todos los jóvenes adecuados de los alrededores, pero a ojos de Evelina ninguno estaba a la altura de Ezra. Si no podía tenerlo a él, no quería a ninguno.

Su madre le sugirió que fueran a Ercole Zanotti a hacerse unos vestidos, ahora que era una mujer joven. Evelina no estaba entusiasmada. No quería ver a Ezra después de lo que consideraba una terrible traición. Sin embargo, la tentación de la ropa bonita acabó por vencerla y fue allí con su madre. Entró en la tienda con la cabeza alta y disimuló el dolor de sus ojos tras una fachada fría e impasible. Saludó al *signor* Zanotti, sonrió a su hijo de manera educada y luego siguió caminando por la tienda hasta el fondo, donde su mujer estaba lista para atenderlas. Al menos Ezra tuvo la decencia de mostrarse preocupado, pensó al entrar en el taller de Olga Zanotti.

Por mucho que Evelina hubiera dejado de interesarse por el pueblo judío, no podía evitar leer los artículos de los periódicos que informaban sobre los discursos de Hitler contra ellos. Era insólito que en este mundo moderno cualquier dirigente pudiera discriminar a un pueblo de forma tan descarada y encontrar tan poca oposición, pensó. ¿Acaso no tenían todas las personas derecho a vivir en paz en el mundo, sin importar cuál fuera su raza o su credo? Al menos Mussolini declaró en términos inequívocos que no había ningún problema judío en Italia. Y, en efecto, tenía razón; no había ningún problema judío en Italia.

El 2 de octubre de 1935, Mussolini declaró la guerra a Abisinia*. Mussolini se dirigió a su pueblo a través de altavoces instalados en todas las plazas de las ciudades italianas. Tani y Artemisia protestaron contra su decisión de ir a la guerra quedándose en casa y escuchándolo por la radio.

—*Una hora, marcada por el destino, sacude el cielo de nuestra patria* —dijo Mussolini—. *Veinte millones de hombres llenan en este momento las calles de Italia. Veinte millones de hombres, pero un solo corazón, una única voluntad y una sola determinación. Durante muchos meses la rueda del destino, impulsada por nuestra serena determinación, se ha estado moviendo hacia su objetivo.* —Por supuesto, ese objetivo era el segundo Imperio romano.

Pidió a todas las mujeres italianas que renunciaran a sus alianzas de oro para apoyar la guerra. Benedetta entregó la suya con el corazón lleno de dolor. Artemisia se negó y llevó puesta la suya en señal de rebeldía. Ella no tenía un hijo en edad de ir a la guerra, pero reclutaron a Francesco, al igual que a Ezra. Evelina les propuso ir a Milán con su hermana, para darle consuelo. Sus padres estuvieron de acuerdo. Por fin era libre de Villa L'Ambrosiana y de todas las restricciones que le había impuesto. Con su hermana era como un pájaro liberado de su jaula.

Evelina no quería pensar en Ezra, pero la convivencia con Benedetta y su ritual diario de oraciones y rezos para que su marido regresara sano y salvo del campo de batalla no hacían más que dirigir sus pensamientos hacia él. Los periódicos estaban llenos de imágenes de las tropas fascistas avanzando de victoria en

---

* Lo que ahora se conoce como Etiopía. (N. de la T.)

victoria en una triunfal demostración de destreza militar, pero según los amigos de los suegros de Benedetta, que tenían contactos en el ejército, la verdad era muy distinta y los ejércitos estaban mal equipados y mal instruidos y las cosas no iban nada bien.

Benedetta arrastraba a Evelina a la iglesia todos los días para poner velas por Francesco. Evelina encendía dos, maldiciéndose por preocuparse por un hombre que no se preocupaba por ella. Pero su corazón sentía lo que sentía y de nada servía luchar contra ello. Al menos no estaba en Villa L'Ambrosiana, donde sin duda Romina estaría llorando por el único hombre al que Evelina creía que amaría jamás.

La mañana de Navidad, Bruno tuvo fiebre. Artemisia disipó los temores de su familia alegando que era por la emoción, porque el árbol del vestíbulo era tan hermoso y los regalos tan rojos y brillantes que no era de extrañar que el niño se sintiera abrumado. Pero Evelina sentía un desasosiego en lo más profundo de su ser. La casa estaba llena de familiares, pues Benedetta había vuelto con Evelina y dos hermanos de Tani habían venido a pasar la semana con sus familias.

—Deberías llamar al médico —sugirió la *nonna* Pierangelini, con el ceño fruncido por la ansiedad, lo que hacía que se le marcaran más las arrugas de la frente

Pero Artemisia estaba decidida a que la incapacidad de un niño para contener sus emociones no interrumpiera las fiestas. No llamaron al médico. Acostaron a Bruno y la fiesta continuó.

Romina, que no celebraba la Navidad, se sentó junto a la cama de Bruno, le frotó la frente con paños empapados en agua fría con vinagre y le cantó en voz baja. Evelina intentó participar en las fiestas, pero solo podía pensar en su hermano pequeño, que estaba en la cama con fiebre. Más tarde aquella noche, cuando la casa se sumió en un sueño profundo y ebrio, Evelina recorrió de puntillas el pasillo hasta el dormitorio de Bruno. Romina estaba en la silla junto a su cama, dando cabezadas, pues ya había pasado la medianoche. Bruno dormía, pero Evelina se dio cuenta de que no le había bajado la fiebre, sin necesidad de ponerle la mano en la frente. Empujó a Romina en el hombro con suavidad y la niñera se despertó sobresaltada. Romina comprobó de inmediato cómo estaba Bruno, temerosa de que la despertaran porque el niño había muerto.

—Yo me quedaré con él —dijo Evelina—. Tienes que dormir un poco.

Romina salió de la habitación de mala gana.

Evelina empapó un paño limpio en agua con vinagre y limpió el sudor de la cara de su hermano. Bruno parecía un angelito, con los ojos cerrados y expresión serena y su corazón se llenó de amor. Su respiración era lenta, tan lenta que una o dos veces durante la noche tuvo que acercarle la mejilla a la nariz para comprobar que seguía respirando. No se quedó dormida, sino que permaneció alerta, como si creyera que pudiera mantenerlo vivo con la fuerza de su voluntad. Gracias al poder de su deseo. Si el amor podía salvarlo, sabía que el suyo sería suficiente.

El amanecer irrumpió en la mañana gris, derramando su apagada luz a través de los huecos de las cortinas. Evelina se levantó y se estiró. Estaba agarrotada y tenía frío. El fuego en la habitación se había reducido a brasas. Bruno seguía durmiendo. Abrió un poco la ventana para que entrara un poco de aire fresco y fue al baño. Cuando volvió, Bruno había abierto los ojos. A Evelina le dio un vuelco el corazón. Sin duda alguna eso significaba que se había recuperado. Que le había bajado la fiebre. Que se iba a poner bien.

—Gabriele está aquí —dijo con un hilo de voz.

Evelina se sentó y le tomó la mano. Estaba caliente.

—¿Quién es Gabriele? —preguntó, sintiendo de nuevo que el pavor le atenazaba el corazón.

—Gabriele quiere que vaya con él. Dice que ya es hora.

—No hay ningún Gabriele, Bruno —dijo ella con firmeza—. Estás aquí conmigo, Evelina, y te vas a poner bien. No irás a ninguna parte.

Sus labios se curvaron en una pequeña sonrisa.

—Quiero jugar con Gabriele —susurró—. Quiero…

—Cuando estés mejor, podrás jugar con quien quieras.

Bruno la miró con ojos febriles.

—Tengo mucho calor.

—Ya lo sé, cariño. —Le soltó la mano con rapidez, empapó otro paño en agua con vinagre y se lo puso en la frente—. Mamá llamará hoy al médico y él te curará.

Bruno entrecerró los ojos.

—Hay mucha luz aquí.

—¿De veras? —Miró hacia las cortinas. Solo entraba una tenue luz mortecina entre ellas.

Bruno cerró los ojos. Evelina volvió a tomarle la mano. Los ojos se le llenaron de lágrimas.

—Ahora duerme, Bruno. Es lo mejor para ti. Dormir le dará a tu cuerpo la energía para luchar contra la fiebre y acabar con ella. Pronto estarás mejor. Sé que lo estarás. —Le levantó la mano laxa y apretó los labios contra ella.

Su respiración volvió a ralentizarse.

Evelina le tenía tomada la mano y lo observaba atentamente cuando Artemisia entró con Benedetta. En cuanto su madre lo vio se dio cuenta enseguida de que había llegado el momento de llamar al médico. Evelina se preguntó por qué no lo había llamado antes. Benedetta le sugirió que se quedara con él mientras Evelina se bañaba, se cambiaba y comía algo. Pero la joven estaba demasiado asustada para dejarlo.

—Se pondrá bien —insistió Benedetta—. Es una fiebre. Todos la hemos tenido y hemos sobrevivido. Es un rito de iniciación. Vete. Yo me quedaré con él.

Evelina hizo lo que le dijeron. La adrenalina la había mantenido despierta toda la noche, pero ahora se sentía agotada. Durante el desayuno, Artemisia le dijo a la familia que Bruno estaba bien, que solo tenía fiebre y que pronto se recuperaría para abrir los regalos. Si entonces había conseguido engañar a todos, ya no se dejaron engañar cuando llegó el médico y se marchó con expresión seria. Les dijo que era imperativo que le bajara la fiebre. Las próximas veinticuatro horas serían críticas.

Benedetta y Evelina fueron a la iglesia de Vercellino con la *nonna* Pierangelini y Costanza y pusieron unas velas por Bruno y por sus seres queridos que estaban en la guerra. Las fiestas navideñas se vieron empañadas por la preocupación, aunque Tani y Artemisia hicieron todo lo posible por fingir que no pasaba nada. Romina intentó despertar a Bruno para darle un poco de agua, pero él no se movió. Estaba tumbado como si ya tuviera un pie en el otro mundo.

Aquella noche Evelina no estaba sola cuando se sentó junto a su cama. Benedetta, Artemisia y Tani estaban con ella. Cuatro personas con semblante serio, rezando por la salvación del niño. La fiebre de Bruno no había hecho más que empeorar y ahora murmuraba incoherencias, como si se debatiera en una horrible pesadilla. Artemisia le acarició la frente, lo besó en la sien y le lavó la cara caliente, pero nada pudo reanimarlo. Con cada débil respiración parecía alejarse más y más.

Cuando la luz del día se abrió paso en el cielo por el este, la pesadilla terminó por fin. Bruno suspiró de forma apacible y sus facciones se suavizaron. Sus pestañas se agitaron y sus labios se curvaron en una pequeña sonrisa. Y entonces se marchó, como si simplemente hubiera tendido la mano y permitido que algún ser maravilloso se lo llevara.

Artemisia gritó y lo estrechó entre sus brazos, donde lo acunó como a un bebé. Tani dejó que sus hijas besaran a su hermano antes de acompañarlas a la puerta. Les explicó que Artemisia necesitaba estar un tiempo a solas con su hijo y que él le daría todo el que quisiera.

Evelina también necesitaba estar sola. Benedetta propuso que fueran a la iglesia, pero Evelina sabía que allí no encontraría consuelo. El único lugar donde sentiría algo de paz sería en el jardín, entre los árboles y arbustos que amaba, y que Bruno también había amado, pues había pasado muchas horas jugando entre ellos. Se puso el abrigo y las botas y salió a la plomiza mañana. No oyó el canto de los intrépidos pájaros que habían permanecido en Piamonte durante el invierno ni olió el dulzón aroma de la putrefacción mientras la naturaleza dejaba paso a los nuevos brotes que llegarían en primavera. No oyó ni sintió nada más que el dolor de su corazón.

Evelina nunca había sufrido un duelo. Nunca había perdido a un ser querido. Pero esta primera experiencia de pérdida horadó un nuevo hueco en su alma, un nivel más profundo en las serenas y silenciosas cavernas de su ser que era irreversible. Un lugar donde crecería la sabiduría.

No tardó en llegar a la capilla en la que tantas veces habían jugado Bruno y sus amigos y empujó la pesada puerta de madera. Dentro, el aire era frío y viciado, y los frescos de las paredes estaban manchados de humedad. El suelo de piedra estaba alfombrado de crujientes hojas marrones, de cadáveres de insectos y de algún que otro pájaro que había entrado volando, se había quedado atrapado dentro y había muerto también. Era un lugar triste y olvidado. El lugar perfecto para que Evelina desahogara su pena.

Se sentó en una de las sillas de madera que seguían dispuestas en filas desde la época en que la familia asistía a su misa privada. Se rodeó el estómago con los brazos y lanzó un grito inhumano. Provenía de algún lugar profundo e inexplorado de su interior. Un lugar tan oculto que todo su cuerpo se estremeció ante la sorpresa y el terror. Sin embargo, no pudo detenerlo. Una vez que empezó, fue cobrando fuerza. Brotaba con tanta violencia y tan intensos eran los espasmos, que sentía que se le iban a salir las entrañas por la boca. Lo único que podía hacer era renunciar al control y dejar que se abriera camino a través de ella.

Al final el llanto dio paso a un silencioso sollozo. Su cuerpo se desplomó derrotado, exhausto. Le dolía la cabeza, pero no era nada comparado con el dolor de su corazón. Se preguntó cómo una persona podía recuperarse de una agonía tan inconmensurable. Era imposible asimilar la muerte. Por mucho que lo intentaba, la mayor parte de ella sentía incredulidad. Pero su corazón le dijo la verdad; Bruno se había ido.

Enterraron a Bruno en la cripta familiar del cementerio de Vercellino. Mientras su pequeño ataúd descansaba junto a su abuelo, Beto Pierangelini, y a sus dos tíos, que habían muerto en la infancia, Evelina supo que nada volvería a ser igual. Se les había roto el corazón, pero más aún, le habían arrancado el corazón a la familia, dejando un vacío enorme. En Villa L'Ambrosiana resonaría para siempre el recuerdo de la risa de Bruno, su sonrisa juguetona, su curiosidad y su amor. Dondequiera que mirasen, la sombra de Bruno estaría allí. Todos los miembros de la familia se preguntarían una y otra vez si podrían haber hecho algo más.

La noche después del entierro, Evelina fue a ver a su madre, que estaba en la cama. El médico le había dado algo para calmarle los nervios y ella estaba recostada contra las almohadas, con la mirada perdida en la oscuridad.

—¿Puedo entrar? —preguntó Evelina en voz baja.

Artemisia no contestó, así que Evelina entró de todos modos. Se sentó en el borde de la cama y tomó la mano de su madre. Artemisia tenía el rostro demacrado por la tristeza y húmedo por las lágrimas.

—¿Quién es Gabriele? —preguntó Evelina.

Su madre movió los ojos y miró a Evelina con sorpresa.

—¿Por qué lo preguntas?

—Porque cuando Bruno deliraba, mencionó que Gabriele estaba con él y que le decía que ya era hora.

—¿Hora de qué?

—Quería llevarse a Bruno.

Artemisia ahogó un grito. Parecía haberse despertado de repente.

—¿Dijo eso? —preguntó.

—Sí. Dijo que quería ir a jugar con Gabriele. Me preguntaba si tal vez es alguien del colegio…

Artemisia volvió a jadear y sacudió la cabeza.

—Gabriele era su gemelo. Murió al nacer —explicó su madre. Evelina no sabía qué decir. Miró a su madre con asombro. Nadie le había dicho que Bruno tuvo un hermano gemelo—. ¿Crees que el alma de Gabriele había venido a llevarse a su hermano al otro mundo? —susurró Artemisia, y su mirada se llenó de nostalgia por su hijo y por ella—. ¿Crees que están juntos en un lugar hermoso?

Evelina tenía muchas ganas de creerlo. Apretó la mano de su madre.

—Sí —aseveró—. Lo creo. Creo que Gabriele le tendió la mano y Bruno la sujetó. Creo que se fueron a jugar.

Artemisia comenzó de nuevo a llorar.

—Gracias, Evelina —dijo—. Es una idea muy hermosa.

En Año Nuevo, Evelina regresó a Milán con Benedetta. Ninguna de las dos quería estar en casa con el pesado manto de luto que había caído sobre la villa. La madre de Artemisia vino a quedarse una temporada y sus hermanas se turnaron para pasar tiempo con ella también. No necesitaba a sus hijas, ni las quería. Solo pensaba en Bruno. Parecía que se hubiera llevado consigo el corazón de su madre al marcharse.

La *nonna* Pierangelini y Costanza hicieron todo lo posible por consolar a Artemisia y a Tani, pues ambos sufrían, aunque de distinta manera. Artemisia lloraba a menudo y en voz alta, mientras que Tani se sumergía en su trabajo. La *nonna* Pierangelini instaló un altar en uno de los salones. Un altar con una fotografía de Bruno y una vela que ardía día y noche. Lo decoró con flores de los invernaderos, rosarios, una estatua de la Virgen María e imágenes de su propio dormitorio. Allí rezaban ella y su hermana. Rezaban por todos sus seres queridos fallecidos, pero ahora la lista se había hecho más larga y triste. Amaban a Bruno y estaban seguras de que su muerte les había robado años de vida, pues ¿acaso no era cierto que el dolor acortaba la vida de quienes lo sufrían?

Benedetta recibía de vez en cuando cartas de Francesco, en las que le decía que tuviera valor y paciencia, le aseguraba que la guerra acabaría pronto y que él volvería a casa para que pudieran formar una familia y llevar la vida que habían soñado. Evelina no recibió ninguna carta de Ezra. Imaginaba que le escribía a Romina y la amargura agrió su recuerdo de él, de modo que al cabo de un tiempo dejó de preocuparse por él. Bruno estaba muerto, ¿qué importaba todo lo demás?

La primavera era calurosa y Evelina y Benedetta regresaron para pasar una temporada en Villa L'Ambrosiana. Encontraron su hogar muy cambiado. Tani y Artemisia parecían más desconectados que nunca y la propia villa parecía reflejar en su creciente aire de abandono y dejadez su falta de cariño mutuo. La humedad se había extendido aún más sobre los frescos, las alfombras parecían más desgastadas y no habían reordenado y sustituido los cuadros desde antes de Navidad. No había plantas ni flores en la casa, excepto un enorme helecho marchito en el salón de música junto al piano, que yacía silencioso y triste como un ataúd. Parecía que el tiempo se hubiera detenido en el momento en que Bruno abandonó este mundo. Artemisia deambulaba por la casa como un espectro, su vivacidad había desaparecido y el deseo de desaparecer había reemplazado a su deseo de que la vieran y admiraran. Evelina imaginaba que el *signor* Scivoloso no venía nunca de visita. Tani trabajaba en su estudio y salía solo para comer, dormir y marcharse a Milán, donde pasaba los días en la biblioteca, o tal vez buscando consuelo en los brazos de una mujer de carne y hueso. ¿Quién podía culparle? Apenas quedaba un hálito de vida en su mujer.

La *nonna* Pierangelini y Costanza también parecían haber envejecido, como un par de reliquias obligadas a continuar con las viejas costumbres de la *merenda* y la partida de cartas, aunque parecían no tener la voluntad de disfrutarlas. Se sintieron aliviadas al ver a sus nietas y las abrazaron de forma calurosa, esperando tal vez que con el regreso de las niñas, la vida en Villa L'Ambrosiana volviera a ser como antes.

Aunque Evelina ya no recibía clases de pintura, iba de todas formas a Vercellino a visitar a Fioruccia Ferraro, pues su amistad había alcanzado un plano de igualdad desde que dejaron de ser tutora y alumna. Matteo, el marido de Fioruccia, había ido a la guerra, como la mayoría de los jóvenes del país. Para ayudar, Fioruccia había ocupado el puesto de Ezra en la tienda de Ercole

Zanotti y trabajaba de forma intermitente en la tienda cuando no daba clases en la escuela. Era allí donde las dos mujeres quedaban y salían a tomar café a una cafetería local en la que sentarse a charlar.

Ercole Zanotti estaba muy orgulloso de Ezra. En su opinión, Italia tenía derecho a un imperio colonial como Francia y Gran Bretaña, y su hijo, su valiente y patriota hijo, luchaba por la gloria de su país junto a sus hermanos italianos. Fioruccia le confió a Evelina que la participación de su hijo en la guerra era para Ercole una forma de recalcar la lealtad de su familia a Mussolini y al fascismo. Eran italianos primero y judíos después y se empeñaban en señalarlo. Con el aumento de la persecución del pueblo judío por parte de Hitler en Alemania y las protestas antisemitas en la prensa italiana, no era momento para la autocomplacencia. Era el momento de mostrar una lealtad absoluta e inquebrantable al *Duce*.

—¿Tienes miedo de que ocurra lo mismo aquí? —le preguntó Evelina, hablando de Alemania.

—Sí —respondió Fioruccia.

—¿Qué te ha hecho cambiar de opinión?

—Un presentimiento. No lo sé. Algo en el aire. Siento el peligro en los huesos. —Levantó la mano para mostrar el dedo anular sin nada y soltó una risita—. Di mi alianza de boda para apoyar la guerra. Mi marido lucha en ella. Sin embargo, siento que al final esos gestos no servirán de nada.

—Mi padre dice que Italia se verá empujada hacia Alemania a raíz de su conflicto con Francia y Gran Bretaña por Abisinia. Espero que se equivoque.

—Yo también —convino Fioruccia—. Pero si le preguntas a Ercole, solo tiene elogios y admiración por nuestro liderazgo. No le cabe en la cabeza que aquí ocurra algo que ponga en peligro a nuestra gente. Dice que al gobierno le interesa más erradicar a los antifascistas que reprimir a los judíos.

—Es un optimista.

—No es el único. Mis temores parecen ser solo míos.

—Entonces no tienes de qué preocuparte —dijo Evelina esperanzada, pero se inclinaba a creer más en el pragmatismo de su padre que en el optimismo de Ercole.

La guerra ítalo-abisinia terminó en primavera y Francesco llegó a casa a principios de verano. Lejos del regreso triunfal de un héroe, Francesco estaba traumatizado por lo que había vivido y muy cansado. Había adelgazado tanto que Benedetta no lo reconoció cuando entró tambaleándose por la puerta de su apartamento en Milán y casi le gritó que se marchara. El pobre hombre se fue derecho a la cama y durmió dos días seguidos. Solo se despertó para comer la comida que su mujer le llevaba en una bandeja.

Evelina intentó no pensar en Ezra, pero cuanto más apartaba esos pensamientos, más luchaban para que no los ignorara. Ezra le pertenecía a Romina, se decía. Él no tenía ningún deseo de verla. Había sido para él un entretenimiento y nada más. El dolor, anulado por su pena por Bruno, se había mitigado, pero ahora que Ezra había vuelto a Vercellino, su corazón volvía a latir una vez más por él.

Cuando fue a ver a Fioruccia, su amiga le contó que tanto Ezra como Matteo habían vuelto en los huesos y que habían tardado días en recuperar en parte su aspecto normal. Olga y ella les habían cocinado sus platos favoritos con la esperanza de que engordaran, pero lo que más les había afectado era el cansancio y la desilusión por haber luchado en una guerra que ambos consideraban inútil.

—Imagino que Ezra se casará con Romina ahora que ha vuelto —dijo Evelina, temiendo la respuesta, pero deseando oír que era así para poder dejarlo atrás y seguir adelante con su vida.

—Sí, imagino que sí —respondió Fioruccia en voz baja—. ¿Y qué hay de ti, Evelina?

—Creo que me iré a Estados Unidos y viviré con mis tíos en Nueva York —dijo, pero en realidad era la primera vez que lo pensaba. Entonces se dio cuenta de que si no podía tener a Ezra, no tenía sentido quedarse en Villa L'Ambrosiana y consumirse en el dolor y la amargura—. Sí —adujo, encantada con la idea—. Me voy a ir a vivir a Estados Unidos. Mi tío me dijo que allí todo es mejor, incluso la pizza.

6

A Tani no le entusiasmaba que su hija se fuera a vivir a Nueva York con su hermana, no solo porque Estados Unidos estaba muy lejos de casa, sino porque no estaba seguro de que la influencia de su hermana fuera buena para ella. Sin embargo, a Artemisia le pareció una idea excelente. No quería tener que molestarse en encontrarle un marido a Evelina. No quería molestarse en hacer nada en absoluto, excepto lamentarse por su hijo. Evelina podría haberse sentido indecisa si su madre se hubiera acercado a ella en busca de consuelo, pero Artemisia dejó claro con su falta de interés que prefería que Evelina la dejara con su pesar.

Tani accedió a regañadientes y se pusieron en marcha los preparativos para la partida de Evelina. A la *nonna* Pierangelini le entristecía que su nieta hubiera decidido cruzar el Atlántico, pero comprendía su deseo de ampliar horizontes, igual que lo había comprendido cuando su propia hija, Madolina, se marchó con Peppino. Costanza dijo que ella también desearía poder ir.

—Creo que habría tenido una vida más excitante si hubiera vivido en un lugar como Estados Unidos —le dijo a Evelina, pero en realidad no sabía nada y se basaba en fantasías.

Evelina estaba entusiasmada con la oportunidad de empezar de cero en un país nuevo, lo más lejos posible de Ezra. Era optimista y creía que su corazón mejoraría en Estados Unidos, que encontraría una vocación que la inspirara y que a lo mejor se enamoraría. Su vida en Italia se había estancado. Tenía que volver a fluir. Inyectar entusiasmo en su vida. Encontrar un propósito.

Por eso fue una sorpresa cuando Ezra se presentó en la puerta de Villa L'Ambrosiana, después de hacer el trayecto en bicicleta desde Vercellino. La criada llamó a Evelina, que estaba en el jardín pintando.

—Ha venido a verla el señor Zanotti —voceó.

Evelina sabía que no era Ercole. Se quedó atónita. Dejó el pincel y se quitó la bata. Mientras caminaba hacia la villa, su entusiasmo inicial se vio empañado por la expectativa de descubrir el motivo de su visita. Seguramente venía a hablarle de su matrimonio con Romina y tal vez a disculparse por haberla tratado mal. Aquellos pensamientos hicieron que el cieno del fondo de su corazón se revolviera y enturbiara las aguas con resentimiento.

Evelina se acercó a la entrada, donde estaba Ezra con su bicicleta, su chaqueta y su gorra. Enseguida se dio cuenta de lo delgado que estaba y de lo distinto que parecía su rostro. Ya no tenía el aspecto despreocupado de antes, sino un rostro marcado por las arrugas y las sombras de la experiencia.

Sonrió al verla. Una sonrisa vacilante; tal vez no estaba seguro de cómo lo iba a recibir.

—Evelina —dijo, y sus ojos grises la miraron con aprecio—. Estás radiante —añadió.

—Gracias. —No quería sonreír. No quería ponérselo fácil. ¿Por qué iba a hacerlo? Le había hecho daño. Quería que supiera cuánto la había hecho sufrir.

Su falta de efusividad le hizo apartar la mirada. La clavó al suelo antes de atreverse a mirarla de nuevo.

—He oído que te vas a Estados Unidos —empezó.

—Sí.

Él asintió.

—No te culpo. Italia está cambiando y no para bien.

Evelina frunció el ceño.

—Si te refieres a la militarización de nuestro país, estoy de acuerdo contigo. Los desfiles, la obsesión con el fascismo, con los uniformes y la pompa. Los periódicos no hablan de otra cosa. Yo también estoy harta. Estoy deseando dejarlo todo atrás y descubrir una nueva vida en Estados Unidos.

—Creo que Italia se dirige hacia una alianza con Hitler —repuso con seriedad.

—Estoy segura de que te equivocas.

—Ojalá fuera así. —Ezra suspiró y sacudió la cabeza—. Mussolini ahora está apoyando la guerra civil española junto a Franco y Hitler. Te digo que no va a acabar bien. ¿Me acompañas a dar un paseo? Me gustaría hablar contigo.

Evelina estaba a punto de decir que no podía, pero era consciente de que posiblemente aquella fuera la última vez que lo vería. Se le encogió el corazón.

—Claro —respondió. Pero deseó que no hubiera venido. Su presencia le hizo que recordara la desilusión que acababa de superar.

Ezra apoyó la bicicleta contra el muro y enfilaron un sendero que serpenteaba entre matas de tomillo y cipreses de un verde oscuro. Ezra suspiró como si ver tanta belleza le afectara de una forma más profunda ahora que había experimentado el árido paisaje de la guerra.

—Siento lo de Bruno —dijo.

—Yo también —respondió ella.

—Era un niño muy dulce. No puedo imaginar lo que debe ser perder así a alguien a quien quieres.

—Es lo peor del mundo —dijo y no lo miró porque no quería llorar.

—Supongo que ir a Estados Unidos te ayudará a dejar todo eso atrás.

—Puede que un poco. Pero la muerte de Bruno siempre me acompañará adondequiera que vaya. No es algo de lo que te puedas librar. Es algo con lo que tienes que aprender a vivir.

—Por supuesto.

—No hay un momento del día en el que no piense en él. Siempre lo tengo presente en mi cabeza y en mi corazón.

—¿Has estado tocando el piano?

—No.

—Creo que la música tiene un gran poder de sanación.

—Puede que para ti, pero a mí me causa dolor, Ezra. —No había sido su intención que su voz sonara tan dura.

Ezra exhaló un profundo suspiro y Evelina supo que se lo estaba poniendo difícil. Siguieron caminando en silencio. Entonces Ezra se metió las manos en los bolsillos y trató de encauzar la conversación en otra dirección.

—Pensé que la guerra sería una aventura —dijo—. Pensé que sería algo que valdría la pena, incluso algo heroico, pero me equivoqué. Fue un fracaso.

—Los periódicos estaban llenos de sus gloriosos triunfos.

—Mintieron —dijo, tajante—. Propaganda fascista. No hay que creer nada de lo que se lee en los periódicos.

Ella se encogió de hombros.

—Es imposible saber lo que es verdad y lo que no.

—Por supuesto que sí. El hecho es que me cambió.

—Supongo que no se puede pasar por una experiencia así sin que te afecte.

Llegaron al elaborado invernadero de la *nonna* Pierangelini, bien enclavado entre las altas hierbas que crecían de forma descontrolada y en abundancia a su alrededor. El liquen y el musgo empañaban el cristal, la vieja estructura metálica se combaba por el paso del tiempo y faltaba uno de los paneles del tejado, inclinado para que le diera el sol. A pesar de su evidente deterioro, poseía el mismo lánguido encanto que la propia villa; el tiempo le había robado la juventud, pero ese aire melancólico y pesaroso le dotaba de una belleza incluso mayor.

—La *nonna* Pierangelini cultiva tomates aquí —dijo Evelina, acercándose—. Jura que saben mejor que en cualquier otro lugar de Italia, algo relacionado con que la luz tiene que abrirse paso entre las algas, no lo sé. —Se encogió de hombros—. Por eso no quiere que lo limpien ni lo reformen. Se construyó a finales del siglo pasado, según un diseño británico. Entonces estaban de moda los invernaderos victorianos. —Empujó la puerta y entró. El aire era denso y húmedo y olía mucho a los tomates que crecían en abundancia—. ¡Ya lo ves, es magia! —exclamó. Ezra la siguió y recorrió con la mirada los racimos de rojos y relucientes frutos, gordos y maduros, que colgaban de las matas. Las plantas parecían demasiado fecundas para el edificio y lo llenaban como si fueran una criatura de innumerables tentáculos que poco a poco se adueñaba del cristal y del metal diseñados para albergarla. Evelina arrancó un tomate, se lo acercó a la nariz y aspiró con fuerza—. Me encanta este olor —dijo—. Me recuerda a mi infancia y a la *nonna* Pierangelini. —La idea de marcharse la apuñaló de repente en el pecho y sintió que el corazón se le encogía de preocupación. No creía que los tomates olieran así en Estados Unidos.

Ezra la miró, con el ceño fruncido.

—Siento haberte hecho daño —repuso, con una expresión de sincero arrepentimiento.

Evelina levantó la barbilla.

—Me hiciste daño, Ezra —respondió, y la sensación de satisfacción que le produjo su disculpa fue muy insatisfactoria—. Pero te perdono. Creí que sentías algo por mí que no sentías. Era joven y estaba encaprichada. Os deseo a Romina y a ti que seáis muy felices juntos. —La tristeza se apoderó de ella y se alejó por el sendero entre las enredaderas para no tener que mirarlo. Ezra la alcanzó y le puso una mano en el brazo. Ella se detuvo y lo miró perpleja—. ¿Qué pasa, Ezra? —le preguntó malhumorada—. ¿Qué más quieres de mí? Te he perdonado. No pasa nada. Hablemos de otra cosa.

—Fui un tonto. —Se apresuró a explicar—. Antepuse los deseos de mi familia a los míos. Mi padre se dio cuenta de que tú y yo hablábamos y me recordó que debía casarme con una judía, no con una católica. Me lo dejó muy claro. Así que seguí sus órdenes y cortejé a Romina. Creía que hacía lo correcto, pero la guerra me ha enseñado que lo único correcto es lo que aquí parece correcto. —Se golpeó el corazón. La angustia se dibujó en su rostro—. Te quise desde el momento en que entraste en la tienda por primera vez, Evelina. No dejé de quererte cuando me declaré a Romina. Solo aparté mis sentimientos para no tener que enfrentarme a ellos. Pero no he podido dejar de pensar en ti. Cuando Fioruccia me dijo que te ibas a Estados Unidos, tuve que venir a darte explicaciones. Lo entiendo si ya no me amas. Si estás tan furiosa conmigo que no puedes amarme. Solo necesitaba decirte lo que siento, para que sepas que no tuvo nada que ver contigo, sino conmigo. No te merecías que te tratara así y si pudiera volver a la boda de tu hermana y hacer las cosas de otra manera, lo haría. Sería el primero en sacarte a bailar y seguiría bailando contigo cuando la fiesta hubiera terminado y todo el mundo se hubiera ido a casa.

A Evelina se le llenaron los ojos de lágrimas. Sonrió con ternura.

—¿Me besarías en el jardín?

Ezra se encorvó y la miró, horrorizado.

—¿Lo viste?

Evelina asintió.

—Lo siento mucho, Eva. —Le pasó una mano por la nuca y por debajo del pelo—. ¿Puedo besarte ahora? —preguntó, y Evelina asintió de nuevo y se guardó el tomate en el bolsillo.

***

Tani y Artemisia se quedaron perplejos cuando Evelina les dijo que había cambiado de opinión y que ya no quería ir a Estados Unidos. Tani se alegró en secreto, pero Artemisia se enfadó.

—No se puede desairar a la gente de ese modo. Madolina y Peppino te están esperando. Seguro que han hecho todo tipo de preparativos. Es de mala educación cancelarlo.

Evelina sospechaba que su madre estaba deseando librarse de la responsabilidad de tenerla en casa.

—No lo estoy cancelando. Solo lo estoy aplazando. No estoy preparada para dejar Villa L'Ambrosiana —explicó Evelina.

—No tienes por qué tener miedo. No es la aventura que la gente dice que es. Madolina y Peppino cruzaron el Atlántico para asistir a la boda de Benedetta y después regresaron. Fácil. No tendrás que buscarte la vida tú sola. Incluso podrías encontrar un estadounidense adecuado para casarte.

—Soy demasiado joven para casarme, mamá. La verdad es que no estoy preparada para dejar a Bruno. —Era una mentira vergonzosa y Evelina se estremeció al decirla.

Su madre contuvo la respiración. Aquello era algo que comprendía.

—Oh, Evelina —gimió, con el rostro ablandado por la compasión. Estrechó a su hija y le mojó el vestido con sus lágrimas—. Entonces no debes dejarlo —dijo, tajante—. Te encontraremos un buen italiano en Vercellino para que puedas estar cerca de tu hermano.

De repente, el mundo parecía muy diferente. Era como si se hubiera vuelto más hermoso al instante. Los árboles eran más verdes, las flores más coloridas, el azul del cielo más intenso, el sol más radiante y el aire más fragante. La alquimia del amor transformó todo lo ordinario en extraordinario, de modo que el corazón de Evelina respondió a todo lo que la rodeaba con una sensación de plenitud máxima.

Ezra era consciente de los sentimientos de Romina, y aunque había roto su compromiso, no le parecía justo alardear de su relación con Evelina delante de ella. Evelina sentía pena por Romina, a la que le tenía un grandísimo aprecio. Bruno la quería y ella había cuidado de él en sus últimas horas con la devoción de una madre. Evelina no quería corresponder a su bondad robándole al hombre que amaba, y sin embargo, se lo había robado. No había alternativa. Lo menos que podía hacer era ocultarlo el mayor tiempo posible para evitarle a Romina un dolor añadido. Tal vez la joven hubiera encontrado a otro a quien amar cuando ellos revelaran su relación al mundo.

Ercole y Olga no estaban contentos de que su hijo hubiera decidido no casarse con Romina. Para ellos era una estupenda chica judía de buena familia. Iban a la misma sinagoga. Pertenecían a la misma comunidad. De hecho, se conocían desde hacía muchos años. Habían ido al mismo colegio y sus padres eran amigos. Ercole intentó razonar con su hijo. No entendía por qué había cambiado de opinión. Ezra acabó explicándole que la guerra lo había cambiado. Se había dado cuenta de que no quería casarse por obligación familiar ni de otro tipo. Quería casarse por amor. Ercole había insistido en que el amor crecía si se regaban bien las semillas plantadas. Pero Ezra sostenía que, para empezar, las semillas debían plantarse en el terreno adecuado. Al final Ercole levantó las manos y se encogió de hombros.

—Antes te entendía, Ezra —dijo, sacudiendo la cabeza—. Buscas algo que quizá nunca encuentres. —Ezra no podía decirle que ya lo había encontrado.

Por lo tanto, Evelina y Ezra tuvieron cuidado en mantener su relación en secreto. La única persona en la que podían confiar era Fioruccia. Ambos sabían que podían confiar en ella y la necesitaban, pues sin su ayuda no tenían adónde ir. A Fioruccia no le sorprendió que se hubieran unido. Siempre había sabido lo que Evelina sentía por Ezra y estaba bastante segura de por qué Ezra se había comprometido con Romina. En su opinión, estaba bien que estuvieran juntos, pues se complementaban como la música y la danza.

Fioruccia se lo confió a su marido, Matteo, que guardó encantado el secreto. Era un hombre tranquilo al que no le interesaba la religión. Le daba igual que una persona fuera católica, judía o un extraterrestre de Marte, solo le importaba que fuera amable y buena y, preferiblemente, que tuviera sentido del humor. No era un judío practicante. Apenas iba a la sinagoga, nunca rezaba los viernes por la noche y se consideraba italiano por encima de todo. Si Fioruccia hubiera sido católica, se habría casado con ella de todas formas. No era ateo, pero sí agnóstico. Tenía dudas y no quería perder el tiempo pensando en ello. Si Dios existía, lo descubriría cuando muriera. Y si no, no le importaría porque no sería consciente. «¿Me importaba antes de venir al mundo? No, no sabía que existía», explicaba cuando se planteaba la cuestión de Dios, y Ercole se ponía colorado y trataba de convencerlo de lo contrario.

Ezra y Evelina disfrutaban de las cenas en el apartamento de Fioruccia y Matteo en Via Montebello. Fioruccia era buena cocinera, lo que para Matteo, que amaba la comida por encima de todo, era una cualidad importante en una esposa. La guerra había sido dura por razones evidentes, incluido el hecho de que para empezar no había una razón lo bastante buena para haberse embarcado en ella, pero lo más duro, según Matteo, había sido la falta de buena comida. Decía que ahora comía por el presente y por el pasado. Se resarcía de todas las comidas que se había perdido en Abisinia. Ya tenía la barriga abultada. Se la acarició con satisfacción, como a un viejo amigo que hubiera perdido y encontrado de nuevo, y se llenó el plato de espaguetis.

A Evelina le encantaban sus veladas en casa de Fioruccia. Estar allí con Ezra parecía algo natural. En Via Montebello sentía que eran una pareja de verdad porque Fioruccia y Matteo los veían como tal. Evelina ayudaba a cocinar, aunque no carecía de maña, y a recoger y a fregar mientras los hombres permanecían en la mesa, fumando y bebiendo *grappa*. Sus padres nunca le preguntaron dónde estaba. Desde la muerte de Bruno, ambos habían perdido el interés por ella. Tani trabajaba y Artemisia rezaba, y ninguno de los dos se daba cuenta de cuándo salía de la villa y cuándo volvía. Tomaba su bicicleta y se dirigía a la ciudad o a las colinas, donde se encontraba con Ezra. Paseaban, charlaban y se tumbaban en la hierba y las amapolas a disfrutar del sol y el uno del otro. Los sábados por la noche se reunían con los lugareños en la plaza principal y nadie sabía que eran pareja porque Evelina era amiga de Fioruccia y Ezra su sobrino y era natural que estuvieran juntos.

Al final del verano, Benedetta estaba embarazada. Francesco y ella acudieron a Villa L'Ambrosiana para compartir la emocionante noticia. Artemisia salió por fin de su ensimismamiento. La idea de tener otro niño al que amar aligeró un poco el peso de la pena con la que cargaba y abrazó a Benedetta con entusiasmo, felicitándola con algo de su antigua vivacidad, y le hizo saber que esperaba que fuera un niño.

—Si es niño, lo llamaremos Giorgio, como el padre de Francesco, y Bruno, mamá.

Artemisia no cabía en sí de gozo. No había sentido una alegría así desde antes de la muerte de Bruno y la saboreó como una mujer muerta de sed.

—Giorgio Bruno —exclamó, poniendo una mano sobre el vientre de su hija con suavidad—. Rezo para que sea un niño. Un niño hermoso, sano y feliz. Giorgio Bruno.

Evelina se alegraba mucho por su hermana. Lo único que Benedetta había deseado siempre era un marido e hijos y ahora estaba a punto de tener ambas cosas. Francesco estaba muy orgulloso y la trataba como si fuera de porcelana. Benedetta disfrutaba de su atención y hacía que se volcara más en ella al volverse cada vez más frágil. Cualquiera diría que era la única mujer del planeta que había estado embarazada.

Influida por el entusiasmo, Evelina le confió a su hermana lo de Ezra.

Estaban sentadas fuera, en la terraza, después de comer. Artemisia, la *nonna* Pierangelini y Costanza habían subido a echarse la siesta. Tani había llevado a Francesco a recorrer el jardín para enseñarle dónde pensaba plantar el nuevo arboreto. Las hermanas estaban solas.

—¿Ezra Zanotti? —preguntó Benedetta con sorpresa.

—Sí, ¿te acuerdas de él?

—Por supuesto que me acuerdo de él. Cómo podría olvidarlo. ¿No estaba comprometido con Romina?

—¿Tú lo sabías?

—Su madre me contó que se casarían mientras me probaba el vestido. Estaban muy ilusionados.

Evelina exhaló un suspiro.

—Romina no sabe que estamos saliendo.

—Es lo mejor.

—Pero tendremos que dejar de ocultarlo en algún momento.

—Supongo que no se lo has dicho a mamá y a papá.

—No.

—Sabes que no lo aprobarán, ¿no?

—No porque sea judío. Eso no les importa.

—Porque no es rico —dijo Benedetta—. Es hijo de un comerciante de telas y de una modista. Mamá los mirará por encima del hombro y papá querrá a alguien con dinero y contactos como Francesco. ¿Por qué no dejas que te busquen a alguien?

—Porque no quiero a alguien. Quiero a Ezra —repuso Evelina, sintiéndose acalorada de repente y deseando no habérselo contado a su hermana. Ahora que Benedetta estaba casada, había adquirido un aire de superioridad que no le gustaba nada—. Lo quiero. Nunca amaré a nadie más.

Benedetta se rio.

—Solo tienes diecinueve años, Evelina. ¿Qué puedes saber tú del amor?

—Si tienes que preguntarme eso, es que sabes menos que yo, Benedetta.

Su hermana se ofendió.

—No me digas lo que sé y lo que no sé sobre el amor.

—Si amaras de veras a Francesco entenderías que no puede haber nadie más.

—Muy bien. Lo quieres. Creo que encontrarás muchos obstáculos en tu camino a la felicidad. Para empezar, Ercole y Olga Zanotti no lo aprobarán. Por lo que sé, después de haber pasado tiempo con Olga, su religión es importante para ellos. ¿Conoces a alguno de ellos que se haya casado con alguien que no sea judío? No, no lo creo.

—Nos iremos a vivir a Estados Unidos.

—Puede que tengáis que hacerlo.

—Bien.

—Sí, bien.

Guardaron silencio durante un rato, sintiéndose ambas igual de incómodas. Evelina fue a servirse más zumo de naranja, pero encontró la jarra vacía.

—Pensé que podría contártelo todo, Benedetta —dijo al final—. Pensé que estarías de mi lado.

Benedetta suspiró.

—Estoy de tu parte. Puedes casarte con quien quieras. Solo digo que no será fácil.

—La vida no es fácil.

—Puedes hacer que sea tan difícil o tan fácil como quieras, según las decisiones que tomes.

—No tengo elección, Benedetta —dijo Evelina con firmeza—. Ahora estoy totalmente comprometida con Ezra. No hay cambio de rumbo. No voy a renunciar a él para aceptar a alguien a quien no quiero solo porque sea rico y esté bien relacionado. ¿Qué clase de vida tendría así? Una vida cómoda, pero vacía, llena de días interminables, deseando estar con Ezra. Creo que preferiría estar muerta.

—No digas eso.

—La vida sin amor no merece la pena.

—No hay un solo hombre para ti, Evelina. Es un mito que tu alma gemela esté en algún lugar del planeta y que solo tengas que encontrarla para ser feliz. Dependiendo de adónde vayas, se te abrirán caminos que te presentarán oportunidades. Si vas a Estados Unidos, abrirás allí una nueva vía que te presentará a personas que desempeñarán papeles importantes en tu vida. Si vas a Inglaterra, abrirás caminos y conocerás a personas que desempeñarán esos papeles. Ezra no es el único hombre del planeta al que puedes amar. Tú estás aquí y él está aquí y tú lo quieres. Pero si te vas a otro sitio, es muy probable que encuentres a otro hombre del que enamorarte.

Evelina se cruzó de brazos a la defensiva.

—No estoy de acuerdo contigo y no quiero hablar más de ello.

Benedetta se levantó.

—Espero equivocarme y que todo el mundo lo apruebe y puedas casarte con el hombre que quieres.

—Yo también —soltó Evelina, viendo que su hermana dejaba la servilleta en la mesa y se dirigía a la puerta de la casa—. No se lo dirás a nadie, ¿verdad? —preguntó.

—No, guardaré tu secreto. Espero que no sea un secreto por mucho tiempo. Los secretos como este generan todo tipo de problemas.

Evelina se alegró de verla marchar.

Evelina había vuelto a tocar el piano. Ahora que estaba enfadada con su hermana, fue al salón para expresar su enfado a través de la música. Se sentó en el banco junto al marchito helecho y empezó a tocar. Se sentía bien tocando aquellos acordes menores, dejando que las armonías y disonancias liberaran su frustración. Descubrió que cuando sentía algo con fuerza, las melodías que componía eran más conmovedoras. Cuando se sentía feliz, no alcanzaban la misma profundidad o dramatismo. La infelicidad la llevó a lo más profundo de sí misma, a una parte que solo la música podía alcanzar, y al hacerlo, la inspiró para alumbrar algo especial. Nunca escribía las melodías, no lo necesitaba. Se quedaban en su cabeza y de algún modo sus dedos sabían adónde ir. Eran más hábiles cuando seguía su imaginación, cuando se inspiraba en sus emociones. No sabía por qué, pero sus dedos se volvían torpes cuando seguía la partitura de otro.

Esa noche, después de cenar, Francesco sacó el tema de la política y Tani se sentó en su silla y encendió un cigarrillo. Artemisia, que había salido de su exilio autoimpuesto, aunque no había recuperado del todo su habitual carácter combativo y polémico, al menos estaba alerta frente a las discusiones. La *nonna* Pierangelini y Costanza habían ido a la ciudad a cenar y a jugar a las cartas con unos amigos, lo cual estaba muy bien porque ambas pensaban que Mussolini era una amenaza. Benedetta estaba de acuerdo con todo lo que decía su marido y Evelina permanecía callada, asimilándolo todo con temor. Hablaban del acercamiento de Mussolini a Hitler. Después de que Gran Bretaña y Francia le dieran la espalda a Italia tras la invasión italiana de Abisinia, Mussolini buscó una alianza con Alemania. Francesco pensaba que sería algo bueno y que haría más fuerte a Italia. Juntos serían los países más poderosos de Europa, decía. Tani, a su manera tranquila y seria, sostenía que sería un desastre. Hitler y Mussolini eran expansionistas, lo que significaba guerra y conquista.

—El mundo aún no se ha recuperado de la última guerra —afirmó.

—¿Qué significaría para el pueblo judío? —preguntó Evelina, procurando no mirar a su hermana.

—Mussolini ha repetido una y otra vez que no está de acuerdo con la doctrina racial alemana —afirmó Francesco.

—¿Y tú le crees? —preguntó Artemisia, enarcando una ceja con cinismo.

—Por supuesto —respondió Francesco. Era un fascista orgulloso y admirador del *Duce*—. No me ha dado ninguna razón para no hacerlo.

—Sospecho que si se establece una alianza, Mussolini tendrá que ponerse del lado de Hitler —dijo Tani, echando la ceniza al cenicero—. No sé cómo va a poder evitarlo.

—El pueblo italiano nunca lo permitiría —dijo Evelina de forma acalorada—. Sencillamente, no lo permitirían.

Tani le sonrió.

—La historia está plagada de innumerables ejemplos de persecución racial, querida. Ha ocurrido antes y volverá a ocurrir. Nadie aprende nunca de la historia.

—Simplemente me niego a aceptar que algo tan abominable como la discriminación de Hitler contra el pueblo judío pueda ocurrir aquí —declaró Evelina, alzando la voz a causa del miedo.

—¿A ti qué más te da? —dijo Francesco con una risita—. No eres judía.

—Soy humana —espetó Evelina.

Francesco se encogió de hombros.

—Todos somos humanos y todos pensamos que el antisemitismo de Hitler es una vergüenza. Sin embargo, con el debido respeto, discrepo contigo, Tani. Mussolini considera que Italia es una saludable mezcla de razas. Eso es lo que nos hace grandes. Si Mussolini forma una alianza con Alemania, no se doblegará ante las opiniones de Hitler sobre la raza. No dejará que nadie le dé órdenes. Hará de Hitler una marioneta. —Vació su copa de *brandy* y la dejó sobre la mesa con fuerza—. Tendrá a Hitler comiendo de su mano.

Benedetta rio con admiración por su brillante marido. Evelina también sonrió. No siempre estaba de acuerdo con Francesco, pero ahora quería estarlo. Tani y Artemisia permanecieron callados. ¿Qué sabía de la vida la generación más joven?

7

Giorgio Bruno nació en la primavera del año siguiente. Todo rastro de resentimiento entre Benedetta y Evelina se evaporó con la alegría que acompañó a su nacimiento. Parecía que ese niño hubiera traído consigo un poder sanador. Artemisia volvió por completo al mundo, Francesco se ablandó y se mostró como un padre cariñoso. La *nonna* Pierangelini y Costanza cacareaban como un par de gallinas. Tani rara vez pasaba tiempo en su estudio cuando su nieto estaba en casa y el bebé atraía como si fuera un imán a familiares de toda Italia a Villa L'Ambrosiana, llenándola del alegre sonido de la conversación y de las risas y del olor a comida.

Evelina pensó en Bruno. Después de su muerte, pensó que nunca tendría un hijo propio por miedo a sufrir la pérdida. No creía que su corazón pudiera soportar tanto dolor por segunda vez. Pero ahora, al ver la carita de su sobrino, su corazón se henchía de amor y era tan dichoso ese sentimiento que se daba cuenta de que soportaría cualquier cosa con tal de experimentarlo.

Aquellos meses estaban impregnados de encanto, de cerezos en flor y del aroma de la primavera. Evelina pasaba todo el tiempo que podía con Ezra. Iban en bicicleta al campo, se tumbaban entrelazados en campos de amapolas, se besaban, hablaban y contemplaban las nubes.

—¿Qué ves? —preguntó él.

—Nubes —respondió y se echó a reír.

—Yo veo leones.

—¿Leones?

—¡Mira! ¿No los ves? —Señaló—. Ahí está la cabeza con la melena. La nariz y un ojo. —Dibujó el cuerpo con el dedo hasta la punta de la cola—. Ahora dime que no ves un león.

—Sí —dijo Evelina, sorprendida—. Y hay otro.

—No, eso es un tigre.

—No es un tigre. Tiene melena.

—Eso no es una melena, son sus bigotes.

—¿Dónde has visto unos bigotes así?

Ezra se puso de lado y la besó.

—¡No distingues un tigre de un león!

Se rio hasta que él la besó con pasión y la risa se introdujo en su corazón, donde lo llenó de burbujeante felicidad.

Evelina y Ezra cenaron en Via Montebello e intentaron hablar de otras cosas además de la alianza de Hitler y Mussolini y de la persecución del pueblo judío. Evelina quería permanecer en su burbuja de interminables días soleados, flores y buganvillas, y despreocupadas veladas con Ezra. Quería disfrutar del sol, la belleza y el amor, y no prestar atención a los grises nubarrones que se cernían en el horizonte, avanzando lentamente hacia ella, amenazando con cubrir el sol y todo lo bello. Quería que esos días de despreocupación duraran para siempre.

Pero nada dura para siempre.

En julio de 1938, diez meses antes de que Mussolini firmara la alianza del Pacto de Acero entre Italia y Alemania, los periódicos italianos publicaron el *Manifiesto de la raza*, un artículo pseudocientífico escrito por científicos fascistas que sostenía que la raza era puramente biológica, que la raza italiana era aria y que los judíos no pertenecían a la raza italiana, que debía mantenerse pura.

Tani leyó el artículo mientras desayunaba. Sacudió la cabeza, consternado, y miró a su mujer y a su hija por encima de las gafas.

—¿Cómo se define la raza? —preguntó, encogiéndose de hombros—. Esa cuestión lleva debatiéndose cientos de años y nadie ha dado aún una respuesta satisfactoria.

—¿Cómo lo definirías tú, papá? —preguntó Evelina. Estaba tan disgustada por el artículo que ya no podía comerse el desayuno.

—El racismo presupone un vínculo entre biología y cultura, de lo contrario es simplemente etnicidad —respondió Tani—. No se puede decir que Italia esté formada por personas de una misma biología y cultura. Si el pueblo ario se asentó en Italia en la Edad de Hierro, ¿qué ocurrió con los italianos originales? —Sacudió la cabeza, porque la pregunta que formulaba le parecía ridícula—. Hay nórdicos y mediterráneos, y muchos otros. Varios estudiosos han llegado a la conclusión de que la raza solo existe en el contexto de la identidad comunitaria. Si Mussolini quiere unir al pueblo italiano en una identidad común, entonces el pueblo judío forma parte de esa mezcla diversa que hace de Italia lo que es. —Dobló el periódico y lo dejó en la mesa—. En estos tiempos de incertidumbre, el *Duce* debería animar a su pueblo a encontrar la fuerza en la unidad, no abrir una brecha entre ellos y fomentar el odio. ¿Quieres saber mi opinión? No creo en las razas.

Artemisia y Evelina estaban tan indignadas por el manifiesto que se dirigieron de inmediato a Ercole Zanotti para mostrar su solidaridad. Encontraron las persianas bajadas y la tienda cerrada. Cuando llamaron, un pálido Ercole descorrió la cortina. Al ver que eran Artemisia y Evelina, descorrió el cerrojo y las dejó entrar. Evelina buscó a Ezra, pero no estaba.

—Nos avergüenza ser italianas —dijo Artemisia, abrazando a Olga, que lloraba en silencio contra su pecho. Temía que aquello no fuera más que el principio y que Mussolini, deseoso de mostrar su lealtad a Hitler para reforzar su alianza, permitiera que el antisemitismo llegara aún más lejos.

Pero Ercole fue categórico al afirmar que Mussolini no era un hombre que viera distinciones entre razas.

—De hecho, me atrevería a decir que Mussolini no verá con buenos ojos este manifiesto. Estos científicos no saben de lo que hablan. ¡Uno de ellos es zoólogo! ¡Es de risa!

—¿Qué vas a hacer? —preguntó Evelina.

—¿Hacer? —Ercole se encogió de hombros—. No hay nada que hacer, salvo lo que siempre hemos hecho. Agachar la cabeza y seguir trabajando como buenos italianos. —Miró a su mujer—. Ya pasará

—añadió, pero al ver el miedo en la cara de Olga, Evelina se dio cuenta de que no le creía.

Evelina se encontró con Ezra más tarde en casa de Fioruccia y Matteo. Se sorprendió al verlos tan disgustados. Esperaba que tuvieran la misma opinión filosófica que Ercole, pero no fue así.

—Trabajo con un tipo alemán —dijo Matteo con gravedad—. Las cosas que me cuenta que están pasando en Alemania te helarían la sangre. Es solo cuestión de tiempo que el veneno se filtre en Italia.

—Tenemos que hacer algo —repuso Ezra de forma apasionada.

—Pero ¿qué? —preguntó Fioruccia—. ¿Qué podemos hacer? No tenemos ni dinero, ni poder ni voz.

—Tenemos que pensar en irnos. —Ezra miró a Evelina y le tomó la mano. La sonrisa tranquilizadora que le dedicó no sirvió para mitigar sus temores.

Matteo se encogió de hombros.

—No tenemos adónde ir.

—Y nuestras vidas están aquí —añadió Fioruccia, incrédula—. Nuestros negocios, nuestras casas, nuestros amigos. Solo tenemos que callarnos y esperar a que pase la tormenta.

—Hablas como tu hermano —adujo Evelina con una sonrisa—. Quizá sea demasiado pronto para pensar en irnos. Al fin y al cabo, el pueblo italiano estará horrorizado por este manifiesto. No creo que nadie lo apoye. Habrá protestas. Espera y verás.

—No son los italianos los que me preocupan —dijo Ezra—. Son los alemanes, y su influencia es mayor cada día. —Le besó la mano—. Solo tienes que estudiar nuestra historia para saber que cuando sientes peligro es porque existe peligro. No es el momento de sentarse y esperar a que pase. Cuando llegue será demasiado tarde.

⁓⸱ꝏꙮꝏ⸱⁓

Las palabras de Ezra resonaron en los oídos de Evelina cuando en septiembre se desterró de Italia a los judíos nacidos en el extranjero y se expulsó a los niños y a los profesores judíos de las escuelas y universidades italianas. Lo primero que pensó Evelina fue en Fioruccia, que era maestra en la escuela local. Su segundo pensamiento fue para todos los refugiados que huían de Alemania y de Austria y que tendrían que encontrar otro lugar que los acogiera. ¿A dónde podrían ir? Sin poder llevarse más que una mísera suma, ¿de qué iban a vivir?

También estaban prohibidos los matrimonios interraciales entre judíos y no judíos. Por espantosa que fuera esta ley, Evelina estaba segura de que cuando estuviera lista para casarse, el gobierno de Mussolini habría sido sustituido por otro o Ezra y ella se habrían ido a vivir a Estados Unidos. Ni por un momento creyó que no se casaría con Ezra.

Para su horror, Francesco estaba de acuerdo con gran parte del manifiesto racista. Evelina sabía que la admiración de su cuñado por el *Duce* era tal que, a medida que este retiraba el apoyo que en el pasado había prestado a la comunidad judía por medio de sus numerosos discursos y entrevistas, también lo hacía Francesco.

—Quizá sea bueno eliminar de nuestra nación a quienes no contribuyen a nuestros ideales fascistas —dijo una noche durante una cena en Villa L'Ambrosiana.

—¿Qué quieres decir con eso? —preguntó Evelina, tratando de contener su temperamento. Cuando miró a Benedetta, su hermana evitó hacer contacto visual con ella. Sin embargo, el rubor de sus mejillas revelaba su malestar.

—Citando el libro de Paolo Orano *Gli ebrei in Italia* —respondió Francesco con el tono pomposo de quien pretende tener un conocimiento absoluto de un tema cuando en realidad sabe muy poco—, los judíos son en esencia un pueblo subversivo y revolucionario que pretende socavar y, en última instancia, controlar las naciones en las que se asientan. Los judíos se han buscado sus propios problemas.

Ante esta indignante declaración, Tani tomó la palabra, esta vez con una voz que no era su habitual tono tranquilo y paciente.

—Aunque me gusta el debate en esta casa y he tenido muchas discusiones contigo en las que no estábamos de acuerdo, pongo un límite a esto. Este tipo de conversaciones no son bienvenidas aquí.

La cara de Francesco se puso del color de la sangre de toro. Inspiró por la nariz.

—No digo que esté de acuerdo con lo que Hitler está haciendo en Alemania, solo creo que hay que frenar su control.

—¿Control? —exclamó Tani—. ¿Qué control? En Rusia los aterrorizan, en Alemania les niegan los derechos civiles, en los Balcanes sufren condiciones indescriptibles y en Polonia intentan enviar al exilio a tres millones de judíos. Sí, tienes que preocuparte por el creciente poder del pueblo judío —dijo de forma sarcástica—. ¡Si no te andas con ojo, se apoderarán del mundo!

Nadie había visto nunca a Tani tan furioso. Evelina, Benedetta, Artemisia y las ancianas hermanas lo miraron atónitas. Francesco apretó los dientes.

—Esto es un discurso antifascista —replicó, y apuró su copa de vino—. Creo que deberíamos irnos —le dijo a su mujer—. No somos bienvenidos aquí.

—Eres bienvenido aquí, Francesco —repuso Tani en voz baja—. Solo discrepo de tus opiniones.

Francesco dio las buenas noches con rigidez y salió de la habitación. Benedetta lo siguió de manera obediente, con los ojos llenos de lágrimas. A la mañana siguiente hicieron las maletas y partieron hacia Milán, acortando su estancia. Evelina se preguntaba si volverían algún día.

El 17 de noviembre se aprobó la segunda serie de leyes raciales. Se expulsó a los judíos de todos los empleos públicos, así como del ejército, la marina y la fuerza aérea. Los expulsaron del Partido Nacional Fascista, lo que supuso un duro golpe para Ercole porque estaba muy orgulloso de su afiliación. No se les permitía poseer empresas con más de cien empleados ni negocios relacionados con la defensa nacional. Se les prohibió emplear personal doméstico no judío.

Matteo se vio directamente afectado por esas leyes porque era propietario de una empresa textil que daba empleo a más de cien personas. Con gran tristeza se vio obligado a ceder su negocio a su capataz y a esperar que este fuera honrado y se lo devolviera cuando acabaran los problemas. Olga tenía empleada a una joven católica para ayudar en la casa. Ahora tenía que despedirla. Las nuevas leyes afectaron a todos los miembros de la familia de Ercole y de Olga.

Una vez más, Ezra intentó convencer a Ercole de que se marchara. Le dijo a Evelina que su padre insistía en que se quedaran. No quería renunciar a su negocio y a su casa por algo que podría no suceder.

—Le dije que Hitler devolvería a todos los judíos a los guetos. Ya está ocurriendo en Roma. Les prohíben trabajar en sus profesiones y no tienen de qué vivir. Italia se ha vuelto contra ellos y están dejando que se pudran. A los judíos alemanes los envían a campos de trabajo en Polonia. Es solo cuestión de tiempo que las cosas empeoren aquí. Tenemos tiempo para huir, pero tenemos que irnos ya.

—Pero ¿a dónde irás?

—A Estados Unidos. Podemos conseguir visados de entrada por una suma. Pero mi padre no quiere oír hablar de eso. Es terco como una mula. Dice que no quiere irse. Dice que es italiano. Como si eso fuera a protegerlo de los antisemitas. Sigue teniendo fe en el *Duce*.

—¿Incluso después de estas leyes raciales?

—Está loco. Hitler no dejará un solo judío vivo.

A Evelina se le hizo un nudo en la garganta. Lo miró con los ojos como platos y llenos de incredulidad.

—¿Crees que os matará? —preguntó con voz ronca.

—Creo que quiere aniquilarnos a todos.

—Pero no puede hacer eso. No puede asesinar gente y salirse con la suya, ¿verdad?

—Hará lo que quiera y nadie podrá detenerlo. El único lugar donde estaremos seguros es en Estados Unidos. La gente ya se está marchando en masa. No quiero quedarme rezagado.

—¡Pues vámonos! Nos iremos juntos. Podemos quedarnos con mi tía Madolina. Deja aquí a tu padre para que capee el temporal y vámonos.

Ezra negó con la cabeza.

—No voy a dejar a mi familia. O todos o ninguno.

Evelina lo rodeó con sus brazos.

—Oh, Ezra.

Él sepultó el rostro en su cuello.

—No me quedaré de brazos cruzados, Eva —dijo—. Lucharé en la resistencia. Ya hay bastantes, ¿sabes?

—Puede que no lleguemos a eso —dijo Evelina, esperanzada.

—Llegaremos —respondió Ezra.

❧

Evelina veía ahora el mundo a través de los ojos del pueblo judío y era un lugar aterrador y hostil. El fascismo había adquirido un rostro muy amenazador. El saludo romano que había sustituido al apretón de manos simbolizaba la militarización de su país, el destierro de la compasión y la empatía y la aparición de la frialdad, la intolerancia y una horrible codicia de poder.

El verano siguiente se prohibió a los judíos ejercer profesiones cualificadas. Se prohibió trabajar a médicos, dentistas, ingenieros, contables, arquitectos, periodistas, abogados y a otros muchos más. Los hijos de matrimonios mixtos estaban exentos de las leyes raciales y se contaban historias de madres judías que firmaban declaraciones juradas en las que afirmaban que sus hijos eran fruto de relaciones extramatrimoniales con católicos para conseguirles el estatus ario. Aun así, Ercole Zanotti no quería marcharse. A pesar de las nuevas restricciones, creía que si agachaba la cabeza, mantenía la boca cerrada y seguía con sus negocios, la vida volvería a la normalidad y a su familia y a él los dejarían en paz.

Los que pudieron, se fueron. Ezra le suplicó a su padre que siguiera el éxodo. Ercole se puso firme.

—Soy italiano —repitió—. Y nadie, ni siquiera Mussolini, puede decirme lo contrario.

Ezra le dijo a Evelina que se sentía como un paria, porque ahora la gente cruzaba la calle para evitarlo y era incapaz de mirarlo a los ojos. Las tiendas incluso ponían carteles en sus escaparates que decían: Prohibido perros y judíos. Y las noticias de Alemania no hacían más que empeorar.

⁕

—Quiero decirle a todo el mundo que te quiero —le dijo Evelina a Ezra una tarde que estaban solos en el salón de Fioruccia. La lluvia golpeaba con fuerza los cristales de las ventanas y estaba casi tan oscuro como si fuera de noche. Dentro, el fuego estaba encendido y su luz dorada danzaba por las paredes como los demonios—. Ya no quiero esconderme. Todo el mundo debería saberlo.

Ezra le besó la sien.

—Yo tampoco quiero esconderme, pero no es prudente, Eva. Si la policía se entera, los dos podríamos tener problemas.

—Entonces al menos permíteme que se lo cuente a mis padres —dijo.

La miró con ternura.

—Está bien. Yo también se lo diré a los míos. Mi padre se llevará una gran decepción. Quiere que me case con una hija de Israel. —Se rio—. En vista de lo que está pasando ahora, no creo que esté en condiciones de exigirme nada. El amor es algo frágil y precioso y tenemos suerte de tenerlo.

—Pase lo que pase, nunca dejaré de quererte, Ezra. Lo sabes, ¿verdad? —Los ojos de Evelina se llenaron de lágrimas.

Ezra le sujetó la cara y le besó los labios.

—Yo tampoco dejaré de quererte nunca.

—Tengo miedo.

—Yo también. No tengo miedo de los fascistas ni de los nazis, tengo miedo de perderte. —Se abrazaron—. No quiero que te arrepientas nunca de haberme amado.

—¿Por qué iba a hacerlo?

—Porque si fuera católico, no tendrías nada que temer.

—Si algo aprendí de la muerte de Bruno es que el amor duele. Duele tanto que la cabeza te dice que no ames, que te protejas del dolor. Pero el corazón anhela amar. Hará cualquier cosa por amar. Sufrirá de buena gana por saborear aunque solo sea una pizca. —Le apretó con más fuerza—. Estoy disfrutando de un festín de amor y ni siquiera mi cabeza me dice que pare, Ezra.

No podía discutírselo.

Evelina decidió contárselo a sus padres, a la *nonna* Pierangelini y a Costanza, durante la comida del día siguiente. Los cinco estaban solos en la mesa del comedor. Seguía lloviendo. Parecía que no iba a parar nunca.

—Tengo algo importante que deciros —empezó.

Tani dejó el cuchillo y el tenedor y se limpió la boca con una servilleta.

—¿Qué pasa, cariño?

—Estoy enamorada.

Artemisia pareció sorprendida. Enarcó las cejas.

—¿De quién?

La *nonna* Pierangelini la miró con interés.

—Por fin —dijo con un suspiro.

Evelina tomó aire.

—De Ezra Zanotti.

Sus padres se sobresaltaron. Ezra no era uno de los jóvenes del círculo de Evelina. Nunca habían pensado en él. El nombre no significaba nada para las ancianas, que fruncieron el ceño tratando de averiguar dónde lo habían oído antes.

—¿El mismo Zanotti de la tienda? —preguntó la *nonna* Pierangelini.

—¿Es tendero? —preguntó Costanza con una sonrisa—. Muy moderno.

—Es judío —dijo la *nonna* Pierangelini, con expresión compasiva, pues preveía problemas.

—¿Hace cuánto que sucede esto? —preguntó Tani.

—Más de tres años.

—¡Tres años! —Artemisia estaba horrorizada. Evelina vio que estaba haciendo cuentas e intentando averiguar cómo había surgido sin que ella se percatara.

—Entiendo. Entonces va en serio —dijo Tani, asintiendo para sí.

—Pero no puedes casarte con él. La ley no lo permite —dijo Artemisia, visiblemente nerviosa—. Es decir, aunque fuera apto, que no lo es, las leyes raciales prohíben el matrimonio interracial. Seguro que lo sabes.

—Por supuesto, pero eso no impedirá que lo ame. No puedes elegir a quién quieres. Ocurre, sin más.

—Qué romántico —susurró Costanza.

—No si se lo llevan y lo encarcelan —repuso la *nonna* Pierangelini con ironía.

—Los judíos son unos amantes maravillosos y muy sensuales —añadió Costanza con una sonrisa—. Yo lo sé bien.

—¿Quiere casarse contigo? —preguntó Tani, ignorando a su tía.

—Sí.

—Entonces solo tenéis una opción. Debéis iros a Estados Unidos.

Evelina negó con la cabeza.

—Ezra no se irá porque su padre no quiere marcharse.

—¡Bueno, eso es ridículo! —gritó Artemisia.

Evelina se encogió de hombros.

—Ezra ha intentado convencerlo, pero él insiste en que es italiano y que tiene tanto derecho como cualquiera a estar aquí. Además, su negocio está aquí. ¿Qué iba a hacer en Estados Unidos?

—Emprender un nuevo negocio —alegó Artemisia, sin más.

—Hay muchas oportunidades en Estados Unidos —adujo Costanza, que no sabía nada al respecto.

—Comprendo su reticencia a marcharse —adujo Tani—. Nadie quiere ser un refugiado. Su familia ha vivido aquí durante generaciones. Para ellos es desolador plantearse abandonar su hogar y su medio de vida.

—Aguantaremos —dijo Evelina con firmeza—. A fin de cuentas el fascismo no durará para siempre, ¿verdad? Solo tengo veintidós años. No hay prisa.

—Yo me casé a los diecinueve —repuso la *nonna* Pierangelini.

—Pues yo tengo casi ochenta años y nunca me he casado —dijo Costanza—. Todos los caminos llevan a Roma.

Artemisia se sintió aliviada por la decisión de Evelina de esperar.

—No, no hay prisa —convino con una sonrisa—. Tienes toda la razón, cariño. Quién sabe lo que nos deparará el futuro.

Tani respiró hondo.

—¿Ezra se lo ha dicho a Ercole y a Olga?

Evelina asintió.

—Se lo dirá hoy.

—Dudo que les haga mucha gracia —aseveró con una sonrisa irónica—. Me atrevería a decir que habrían preferido a Romina. En fin… Si los dos estáis decididos a no ir a Estados Unidos, entonces no tenéis más remedio que esperar aquí. En cuyo caso, debéis tener mucho cuidado.

—Lo mantendremos en secreto —le aseguró Evelina.

—¿Se lo has contado a Benedetta?

—Sí, se lo conté hace tiempo. No lo aprueba. Nos peleamos. No hemos hablado de ello desde entonces.

Tani entrecerró los ojos.

—No me gusta hablar mal de nadie, y menos de mi yerno, pero yo no me fiaría de Francesco.

—Os lo dije —intervino su abuela—. Es el bigote.

—¿Qué crees que hará? —preguntó Artemisia, preocupada.

Tani se encogió de hombros.

—No creo que haga nada, pero no es amigo del pueblo judío. No diré más. Tened cuidado.

⬥⬥⬥

Ezra informó de que Ercole y Olga no se habían alegrado al enterarse de que pretendía casarse con Evelina. Olga lloró, pues quería una buena chica judía para su hijo mayor. Ercole perdió los nervios. Temía que la policía descubriera que se veían y metieran a Ezra en la cárcel.

—Debes obedecer las normas y no llamar la atención, Ezra. No sabes lo que les hacen a los que se oponen al régimen.

Ezra le dijo que sabía muy bien lo que hacían y que no iba a ir a hacer alarde de su amor. Volvió a pedirle a su padre que cambiara de opinión y emigrara a Estados Unidos. Su padre se negó.

Al año siguiente, el 10 de junio de 1940, Italia entró en la guerra del lado de Alemania. Mussolini tenía dudas y había dejado pasar el tiempo, pero con Gran Bretaña en retirada y Francia al borde de la rendición, el *Duce* se lanzó a la guerra con la esperanza de tener un lugar en la mesa de los vencedores cuando Hitler repartiera Europa.

Francesco se alistó de inmediato. Confiaba en que el eje Roma-Berlín derrotaría a los aliados. Para él, el *Duce* era invencible. Sin embargo, Benedetta no regresó a Villa L'Ambrosiana y Giorgio se convirtió en un niño sin conocer el lado materno de la familia ni los encantos de su hogar.

La vida de los Zanotti continuó a pesar de la guerra. Fioruccia daba clases en la escuela judía que había creado la comunidad a raíz de las leyes raciales. Sus sobrinos estudiaban y poco a poco se fueron adaptando a su nueva vida, aunque echaban de menos a sus amigos. Ercole vendía telas como de costumbre y Olga confeccionaba vestidos, aunque el negocio era escaso. La fábrica de Matteo seguía haciendo uniformes militares, pero la demanda iba en declive y el combustible escaseaba. Ezra trabajaba muy poco en la tienda y pasaba más tiempo fuera. Evelina sabía que colaboraba con la resistencia, pero cuando le preguntaba a las claras, él se limitaba a responder que tenía amigos implicados y que le gustaba darles su apoyo.

Evelina y Ezra ya podían pasar tiempo juntos en Villa L'Ambrosiana. La casa de Ezra, encima de la tienda, no era una opción debido a que sus cinco hermanos entraban y salían, lo que les impedía encontrar un sitio en el que estar solos. En los salones de Villa L'Ambrosiana leían los periódicos y escuchaban la radio. A través de sus contactos germanoparlantes, Ezra se informaba de los horrores que sufrían los judíos en Polonia y en Europa del Este y de los campos destinados a destruirlos. Las historias eran tan terribles que Evelina se negaba a creerlas.

En julio de 1943 cayó el fascismo. Mussolini fue expulsado del poder por el Gran Consejo Fascista y con su arresto se puso fin a veintiún años de gobierno fascista en el reino de Italia. Ercole estaba eufórico.

—No me equivocaba —declaró, limpiando el polvo de una cara botella de vino—. Ahora la guerra terminará y Badoglio derogará las leyes raciales.

Ezra se sentía estúpido por haber intentado convencerlo de que se marchara.

—Ya ves, hijo mío, la experiencia siempre sabe lo que es mejor —continuó Ercole mientras Olga bajaba los vasos del armario—. Ahora brindemos por la libertad.

Hubo bailes y cánticos en las calles fuera de la tienda y la familia Zanotti se terminó su vino y lo celebró con el resto de su comunidad, empapándose de la maravillosa sensación de optimismo que llenó el aire de burbujas. Tan pronto como pudo escapar, Ezra fue en bicicleta a Villa L'Ambrosiana para divertirse con Evelina. Cuando ella lo vio llegar pedaleando por el camino, abrió la puerta y bajó corriendo las escaleras para recibirlo. Él dejó caer la bicicleta al suelo y la estrechó entre sus brazos.

—Es hora de planear nuestra boda —dijo, y Evelina rio aliviada y embargada por la emoción—. Mi padre tenía razón —añadió, besándola—. Nunca debí dudar de él.

Sin embargo, su euforia no tardó en convertirse en terror cuando los tanques alemanes se adentraron rápidamente en Italia. Badoglio, el sucesor de Mussolini, huyó y el ejército italiano se tambaleó sin un líder. Los alemanes liberaron a Mussolini y tomaron el control de la parte norte de Italia, que llamaron República Social Italiana, y reinstauraron al *Duce* como líder del reformado Partido Republicano Fascista. El pueblo judío quedó a merced de la Alemania nazi. Ezra y Evelina no tendrían su boda y era demasiado tarde para marcharse a Estados Unidos. La costosa botella de vino que Ercole había abierto para celebrarlo permaneció en el aparador como recordatorio de que la experiencia no siempre hacía sabia a una persona.

8

Ercole Zanotti dejó de decir: «Lo que ocurre en Alemania nunca ocurriría aquí» la noche en que los arrestaron a su familia y a él. Los alemanes ocupaban ahora la ciudad y los que podían marcharse lo habían hecho. Muchos intentaron huir a Suiza, pero cayeron en manos de guías sin escrúpulos que los entregaron a los alemanes. Los que lograban cruzar la frontera a menudo eran devueltos o languidecían en campos de refugiados. Los afortunados que tenían dinero y contactos encontraban la libertad tras sobornar a guías, funcionarios de fronteras y hoteleros. Pero ya era demasiado tarde para Ercole y Olga Zanotti y su familia.

Evelina se enteró de la noticia por Ezra, que atravesó el campo en bicicleta hasta Villa L'Ambrosiana en plena noche. Tiró piedras a su ventana y cuando se asomó, le susurró en voz alta que se reuniera con ella en la capilla de inmediato. Evelina supo que algo terrible había ocurrido y se vistió a toda prisa. Se escabulló por la escalera trasera y salió por la puerta de la cocina. Corrió lo más deprisa que pudo en medio de la cálida noche de septiembre hasta donde la capilla brillaba como una joya secreta a la luz de la luna.

—Los fascistas se los han llevado a todos —dijo Ezra sin aliento cuando ella entró y lo encontró paseándose de forma agitada de un lado a otro por el suelo de piedra.

—¿A todos?

—A mamá, a papá, a Enrico, a Giovanni, a Damiana, a Alessandra y a Maurizio.

Evelina se llevó una mano a la boca, presa del horror.

—¿Qué ha pasado?

—Hubo un gran estruendo y el escaparate se hizo añicos. Fue tan fuerte que pensé que se había derrumbado parte de la casa. Antes de que pudiéramos darnos cuenta, golpearon la puerta con las culatas de los rifles y llamaron al timbre. Papá fue a abrir la puerta y ellos entraron furiosos. Yo me escondí en el dormitorio de atrás. Nos gritaban que hiciéramos las maletas con ropa y con libros…

Evelina notó que tenía sangre en la mejilla.

—¿Cómo lograste escapar?

—Me tiré por la ventana de atrás y escapé por el tejado. Debería haberme llevado a los demás, pero no había tiempo y estaban demasiado lejos en el pasillo. Cuando me enteré de lo que estaba pasando, seguí mi instinto y hui. Si hubiera esperado más me habrían visto. No había tiempo. —Se llevó la mano a la frente—. Al menos podría haber intentado llevarme a Maurizio…

—¿A dónde los llevan?

—No lo sé.

—Oh, Ezra. ¿Qué vas a hacer?

—Voy a esconderme aquí hasta que sea seguro buscar a mis amigos en las montañas.

—Vale, te traeré todo lo que necesites.

La atrajo hacia sí y la abrazó con fuerza.

—Tendríamos que habernos ido —gimió.

—No tiene sentido mirar atrás. Ahora tienes que mirar hacia delante y pensar cómo vas a sobrevivir. Sabes que haré todo lo que pueda para ayudarte.

—Sé que lo harás.

—Mis padres te esconderían encantados en nuestro ático…

—No voy a esconderme como una rata. Voy a buscar a la resistencia y unirme a ellos. Es lo único que puedo hacer para ayudar a mi familia y a otros como ellos.

—¿Crees que se han llevado a Fioruccia y a Matteo?

—Imagino que habrán reunido a todos los judíos.

—Ay, Dios mío. ¡Esto no puede estar pasando! —Evelina se sintió mareada de terror.

—Me temo que sí. Pero tenemos que ser fuertes.

Evelina intentó encontrar algo positivo que decir. Que los encarcelarían durante un tiempo y luego los liberarían, pero no podía mentir. Había oído rumores de lo que los alemanes hacían a los judíos y se había negado a creerlo. Ahora que les ocurría a los Zanotti y a los Ferraro, temía que esos rumores fueran ciertos. Se aferró a Ezra con más fuerza todavía.

⁕

Evelina nunca había sentido tanto miedo en su vida y sin embargo el miedo la impelió a actuar con decisión. Volvió corriendo a la casa y reunió las cosas que creía que Ezra necesitaría: mantas, agua, pan, fiambre y un par de libros. También llevó velas y una caja de cerillas, pero Ezra dijo que no las encendería por si alguien venía a buscarlo.

—No van a venir aquí —le dijo, pero Ezra no estaba tan seguro.

—No voy a correr ningún riesgo —repuso—. No le digas a tus padres que estoy aquí. No se lo digas a nadie, ¿entiendes? No puedes confiar en nadie. Ni en un alma. —Evelina sabía que podía confiar en sus padres, pero de todos modos accedió a mantenerlo en secreto—. Mañana en el pueblo no se hablará de otra cosa. Deben creer que yo también me he ido.

Evelina asintió.

—¿Hay algo que pueda traerte del apartamento? ¿Papeles, dinero, algo?

—Imagino que mi padre vació la caja fuerte. Se habrá llevado todo lo importante. —Maldijo con furia—. Debería haberme hecho caso.

—Lo sé, tendría que habértelo hecho.

—Debería haber aprovechado la oportunidad cuando se la ofrecieron. Ahora podríamos estar todos en Estados Unidos.

Ezra se desplomó contra ella y sollozó. Evelina nunca había visto llorar a un hombre adulto y eso la hizo sentir más miedo que nunca. Lo abrazó, tratando de absorber su dolor para que sufriera menos. Entonces se besaron. Un beso apasionado, acentuado por el terror de su huida y el miedo a lo que pudiera deparar el mañana. Ninguno de los dos sabía lo que les depararía el futuro ni si habría un futuro. Su incertidumbre alimentó su deseo y los impulsó a sumergirse en el momento con una intensidad que ninguno de los dos había sentido antes. Evelina no se entregó a Ezra como una mujer en su noche de bodas, sino con el deseo y el ansia de una mujer a punto de perder al hombre que amaba.

El amanecer se abría paso en el cielo nocturno cuando Evelina regresó a la villa y se metió en la cama. No intentó dormir. Se quedó mirando al techo, sintiendo solo los latidos aterrorizados de su corazón y un terrible y pegajoso miedo en la boca del estómago. ¿Cómo podía estar ocurriendo aquello? Por la mañana se reunió con sus padres en la mesa del desayuno y trató de aparentar normalidad. Artemisia se fijó en su palidez y lo comentó, pero su padre estaba demasiado absorto en el periódico como para darse cuenta. Después de desayunar, fue a Vercellino en bicicleta y encontró el lugar prácticamente desierto. Nadie caminaba por las calles y las tiendas estaban cerradas. Un espantoso silencio se cernía sobre la plaza. Apoyó la bicicleta contra la pared en la Via Agnello y se acercó al escaparate destrozado de Ercole Zanotti. La alfombra de cristales rotos que cubría los adoquines brillaba a la luz del sol. Sin embargo, parecía que no habían robado nada. Había rollos de tela en las estanterías. Retales y encajes sobre el mostrador, junto a unas revistas de moda y un jarrón de flores amarillas. Apareció uno de los vecinos, rascándose la calva. Era un hombre de mediana edad, con la cara sin afeitar y expresión triste. Le dijo a Evelina que había oído romperse el cristal del escaparate a eso de las dos de la madrugada y se había asomado a la ventana para ver qué pasaba. Vio que se llevaban a la familia en un furgón policial.

—Los Zanotti son buena gente —dijo.

—Volverán —aseveró Evelina con firmeza.

El hombre se encogió de hombros y puso mala cara. No se lo creía.

—Haré que mis hijos me ayuden a tapiarlo para que nadie se vaya con su mercancía —dijo—. Así, si regresan, verán que tienen un negocio al que volver.

Evelina asintió.

—Es usted muy amable.

—Es lo menos que puedo hacer. Me avergüenzo de mi país.

—Ya no es nuestro país, es el de Hitler —repuso, y se dio la vuelta para que él no viera sus lágrimas.

Durante los días siguientes, Ezra se escondió en la capilla. Evelina le llevaba comida, agua y cigarrillos y le contaba lo que había oído por la radio. Los alemanes habían tomado Vercellino y cuatro de ellos habían llegado a la villa en un gran coche negro, con sus uniformes verde botella y sus gorras de visera, y habían hablado con su padre en privado. Artemisia temía que requisaran la casa y robaran sus cuadros, pero no lo hicieron. Fueron educados. No hablaban ni una palabra de italiano, así que se habían comunicado en inglés, que Tani hablaba con fluidez. Dijeron que solo habían ido a presentarse. Más tarde, Tani le contó a Evelina que habían ido a demostrarle quién mandaba.

Ezra huyó a las montañas para luchar junto a los partisanos en cuanto pudo. Le prometió a Evelina que volvería y cumplió su palabra. En los meses siguientes volvió todas las semanas. Consiguió darle uno de los viejos jerséis de lana de su padre, algunos pares de calcetines gruesos y unas recias botas de cuero. Esperaba que Tani no los echara de menos. De vez en cuando, Ezra venía con un grupo de dos o tres hombres y comían la comida que Evelina les llevaba de la cocina, fumaban cigarrillos y dormían bajo las mantas que ella les proporcionaba. No tardaron en esconder armas en el pequeño cuarto del fondo de la capilla y venían más a menudo.

Artemisia y Tani se mantuvieron ajenos y se replegaron cada vez más en sus enrarecidos mundos, de modo que ellos, al igual que la propia villa, parecieron sumirse en un sopor eterno.

Los partisanos a los que se había unido Ezra eran judíos como él que no tenían dinero ni contactos para huir, jóvenes que evitaban el servicio militar obligatorio, prisioneros de guerra liberados y antifascistas. Estaban bien armados, eran eficientes y rebosaban arrogancia. A pesar de los peligros, parecía que disfrutaban del espíritu de fraternidad que les brindaba esta aventura y del exacerbado sentimiento de patriotismo y de tener un propósito.

Descubrieron que habían detenido a los judíos por toda Italia y los habían llevado a un campo de detención en Fossoli. Esa base militar se había utilizado originalmente para prisioneros de guerra británicos, pero cuando Italia se rindió en septiembre, a esos prisioneros de guerra los trasladaron a Alemania y el campo se convirtió en un campo de concentración para judíos. Al final de cada mes se enviaban vagones de ganado con prisioneros a Auschwitz, en Polonia. Ezra estaba desolado, pero esperaba que los aliados avanzaran hacia el norte, pusieran fin a la guerra y los liberaran. No se hacía a la idea de que no volvería a ver a su familia. Esa idea era impensable.

Evelina apenas tenía noticias de Benedetta. No habían vuelto a la villa desde la discusión de Francesco con su padre. Artemisia estaba angustiada por no poder ver a su nieto y le rogó a su hija que viniera a pasar las Navidades. Evelina no quería que su hermana viniera, pues Ezra tendría que mantenerse alejado mientras ella estuviera en la villa. Era demasiado peligroso. Pero Benedetta accedió y trajo a Giorgio en tren desde Milán.

Cuando Evelina vio a su hermana, se le pasó el resentimiento y se abrazaron y se lamentaron por haber dejado pasar tanto tiempo sin verse. Giorgio se había convertido en un pequeño querubín. Ahora tenía seis años y estaba lleno de curiosidad y de alegría. Artemisia encontraba vestigios de Bruno en sus rasgos, pero por más que Evelina lo intentaba, ella no; era igual a su madre. En cambio

Benedetta parecía cansada y ojerosa. Estaba un tanto temblorosa y se sobresaltaba con el más mínimo ruido repentino, como un tímido ratoncillo.

Francesco estaba en el sur con el ejército italiano, luchando junto a los aliados. Una noche, Benedetta le confió a Evelina que tras su pelea con Tani, su orgullo le había impedido regresar.

—Creía en el fascismo como si fuera una religión y el *Duce* un dios —dijo—. Ahora que el sur ha caído y que Mussolini no es más que una marioneta de Hitler, no querrá admitir que se equivocó. Imagino que cuando todo acabe será un hombre muy enfadado y desilusionado. —Benedetta desvió la mirada hacia el fuego y sonrió con suavidad—. Da gusto estar en casa —dijo.

—Os hemos echado de menos a ti y a Giorgio —repuso Evelina, con los pies acurrucados a su lado en el sofá.

—Lo sé, y yo también te he echado de menos. No estaba bien impedir que Giorgio viera a sus abuelos y a su tía, por no hablar de su bisabuela y de su tía abuela. Ya puedes imaginar lo mucho que ve a los padres de Francesco.

—Claro. —Evelina enarcó las cejas—. Tu marido es un hombre fuerte.

—No es el tipo de hombre al que se contradice —dijo Benedetta despacio. Su rostro se ensombreció, como si la distrajera un horrible pensamiento—. En fin, ¡en lo bueno y en lo malo!

—¿Va todo bien entre vosotros?

Benedetta suspiró.

—Tiene muy mal genio.

A Evelina no le gustaba el cariz que estaba tomando la conversación.

—¿A qué te refieres con mal genio?

—Bueno, ya sabes. Bebe y luego se comporta de una manera nada caballerosa.

—¿Te ha…? —Evelina vaciló, no quería entrometerse en su vida matrimonial.

—¿Pegado? —Benedetta terminó la frase y asintió—. Por supuesto. Es bueno con el dorso de la mano.

—¡Benedetta! —Evelina estaba horrorizada. Recordó lo que su abuela había dicho sobre su bigote.

—No pasa nada. No se lo digas a mamá ni a papá, por favor. Yo me encargo.

—No deberías tener que hacerlo.

—Cree que tiene derecho.

—Nadie tiene derecho a pegar a otra persona, por mucho que lo provoquen.

—Es probable que lo provoque. Tenemos visiones del mundo muy diferentes. —Miró a Evelina y sus ojos se volvieron tristes—. Me siento fatal por los Zanotti —dijo—. Muy mal.

—¿Te lo ha dicho mamá?

—Sí. ¿También se llevaron a Ezra?

—Se los llevaron a todos —mintió Evelina.

—¿Volverán alguna vez?

—Eso espero. Si los aliados ganan la guerra y los liberan. ¿Quién sabe cuál será su destino?

—Vayamos mañana a Vercellino a ponerles unas velas.

—Sí, es una buena idea. Me temo que le he dado la espalda a mi fe.

—Ahora es cuando más la necesitas.

—Cuesta tener fe cuando hay tanta desdicha en el mundo. Las historias que uno escucha son horribles. Creo que Dios ha dejado de prestar atención al mundo. Quizá sea demasiado incluso para Él.

—Siento lo que dijo Francesco sobre los judíos.

—Sé que tú no estabas de acuerdo con él.

—Algunas de nuestras mayores discusiones han sido sobre eso. —Benedetta se tocó la mejilla con suavidad, como si se acariciara un moratón—. He pagado por mis opiniones, pero es un precio que estoy dispuesta a pagar. Nadie debería tratar así a otros seres humanos. Es despreciable.

—Siento que te casaras con él, Benedetta.

Benedetta negó con la cabeza.

—Yo no. Tengo a Giorgio. No lo cambiaría por nada del mundo.

A la mañana siguiente fueron a Vercellino en el coche de Tani. Benedetta se entristeció, pero no se sorprendió al ver la tienda de los Zanotti tapiada con tablones de madera. Hacía tiempo que habían recogido los cristales rotos, pero un inquietante silencio invadía la calle, como si el espíritu se hubiera marchado, dejando que el cuerpo se descompusiera.

—¿Recuerdas lo emocionadas que nos sentíamos al venir aquí? —preguntó Benedetta con nostalgia.

—Por supuesto —dijo Evelina con un escalofrío, imaginando que se llevaban a la familia en un furgón policial—. Olga era una persona muy dulce y amable y Ercole... Bueno, eran muy buenas personas.

—Espero que vuelvan.

—Benedetta, nadie va a volver.

—¿Cómo puedes saberlo?

Evelina empezó a alejarse.

—No lo sé, solo lo temo. Espero equivocarme.

Atravesaron la ciudad hasta llegar a la iglesia. El edificio medieval proyectaba una larga sombra sobre la plaza y su alta y ornamentada torre se alzaba hacia el cielo en una silenciosa súplica al Dios que Evelina creía que ya no escuchaba. Cruzaron las gigantescas puertas de madera. Dentro había varias personas sentadas en sillas, arrodilladas en oración y encendiendo velas votivas en la parte delantera, en el transepto. Ancianos en su mayoría, hombres, con el sombrero en la mano, y mujeres vestidas de negro, lloraban a los caídos. Se respiraba una atmósfera sombría y triste. Había poco oro en el altar, ya que la mayor parte se había fundido para financiar la guerra del *Duce* en Abisinia, pero había velas que titilaban en la penumbra. Aquel lugar olía a cera caliente y a siglos de antigüedad, y el eco de las plegarias que parecían grabadas en las paredes pintadas al fresco reverberaba en él.

Subieron por el pasillo y se detuvieron frente a la mesa donde ardían las pequeñas velas votivas que acunaban en sus llamas doradas las esperanzas y las peticiones de quienes las habían encendido. Evelina y Benedetta añadieron sus súplicas a la mesa y cerraron los ojos un momento para concentrarse en sus plegarias. Después hicieron una genuflexión ante el altar y se marcharon por donde habían venido. Una vez fuera, Benedetta se volvió hacia Evelina.

—¿Aún amas a Ezra? —preguntó.

—Sí —respondió Evelina—. Con todo mi corazón.

—He encendido una vela por él.

Evelina sonrió.

—Ya somos dos.

La noche antes de Navidad, nevó. Del cielo caían enormes copos que no tardaron en formar un grueso manto que cubrió la finca. Giorgio estaba entusiasmado cuando se despertó por la mañana y miró por la ventana. Le encantaba la nieve y estaba deseando salir a jugar con ella. Como era temprano, Benedetta lo sacó antes del desayuno. Lo vio corretear por el jardín, deleitándose con su esponjosidad, y sacó la lengua para atrapar los pocos copos pequeños que se arremolinaban con el viento.

Deambularon entre los árboles y Benedetta recordó aquellos momentos de su juventud en los que lo único que había deseado era marcharse. Ahora solo quería quedarse. Pronto llegó al claro donde la capilla se erguía en la tenue luz del amanecer como un barco asediado, con el tejado de un tono blanco azulado por la nieve. Pensó entonces en Bruno, a quien le encantaba jugar allí. Cuánto le gustaba la nieve. Giorgio corrió por delante. No se fijó en la capilla. Le interesaban más las huellas que salían de entre los árboles, atravesaban el claro y se detenían ante la gran puerta.

Benedetta frunció el ceño. Miró hacia el bosque y luego hacia la capilla. Aquellas huellas eran recientes, tal vez de hacía solo unos minutos. Su corazón empezó a latir desbocado. Llamó a Giorgio y le tomó de la mano. Juntos se dirigieron a la puerta y la abrieron de un empujón. El interior estaba en penumbra y olía a humo de cigarrillo. Ella entró.

—Hola —gritó, su voz sonaba más valiente de lo que se sentía.

No obtuvo respuesta. Siguió adelante, pasando junto a las sillas de madera, hasta el final, donde estaba el altar desnudo, entre secas hojas marrones y arañas muertas. Entonces vio unas mantas tiradas en un rincón. Eran mantas de la casa. No creía que su madre las hubiera puesto allí. La curiosidad la llevó a la habitación del fondo. Cuando vio la cantidad de armas apoyadas contra la pared y las cajas de madera apiladas unas sobre otras, se le paró el corazón. Aquello pertenecía a los partisanos.

Giorgio la siguió. Consiguió desviarlo y empujarlo de nuevo a la parte principal de la capilla antes de que viera lo que había allí.

—Vamos a desayunar —dijo, intentando que no le temblara la voz. El niño estaba encantado de volver a la nieve y empezó a patearla con deleite. Benedetta sintió náuseas.

Al cruzar el umbral, vio un sobre blanco cerrado con el nombre de Evelina. No lo había visto antes. Sintió la tentación de abrirlo, pero al pasar el pulgar por debajo de la solapa, se detuvo. Al fin y al cabo, no era asunto suyo. No, se lo llevaría a Evelina y le pediría explicaciones.

Cuando volvió a casa, Artemisia ya estaba en la mesa del desayuno.

—¡Feliz Navidad! —dijo con voz alegre. Entonces vio la preocupación en el rostro de su hija—. ¿Estás bien, cariño?

—Tengo un poco de náuseas. ¿Puedes cuidar de Giorgio un momento mientras subo?

Artemisia miró a Benedetta con complicidad.

—¿No creerás que estás…?

—No lo sé.

Artemisia sonrió.

—Espero que sí. Ya era hora. Sería el mejor regalo de Navidad.

Benedetta se apresuró a subir las escaleras hasta el dormitorio de su hermana. Evelina estaba en su tocador cepillándose el pelo.

—Feliz Navidad —exclamó—. ¿Verdad que la nieve es preciosa?

—Evelina.

Evelina dejó de cepillarse al oír el tono severo de su hermana y se volvió para mirarla.

—¿Qué? ¿Ha pasado algo?

—Acabo de ir a la capilla.

Evelina levantó la cabeza.

—Ah —dijo. Estaba segura de que Ezra y sus hombres no se habían acercado desde que Benedetta había vuelto a casa.

—Y hay huellas por toda la nieve. He entrado y he encontrado... —Bajó la voz—. ¡Armas!

Evelina se levantó y se apresuró a cerrar la puerta.

—Sí, lo sé. Puedo explicarlo.

—Más te vale.

—Pero debes jurar que no se lo dirás a nadie.

—Es un poco tarde para eso. No tengo que jurar nada. Las he visto con mis propios ojos.

—Está bien. Ezra no fue capturado la noche que arrestaron a su familia. Escapó y se unió a los partisanos. Se ha estado escondiendo en la capilla.

—Parece que ha estado viniendo con sus amigos.

—Así es.

—¿Y les has estado suministrando comida y mantas?

—Sí.

Benedetta empezó a pasearse por la habitación con inquietud.

—¿Te das cuenta de lo peligroso que es esto? Podrías hacer que nos mataran a todos.

—No pasa nada. Aquí no viene nadie.

—Todavía.

—Ni siquiera saben que la capilla existe. Además, ¿por qué iban a registrar el lugar? Te prometo que estamos a salvo.

—Será mejor que tengas razón. Si mamá y papá se enteran de esto, tendrás serios problemas.

—No lo harán. Nadie entra en la capilla. Nadie excepto Bruno ha estado allí desde hace años.

Benedetta suspiró y dejó de pasearse.

—No se lo diré a nadie —dijo en voz baja—. Pero tengo miedo.

Evelina se sintió aliviada. Le sentó bien compartir su secreto.

—No pasa nada. Yo también tenía miedo al principio. Pero Ezra está luchando contra los alemanes. Está ayudando a los aliados. Cuando la guerra termine, habrá cumplido con su parte. Su familia será liberada y todo volverá a la normalidad.

Benedetta miró a su hermana con lástima.

—Eres una soñadora —dijo, pero con una sonrisa llena de afecto.

—Tengo que soñar. Es la única forma que tengo de sobrevivir. Tengo que creer que la guerra acabará y que Ezra y yo podremos casarnos, tener hijos y hacer todas las cosas que hacen las parejas casadas normales.

—Creía que no querías casarte.

—Quiero hacerlo con Ezra. Quiero entregarme a él en cuerpo y alma.

—Entonces, debería darte esto. —Benedetta sacó el sobre del bolsillo—. Estaba en el suelo cuando entré en la capilla. Creo que estaba pegado a la puerta y se ha caído.

Evelina lo abrió y sacó el papel. «Los soldados alemanes nos tendieron una emboscada por la noche. Siento decirle que han capturado a Ezra. Carlo». Las piernas de Evelina cedieron y se desplomó en el suelo.

Benedetta le quitó la carta de la mano y la leyó.

No había palabras posibles de consuelo. Nada de lo que dijera podría devolvérselo. Se sentó junto a su hermana y la estrechó entre sus brazos.

9

Evelina caminó por la nieve hasta la capilla. El dolor de su corazón era insoportable. Solo había sentido tal desolación una vez en su vida y fue cuando murió Bruno. No había pensado que fuera posible sufrir tanto y sobrevivir, pero lo había hecho; ahora sabía que podía sobrevivir a esto. La nieve comenzó a caer de nuevo en grandes y húmedos copos, asentándose sobre las huellas de los hombres que habían venido por la noche a dejar el desalentador mensaje en la puerta. Pronto esas huellas desaparecerían, quedarían cubiertas y ocultas, como si nunca hubieran existido.

Evelina abrió la puerta de un empujón. El lugar estaba vacío. Hacía frío. El aire surgía en forma de vaho al respirar. Todo estaba como lo habían dejado la última vez que pasaron la noche allí. Las mantas dobladas y colocadas en un rincón, los libros que Evelina había traído para Ezra en una pila ordenada, las botellas de agua, algún plato, tenedores, cosas que en realidad no necesitaban, pero que Evelina quería que tuvieran, para darles una sensación de normalidad y comodidad.

Se sentó en una de las sillas de madera y apoyó la cabeza en las manos. Un sollozo brotó de lo más profundo de su ser, expulsado por una extraña contracción propia del dolor. Ya había pasado antes por ese oscuro túnel, pero su familiaridad solo hacía que la experiencia fuera aún más dolorosa. Se agarró el estómago y gimió. Sonaba extraño a sus oídos, más parecido al gemido de una bestia que al llanto de un ser humano. Pero estaba sola, ¿qué importaba? Dejó que se desgarrara de sus entrañas en un aullido largo y agónico, hasta que se quedó sin aliento y tuvo que inspirar con fuerza para devolver el aire a sus pulmones.

«Ezra, Ezra, Ezra…».

¿A dónde lo llevarían? ¿Lo enviarían a él también a Fossoli? ¿Se reuniría con su familia? ¿Sobrevivirían? ¿Lo rescatarían los partisanos? ¿Qué podía hacer ella para ayudar?

Cuando Evelina regresó a la villa, su hermana estaba desayunando con sus padres. Giorgio jugaba con un avión de papel que le había hecho su abuelo. Artemisia se levantó cuando entró Evelina. Su rostro estaba lleno de compasión. Acercó una silla.

—Ven a sentarte, cariño —dijo con suavidad.

Evelina miró a su hermana y frunció el ceño. ¿Se lo había dicho? ¿Era posible? Benedetta le dedicó una sonrisa tranquilizadora. Evelina se sentó y miró a sus padres con desconcierto. Hubo un breve momento de silencio antes de que Artemisia hablara.

—Es una época difícil para todos, Evelina. Pienso en Bruno todos los días, pero en Navidad duele aún más. —Evelina se echó a llorar. Su madre le puso la mano encima—. No pasa nada. No te avergüences de mostrar tus sentimientos, Evelina. Es natural. Lo comprendo.

Tani sonrió de forma compasiva.

—Bruno no querría que estuviéramos tristes en Navidad y en la nieve. Le encantaba la nieve, igual que a Giorgio. Come algo, te sentirás mejor con el estómago lleno.

Evelina se secó los ojos con la servilleta.

—Lo siento —murmuró, tomando aliento—. Es que estoy muy triste.

Artemisia parecía deleitarse con la emoción de su hija, pues las unía en su amor por Bruno. Le apretó la mano.

—Va a ser un día precioso —dijo—. Bruno estará con nosotros, porque no se perdería la Navidad. Nos daremos fuerzas mutuamente. Eso es lo que hacen las familias. Nos apoyamos mutuamente en estos momentos difíciles.

En cuanto Benedetta consiguió que Evelina se quedara sola, se explicó.

—Tenía que decirles algo, de lo contrario te habrían puesto en un aprieto y ¿cuál habrías dicho que era la razón de tus lágrimas?

—Oh, Benedetta. Me estoy volviendo loca. No sé qué hacer. No sé cómo ayudar…

Benedetta le puso una mano en el hombro.

—No puedes hacer otra cosa que esperar. La guerra terminará pronto y lo liberarán.

—¿Y si le disparan? Sabes que disparan a los partisanos. —Evelina empezó a llorar de nuevo—. ¿Y si ya está muerto?

—No digas esas cosas. Debes tener esperanza. Es lo único que puedes hacer.

Las hermanas se abrazaron y Evelina se sintió reconfortada cuando Benedetta la rodeó con sus brazos.

—Lo quiero mucho, Benedetta. No creo que pueda vivir sin él.

—No tendrás que hacerlo. Mientras tanto, debemos ayudar a los partisanos.

Evelina se apartó y miró a su hermana con perplejidad.

—¿Quieres ayudarlos?

—Sí, cualquier cosa para que termine esta guerra. Para que Ezra vuelva contigo.

—Pero tú no aprobabas a Ezra…

—Si lo quieres, entonces es el hombre adecuado para ti, Eva. Yo me casé con un hombre adecuado y mira adónde me ha llevado.

—Oh, Benedetta…

—No me compadezcas. Yo lo elegí. La conveniencia no cuenta para nada si solo trae desdicha. Creo que Francesco nunca me amó de verdad. Solo le gustaba lo que yo representaba. Debería haber esperado a un hombre como Ezra. —Sonrió con tristeza—. Es demasiado tarde para mí, pero no es demasiado tarde para ti. ¿Cómo podemos ayudar a los partisanos?

Evelina sintió que le volvían las fuerzas, sustituyendo su sensación de impotencia por la acción.

—Te los presentaré cuando vuelvan después de Navidad. Nos dirán lo que necesitan. El hecho de que les permitamos guardar armas en la capilla es una gran ayuda. Estoy segura de que podemos hacer más.

—Necesitarán dinero. Yo tengo dinero.

—¿No cuestionará Francesco en qué lo gastas?

—No. Es generoso. No me falta de nada.

—Muy bien.

—Y mientras él está fuera luchando, puedo hacer lo que quiera. —Benedetta suspiró—. Y pensar que hubo un tiempo en que estaba deseando irme. Ahora estoy deseando quedarme. No quiero volver nunca a Milán.

Después de Navidad, Evelina presentó a su hermana a la banda de hombres con los que Ezra había luchado. El líder era un hombre de unos cincuenta años llamado Gianni Salvatore, de Turín, que había estado encarcelado cuatro años en la prisión Regina Coeli de Roma. Había sido miembro de Giustizia e Libertà, un movimiento de resistencia antifascista, y luchó contra Franco en la guerra civil española. Era rudo y muy guapo, con el pelo castaño enmarañado, ojos marrones inteligentes y una sonrisa que se curvaba en las comisuras, lo que daba a su rostro un encanto irresistible. Benedetta se prendó de él de inmediato, pues en él encontró el romanticismo y el heroísmo que le faltaban a su marido. A partir de ese momento, haría cualquier cosa por su causa.

Gianni le contó a Evelina lo que le había ocurrido a Ezra, que los soldados alemanes los habían rodeado en el bosque mientras dormían. Gianni no estaba con ellos aquella noche, pero uno de los hombres había conseguido escapar y pudo informar. Se habían llevado a cinco de ellos a punta de pistola y más tarde se enteraron de que los habían llevado al campo de Fossoli, donde había ido la familia de Ezra. Evelina esperaba que se hubieran reunido, pero Gianni negó con la cabeza; no era hombre de endulzar la verdad. Dijo que imaginaba que a la familia de Ezra la habían trasladado hacía mucho tiempo a Auschwitz, en Polonia. En cuanto a su destino, lo desconocía.

Evelina rezaba con todas sus fuerzas para que la guerra terminara y Ezra y su familia sobrevivieran. Mientras tanto, Benedetta y ella proporcionaban comida a los hombres, les permitían utilizar la capilla como refugio y les compraban cigarrillos, medicamentos y otros artículos de primera necesidad cuando los necesitaban. Cosían la ropa que había que remendar y de vez en cuando atendían a los heridos. Cuando el invierno se descongeló y la primavera tiñó la tierra de un vivo e inocente verde, Evelina se dio cuenta de que Benedetta estaba enamorada. A su hermana le brillaban los ojos, andaba con paso alegre y tenía el ánimo por las nubes. Gianni a veces se ausentaba durante semanas, otras veces venía a menudo a la capilla. Benedetta esperaba esos momentos como una esposa leal, rezando por su seguridad como si ya no tuviera marido al que ponerle velas.

De no haber sido por los partisanos, Evelina se habría consumido de pena. Ayudar a Gianni le dio un propósito y la convicción de que estaba ayudando a Ezra. Cada día que pasaba se sentía un día más cerca de su liberación, y con cada pequeño consuelo que era capaz de procurar a Gianni y a sus hombres, se imaginaba a alguien en algún lugar haciendo lo mismo por Ezra. Sabía que habían dejado de compartir las noticias que llegaban de los supervivientes sobre los horrores de aquellos campos de prisioneros de Polonia y les agradecía su discreción. No quería oírlo. La tortura mental habría sido insoportable.

Evelina y Benedetta creían estar ocultando sus actividades a sus padres hasta una tarde de junio. Estaban terminando de comer en la terraza. La criada estaba retirando los platos. Giorgio había ido a jugar al jardín con su niñera. Tani dejó la servilleta sobre la mesa y encendió un cigarrillo. Se inclinó y sostuvo la cerilla mientras Artemisia encendía el suyo. Luego dio una calada y soltó el humo, se recostó en la silla y levantó la barbilla.

—Creo que ya es hora de que nos contéis qué está pasando en la capilla familiar —dijo. Miró de una hija a otra con una expresión inescrutable.

—No sé de qué hablas, papá —repuso Benedetta.

Miró a Evelina.

—Entonces a lo mejor me lo dices tú.

—En la capilla no pasa nada, papá —respondió Evelina, abriendo los ojos con aire de inocencia.

Tani sonrió divertido.

—Espero que se te dé mejor mentir cuando los alemanes vengan a husmear por aquí y a hacer preguntas.

—¿Y por qué iban a hacer eso? —preguntó Benedetta.

—Porque es inevitable —interrumpió Artemisia—. Alguien los delatará, siempre lo hacen.

Tani sacudió la ceniza al cenicero.

—Estáis ayudando a la resistencia —dijo—. No creáis que no nos hemos dado cuenta.

Artemisia sacudió la cabeza.

—Tendría que estar ciega para no darme cuenta de que desaparece comida de la cocina y no veros a las dos corriendo hacia el jardín todo el tiempo.

—Os apoyamos —repuso Tani—. A pesar del peligro al que os exponéis vosotras, y por supuesto a nosotros, estáis haciendo lo correcto.

—¿De veras? —preguntó Benedetta, encorvando los hombros por el alivio.

—Os apoyamos —convino Artemisia, y en sus ojos danzó una vieja chispa olvidada de la época anterior a la muerte de Bruno, cuando le gustaba ser franca y controvertida.

—¿En serio? —Evelina se quedó atónita.

—No hay agua corriente en la capilla y no es muy cómoda —continuó su madre—. Si esos hombres necesitan un baño, una cama para dormir y comida en condiciones, debes traerlos aquí.

Tani asintió.

—Sí. Cuanto antes liberemos al país de los alemanes, mejor.

—Y antes recuperará Eva a Ezra —dijo Benedetta, mirando a su hermana.

Tani y Artemisia miraron a Evelina.

—No se lo llevaron cuando se llevaron a Ercole y a Olga —confesó—. Le di cobijo en la capilla hasta que pudo marcharse. Entonces huyó a las colinas y se unió a la resistencia.

—Pero lo capturaron en Navidad —añadió Benedetta.

—Lo llevaron a Fossoli.

—Oh, Evelina. Lo siento mucho —dijo Artemisia con compasión.

—¿Y me lo has estado ocultando todos estos meses?

—No podía decírtelo.

—Bueno, ahora que lo has hecho, debemos compartirlo todo. No más secretos. Estamos juntos en esto.

—¿Y la *nonna* y Costi? —preguntó Evelina.

Artemisia sonrió.

—Ayudar a la resistencia les dará algo que hacer, aparte de jugar a las cartas.

Benedetta se rio.

—Les dará un nuevo soplo de vida —añadió—. No sería justo negárselo.

—Bueno, contadnos qué está pasando en la capilla —pidió Tani.

Mientras Benedetta y Evelina compartían sus actividades clandestinas con sus padres, Evelina se dio cuenta de que tanto Tani como Artemisia parecían salir de sus entumecidos mundos y entrar con entusiasmo en el suyo.

Durante los meses de verano siguientes, Gianni y sus hombres se refugiaron en la villa. Tani disfrutaba hablando con ellos y escuchando las historias de sus aventuras. La *nonna* Pierangelini los cuidaba y Costanza coqueteaba con ellos, y ambas mujeres estaban agradecidas por los entusiastas jugadores de cartas que había entre ellos. Artemisia organizó a las criadas para que los ayudaran a lavar y coser la ropa e indicó a sus hijas que echaran una mano a Angelina en la cocina. Angelina iba de un lado a otro, disfrutando de su nuevo papel, charlando con los hombres y flirteando con Gianni, pues ella también estaba prendada de aquel rudo partisano que apestaba a peligro. Pero a pesar de su belleza y de que su edad era más cercana a la de Gianni que la de Benedetta, pronto se hizo evidente que él solo se interesaba por Benedetta. Artemisia, que había disfrutado de muchos amoríos propios, lo alentaba.

—La vida nunca debe ser aburrida —dijo, pasando los dedos por la cara de su hija y sonriendo con complicidad—. En cuanto se vuelve aburrida, pierdes el sentido de ti misma en el tedio de la vida doméstica. A veces una mujer necesita a un hombre por el mero placer de tenerlo. —Pero Benedetta necesitaba a Gianni no solo por placer; lo necesitaba por amor.

Evelina miraba a su hermana y a Gianni con envidia. No el tipo de envidia que corroía el alma, sino la que la llenaba de anhelo. Cuánto deseaba que Ezra estuviera allí para poder pasear de la mano por los jardines y hacer el amor en el secreto silencio de la noche. Los vio sentados en el mismo banco bajo la pérgola donde había espiado a Ezra y Romina mientras se besaban, y los vio reír juntos como ella había reído con Ezra. No había un momento del día o de la noche en que Ezra no estuviera en sus pensamientos. No había un momento en que él no estuviera en su corazón. Y su nombre era siempre un susurro en sus labios mientras rezaba al Dios que nunca la escuchaba para que regresara sano y salvo.

Evelina se sumergió en la música. Tocaba el piano siempre que podía y se perdía en los exuberantes paisajes de su imaginación, como Ezra le había enseñado a hacer. También se perdía en las nubes. Pasaba horas tumbada en la hierba contemplando las blancas nubes y viéndolas transformarse en animales, barcos, peces, montañas y palacios. Y entonces alargaba la mano y descubría que estaba sola. En esos momentos, el dolor la sobrepasaba y no podía hacer otra cosa que sucumbir a las lágrimas y dejar que la pena se apoderara de ella poco a poco.

La policía fascista se presentó en la villa a principios de septiembre. Tenían razones para creer que los Pierangelini protegían a los partisanos en su propiedad. Llevaron consigo dos enormes pastores alemanes que olfatearon la casa y luego salieron a los jardines. Tani y Artemisia invitaron a la policía a entrar, fingiendo ignorancia y cortesía. Artemisia sirvió tres vasos de *grappa*, les ofreció cigarrillos y se encendió uno para ella. Los hombres se relajaron un poco y le contaron que los partisanos operaban en la zona y se escondían en las granjas de aquellas colinas, con el apoyo de la comunidad local.

—Les aseguro que no han estado aquí —dijo Tani.

—Seguro que tiene razón, pero tenemos órdenes de registrar todas las propiedades de esta zona. Disculpen las molestias.

Evelina y Benedetta se reunieron con sus padres en el vestíbulo. Sabían que la policía no encontraría partisanos en el recinto, pero si entraban en la capilla seguro que encontrarían pruebas de que habían estado allí. Las chicas mantuvieron la cabeza alta y se esforzaron para no cruzar las miradas con las de sus padres. Artemisia reía y coqueteaba y Tani fruncía el ceño como si todo aquel encuentro le pareciera desconcertante.

El corazón de Evelina latía con fuerza contra sus costillas. Sabía que, si encontraban las armas guardadas en la trastienda de la capilla, los arrestarían a todos. No se arrepentía de haber ayudado a los partisanos, pero sí de la falsa sensación de seguridad que había sentido durante los meses transcurridos desde la detención de Ezra. Tal vez deberían haber tenido más cuidado en ocultar las pruebas.

Pareció transcurrir una eternidad antes de que la policía volviera con sus perros. Declararon el lugar limpio y todo el grupo se marchó después de darles las gracias a Tani y Artemisia por su hospitalidad. En cuanto desaparecieron, las chicas corrieron hacia la capilla. Se preguntaron si la policía no se habría dado cuenta. A fin de cuentas, los jardines eran grandes. Pero cuando entraron, descubrieron, para su asombro, a la *nonna* Pierangelini y a Costanza sentadas en sillas como un par de gallinas posadas. Cuando vieron a las chicas, silbaron.

—¿Se han ido?

—Sí —dijo Benedetta—. ¿Qué estáis haciendo aquí?

Costanza temblaba de emoción.

—Desde la ventana vi los coches que se acercaban por el camino, así que sugerí que viniéramos directamente aquí y fingiéramos que estábamos rezando...

—Eso lo sugerí yo —dijo la *nonna* Pierangelini—. Sugerí que fingiéramos estar rezando.

—Pensamos que la policía respetaría a las ancianas que rezan. Así que eso es lo que hicimos.

La *nonna* Pierangelini se levantó con rigidez.

—Y ha funcionado. —No parecía sorprendida en absoluto—. Vinieron con sus perros y...

Costanza interrumpió a su hermana.

—Les dije: «¡Disculpen!».

—Y yo dije: «Este es un lugar de culto y eso es lo que estamos haciendo. ¿Han venido a arrestarnos por rezar por nuestros hijos y nietos y por el fin de esta espantosa guerra?».

—¿Qué os han dicho? —preguntó Evelina.

—Se disculparon —dijo la *nonna* Pierangelini.

—Miraron a su alrededor, los perros empezaron a olisquear y entonces...

—Y entonces les dije que si esperaban fuera acabaríamos en unos veinte minutos y después podrían entrar si lo deseaban.

—¡*Nonna*! ¡Ha sido muy arriesgado! —exclamó Benedetta con un grito ahogado.

—Lo sé, pero el joven que parecía estar al mando tenía un bigote muy desaliñado y una barbilla sin carácter. También tenía los ojos llorosos. Sospecho que tiene una madre dominante y una abuela formidable. Asintió, volvió a pedir perdón y se fue.

—¡Nos has salvado! —gritó Benedetta, y el alivio se convirtió en lágrimas.

—Queremos ser útiles —adujo la *nonna* Pierangelini con una sonrisa tímida.

—Hacía décadas que no vivíamos nada tan emocionante —confesó Costanza, sin aliento. Parecía haber adquirido de repente un nuevo aliento de vida.

La *nonna* Pierangelini se puso seria.

—Ahora debemos dar gracias. —Agachó la cabeza y cerró los ojos.

Las dos ancianas rezaron por el fin de la guerra. Evelina rezó por Ezra y su familia. Benedetta rezó por Gianni y sus hombres. Después rezó para que Francesco nunca regresara a casa.

⌒⌒⌒⌒

Cuando por fin terminó la guerra en mayo del año siguiente, las plegarias de Benedetta fueron respondidas. Francesco, herido en combate, murió de una infección en los días previos a la rendición de los alemanes. Después de darle sepultura, Benedetta fue libre para casarse con Gianni.

Evelina esperó emocionada el regreso de Ezra. Esperaba que Ercole y Olga, Matteo y Fioruccia volvieran a casa con él y que la vida volviera a ser como antes. Ezra y ella podrían casarse por fin y llevar el tipo de vida que Evelina había creído que nunca querría. Todos los días iba en bicicleta a la ciudad, pero todos los días Ercole Zanotti permanecía tapiado, hasta que al final del verano quitaron los tablones y el encargado a cuyo nombre Matteo había vuelto a registrar su empresa en cumplimiento de las leyes raciales de 1938, se hizo cargo de ella.

—Esa familia nunca volverá —le dijo a Evelina cuando ella le preguntó—. Están todos muertos —repuso de forma tajante y sin emoción—. Los alemanes acabaron con todos ellos.

Los periódicos informaban sobre el destino de los judíos en los campos que los alemanes habían creado para hacerlos trabajar hasta la muerte o simplemente para matarlos. Las historias eran insólitas y Evelina no se atrevía a creerlas. Después, los supervivientes volvieron a casa y ya no pudieron negar el horror por el que habían pasado.

Aun así, Evelina esperó a Ezra. Esperó mientras la primavera daba paso al verano y el verano sucumbió al otoño. Esperó con el corazón lleno de esperanza porque no podía perderla. No podía renunciar a ella. Se había aferrado a ella durante tanto tiempo que no sabía quién sería sin esa esperanza. Cuando le dijo a Ezra que lo amaría para siempre, lo dijo de verdad.

En septiembre se enteró de que el rabino de la sinagoga de Ezra había regresado a Vercellino. Había sobrevivido dieciocho meses en Auschwitz y unos meses en un campo de refugiados antes de volver por fin a casa. Evelina fue a verlo en bicicleta. El rabino Isaac Castello, que aparentaba más edad de la que tenía y estaba muy delgado, confirmó con profundo pesar que Ezra y su familia habían sido asesinados.

—Lo siento —dijo, sujetándole las manos entre las suyas y mirándola a los ojos con tal compasión que Evelina se sintió abrumada. Se hundió en una silla—. Ezra ahora está en paz —declaró.

Evelina no quería creerlo. No podía. ¿Ezra asesinado? No era posible. Debía haber algún error. Volvió a casa aturdida, perdida. La belleza de los arrozales y los olivares era una afrenta a su tristeza. ¿Cómo podía continuar el mundo ahora que Ezra ya no estaba en él? Cuando llegó a casa, no entró. Fue a la capilla y se arrodilló ante el altar.

—Señor, viste bien llevarte a Bruno —rezó—. Y ahora consideras oportuno llevarte también a Ezra. Pero te pido que, en tu infinita sabiduría, me lo devuelvas. No puedo vivir sin él. No puedo. Por favor, que el rabino se haya equivocado. Permite que Ezra haya sobrevivido y devuélvemelo.

Una semana después, Romina apareció en Villa L'Ambrosiana. Estaba muy cambiada. Ya no era la niña regordeta y bonita que jugaba con Bruno en el jardín, sino una joven más mayor, atormentada y asustada. Los horrores que había conocido eran indescriptibles. Ahora estaba sola en el mundo.

—No sabía a quién acudir —explicó cuando Artemisia la llevó a la casa—. He perdido a todos y todo. No tengo nada.

Artemisia le tomó la mano. Nunca olvidaría cuánto quería Romina a Bruno.

—Nos tienes a nosotros —dijo con firmeza—. Y puedes quedarte aquí todo el tiempo que quieras.

Evelina ayudó a Romina a recuperarse. Era lo menos que podía hacer después de la ternura que le mostró a Bruno durante su corta vida y en sus últimas horas. Durante un tiempo, Evelina halló cierta fortaleza en su trabajo. Le proporcionaba una razón para levantarse por la mañana. Un incentivo para seguir adelante. Le daba a alguien a quien cuidar. La joven no hablaba del campo. No podía. Aunque Evelina quería saber, era consciente de que no debía preguntar. Romina pasaba los días en silencio, bordando junto al fuego de la sala de estar o paseando por los jardines, saboreando los sonidos y los olores de la naturaleza, dejando que la vida que los árboles y los arbustos desprendían sanaran su espíritu quebrantado.

A pesar de Romina, Evelina no creía que su propio quebrado espíritu fuera a sanar nunca. Había perdido a Ezra y, por tanto, su razón de vivir. Se sentía un cascarón vacío con forma de persona, que respiraba solo por costumbre, incapaz de sentir, y cuyos interminables días transcurrían con lentitud, sin ningún propósito, como un espectro. Benedetta, que ahora vivía con Gianni, volvió a quedarse embarazada. Se acordó que Romina ayudaría a Benedetta a cuidar de sus hijos. Romina estaba encantada de hacerlo, pues ella también necesitaba encontrar un propósito. Evelina se halló sola en la casa sin nada que hacer. Fue entonces cuando se dio cuenta de que tenía una opción. Podía consumirse por su amor perdido o agarrar la vida por el cuello y negarse a que el dolor la destruyera.

Escribió a la tía Madolina para preguntarle si podía irse a vivir con ella a Nueva York. Cuando recibió su entusiasta respuesta, Evelina les comunicó sus planes a sus padres. Ninguno de los dos vio razón alguna para que no fuera. De hecho, la animaron. Pensaron que tal vez la vida le iría mejor en Estados Unidos. Podría empezar de nuevo. Encontrar un propósito y una razón para ser feliz. A fin de cuentas, lo que Tani y Artemisia deseaban para ella era que fuese feliz.

Evelina partió hacia Estados Unidos en barco justo después de Navidad. De pie en la cubierta contempló la costa italiana mientras se perdía en la bruma y, con ella, su esperanza; Ezra se había ido. Levantó la vista al cielo. Las esponjosas y pesadas nubes flotaban en el cielo invernal, pero no buscó leones ni tigres. No podía soportar buscarlos. A partir de ahora, las nubes serían solo nubes. No habría magia ni fantasías imaginarias. Ezra se había llevado la magia consigo y ahora la vida era solo vida, sin color, sin música ni encanto. Le esperaba un futuro muy diferente. Tenía que ser así; era la única forma de sobrevivir.

SEGUNDA PARTE

Los Hamptons, Nueva York, 1980

Evelina sentía la llamada del pasado en su corazón de forma cada vez más insistente. Lo que antes era un leve aguijonazo, que le evocaba recuerdos de Villa L'Ambrosiana, la *nonna* Pierangelini, Costanza, sus padres y Benedetta, ahora se había convertido en una poderosa punzada, que traía a su memoria cosas que se había esforzado mucho en olvidar. A veces, esos recuerdos la dejaban sin aliento, con sus feos rostros y su sabor amargo. Después de tantos años viviendo en Estados Unidos, ¿por qué los recuerdos de antaño regresaban como espectros para atormentarla?

Hacía años que Evelina no pensaba en Bruno. Claro que le había venido a la mente muchas veces, imágenes fugaces de su risueña figura saltando por la nieve o jugando con su perro, como una vieja película que reproducía el mismo metraje una y otra vez. Pero no se había permitido ir más lejos por ese particular camino del recuerdo, porque lo que había al final era una herida abierta, algo oscuro, dolorosamente oscuro. Evitaba pensar en la noche en que falleció, en su entierro en la cripta familiar o en la batalla a la que todos se habían enfrentado al tener que seguir viviendo sin él.

Por la misma razón, tampoco pensaba en la mañana en que supo que Ezra había sido capturado. Si se permitía pensar en aquel horrible episodio, aunque solo fuera por un instante, la llevaría a la conversación que había mantenido más tarde con el rabino Isaac Castello y no soportaría volver a oír aquellas palabras, pues seguían siendo tan afiladas como cuchillos y la herirían tan profundamente como la primera vez. No se permitía vagar por aquel sendero crepuscular hacia lo que había sido el destino de Ezra, porque su imaginación buscaría el peor escenario posible y no podía vivir con eso.

Sin embargo, hacía unos años encontró por casualidad un libro en una librería de segunda mano. Estaba escrito por un italiano llamado Primo Levi, titulado *Si esto es un hombre*, sobre su experiencia en Auschwitz. Al sujetarlo con manos temblorosas, Evelina supo que no haría más que agravar su angustia. Era una tremenda imprudencia indagar en la experiencia de Ezra y desenterrar lo que podría haber sido su tormento, y sin embargo una macabra curiosidad se apoderó de ella. Fue incapaz de detenerse, como si la impulsara su lado oscuro. Se lo llevó a su apartamento de Nueva York como una ladrona, sujetando su bolso como si contuviera algo valioso y prohibido a la vez. Luego, mientras los niños estaban en el colegio y su marido, Franklin, en el trabajo, Evelina se tumbó en la cama y empezó a leerlo. A la cuarta página ya estaba llorando tanto que no podía ver las palabras. La historia de Levi era demasiado parecida a la de Ezra como para poder disociarlas. Se preguntó si se habrían conocido, en Italia, luchando con los partisanos, o más tarde, en el campo. La experiencia que Levi relataba, más desgarradora aún por el estilo desapasionado de su prosa, iba mucho más allá de lo que la imaginación de Evelina hubiera podido concebir. Ya no había vuelta atrás por aquel crepuscular sendero; sabía demasiado como para poder ignorarlo.

Evelina escondió el libro bajo el colchón para volver a leerlo unos días más tarde, cuando la curiosidad pudo más que la prudencia y se adentró de nuevo en los horrores del encarcelamiento de Ezra. Sabía que él no querría que ella lo supiera; de hecho, por su experiencia ayudando a refugiados que habían logrado establecerse en Brooklyn después de la guerra, sabía que en su mayoría no hablaban del calvario vivido con personas ajenas. Había escuchado conversaciones entre ellos y había obtenido información, pero ese libro le contaba toda la historia. Toda la verdad íntegra que no habría creído de no haber sido por el testimonio extraordinariamente valiente de Primo Levi. ¿Cómo iba a creerla? Estaba más allá del ámbito de su experiencia. Más allá incluso de sus pesadillas más horripilantes.

Evelina tenía sesenta y tres años, por lo que no era vieja. Sin embargo, cada año que pasaba sentía que el peso de los recuerdos era cada vez mayor. A medida que sus tres hijos crecían y se alejaban, ella pasaba cada vez más tiempo con Franklin, los dos solos. Habían viajado a Europa y a Sudamérica y habían visto algo de mundo juntos. Y su amor mutuo se había hecho más profundo. Todavía amaba a Ezra, nunca dejaría de amarlo, pero también quería a Franklin. Era posible amar a dos hombres de maneras muy distintas. Ahora se daba cuenta, en su sabiduría, de que el amor tenía muchas caras.

Franklin tenía ahora setenta y siete años y era más viejo de lo que le correspondía debido a su mala salud. Ya no viajaban, o al menos no muy lejos. La tía Madolina tenía una casa en los Hamptons y les gustaba ir allí. Estaba cerca de la playa y ambos disfrutaban de la tranquilidad del mar y viendo a los pájaros en la arena, persiguiendo las olas. Ese año, Madolina los había invitado por Acción de Gracias a pasar unos días allí con ella, con el tío Topino, por supuesto, y con Dan, que había tenido varias novias después de Jennifer. Aldo y Lisa pasaban las vacaciones con la familia de Lisa, y la hija de Madolina, Alba, con la suya, tras haberse casado por tercera vez y haberse ido a vivir a Colorado. Ava María tenía un nuevo novio serio y había elegido Acción de Gracias para presentárselo a la familia. Evelina sospechaba que se casarían. Franklin decía que cualquier hombre lo bastante valiente como para casarse con Ava María era, a sus ojos, un héroe y un tonto al mismo tiempo.

A sus noventa años, Madolina no parecía bajar el ritmo. Su mente era tan aguda como siempre y seguía siendo igual de franca, testaruda y directa. A veces hasta su bastón parecía tener dificultades para seguirle el ritmo. A Madolina le encantaba tener visita. Le resultaba fácil, porque tenía contratados a Miguel y Mónica, una pareja hispana, para que cocinaran, limpiaran y cuidaran la casa, y los instaló en el anexo para que estuvieran disponibles cuando ella los necesitara.

La vivienda tenía el estilo típico de la clásica casa de campo de los Hamptons, con paredes de tablillas gris pálido y tejados de tejas, marcos y contraventanas blancas y una ventana redonda en forma de ojo de buey en el triángulo del frontón central que miraba al mar de manera indolente. Era grande y espaciosa, con un amplio porche y un magnífico jardín. Sin embargo, al ser noviembre, las hortensias se habían acabado hacía tiempo y los árboles habían perdido las hojas. El frío y húmedo viento azotaba el agua, pero en el interior las chimeneas estaban encendidas y la calefacción central funcionaba a pleno rendimiento. A Madolina no le gustaba pasar demasiado calor en verano ni demasiado frío en invierno, y Miguel y Mónica hicieron todo lo posible para que la temperatura fuera la adecuada.

En el salón se había colocado una mesa de cartas con el tablero de terciopelo para la partida de ajedrez de Topino y Franklin, como era tradición. Ambos afirmaban no estar en forma, lo que también era tradición.

—Voy a ser una conquista fácil —dijo Franklin cuando se dispusieron a jugar.

—Me diezmarás en tiempo récord —replicó Topino—. Ni siquiera sé por qué nos molestamos. —Sin embargo los dos se mostraron tan competitivos y agudos como todos los años, y la partida llegó a durar horas, e incluso, días.

Dan llegó con Ava María y con Jonathan, su novio, justo antes de comer. Madolina dormitaba junto al fuego cuando entraron por la puerta. La voz de Ava María resonó por toda la casa.

—¡Ya estamos aquí! ¡Mamá, papá, Madolina, Topino…!

Madolina se despertó sobresaltada.

—Dios mío, ¿ha abierto el infierno sus puertas y ha dejado salir a todos los demonios?

—Quédate aquí, Madolina —dijo Evelina, dejando la labor de bordado y levantándose—. Son Ava María y Dan.

—Y el sufrido amante —añadió Madolina con una sonrisa—. Estoy deseando echarle un vistazo.

Franklin y Topino suspendieron su partida.

Ava María entró corriendo en la habitación aún con el abrigo puesto. Tenía las mejillas sonrosadas por la emoción, lo que acentuaba aún más sus ojos azules.

—¿Verdad que es emocionante? —exclamó, abrazando a su madre—. Estamos todos juntos. Tienes que conocer a Jonathan. ¡Jonathan! —gritó, y un momento después Jonathan y Dan aparecieron en la puerta.

—Bueno, al menos es obediente —comentó Madolina en voz baja.

—Jonathan, te presento a mi familia —dijo Ava María con orgullo. Después le presentó a su madre, a Topino, a Franklin y a Madolina.

—Ah, tío Topino —dijo Jonathan, estrechándole la mano—. He oído hablar mucho de usted.

—Yo no me creería nada de lo que te diga Ava María —repuso Topino—. Ve el mundo de color de rosa.

—En cuyo caso, también tiene una visión idealista de mí —respondió Jonathan, sonriéndole con afecto. Ava María le devolvió la sonrisa con alegría.

—Te sugiero que lo aproveches todo el tiempo que puedas —añadió Topino—. Sería bonito que siempre te mirara así.

Madolina extendió la mano.

—Me gustaría decir que hemos oído hablar mucho de ti, pero Ava María ha sido muy reservada, nada típico en ella.

La joven se echó a reír.

—No es verdad, tía Madolina. Solo quería que te formaras tu propia opinión.

—Lo habría hecho de todos modos —dijo Madolina—. Bienvenido, Jonathan. Es un placer conocerte. Debo decir que eres un hombre valiente al enfrentarte a Ava María.

Topino se encogió de hombros.

—Eres un hombre mucho más valiente al enfrentarte a todos nosotros.

—Si a una persona se la conoce mejor en el contexto de su familia, diría que Ava María ya me gusta más.

—¡Bien dicho! —exclamó Evelina.

Franklin dio un paso adelante.

—¿Juegas al ajedrez? —preguntó.

—Sí —respondió Jonathan, mirando hacia el tablero de ajedrez.

—Bien. Topino y yo estamos cansados de jugar el uno contra el otro —añadió.

Topino sonrió a Franklin.

—¿Quién dice que estoy cansado de jugar contigo? No estoy cansado de jugar contigo, estoy harto de jugar contigo. Es una tradición, Jonathan. Una tradición fastidiosa y ninguno de los dos tiene corazón para ponerle fin. Cada año Franklin y yo nos enfrentamos en una partida de ajedrez y cada año lo hacemos lo mejor que podemos, lo cual es en realidad lamentable. Tal vez tú puedas enseñarnos.

—¡No le hagas caso! —dijo Ava María, sujetando a Jonathan de la mano y llevándolo hacia la puerta—. Son como demonios disfrazados de dos viejos incompetentes. Ven, te enseñaré tu habitación. Está en la habitación azul, ¿verdad, tía Madolina?

—Hasta que lo hagáis oficial, en efecto está en la habitación azul, cariño —respondió ella.

Dan se dejó caer en el sofá.

—Bueno, ¿qué te parece? —Miró a su madre.

—Es guapo —respondió Evelina. En efecto, Jonathan lo era. Tenía un rostro sincero y amable, una sonrisa divertida, dientes blancos y rectos y unos ojos sensibles de color verde salvia que centelleaban tras las gafas.

—Yo tendría cuidado con invitarlo a jugar al ajedrez, Topino —advirtió Dan—. Es muy inteligente. Estudió Administración de Empresas en Harvard.

—Los estudios empresariales nunca han garantizado un buen jugador de ajedrez —afirmó Topino—. Pero sin duda un buen cerebro sí.

—¿Es banquero? —preguntó Madolina.

—Banquero de inversiones —dijo Dan.

Franklin enarcó una ceja.

—Estupendo. Ganará lo suficiente para mantenerla.

—Franklin —dijo Evelina—. Ava María es un tesoro. Tiene suerte de haberse ganado su afecto.

—Es cierto —convino Topino con seriedad—. Ava María es un regalo. —Miró a Evelina, con sus ojos grises llenos de ternura—. Como su madre.

Evelina sonrió.

Dan se rio entre dientes.

—Yo diría que ves el mundo de color de rosa, Topino.

—No cuando se trata de las mujeres de tu familia —respondió Topino—. Pero cuando se trata del resto del mundo, la única forma de verlo es de color de rosa. ¿Por qué ver lo malo cuando puedes levantar la vista y ver el arcoíris?

Franklin y Topino reanudaron la partida. Dan habló con Madolina y su madre mientras esperaban con impaciencia a que Ava María y Jonathan volvieran a bajar.

—¿Qué tal tú, Dan? —preguntó Madolina. —Cada vez que te veo llevas a otra chica del brazo. ¿Cuándo vas a encontrar una con la que puedas quedarte?

Dan se echó a reír.

—No tengo prisa por sentar la cabeza, tía Madolina. Me gusta demasiado mi libertad.

—Tienes treinta años. No lo dejes mucho o te harás viejo.

—La gente no se apresura a casarse como en nuestra época —repuso Evelina—. Benedetta se casó con veinte años. Pasados los veinte casi se consideraba que eras demasiado mayor.

—Tú te casaste a los treinta —le recordó Madolina—. Pero fue a causa de la guerra. Si no hubiera sido por la guerra, seguro que también te habrías casado a los veinte.

—Si no hubiera habido guerra, mi vida habría sido muy distinta —aseveró Evelina, pensando en Ezra. Miró a los dos hombres que jugaban al ajedrez.

Topino se dio una palmada en el muslo y soltó una sonora carcajada.

—Lo siento, viejo amigo, pero te la has jugado y no te ha salido bien.

Franklin miró a Evelina y sonrió.

—Me está dejando sin blanca —gimió.

—Siempre dices lo mismo —respondió Evelina.

Jonathan y Ava María volvieron al fin. Madolina declaró que era hora de tomar una copa. Topino dio jaque mate y la partida terminó de una vez por todas. Los dos hombres se dieron la mano.

—Eres mejor hombre que yo —dijo Franklin.

—Mejor no —repuso Topino—. Solo tengo suerte.

Franklin frunció el ceño.

—La suerte no interviene en el ajedrez.

—Algunos dicen que no hay suerte en la vida —añadió Topino—. Nosotros creamos nuestra propia suerte. En ese caso, soy un ganador en el gran juego de la vida. Si tuviera una copa, brindaría por ello.

Franklin fue a la sala de bebidas y abrió una botella de vino. Jonathan no bebía alcohol. Ava María y él bebieron Coca-Cola con limón. Dan tomó una cerveza. Después de comer, Franklin subió a descansar. Se cansaba con facilidad y quería conservar todas sus fuerzas para la cena. Madolina volvió a echar una cabezada frente al fuego. Nunca habría admitido estar cansada y las siestas eran para los españoles, los enfermos y los viejos que habían renunciado a la vida. Ella no pertenecía a ninguna de esas categorías y por eso solo se retiraba a su dormitorio al final del día. Ava María, Dan y Jonathan decidieron ver un vídeo.

Topino le preguntó a Evelina si le apetecía dar un paseo.

Los dos salieron por el jardín en dirección a la playa. Evelina llevaba un gorro de lana y un abrigo de piel de oveja; Topino, el raído abrigo que tenía desde hacía años y un gorro *ushanka* ruso de piel de conejo que con generosidad le había regalado al final de la guerra un soldado libertador.

Era media tarde, pero ya estaba cayendo la noche. Las nubes de vientre púrpura surcaban el cielo como torpes barcazas en un mar translúcido. El sol se dirigía poco a poco hacia el sur, dejando una estela rosada a su paso. Cuando llegaron al acantilado, se tomaron del brazo como un viejo matrimonio. Juntos pisaron las dunas donde el viento había formado ondas en la arena y crecían grupos de altas matas, como la cara desaliñada de un viejo cansado que hacía tiempo que había dejado de preocuparse por su aspecto. Llegaron por fin a la playa, apoyándose el uno en el otro. Se extendía a lo largo de kilómetros y estaba casi desierta. Se quedaron un momento mirando la hipnótica danza de la luz sobre las olas y a los charranes de pico naranja picoteando las aguas poco profundas en busca de peces. Ninguno de los dos habló durante un largo rato, sumidos en el silencio de dos personas que estaban completamente a gusto la una con la otra. Comenzaron a pasear, escuchando el sonido del mar y del viento, y disfrutando del vacío de sus propios pensamientos. Al final, Topino la miró y sonrió.

—Creo que Jonathan es el indicado —dijo.

—¿No es un poco pronto para saberlo?

—Sé distinguir a una persona con solo mirarla. Tiene una cara agradable.

—Mi abuela sabía distinguir a una persona mirándole el bigote.

—¿En serio?

—Sí, de verdad.

—¿Qué pensaba de Hitler?

—Nada bueno. Tampoco consideraba bueno a Stalin.

—Tenía razón. Qué increíble poder de adivinación.

Evelina se rio.

—Tenía razón sobre Francesco, el marido de Benedetta. Solía pegarle, sabes.

—Eso no está bien.

No, no lo estaba. La *nonna* Pierangelini afirmaba que supo que no era bueno la primera vez que vio su bigote. Decía que era demasiado prolijo y ordenado.

—Creo que tenía razón.

—Me alegro de que Jonathan no tenga bigote.

—Estamos en los 80. Los hombres tienen mejor gusto. —Esbozó una sonrisa—. ¿Alguna vez has besado a un hombre con bigote?

—No, y creo que no me gustaría.

—¿Franklin nunca ha tenido vello facial?

—¿Tú qué crees? —Ambos rieron.

—Me agrada Jonathan —dijo con seriedad—. Creo que será bueno para Ava María. Necesita una mano fuerte y él es fuerte, pero bueno. Creo que la bondad es una de las cualidades más importantes que puede tener una persona.

—Estoy de acuerdo. La gente siempre busca la belleza, pero la belleza se desvanece, o al menos uno se acostumbra a ella. La bondad perdura.

—Franklin ha sido bueno contigo.

—He tenido suerte.

—Él sí que ha tenido suerte.

Evelina le dio un codazo juguetón a Topino.

—Sabía que dirías eso.

—Eres una buena mujer, Eva. Hay varios caminos que podrías haber tomado y sin embargo elegiste el más íntegro. Te lo repito. Tiene suerte de tenerte.

—Nunca olvidaré a la tía Madolina diciéndole a Alba que la vida no está diseñada para darnos lo que queremos. Que a veces no podemos tener todo lo que deseamos. Que simplemente no es posible. Cuanto más mayor me hago, más sabiduría reconozco en sus palabras. La vida es aprender, ¿no? Tiene que serlo. ¿Para qué estamos aquí si no es para madurar de alguna manera? Si la vida nos diera todo lo que queremos, si fuéramos felices todo el tiempo, no tendríamos oportunidad de madurar. Seríamos criaturas egoístas, que solo buscarían su propio beneficio y su propia gratificación. El sufrimiento nos hace más profundos. Nos hace más compasivos. Más comprensivos con el dolor ajeno. Nos hace más bondadosos. La muerte de Bruno me cambió. Se hundió en mi ser y penetró en otra capa, una capa que yo desconocía que existiera. Sé que soy mejor persona gracias a ello. Claro que el mundo se convirtió en un lugar de sombras más oscuras, pero la luz también se hizo más brillante. Aprendí a valorar el amor, porque antes solo lo daba por sentado.

Topino puso una mano enguantada sobre la de ella.

—Lo has dicho de un modo maravilloso.

Evelina sonrió con timidez.

—¿Crees que existe una razón para sufrir?

—Creo que la vida es más fácil de gestionar si crees que es así. En última instancia, no importa qué es verdad y qué no lo es. Si creer que la vida tiene un fin hace que vivir sea más tolerable, entonces es algo bueno.

—¿Qué crees tú?

Topino suspiró.

—Como sabes, después de la guerra pasé una época en la que no creía en Dios. Perdí la fe, como muchos. Pero ahora que soy mayor y más sabio, ya no pienso así. No puedo ver un cielo como este y no creer en un poder superior. Míralo. Qué hermoso es. Las tonalidades rojas y doradas, ese azul claro y puro, tan pálido como un huevo de pato. —Se detuvieron y volvieron el rostro hacia el horizonte—. Dios es amor y el amor está presente en todo lo bello. De todos modos, creo que Dios no es la palabra adecuada. Prefiero pensar en un poder divino del que todos formamos parte. Todos nosotros. Sea cual sea la raza o el credo. Todos formamos parte de algo mucho más grande que nosotros y sin embargo nos consideramos independientes, diferentes, aislados y solos. Pero no estamos solos. Nuestras almas son chispas divinas, todas ellas. Ahí fuera, en algún lugar, hay una hoguera gigante, que es adonde nos dirigimos todos. —Se rio entre dientes—. La verdad es que no lo sé. Lo que sí sé es que tú eres parte de mí, Eva. —Le apretó el brazo con el suyo—. Siempre serás parte de mí.

—Y tú siempre serás parte de mí —respondió—. Cuanto mayor me hago, más comprendo el valor y el significado de la verdadera amistad.

—Hemos recorrido un largo camino tú y yo.

—Desde luego que sí.

—Franklin no es el único afortunado. Yo tengo suerte de haberte encontrado —dijo.

—Si no me hubiera ido de Italia a Nueva York, nunca te habría encontrado.

—Yo te encontré a ti —le recordó.

—No, yo te encontré a ti —le rebatió ella.

—De acuerdo, si vas a ser pedante, nos encontramos el uno al otro por casualidad.

—No fue casualidad, fue el destino.

—O el Universo. Como quieras decirlo.

—Estaba destinado a ser.

—Bueno, por supuesto. Eso es seguro.

Evelina miró entonces a Topino, con los ojos llenos de afecto.

—Estoy agradecida de estar aquí contigo ahora —dijo.

—Como yo.

—¿Quién iba a pensar que el camino que me alejaba del amor sería el mismo que me llevaría de vuelta a él?

—Parece un acertijo.

—Bueno, lo es, ¿no? Una paradoja. Sobrevivimos contra todo pronóstico. Nadie tenía tantas probabilidades en su contra como tú y yo.

—Nunca me contaste lo que pasó cuando llegaste a Nueva York.

—¿No?

—No. Me dijiste que te subiste a un barco en Génova y te fuiste. ¿Qué pasó cuando llegaste aquí?

—¿De verdad quieres saberlo? —preguntó Evelina.

—De verdad me gustaría saberlo. No tenemos nada más que hacer en esta playa aparte de hablar.

—Muy bien.

—¿Cómo fue llegar a Estados Unidos después de haber sobrevivido a la Italia ocupada por los alemanes? ¿Qué te tenía reservado el universo cuando pusiste el primer pie en el camino que te llevó hasta mí?

10

Nueva York, 1946

Peppino y Madolina Forte vivían en una gran casa de piedra rojiza en una calle arbolada de Brooklyn, a pocos pasos de Prospect Park. Peppino tenía una próspera empresa de aires acondicionados y le había ido bien en los treinta y tantos años que llevaba viviendo en Estados Unidos. Le dijo a Evelina que en Nueva York hacía un calor insoportable en verano y que todo el mundo necesitaba aire acondicionado. De hecho, presumía de que no daba abasto a fabricar suficientes unidades para satisfacer la demanda y todo el mundo quería su marca porque era la más fiable. A medida que creció su negocio, también lo hizo su cuenta bancaria. Madolina y él se mudaron del pequeño apartamento junto a la vía del tren, que fue su primer hogar en Estados Unidos, a una serie de casas cada vez más grandes, hasta llegar a la casa de los sueños de Madolina, en la zona más refinada de Brooklyn.

Las joyas que lucía en sus regordetes dedos y en los lóbulos de las orejas se habían hecho más grandes y ostentosas para reflejar su cambiante estatus y los abrigos de piel que la abrigaban en los meses de invierno se hicieron más lujosos de manera progresiva. Peppino estaba orgulloso de su riqueza y le gustaba exhibirla. A fin de cuentas, esa era la tierra de la prosperidad y de las oportunidades y él se consideraba una de las muchas historias de éxito que habían surgido en Italia; el epítome del sueño americano, la encarnación de la ética de que el trabajo duro conduce al éxito y a ascender en la escala social. Cuanto más brillaba su mujer y más se vestía con finas pieles, más estadounidense se sentía, y el deseo de sentirse estadounidense era lo que impulsaba a Peppino Forte a amasar su fortuna.

Madolina no estaba a la sombra de su marido, que era el que llevaba la voz cantante. Al contrario, triunfaba por derecho propio. Madolina Forte era formidable e intrépida, decía lo que pensaba y la gente la escuchaba por la convicción con que lo hacía. De hecho, la escuchaban con tanta atención que con los años se había convertido en una de las principales voces de su comunidad. Y tenía mucho que decir. Celebraba reuniones de forma regular en su salón, donde las mujeres de su barrio discutían sobre política y derechos de la mujer, jugaban a las cartas y organizaban actos benéficos para los pobres, sobre todo para los inmigrantes judíos que habían huido de la persecución en Europa. Tenía un programa semanal muy popular en la radio local, llamado *Mamma Forte*, en el que hablaba de todo lo que preocupaba a las mujeres, desde consejos para cocinar la pizza perfecta hasta sexo antes del matrimonio, vivir en pecado y conciliar la vida laboral y familiar. Madolina tenía una opinión sobre todo, por lo general sorprendentemente moderna y abierta para una mujer católica de su edad, y no siempre complacía a todo el mundo. De hecho, la emisora de radio tuvo que contratar a una secretaria de forma expresa para responder a las numerosas cartas que *Mamma Forte* recibía cada día. Madolina no era reacia a las críticas. En verdad, las disfrutaba. Disfrutaba tanto leyendo las cartas desfavorables como las elogiosas, pues su principal objetivo era, en última instancia, suscitar el debate y hacer que la gente hablara, y no solo de temas cómodos. Su crítico más feroz era el padre O'Malley, el exaltado sacerdote local, que escuchaba cada programa con el rostro enrojecido de indignación. Se empeñaba en acorralarla los domingos después de misa y darle su opinión sobre las barbaridades que había dicho. Madolina escuchaba con paciencia. Era una buena católica, pero le costaba mantener el equilibrio entre ser fiel a sí misma y ser fiel a la Iglesia, que consideraba tristemente anticuada.

A veces, era imposible complacer a ambas. En esos casos, Madolina no dudaba en complacerse a sí misma, para consternación del padre O'Malley. Valiente era la mujer que se enfrentaba a la Iglesia, pero Madolina era intrépida, y seguía su rumbo como un barco con el rumbo fijo; ni siquiera la voluntad de Dios podía alterarlo.

Madolina dormía poco y empezaba el día a las cinco de la mañana. Era una explosión de energía y voluntad rebosante de vida con la determinación de hacerla lo más interesante y satisfactoria posible y de ayudar por el camino a tantas almas menos afortunadas como pudiera. Evelina llegó a ese torbellino de actividad. Para su alivio, era justo lo que necesitaba para olvidarse de su profunda pérdida.

Madolina y Peppino tenían tres hijos, un hijo y dos hijas. Joseph, que ahora tenía treinta años, había viajado a Australia cuando tenía veinte, tras licenciarse en ingeniería. Se había casado con una chica del lugar y había decidido quedarse en Sídney y criar allí a su familia, incorporándose a una empresa de ingeniería y trabajando en algunos de los proyectos más interesantes que ofrecía la ciudad. Su hija mayor, Jane, era activista. Había heredado la voluntad de su madre y el buen olfato para los negocios de su padre. Sin embargo, en su empeño por ser del todo estadounidense, había extinguido la efervescencia italiana de su naturaleza, que sus padres tenían en abundancia, y se había vuelto seria y digna. No obstante, había cumplido el sueño de sus padres y se había casado con un acaudalado abogado de Washington. Vivían en una gran casa blanca en Forest Hills, donde ella agasajaba a los amigos y socios políticos de su marido como debía hacer una buena esposa estadounidense. Nunca había ni rastro de pasta o un plato de ñoquis en el menú; el sol italiano nunca brillaba en aquel refinado rincón de Washington.

Su hija menor, Alba, era todo lo contrario. A sus veinticinco años era tan perezosa y mimada como una hermosa y ronroneante gatita tumbada en el alféizar de una ventana. No quería hacer nada ni ser nadie por derecho propio. Sus ambiciones llegaban hasta el matrimonio y su marido tenía que ser rico, guapo, indulgente y, a ser posible, italoamericano. El dinamismo de su madre y la aparente vida perfecta de su hermana solo habían servido para convertirla en una criatura apática y carente de cualquier propósito que no fuera el de lucir su belleza y entretenerse con actividades frívolas.

Madolina y Peppino creían que Evelina sería una buena amiga para Alba. Esperaban que ayudara a que Alba quisiera aspirar a algo más, pues Evelina tenía opiniones, intereses y curiosidad por el mundo. Poco sabían que, aparte de emigrar a Estados Unidos, Evelina no tenía ni idea de lo que iba a hacer con su vida. Quizá las ambiciones de Alba no satisficieran a sus padres, pero al menos las tenía; Evelina no tenía ninguna.

Cuando Evelina llegó en el barco procedente de Italia hablaba poco inglés, a pesar del entusiasmo y la habilidad de su antiguo tutor. Pensaba que no tenía motivos para aprender otro idioma aparte del francés, que dominaba con fluidez, pero se dio cuenta con pesar de que el inglés era esencial si quería echar raíces en Estados Unidos. Madolina, consternada por este fallo en su educación, dispuso que asistiera de inmediato a clases de inglés. Se quejaba de que a su hermano solo le interesaba lo que escribía, incluso de niño, y no se fijaba en el mundo que lo rodeaba. A Evelina no le importaba la falta de interés de su padre; al fin y al cabo, ella no había conocido otra cosa. Sin embargo, agradecía tener algo constructivo que hacer durante cuatro horas al día; si estaba ocupada tendría menos tiempo para languidecer por Ezra. Gracias a su aguda y ágil mente, y a un gran esfuerzo, Evelina no tardó en empezar a hablar inglés de manera fluida.

Los Forte iban a misa todos los domingos en la iglesia católica local y Evelina encendía velas por el alma de Ezra, cuando antes lo hacía por su vida. Alba hablaba sin parar de hombres y de matrimonio, pero Evelina no quería amar jamás a otro y el matrimonio estaba descartado. Sin embargo, no hacía confidencias a su prima. No se atrevía a hablar de Ezra en pasado. Si no mencionaba su nombre, tal vez podría engañarse y creer que aún vivía. Podía soportar no tenerlo con ella si creía que andaba por el mundo en alguna parte, que respiraba, comía, dormía y hablaba. La idea de que no existiera la aterrorizaba. Así que se lo imaginaba vivo, en otro país lejano, y gracias a esa negación de su muerte, podía vivir.

Había un piano de cola en el salón de los Forte. Alba tocaba mal y Madolina no tocaba nada en absoluto. Por supuesto, Jane tocaba, y sus pálidos y finos dedos danzaban sobre las teclas con una destreza fruto de horas de dura práctica. Pero ahora el piano permanecía en silencio, limpio y pulido por la criada como un bello objeto decorativo, pero no de utilidad. Evelina no se atrevía a tocar las teclas. Sabía que la música la transportaría de vuelta a Villa L'Ambrosiana y a Ezra, a una época en la que veía barcos y bestias en las nubes y sobrevolaba valles de selvas y ríos, como un pájaro. Esa parte de ella estaba muerta como un árbol en invierno y lo mejor que podía hacer era centrar sus pensamientos en la realidad. Ya no tenía corazón para soñar, sino un corazón tan cerrado como una nuez.

Evelina encontró una amiga en Alba, que hablaba suficiente italiano para que las dos se hicieran entender con una mezcla de ambos idiomas. Eran muy diferentes, pero quizá esas diferencias fueran la razón por la que disfrutaban tanto de las novedades que encontraban la una en la otra. A Evelina, Alba le parecía divertida. Tenía un sentido del humor mordaz, una actitud irreverente y un refrescante desprecio por la autoridad. Alba creía que Evelina era encantadora e inocente, aunque un poco excéntrica. Para Alba, la educación de Evelina había sido extraña por su aislamiento y su anticuada forma de vida. El hecho de que Tani y Artemisia hubieran elegido un marido para Benedetta fascinaba tanto a Alba que hacía que Evelina le contara una y otra vez la historia de su encuentro, lo que sin duda le ayudó a mejorar su inglés. Evelina no le contó que Francesco pegaba a su hermana, que abusaba de ella y le faltaba al respeto; para empezar, ignoraba el vocabulario. En cambio, le contó que había muerto como un héroe en la guerra y que Benedetta se había enamorado y casado con un partisano.

Alba era una belleza, lo cual resultaba desconcertante porque la naturaleza no había bendecido en ese aspecto ni a su padre ni a su madre, y tampoco a ninguno de sus hermanos. Su padre era corpulento, de cuello grueso, pecho ancho y ojos pequeños y evasivos; y su madre era robusta y de constitución grande, mandíbula fuerte y nariz abultada. No se podía negar que ambos eran inteligentes, ingeniosos y sociables, pero no eran, ni mucho menos, guapos. Por eso la belleza de Alba fue una sorpresa. Parecía que hubiera heredado lo mejor de los dos y luego hubiera refinado esas cualidades mediante algún extraño poder mágico y lo hubiera convertido en un cuerpo ágil y sensual y un rostro ancho y atractivo. Tenía unos felinos ojos verdes, labios carnosos y la nariz un poco respingona. Tal vez no tuviera la ambición de su hermana ni la perspicacia de su hermano, pero tenía algo que ninguno de los dos poseía: encanto. Armada con eso, Alba no creía necesitar nada más para asegurarse un futuro cómodo y consentido.

Aunque Peppino y Madolina le habían dicho a Tani que cuidarían de Evelina como si fuera su hija, Evelina sabía que tenía que ganarse el sustento. Ya no era una niña y le convenía encontrar algún empleo. Por ello, se entregó con entusiasmo a la vida filantrópica de su tía. Cada dólar que recaudaba para los inmigrantes judíos era dinero que se destinaba a familias como los Zanotti. Si Ercole y Olga hubieran hecho caso a Ezra, podrían haber empezado una nueva vida allí en Brooklyn y haber recibido la ayuda de las maravillosas iniciativas de la tía Madolina, que prestaba una ayuda muy necesaria a tantas personas.

Alba carecía de la empatía de Evelina por los pobres, pero para recaudar fondos se necesitaba gente con dinero, así que siempre existía la posibilidad de encontrar entre ellos a un hombre adecuado con el que casarse. Las dos jóvenes se arreglaban y salían, y mientras Alba echaba el ojo a los jóvenes galanes adinerados, Evelina hacía un gran esfuerzo por no llamar su atención. Lo único que le interesaba era la cantidad de dinero recaudada al final de la velada y la idea de hasta qué punto ese dinero podría servir para que una familia necesitada pudiera forjarse una nueva vida.

Evelina temía las historias que salían a diario sobre los horrores de los campos de concentración nazis. Había dado la espalda a Italia y a la guerra, pero la guerra seguía encontrándola en Estados

Unidos. Los refugiados que conocía gracias a su trabajo caritativo no hablaban de sus calvarios, pero ella escuchaba fragmentos de cosas terribles que no la dejaban dormir por las noches, porque hablaban entre ellos. Las noticias hablaban de los juicios de Nuremberg y de los atroces crímenes cometidos principalmente contra el pueblo judío. Cada vez que Evelina oía o leía algo, pensaba en Ezra, en Olga, en Ercole, en Matteo y en Fioruccia. Pensaba en los niños Zanotti en el desfile fascista de Vercellino, desfilando por la plaza con orgullo, y lloraba. Era mejor no leer nada, cerrar los oídos y concentrarse en vivir el momento y encontrar distracciones en él. Al fin y al cabo, sufrir por su tragedia no se los devolvería, y comparado con lo que debían de haber soportado, era vergonzosamente indulgente permitirse sentirse apesadumbrada.

La heroína y referente de Madolina era Eleanor Roosevelt. Tenía una fotografía de ella en el escritorio de su estudio y otra en la pared del vestíbulo, e incluso había comprado un terrier escocés igual que el suyo y lo había llamado Buster. «No encontraréis una mujer mejor», le gustaba decir antes de enumerar sus muchas y grandes cualidades, sus causas y su intrepidez frente a la oposición y a las críticas. Madolina la había visto una vez, en 1939, cuando la primera dama asistió a un té por el Día de la Mujer en Nueva York. Le había estrechado la mano, la había mirado a los ojos y había visto una compasión e inteligencia tan insondable en ellos que Madolina había quedado impresionada, como si hubiera visto un ángel. Le gustaba contar la historia y la había contado muchas veces durante sus sesiones radiofónicas de *Mamma Forte*. No se cansaba de elogiar a Eleanor Roosevelt ni de ponerla como ejemplo de mujer moderna. «Es una inspiración para todas las mujeres que quieren desempeñar un papel fuera de la cocina y del cuarto de los niños», decía. Pero su hija no alcanzaba a comprender su exaltación por Eleanor Roosevelt, pues Alba no tenía la más mínima intención de desempeñar ningún papel.

A pesar de los muchos hombres ricos y bien relacionados que se presentaban a Alba Forte, el tipo de hombre que de verdad le atraía era de una clase menos íntegra. Le gustaban los hombres que olían a peligro, iban en moto, llevaban chaquetas de cuero, fumaban marihuana y bebían cerveza. Y sabía bien dónde encontrarlos. Enseñó a Evelina a maquillarse y le prestaba ropa para que no pareciera que acabara de bajarse del barco procedente de Génova. Luego la llevaba a clubes Dixieland a escuchar *jazz*, a bailar y a coquetear con el tipo de jóvenes que su madre desaprobaba; los hombres italianos. Hombres relacionados con la mafia.

Evelina la acompañaba encantada. Al fin y al cabo, había tenido una vida tan protegida en Vercellino que las ruidosas e iluminadas calles de Brooklyn le parecían estimulantes, de otro mundo. Evelina se integró enseguida en el grupo de jóvenes adinerados de Alba, cuyo único objetivo en la vida era hacer lo que les placía y gastar el dinero de sus padres. A Evelina le encantaba dejarse llevar en la pista de baile y era emocionante que la admiraran. Pero no dejaba que ninguno de los hombres se le acercara demasiado. Quizás nunca lo haría.

En primavera, Alba se echó un novio para nada apropiado. Se llamaba Antonio Genovese y era todo lo que Peppino y Madolina no querrían para su hija. Para empezar, no tenía lo que ellos denominarían un trabajo decente ni tenía intención de tenerlo. Sus padres eran de ascendencia italiana, de Sicilia, y él decía que trabajaba para su padre, pero era difícil saber a qué se dedicaba con exactitud. Conducía un Buick azul cielo descapotable y llevaba a Alba al autocine, donde echaba el asiento hacia atrás y se enrollaba con ella. Alba le dijo a Evelina con orgullo que había llegado hasta el final. «No sales con un tipo como Antonio Genovese y le niegas lo que quiere —le dijo emocionada—. De lo contrario, te dejará por alguien que sí quiera dárselo». No tenía sentido advertirle que tuviera cuidado. Alba no aceptaba consejos de nadie y además, ¿quién era ella para desaprobar el sexo antes del matrimonio cuando ella se había entregado a Ezra?

Un sábado caluroso, Alba propuso ir a Coney Island. «Antonio tiene una cita para ti. Te encantará. Es muy guapo, ya verás». Evelina adoraba Coney Island, con sus extensas playas y su paseo marítimo, sus atracciones de feria, sus espectáculos de fenómenos, sus desfiles y sus números de circo. Era un lugar como nunca antes había visto. Un lugar construido especialmente para la diversión y el entretenimiento. Aunque no estaba muy entusiasmada con su cita, no quería perderse lo que hasta el momento era lo que más le gustaba de Estados Unidos; Coney Island, la isla del olvido.

Antonio y su amigo Mike Herrington se presentaron en el Buick de Antonio a las cinco de una tarde de junio muy calurosa. Mike era muy guapo, tenía el pelo corto, rubio arena y ojos castaños claros. Tenía una sonrisa pícara y un par de afilados dientes de lobo que daban a su rostro un encanto travieso. No era de ascendencia italiana como Antonio y tenía un buen trabajo en una empresa de publicidad, vendiendo, como él decía, «la idea de una juventud dorada a los jóvenes de Estados Unidos». Sentado en la parte delantera del Buick, con un brazo apoyado en el marco de la ventanilla y un cigarrillo humeando entre el dedo índice y el pulgar mientras escuchaba a Nat King Cole cantar en la radio, Mike parecía encarnar a la perfección la imagen que le pagaban por vender. Estaba muy seguro de sí mismo y tenía un aire de sofisticación del que carecía su amigo Antonio. Este último parecía que había tomado prestado el coche de su padre mientras que Mike parecía que podría haberlo comprado. Alba y Evelina se montaron en la parte trasera y los cuatro se dirigieron a Coney Island, con la capota bajada y el viento en el pelo.

El lugar estaba lleno de gente. Antonio rodeó el cuello de Alba con el brazo y la atrajo hacia sí para darle un beso. Evelina brindó una tímida sonrisa a Mike y este le preguntó por ella. Evelina desvió sus preguntas, pues no quería compartir su pasado.

—Cuéntame más sobre la juventud dorada —sugirió.

Mike estuvo encantado de explicarle por qué la juventud de los Estados Unidos de hoy era diferente de la generación de sus padres, que había sufrido privaciones durante los años de la Gran Depresión, y que había trabajado en campañas publicitarias de tabaco, maquillaje y moda, creando a través de imágenes un mundo dorado y glamuroso de lujo y prosperidad del que todos los jóvenes estadounidenses querían formar parte. Se le daba bien y Evelina también quería formar parte de él. Quería olvidar la guerra, su pérdida y el mundo arcaico y aletargado de Villa L'Ambrosiana, y entregarse por completo a ese nuevo mundo de luces brillantes y de *jazz*.

Compraron perritos calientes y gruesas patatas fritas onduladas en Nathan's y entradas para ver el espectáculo de los Tigres. A Alba el espectáculo le pareció decepcionante.

—¿Qué tiene de emocionante ver a un hombre metiendo la cabeza entre las fauces de un tigre? Sería mucho más divertido si el tigre se la arrancara de un mordisco.

—Se veía en sus ojos que eso era justo lo que el tigre quería hacer —repuso Evelina y Mike le sonrió porque le gustaba su marcado acento italiano y la forma en que emitía un pequeño murmullo para concentrarse antes de empezar una frase.

—Vamos a montar en el Ciclón —propuso Antonio, tomando a Alba de la mano y dirigiéndose a la montaña rusa. A Evelina le encantaba todo lo que fuera rápido y nada lo era tanto como el famoso Ciclón.

—No dudes en agarrarte a mí si tienes miedo —dijo Mike mientras subían al vagón y se sentaban uno al lado del otro.

Pero Evelina se rio.

—No me asusta la velocidad —respondió, sin darse cuenta de su decepción.

—Entonces, ¿de qué tienes miedo? —preguntó.

Ella se encogió de hombros, dando a entender que no le asustaba nada. Luego, en un momento de franqueza, respondió:

—El mundo real. No hay nada más aterrador que eso.

Antes de que Mike pudiera preguntarle a qué se refería, el vagón se puso en marcha y los dos se agarraron a la barra para no caerse. Evelina chilló de alegría mientras corrían por los raíles, subiendo y bajando a toda velocidad. La sensación de euforia se apoderó de ella y la hizo reír a carcajadas. Detrás de ella, Alba y Antonio gritaban, se besaban y se abrazaban como si sus vidas dependieran de ello. Evelina pensó en Ezra y en que podría haber fingido que tenía miedo, igual que Alba, para conseguir que él la rodeara con sus protectores brazos. Entonces el vagón giró de forma brusca en una curva y Ezra quedó atrás, mientras los pensamientos de Evelina volvían a centrarse en el momento presente y se sumergía en él con decisión.

Después de la montaña rusa, se tiraron por los toboganes, colisionaron en los coches de choque y se subieron al tiovivo. Al final, mareados por las atracciones, entraron en la tienda de una adivina. La mujer de la bola de cristal, las cartas del tarot y las velas era rumana y se hacía llamar Marica la Mística. Tenía una espesa melena pelirroja que le caía sobre los hombros en pequeños rizos, los labios pintados de rojo escarlata y unos ojos grandes del color de la turba. Llevaba un chal negro bordado con rosas rojas y un colgante de amatista se alojaba entre sus blancos pechos. Tenía las manos blancas y las uñas muy largas y pintadas del mismo color que sus labios. Era un cliché y Evelina no tenía intención de dejar que le leyera la buenaventura.

Uno tras otro, Alba, Antonio y Mike se sentaron a la mesita redonda y dejaron que Marica la Mística les leyera las cartas. Evelina no creía en lo sobrenatural y no tenía ningún deseo de que la convencieran de lo contrario. Sin embargo, cuando propuso dejarlos a los tres allí y reunirse con ellos fuera, Alba la convenció para que se quedara.

—Es solo diversión —dijo—. Voy a casarme con un hombre rico y a vivir en un palacio. A ver qué dice Marica la Mística de ti.

—Vamos, Evelina —dijo Mike—. Si no lo crees, ¿qué importa lo que ella diga?

Evelina no tuvo más remedio que sentarse en la silla y barajar las cartas. Mientras los demás la esperaban fuera de la tienda, Evelina dividió las cartas en tres montones con la mano izquierda y luego las volvió a amontonar en uno solo con la derecha, tal como le dijo Marica la Mística.

La vieja bruja empezó a sacar cartas de la parte superior y a colocarlas sobre la mesa, con la imagen hacia arriba. Evelina vio la Torre, el Cuatro de Espadas y el Ermitaño. Con su marcado acento rumano, Marica la Mística empezó a hablar de manera lenta y pausada.

Evelina no estaba convencida de que fuera rumana. Era mucho más probable que fingiera el acento para causar un mayor efecto. Seguro que era de Brooklyn.

—Has sufrido una gran conmoción —comenzó—. Tu mundo ha dado un vuelco. Has recorrido un largo camino y ahora te encuentras en un estado de pausa. Estás respirando hondo y permitiendo que tu alma se recupere. Te retraes, te refugias en tu mundo interior. Buscas una sensación de paz y sosiego en tu espíritu. —Bueno, teniendo en cuenta el acento italiano de Evelina, no creía que fuera difícil para una adivina predecir que acababa de llegar de la Europa desgarrada por la guerra. Marica la Mística eligió entonces tres cartas más con sus largos dedos blancos; el Seis de Espadas, el Rey de Espadas y los Enamorados—. Tienes que dejar atrás el pasado —continuó—. Pero el pasado no te abandonará. Encontrarás la felicidad con un hombre mayor, un hombre bueno, inteligente y erudito que te recordará mucho a tu padre. —Marica la Mística frunció el ceño y meneó la nariz como un gato. Tomó otra carta y la colocó debajo de la de los Enamorados. Era el Siete de Espadas—. La carta del engaño. Ten cuidado con lo que deseas, querida. Nosotros creamos nuestra realidad y ningún adivino puede predecir cómo irá tu vida, solo cómo podría ir, siguiendo las elecciones que hagas hoy y tus pensamientos que se manifiestan, lo quieras o no. —Marica la Mística clavó su oscura e insondable mirada en los ojos de Evelina—. Tienes una gran capacidad para amar, querida. Más grande de lo que crees. Te sorprenderá. Si tomas tus decisiones con el corazón, hallarás la felicidad, pero si las tomas en base a tu ego, destruirás a todos los que te rodean, como un ancla arrojada al mar que hunde el barco entero. —Dio un golpecito al Rey de Espadas con su uña escarlata—. Es un buen hombre —dijo—. Te conocerá mejor que tú misma. No lo subestimes.

Evelina le dio las gracias, aunque no estaba del todo segura de que hubiera dicho nada revelador. Mucha palabrería. Palabras que juntas sonaban sabias, pero que en realidad no significaban nada.

—¿Te ha dicho que te vas a casar con un príncipe y que vas a vivir en un palacio? —preguntó Alba con una risita.

—No, me ha dicho un montón de tonterías —repuso Evelina—. Voy a morirme siendo desdichada.

Mike parecía consternado.

—¡Voy a pedir que nos devuelvan el dinero! —exclamó.

—Es una broma —repuso Evelina con una sonrisa—. No creo ni una palabra de lo que ha dicho. Vamos a buscar algo de comer. Vuelvo a tener hambre. ¿Qué tal una mazorca de maíz o un helado?

Mientras se abrían paso entre la multitud, el cielo de Coney Island se oscureció y las parpadeantes luces del recinto ferial brillaron con intensidad, prometiendo un futuro dorado a la dorada juventud de Estados Unidos. Evelina no volvió a pensar en Marica la Mística ni en sus extrañas predicciones. En lugar de eso, disfrutó de aquellas luces deslumbrantes, de la música y de los artistas callejeros, y dejó que Mike la tomara de la mano.

11

No cabía duda de que había química entre Evelina y Mike. Ella no podía negarlo, aunque más bien deseaba que no fuera así. Se sentía culpable por mirar a otro hombre, como si estuviera traicionando a Ezra con cada mirada lujuriosa. Pero Ezra no iba a volver jamás. Evelina necesitaba vivir su vida, no rehuirla. No podía alcanzar a Ezra donde estaba y no tenía sentido desear poder hacerlo. Ese tipo de deseos estaban incluso más allá de las capacidades del hada madrina más dotada. Ezra querría que fuera feliz. Y con Mike, Evelina era feliz. La hacía reír. Era interesante hablar con él. Era atractivo, seguro de sí mismo y amable, y no era italiano, lo cual era crucial. Ignoraba si alguna vez lo amaría. Si sería capaz de volver a sentir una emoción tan profunda. Pero estaba segura de que nunca podría amarlo como amaba a Ezra. Él siempre ocuparía la mayor parte de su corazón. No podía ser de otra manera. Ezra lo había ocupado durante mucho tiempo, y ahora que había muerto, permanecería eternamente allí, como un hermoso fósil que nunca se deterioraría ni perdería su forma. Sería para siempre joven y apuesto. Sería para siempre suyo.

Aquel verano, Evelina y Alba salieron de forma regular con Antonio y Mike en pareja. Iban al cine, al béisbol, a Coney Island y a bailar. El dominio que Evelina tenía del inglés mejoraba con cada clase, pero cuando más aprendía era con Mike, Alba y Antonio. Escribía cartas de forma habitual a sus padres y a Benedetta y se emocionó cuando supo que su hermana había dado a luz a una niña, a la que habían llamado Pasquala.

Por fin Evelina no echaba de menos su hogar, al menos no se permitía ese capricho. El hogar ya no era Villa L'Ambrosiana y su familia, sino también Ezra y Fioruccia, Matteo, Olga y Ercole. Estaban entrelazados, tragedia y dicha, como las dos caras de una misma moneda, y no podía pensar en una sin pensar en la otra. Era mejor no pensar en ninguna de las dos, porque cada pensamiento estaba impregnado de tristeza. Era mejor relegarlos al pasado y dejar que el polvo se asentara sobre ellos, cubriendo tanto el placer como el dolor.

Evelina se entregó al presente y a su futuro. Ahora su vida estaría en Estados Unidos. No tenía intención de volver a Vercellino. A medida que se adaptaba a la cómoda rutina de ayudar a la tía Madolina con sus obras de caridad y salir con Mike, Alba y Antonio, poco a poco empezó a mudar de piel y se sintió bien.

La primera vez que Mike la besó no le resultó tan extraño como temía. Le preocupaba compararlo con Ezra, añorar la sensación familiar del tacto de Ezra, pero en lugar de eso, disfrutó de la novedad del beso de Mike. La había invitado a cenar a su casa con su familia y después se habían sentado en el tejado bajo las estrellas.

—Nunca hablas de ti —dijo Mike.

—No hay mucho que decir —respondió encogiéndose de hombros.

—Eso no es verdad. Solo te estás conteniendo. No tienes que contenerte conmigo, ya lo sabes.

Evelina exhaló un suspiro. ¿Cómo podía un estadounidense entender lo que ella había pasado?

—Me fui de Italia porque quería dejarlo atrás. Hablar de ello solo me trae recuerdos.

—Imagino que no fue fácil vivir durante la guerra.

—No, no fue nada fácil. —Respiró hondo, sabiendo que aunque hubiera querido compartirlo con él, las palabras no le saldrían, sino que se le clavarían en la garganta como espinas—. Pero ya lo he dejado atrás —añadió y cerró el tema con una sonrisa.

Mike le sujetó la mano.

—Estás en un buen lugar —dijo—. Estados Unidos es el mejor país del mundo. Y tú estás conmigo. Te mantendré a salvo.

Entonces la besó. Fue un beso cálido y suave. Evelina ahuecó la mano sobre su rostro y sintió que el cariño se propagaba por su pecho. A medida que su beso se hacía más profundo, sintió que un ancla la aferraba cada vez con más firmeza en el presente. No pensó en Ezra ni se preguntó qué pensaría de ella; con Mike no pensaba en su hogar. Estados Unidos era ahora su hogar y Mike formaba parte de ese nuevo capítulo de posibilidades y cambios.

❧❧❧

A principios de septiembre, Evelina volvió a casa de una merienda benéfica a la que había asistido con su tía y encontró a Alba hecha un ovillo en su cama, llorando. Lo primero que pensó fue que Antonio había roto con ella. Pero pronto descubrió que Alba estaba embarazada.

—¿Qué voy a hacer? —susurró.

Evelina no sabía la respuesta. Se sentó a su lado en la cama y le puso una mano en el hombro.

—¿Se lo has dicho a Antonio? —preguntó.

—No, tengo demasiado miedo.

—¿Vas a decírselo a tus padres?

Alba se horrorizó ante la idea.

—Claro que no. Voy a deshacerme de él.

Evelina miró atónita a su prima.

—No puedes hacer eso, Alba. Además de ilegal, es peligroso. Podrías morir.

—No puedo perder a Antonio por esto.

—¿Cómo sabes que vas a perderlo? Quizá se case contigo.

—¡Lo dudo mucho! Ni siquiera conozco a sus padres. Tú conoces a los de Mike…

—Eso no significa nada —se apresuró a decir Evelina.

—Significa que Antonio no va en serio conmigo. Eso es lo que significa. —Se incorporó y se limpió la nariz con el dorso de la mano.

—¿Estás segura de que estás embarazada?

—Hace dos meses que no me viene el período, Evelina. ¿Qué otra cosa puede ser?

—¿Te sientes mal?

—Solo por el miedo.

—¿No tienes náuseas matutinas?

—Nada. No tengo náuseas. Pero hace dos meses que no tengo el período. Eso no es normal.

—Tienes que ir a un médico.

Alba empezó a llorar de nuevo.

—¿Me acompañas?

Evelina la tomó de la mano.

—Por supuesto —respondió.

Alba concertó una cita con el médico a través de una amiga, porque no podía ir a su médico de cabecera por miedo a que su madre se enterara; y si alguien iba a enterarse de algo tan delicado como esto, era Madolina.

Hacía un calor pegajoso la mañana que Alba y Evelina salieron juntas de casa. Las nubes de lluvia se cernían sobre la ciudad y el aire olía a humo de coche y a cocina callejera. Tomaron el metro hasta el centro de Manhattan. Ninguna de las dos habló. Estaban demasiado nerviosas. Alba estaba pálida como la cal. El miedo le oscurecía los ojos oscuros y su habitual vivacidad estaba apagada. Cuando llegaron al edificio de piedra gris de la consulta del médico, llovía a cántaros. Las dos se apresuraron a entrar y subieron en el ascensor hasta la segunda planta. Alba había concertado la cita con un nombre falso. Cuando la recepcionista pronunció ese nombre, ni Alba ni Evelina reaccionaron, hasta que la mujer estuvo a punto de darse por vencida y pasar al siguiente nombre de la lista. Entonces Alba espabiló, se disculpó, entró en la consulta y cerró la puerta al entrar. Evelina esperó. Intentó leer una revista, pero no consiguió concentrarse. La hojeó, mirando las fotos, con la esperanza de que Alba se equivocara y no estuviera embarazada.

Veinte minutos después Alba salió, con la cara aún más blanca que antes y Evelina supo que su prima no se había equivocado. Pero ¿qué iba a hacer al respecto? Encontraron una cafetería a la vuelta de la esquina y pidieron hamburguesas, patatas fritas y dos Coca-Cola. Alba encendió un cigarrillo.

—Esa maldita adivina, ¿cómo se llamaba?

—Marica la Mística —respondió Evelina.

—Marica la Mística. —Alba soltó una risita amarga—. Me lo advirtió, ¿sabes?

—¿De veras?

—No me dijo que me casaría con un príncipe y viviría en un palacio.

—¿No?

—Mentí.

Esto no sorprendió a Evelina.

—¿Qué te dijo?

Alba soltó el humo del cigarro en la habitación.

—Me animó a encontrar un sentido más profundo a mi vida y dijo que Antonio me ofrecía placeres materiales, pero no podía ofrecerme nada espiritual. —Se encogió de hombros—. ¿Quién necesita lo espiritual? Lo espiritual no brilla ni te abriga en invierno como hacen las pieles.

—¿Cómo te lo advirtió?

—Me dijo que estaba enamorada y que estaba siendo descuidada. Me dijo que tuviera cuidado.

—A mí también me dijo que tuviera cuidado. Seguro que se lo dice a todo el mundo.

La camarera les llevó las bebidas. Alba dio una calada y observó mientras dejaban los vasos y las botellas de Coca-Cola en la mesa.

—Bueno, ¿qué voy a hacer al respecto?

—Solo tienes una opción —aseveró Evelina.

—¿Cuál?

—Tener el bebé.

—¡Por Dios, Evelina! ¿No se te ocurre nada mejor?

—Es lo único que se me ocurre.

—¿Y dónde voy a tener al bebé para que nadie se entere? No es fácil esconder una barriga que crece, ¿sabes?

—Tienes que decírselo a tu madre.

—Estamos hablando de la misma madre, ¿no?

—Estoy de acuerdo en que no le va a hacer gracia. ¿Qué tal si se lo dices a Antonio primero?

—No puedo decírselo a Antonio. Ya te lo he dicho. Me dejará.

—Se va a enterar en algún momento. Como bien has dicho, no puedes esconder una barriga que crece.

—¿No puedo deshacerme de él?

Evelina estaba horrorizada.

—¡Es un bebé, Alba! Un ser vivo. No puedes matarlo.

—No es un bebé. Es un conjunto de células. No se enterará.

—*¡Santa Maria, madre di Dio!* —exclamó Evelina, llenando su vaso—. No soy religiosa y es tu cuerpo, pero el bebé que llevas dentro es una vida y también pertenece a Antonio. No puedes tomar esta decisión sola. Debes decírselo. Tiene derecho. Es el padre.

Alba gimió. Apagó el cigarrillo con mano temblorosa. La camarera les trajo la comida. Alba se metió una patata frita en la boca y masticó con nerviosismo.

—Vale, se lo diré. Prefiero decírselo a él que a mamá.

Evelina sonrió.

—Le gustaría tener un nieto. Mi madre se volvió loca por el hijo de Benedetta.

—Ya tiene nietos, ¿qué importa uno más? No, me matará.

—Se enfadará al principio, pero no le durará mucho tiempo. La tía Madolina es una mujer práctica y enérgica. Se le da bien resolver problemas.

—Más le vale ser maga, porque será el mayor problema al que se haya enfrentado nunca.

Alba no quería estar sola cuando le dijera a Antonio que estaba embarazada, así que organizó una salida para los cuatro el sábado por la noche. Primero irían al cine y luego a cenar. Después de cenar, Evelina daría una vuelta a la manzana con Mike para que Alba pudiera darle la mala noticia a Antonio. Al menos así tendría a Evelina para acompañarla a casa si él perdía los estribos.

Alba estuvo de mal humor todo el sábado. Madolina, que no soportaba el mal humor, las mandó a la calle Fulton a hacer unas compras para ella mientras entretenía a sus amigas en el salón con té y cartas. Evelina se alegró de salir de casa. A menudo, Madolina la llamaba para que sustituyera a alguno de sus invitados si tenían que marcharse antes de tiempo o no se presentaban. Por mucho que a Evelina le gustara jugar a las cartas, no le agradaba quedarse encerrada en las reuniones de su tía, sin poder salir hasta que terminara la partida. A veces las partidas se prolongaban hasta bien entrada la noche.

Cuando sus citas llegaron en el coche de Antonio, Alba estaba en su peor momento.

—¿Qué pasa, cariño? —le preguntó Antonio al verle la cara.

—Nada, cielo —respondió ella, montándose en la parte de atrás—. Solo he tenido un mal día. Tú me vas a animar.

Mike se había bajado para abrirle la puerta a Evelina.

—¿Estás bien? —le preguntó, y luego le puso una mano en la espalda y la besó.

—Claro —respondió—. Alba solo necesita distraerse.

—Entonces *Cielo azul* es la película perfecta. Nada como un musical para levantar el ánimo. —Evelina no estaba segura de que hubiera algo que pudiera levantar el de Alba.

El cine estaba abarrotado de gente. Se sentaron en medio de una fila con unas Coca-Cola y cajas de palomitas. Cuando se apagaron las luces y empezó la emisión, Alba se inclinó hacia Evelina y le susurró:

—No puedo seguir adelante.

—Tienes que hacerlo —respondió Evelina.

—Tengo miedo.

Evelina le apretó la mano.

—Todo irá bien, te lo prometo. Antonio es un buen hombre.

Después de eso Mike la estrechó entre sus brazos y empezó a besarla y Evelina no vio mucho más a Alba ni la película.

Alba consiguió recobrar la compostura durante la cena. Fueron a una popular cafetería, y alentada por la atención que Antonio le había prestado durante la película, Alba se animó. Al final de la cena, cuando ella perdió el apetito y no tocó su helado, Evelina propuso que Mike y ella fueran a dar un paseo.

Era una tarde calurosa. El verano aún perduraba y posponía el otoño con un calor y una humedad que se negaban a desaparecer. Las hojas apenas habían empezado a cambiar de color, pero las farolas arrojaban una luz dorada y el cielo de Brooklyn era de un tono rosado. Mike la tomó de la mano.

—¿De qué va todo esto? —preguntó Mike.

Evelina no quería decírselo, pero sabía que tenía que explicarle por qué le había pedido que diera la vuelta a la manzana con ella antes incluso de que se hubieran terminado los postres.

—Alba tiene algo que decirle a Antonio —dijo.

—Espero que no vaya a romper con él.

—No, claro que no. Le gusta de verdad.

—Bien, porque a él también le gusta de verdad. —Se hizo el silencio—. Entonces, ¿qué es lo que quiere decirle?

—No estoy segura de que deba decírtelo.

—Evelina, tienes que decírmelo. Somos pareja. Nos lo contamos todo.

Por alguna razón, aquella declaración la incomodó.

—Bueno, si prometes no contarlo…

—Te prometo que no diré que me lo has contado.

—Está embarazada.

Mike se paró y se volvió para mirar horrorizado a Evelina.

—¡Dios santo! ¿En serio?

—Sí, en serio. La acompañé al médico. No hay duda.

Mike se frotó la nuca y jadeó.

—Eso es malo. Muy muy malo.

—¿Qué crees que hará Antonio?

—No lo sé. —Mike sacó un paquete de cigarrillos del bolsillo y se puso uno entre los labios—. ¿Quieres uno?

Evelina negó con la cabeza.

—No romperá con ella, ¿verdad? —preguntó, preocupada.

Mike encendió una cerilla y el extremo del cigarrillo adquirió un brillante color escarlata.

—No lo sé —respondió—. Antonio es todo diversión y bromas. No sé cómo es cuando se pone serio. Y esto es serio.

—Desde luego que lo es.

Mike atrajo a Evelina hacia sí y le besó los labios.

—Quiero hacerte el amor —dijo.

Evelina se rio para restar importancia a su comentario.

—Mike, Alba está embarazada. No es momento de hablar de eso.

—Claro que sí. Es, precisamente, el momento adecuado. Tendremos cuidado. —Sonrió—. Hay maneras de evitar que te quedes embarazada, ¿sabes?

—Lo sé, pero no estoy preparada para eso.

Mike daba por sentado que ella no lo había hecho antes.

—Yo cuidaré de ti —dijo con suavidad. Le brillaban los ojos—. Es divertido, ¿sabes? Te gustará.

—Estoy segura de que así será, cuando sea el momento adecuado.

Él se sentó en un escalón y dio unas palmaditas a su lado. Evelina se sujetó la falda por debajo y se sentó.

—¿Y cuándo va a ser el momento adecuado?

—No lo sé. No quiero precipitarme.

—Entonces casémonos. —Evelina se quedó sin habla—. No me mires así —dijo Mike y se echó a reír—. Te quiero, Evelina. —Frunció el ceño al ver que ella no respondía—. Tú me quieres, ¿verdad?

—Claro que sí —respondió, pero sabía lo que era el amor y eso no lo era.

—Pues casémonos y podremos hacer el amor tan a menudo como queramos. —Le rodeó la cintura con un brazo.

—Oh, Mike…

—¿Me estás rechazando? —Parecía dolido.

—No, solo digo que todavía no.

—Todavía no, todavía no. No quiero precipitarme. Ahora no es el momento. —Imitó su acento italiano—. Bueno, ¿cuándo va a ser el momento? Llevamos saliendo todo el verano.

—¿Todo el verano? ¿Crees que es mucho tiempo?

—Lo suficiente para saber que quiero pasar el resto de mi vida contigo. Lo suficiente para saber que no quiero a nadie más.

Evelina se levantó, nerviosa.

—No me metas prisa, Mike —dijo, intentando disimular el pánico.

—No se puede decir que te meta prisa —argumentó.

Evelina se cruzó de brazos.

—No sabes nada de mí.

—¿Cómo voy a saber algo de ti si no me cuentas nada?

—Deberíamos volver a la cafetería. Puede que Antonio se haya ido y haya dejado sola a Alba.

Mike se levantó, pero no la rodeó con el brazo ni la tomó de la mano. Caminaron a medio metro de distancia, pero la distancia parecía mayor.

—No te meteré prisa —dijo al final, tirando el cigarrillo al suelo y aplastándolo con el zapato—. Pero aceptaré un «sí» cuando estés lista para dármelo.

———

Cuando volvieron a la cafetería, Alba y Antonio seguían conversando en la mesa. Evelina los saludó con timidez al entrar y, para su sorpresa, Alba le devolvió el saludo con entusiasmo.

—Venid a sentaros —dijo con alegría, y por sus mejillas sonrosadas y sus ojos brillantes Evelina dedujo que la conversación había ido bien. Alba miró a Antonio y le dijo—: ¿Se lo digo yo o quieres hacerlo tú?

Antonio le sujetó la mano y sonrió.

—Díselo tú, cariño.

—¡Nos vamos a casar!

Evelina se sintió tan aliviada que la abrazó.

—¡Qué noticia tan maravillosa! —exclamó—. Me alegro mucho por vosotros.

—No vamos a contarle a nadie lo del bebé —dijo Alba en voz baja. Luego se dirigió a Mike—: Estoy embarazada.

Mike fingió no saberlo y Evelina se lo agradeció.

—¡Enhorabuena! —los felicitó—. Una boda y un bebé. ¿Qué será lo próximo?

Antonio se rio y estrechó la mano a Mike.

—Nos casaremos en noviembre —informó—. Y cuando nazca el bebé, nadie se dará cuenta. ¿Quién va a echar las cuentas?

Alba llamó la atención de Evelina y ambas rieron.

—¡Madolina!

Evelina no le dijo a Alba que Mike le había pedido que se casara con él, no porque no quisiera robarle el protagonismo a su prima, sino porque entonces tendría que explicarle por qué lo había rechazado. Evelina tampoco estaba muy segura. Era solo una sensación. Una sensación de que algo no estaba bien. Le tenía cariño a Mike. Le tenía mucho cariño. Pero no lo amaba. ¿Era poco realista esperar volver a sentir el amor que sentía por Ezra? ¿O una fracción siquiera de ese amor? A fin de cuentas, era imposible que Benedetta amara a Francesco cuando se casó con él. Apenas lo conocía. Era posible que le pareciera atractivo y encantador, pero no lo conocía lo suficiente como para amarlo de verdad. Eso llegó más tarde. ¿O no? Mientras Evelina pensaba con más detenimiento en el matrimonio de su hermana, se preguntó si Benedetta había amado de verdad a Francesco o si había amado la idea que tenía de él, que se había hecho añicos después de que jurara amarlo y obecederlo y de que él levantara la mano para golpearla. Aquel hombre había sido un bruto.

Evelina conocía a Mike lo suficiente como para saber que era bueno. De hecho, si tuviera que escribir una lista de todas sus cualidades, necesitaría más de dos páginas. Si tuviera que escribir una lista de sus defectos, era probable que solo necesitara una línea; no era Ezra. Pero nunca encontraría a Ezra en otro hombre y el verdadero Ezra ya no estaba. Quizá tuviera que transigir para labrarse una vida decente. Si no se casaba, ¿qué haría? ¿Quién sería? Durante el último año había aprendido que para sentirse segura y encontrar un sentido de arraigo en ese nuevo país necesitaba una familia. Una familia propia. Entonces, ¿por qué Mike no estaba a la altura?

Al día siguiente, Antonio aparcó el coche delante de la casa de Alba y llamó a la puerta, vestido con traje y corbata. Alba le había dicho que a su padre le gustaba tomar un té sin prisas los domingos por la tarde mientras leía el periódico y escuchaba la radio. Ese sería el momento perfecto para que Antonio fuera a pedirle su mano.

Alba corrió a abrir la puerta. Evelina se quedó mirando en la escalera. Madolina entró en el vestíbulo, preguntándose quién llamaría al timbre un domingo por la tarde. Frunció el ceño al ver a Evelina, pues presintió algo.

—¿Qué estáis tramando? —les preguntó.

Alba abrió la puerta.

—¡Antonio! Pasa, pasa.

Antonio entró con aspecto pulcro y aseado.

—Buenas tardes, señora Forte —saludó de manera educada y le tendió la mano—. Soy Antonio Genovese. Es un placer conocerla por fin.

Madolina, que no conocía al novio de su hija, esbozó una sonrisa, sin duda desarmada por su buen aspecto y su evidente encanto.

—Encantada de conocerte a ti también, Antonio —dijo—. Y ya era hora —añadió con ironía.

—He venido a ver al señor Forte —adujo, y una pizca de nerviosismo afloró a su impecable fachada.

—¿De veras? Bueno, iré a ver si está disponible.

Madolina los dejó en el vestíbulo.

—No te preocupes, cariño. Es simpática cuando la conoces —dijo Alba, alisándole la corbata.

—¿Qué tal estoy? —preguntó Antonio, brindándole una sonrisa.

—Guapo —respondió Alba, acariciando la corbata—. Estás muy guapo.

Madolina volvió al cabo de unos segundos.

—Te recibirá —dijo—. Ven conmigo.

Antonio la siguió hasta el salón. Peppino estaba sentado en un sillón, con las gafas puestas, leyendo el periódico. Cuando vio a Antonio, dobló el periódico y lo dejó.

—Entra, Antonio —dijo al tiempo que se levantaba. Le dio un fuerte apretón de manos al joven.

Cuando Madolina salió de la habitación, encontró a Alba y Evelina junto a la puerta, preparadas para espiar.

—Ah, no, de eso nada —repuso, espantándolas como a un par de gallinas—. Vosotras os venís conmigo.

—¡Jo, mamá…!

—No debéis escuchar. Es un asunto de hombres.

—¿Qué te parece? —preguntó Alba, siguiendo a su madre por la casa.

Madolina sonrió.

—Creo que deberías invitarlo a cenar y luego te diré lo que pienso.

⌘

Antonio se quedó a cenar. Peppino no reveló lo que fuera que pensara en privado de un joven sin un trabajo de verdad y con un apellido dudoso. Abrió una botella de champán y brindó por la feliz pareja. Evelina sabía que la familia de Antonio era rica, y si había algo que su tío respetaba casi más que cualquier otra cosa, era el dinero. No podía discutir el hecho de que la familia Genovese cuidaría tan bien de Alba como lo había hecho la suya. En cuanto a su tía, Madolina habría preferido un graduado de la Universidad de Columbia, con un buen trabajo y un apellido antiguo, pero en el fondo Evelina sabía que solo quería que su hija fuera feliz.

Al final de la cena, Antonio anunció que querían casarse cuanto antes.

—¿Por qué tanta prisa? —preguntó Madolina.

Antonio tomó la mano de Alba y la miró con devoción.

—Usted ha estado enamorada, señora Forte. Sabe lo que es tener que esperar.

Madolina suspiró.

—Bueno, supongo que cuando lo sabes, lo sabes, y no tiene sentido esperar solo para que tu madre organice la fiesta, las flores, la cena, el vestido...

—¡Oh, mamá! —interrumpió Alba, riendo—. Te las arreglarás. Además, Evelina te ayudará. Puede ser tu ayudante, ¿verdad, Evelina?

—Me encantaría ser tu ayudante, tía Madolina —dijo la joven, preguntándose si debido a las prisas por casarse, su tía empezaba a intuir que había un bebé a bordo.

—Si insistes —dijo Madolina con un suspiro—. Estoy segura de que podré organizar las cosas a tiempo. Pero tendremos que empezar mañana. No hay tiempo que perder.

—Si alguien puede organizar una boda en un par de meses, esa eres tú —dijo Peppino, vaciando su copa. Abrió una caja de puros de caoba y sacó un Montecristo bien envuelto—. Será la boda más grandiosa que Brooklyn haya visto jamás —repuso, poniéndose el puro bajo la nariz y olfateándolo—. No escatimaremos en gastos, Madolina. —Le acercó la caja a Antonio—. Adelante. Sírvete tú mismo —le dijo.

Madolina observó que copiaba a su futuro suegro y se acercaba un Montecristo a la nariz.

—Estoy deseando conocer a tu madre —dijo Madolina.

Alba soltó una risita. Estaba ebria de felicidad.

—Yo también —convino.

12

Madolina emprendió la tarea de organizar la boda de su hija con la enérgica eficacia de un coronel. Evelina era su lugarteniente y nunca en su vida había estado tan ocupada. La boda de Jane, ocho años antes, había sido un espectáculo, pero esta era algo totalmente distinto. Alba era la más joven y, según observó Evelina cada vez con mayor certeza, su favorita, pues Madolina cuidaba hasta el más mínimo detalle de la ceremonia y de la cena con un entusiasmo casi religioso. Quería todo en relieve o bordado con letras «A» entrelazadas. Desde el servicio religioso y los cojines de los novios en la iglesia a los menús, las tarjetas de mesa y las servilletas del banquete. A diferencia de Artemisia, cuya atención al detalle en la boda de Benedetta fue únicamente para promocionarse ella misma, Madolina lo hacía para homenajear a su hija y para expresar con gestos a la vez tiernos y dulces una nostálgica despedida.

Cuando llegó el día, Evelina estaba más nerviosa que la novia. Era ella quien lo había organizado todo, siguiendo las órdenes de Madolina, y si algo salía mal o no era perfecto, sería ella la culpable. Al menos el vestido no podía ser más hermoso, ni Alba estar más bella con él. Confeccionado especialmente para ella en seda blanca y encaje, era elegante a la par que glamuroso, con la cintura entallada y falda con vuelo, realzado con el conjunto de joyas de diamantes y zafiros que el padre de Antonio le había regalado en su fiesta de compromiso. Peppino agradeció aquel gesto y, en la primera reunión familiar en la mansión Genovese de Nueva Jersey, los dos hombres habían descubierto que tenían mucho en común.

Ambos fumaban la misma marca de puros y achacaban su buena salud a las duchas frías que se daban cada mañana y a la *grappa* que tomaban a la italiana, con café. Se estrecharon la mano y forjaron el principio de una sólida amistad. A Madolina le cayó bien la madre de Antonio desde el momento en que le dijo que era una gran oyente del programa de radio *Mamma Forte*. El hecho de que la mujer fuera descarada y hablara demasiado no la desanimó. Madolina era el tipo de mujer que encontraba lo bueno en todo el mundo, incluso cuando estaba bastante oculto.

El vientre de Alba ya empezaba a abultarse, aunque parecía más el resultado de demasiadas cenas de celebración que de una noche de sexo descuidado en la parte trasera del Buick de Antonio. Madolina se enjugó las lágrimas al ver a su hija, pues una gran emoción la embargaba.

—No me puedo creer que mi niña se vaya a casar —declaró, y Alba la besó y le dijo que, aunque se mudaba, no se iría demasiado lejos.

—Te seguiré necesitando, mamá —repuso ella, con una sonrisa que vaciló un instante.

Madolina le limpió una mancha de maquillaje de la cara con el pulgar.

—Menos mal —respondió. Luego se volvió hacia Evelina y añadió—: Al menos te tendré a ti.

—No por mucho tiempo —bromeó Alba—. Evelina y Mike serán los siguientes.

Evelina hizo una mueca que hizo reír a todos, pero por dentro no se sentía nada alegre.

Mike era uno de los padrinos del novio. Estaba guapo con su traje y el pelo retirado de su bien afeitada cara. Sin embargo, sus ojos delataban su falta de satisfacción. No le gustaba que lo rechazaran, y en lugar de dejarla tranquila y darle tiempo a Evelina para que se acostumbrara a la idea del matrimonio, no paraba de sacar el tema. Cada vez con más apremio, como si le preocupara más su orgullo herido que el precioso tiempo con su amada, presa de la indecisión.

—Los próximos seremos nosotros —le dijo cuando terminó el servicio y se reunieron en el hotel donde Evelina había organizado el banquete nupcial.

Evelina se rio como siempre. Ahora era su mecanismo por defecto, una forma de ignorar sus comentarios y no tener que responder a ellos.

—No me has dicho lo guapa que estoy —dijo.

—Estás preciosa. Siempre estás preciosa. Diría que eclipsas a la novia, pero soy parcial.

—Sería un terrible error que una dama de honor eclipsara a la novia.

Mike rio entre dientes.

—Alba no permitirá que nadie la eclipse en su día, ni siquiera tú. —La atrajo hacia sí y la besó—. Me vuelves loco, ¿sabes?

—Mike…

—Es verdad. No me dejas hacerte el amor y no quieres casarte conmigo. ¿Qué puede hacer un hombre? ¿Qué hace falta? Dímelo y lo haré. Pero no me des largas.

—Ahora no, Mike. Hoy es el día de Alba…

—Siempre hay algo, ¿no?

—Hablemos de esto más tarde. Vamos a tomar algo.

Evelina lo tomó de la mano y lo condujo entre la multitud, pues Peppino y Madolina conocían a todos los habitantes de Brooklyn y la sala estaba llena.

En la cena, Evelina se sentó junto a un primo de Antonio y un tal Franklin van der Velden, que había acompañado a Jane, la hermana de Alba, porque su marido no había podido venir. El marido de Jane y Franklin se habían conocido en la Universidad de Columbia, donde él trabajaba ahora como profesor de lenguas clásicas. Era alto y delgado, con unos inteligentes ojos azules del color de los nomeolvides, pelo castaño claro y una sonrisa irónica y divertida.

—Es un placer conocerte, Evelina —dijo mirándola a través de unas gafas—. Tu tía ha hecho un buen trabajo. Es una fiesta espléndida.

—Me alegro de que pienses así. —Evelina recorrió con la mirada los extravagantes adornos florales y sintió una cálida satisfacción—. Ha tenido muy poco tiempo para organizarlo.

Él bebió un sorbo de champán.

—Estoy seguro de que Madolina no lo ha hecho todo sola.

—No, tenía una ayudante —respondió Evelina con una sonrisa.

—Entonces debería felicitarte a ti. —Levantó la copa.

—Tengo que ganarme el sustento —dijo.

—¿Es eso lo que haces? ¿Trabajar para Madolina?

—De forma extraoficial, sí.

—Si quieres un trabajo de verdad, podría ayudarte.

—¿Haciendo qué?

—Trabajo benéfico.

—Ya ayudo a Madolina con sus obras de caridad.

—¿Te paga?

—No, pero vivo en su casa gratis.

—Deberías, eres de la familia.

—Me alegra ayudarla. Me gusta y hay muchos refugiados que necesitan ayuda.

—¿Cuánto tiempo llevas en Estados Unidos?

—Desde enero.

—¿Qué te pareció? Debió de ser duro dejar tu casa.

Evelina frunció el ceño.

—Fue duro, pero quería irme. Aquí soy feliz. Este es mi hogar.

—¿Qué crees que hace que un lugar sea un hogar?

A Evelina le sorprendió su pregunta. No era lo que la gente solía preguntarle. Suspiró. No estaba muy segura.

—La familia y los amigos —respondió, vacilante—. Ser feliz en algún sitio. —Él no la interrumpió, pero la observó con atención mientras lo pensaba—. Supongo que sentir que perteneces a un lugar. La familiaridad. Llevo aquí once meses. Y aunque al principio echaba un poco de menos mi casa, ya me he acostumbrado.

—Creo que el amor hace que un lugar sea un hogar.

Evelina se sintió tonta por no mencionar lo obvio.

—Bueno, por supuesto el amor. A eso me refería con la familia y los amigos.

—Es labrarse una vida que tenga un propósito y resulte plena.

—Sí, eso también.

—Pero si no hay amor, el hogar no es más que una casa y la comunidad en la que uno vive está vacía y fría. El amor es la hélice y sin ella nos quedamos quietos y aislados, estancados.

—No me gustaría vivir así —repuso Evelina. Aquella conversación sobre el amor la puso de repente de mal humor.

—¿Tienes novio? —preguntó.

—Sí, se llama Mike. Está aquí. —Ella fingió que miraba a su alrededor, pero no quería encontrarlo.

—Eso está bien. Habría sido difícil dejar Italia si hubieras tenido novio allí.

Evelina bajó la mirada al plato de comida que acababan de ponerle delante.

—No podría haberme ido en ese caso —dijo en voz baja. A continuación exhaló un suspiro cargado de cosas impronunciables.

—Jane me ha dicho que te has convertido en una gran amiga de Alba. Una influencia tranquilizadora, es lo que dijo.

Evelina se sintió aliviada al cambiar de tema.

—No estoy segura de haber sido una influencia tranquilizadora, pero somos buenas amigas, eso es cierto. Ahora se irá a vivir a Nueva Jersey.

Suspiró de nuevo.

—No está lejos.

—No, no lo está. Y conociendo a Alba, no querrá estar muy lejos de Madolina. Se queja de su madre todo el tiempo, pero en realidad la necesita mucho.

—Madolina la echará de menos, pero al menos te tendrá a ti. Hasta que tú también te vayas.

—No me voy a ir. Todavía no.

—El tal Mike...

—¿Y tú, Franklin? ¿Tienes novia? —lo interrumpió con una sonrisa que le decía que no quería seguir hablando de ella.

Se dispuso a comerse la cena.

—No —respondió—. No tengo tiempo para eso ahora.

Después de la cena llegaron los discursos. Peppino habló de su hija de un modo conmovedor, lo que hizo llorar a todos. Mike, que había bebido demasiado, contó algunas anécdotas con voz pastosa sobre Antonio que hicieron reír a todo el mundo. Entonces Antonio dijo a la sala cuánto quería a Alba y se hizo el silencio.

—Alba en italiano significa «amanecer» —dijo, mirando a su novia con ternura—. Y cada amanecer trae consigo esperanza, posibilidades, cosas nuevas, belleza y amor. Eso es lo que ella es para mí, y mucho más. Mi propio amanecer perfecto.

Madolina se enjugó las lágrimas. Peppino levantó su copa. La familia de Antonio vitoreó de forma ruidosa y Evelina se alegró de no estar sentada junto a Mike, que aprovecharía ese momento para empujarla a aceptar su propuesta de matrimonio.

La banda empezó a tocar y Antonio tomó la mano de su novia y la llevó a la pista de baile. Mike buscó a Evelina y también empezaron a bailar. Enseguida todo el mundo se puso a bailar y ya no parecía Estados Unidos, sino Italia, con toda la euforia y emoción de una gran boda italiana.

Evelina no tardó en darse cuenta de que a Mike le costaba mantenerse de pie. Tenía las manos húmedas y la frente perlada de sudor. Se apartó el pelo de la cara y algunos mechones se le quedaron de punta. Se había quitado la chaqueta y la joven notó el calor que desprendía cuando apretó su cuerpo contra el de ella.

—¿Por qué no salimos a tomar un poco el aire? —sugirió.

—No, tengo una idea mejor. —Dejó de bailar y la arrastró hacia la banda.

Evelina sintió que algo frío le estrujaba el corazón.

—No, Mike… —protestó, pero él ya estaba hablando con el director, que de repente paró la música. Desconcertados, todos dejaron de bailar. Un murmullo recorrió la sala—. ¡Tengo algo que anunciar! —exclamó.

Una oleada de calor invadió a Evelina. Todos los ojos de la sala estaban puestos en ellos. Deseó poder esconderse en algún sitio.

—¡Evelina y yo nos vamos a casar! —gritó, levantando las manos.

Evelina tenía ganas de vomitar. Estallaron los aplausos y todos vitorearon. La música volvió a sonar, esta vez con más fuerza. Mike la estrechó entre sus brazos y la besó en los labios. Ella oyó aplausos. Un momento después, Alba y Antonio la abrazaron. Vio que movían la boca, pero no oyó lo que decían. Era como si estuviera bajo el agua, como si no pudiera respirar. Madolina la buscó y la envolvió en sus fuertes brazos y le dio un sonoro beso. Peppino fue el siguiente y a continuación fueron desfilando una tras otra personas que no conocía, que le daban la mano, le daban palmaditas, le hablaban y todo era ruido, toqueteo, sonrisas y voces. Evelina se sintió mareada, desorientada y atenazada por el pánico.

Se dirigió a la puerta.

No sabía adónde iba, solo sabía que tenía que salir a respirar aire fresco.

En cuanto estuvo en la calle, respiró hondo. Hacía frío y la acera estaba resbaladiza por el hielo y la nieve, pero no le importó. Se quedó de pie, con su vestido de tirantes y sus tacones altos, temblando de furia.

—¿Estás bien? —Oyó una voz detrás de ella. Se dio la vuelta. Era Franklin. No sabía qué decir—. ¿Quieres fumar? —Abrió su pitillera de plata. Evelina no quería, pero tomó uno de todos modos. Él encendió su mechero y sus manos se tocaron mientras protegían la llama del viento—. Te vas a enfriar aquí fuera —dijo mientras ella daba una calada y tosía—. Vamos, ponte mi chaqueta. —Se la quitó y se la puso sobre los hombros. Estaba caliente contra su piel—. ¿Doy por hecho que el anuncio no ha sido bien acogido?

Evelina dio otra calada y esta vez no tosió.

—No puedo creer que me haya hecho eso —se indignó.

—Podría haberte preguntado a ti primero.

—Lleva semanas pidiéndomelo y siempre le digo que no estoy preparada.

Franklin vaciló un momento y entrecerró los ojos, pensativo.

—Ven, vamos a un sitio donde haga calor y podamos hablar. —Le ofreció el brazo para que no resbalara en el hielo. Encontraron una cafetería en la manzana de al lado y se sentaron en un reservado en lados opuestos de la mesa. Franklin pidió dos chocolates calientes—. Esto hará que entres en calor. No vas precisamente vestida para el frío.

—Estoy demasiado cabreada para tener frío —replicó.

—Está borracho. Se sentirá mal por la mañana y lo perdonarás.

Evelina se encogió de hombros.

—No sé si puedo.

—Los hombres se comportan de forma estúpida a veces cuando no consiguen lo que quieren. Es joven y tonto, pero seguro que no es malo.

—No, no es malo.

—Si me permites el atrevimiento, ¿por qué no quieres casarte con él?

—No quiero casarme con nadie.

Enarcó las cejas, sorprendido.

—¿Nunca? —preguntó, y Evelina se quedó mirando su chocolate caliente—. Pásame la pitillera y el mechero, ¿quieres? Están en el bolsillo interior de mi chaqueta. —Ella hizo lo que Franklin le pedía y él abrió la pitillera, sacó un cigarrillo y se lo puso entre los labios. Evelina vio que el humo empañaba el aire entre ellos—. Que una chica guapa como tú no quiera casarse no tiene sentido.

Evelina rodeó la taza con las manos y suspiró.

—Una vez amé a alguien —dijo en voz baja, sin mirarlo.

Él asintió y por la expresión de su cara adivinó algún tipo de tragedia.

—Lo siento. No era mi intención…

—No pasa nada. —Volvió a suspirar y el peso de la pena se desplazó un poco en su pecho—. Murió en la guerra.

—¿Por eso has venido?

—No me quedaba nada en Italia. Vivía en una pequeña ciudad en una parte remota del país. No quería estar allí sin él. Todo me recordaba a él. Todo.

—¿Y sientes que no puedes amar a nadie más?

A Evelina se le llenaron los ojos de lágrimas. No conocía de nada a Franklin y, sin embargo, sentía que podía hablar con él. Tal vez, el hecho de saber que probablemente no volvería a verlo hacía que le resultara más fácil compartir su historia. Como en un confesionario con un cura, lo que se dijera se olvidaría al instante.

—Mike me cae muy bien. Es divertido e interesante, pero no lo quiero. No creo que vuelva a amar así. No puedo. Y tal vez no quiero. Ezra era todo para mí, pero ya no está. —Pronunciar esas palabras en voz alta hizo que las lágrimas se derramaran por sus mejillas. Se las enjugó con los dedos—. Lo siento. No debería molestarte con mis problemas.

—No son problemas, Evelina. Son cargas y lamento que las lleves. —Franklin sonrió con dulzura—. Lleva tiempo aprender a vivir con el dolor y cada uno aprende a su propio ritmo. Nada te prepara para ello y no hay ningún manual que te oriente. Te las apañas y encuentras tu propia manera de sobrellevarlo. Nunca desaparece, pero al final se llega a una especie de aceptación y con ella llega la liberación.

—Parece que sabes de lo que hablas.

—Yo también he sufrido pérdidas. Mi padre murió cuando yo tenía once años y me afectó mucho. Creo que nunca llegas a comprenderlo, ya que la muerte es tan definitiva que es imposible de entender, pero llegas a un punto en el que aceptas que las cosas son así. Entonces levantas la cabeza y sigues adelante. Es lo único que puedes hacer. —Echó la ceniza en el cenicero.

—¿Y el agujero de tu corazón nunca se llena?

—En realidad no, pero tu corazón es más grande de lo que crees y se le da bien repararse.

—¿Crees en Dios, Franklin?

—Creo en algo más grande que yo mismo. También creo en un propósito. No sé cuál es el mío y sospecho que nunca lo sabré, pero creo que tengo uno. Sea lo que sea, todos estamos aquí por una razón. Tu Ezra estuvo aquí por una razón y mi padre también. Terminaron sus vidas y partieron. No sé dónde están ahora, pero siento que están presentes. La energía no se puede crear ni destruir. Su conciencia está ahí, en alguna parte, y me gusta pensar que reconoceré a mi padre cuando vuelva a verlo. Pero ¿quién sabe? —La miró sorber el chocolate caliente—. No seas tan dura con Mike, Evelina. Entiendo por qué quiere casarse contigo.

Ella esbozó una pequeña sonrisa.

—Es muy amable por tu parte.

—Es un buen tipo. ¿Quién puede culparlo por estar enamorado de ti?

—Sería mejor para él que amara a otra persona. Alguien que pueda corresponderlo.

—Quizás lo hagas, con el tiempo.

Evelina apuró su taza.

—No lo sé. Lo que sí sé es que no me obligarán a casarme. Tendré que decirle a la tía Madolina que no habrá boda.

—Se alegrará. Le gusta tenerte cerca.

—Podría estar con ella para siempre. Entonces, no sería tan feliz, ¿verdad?

—Tu corazón sanará y volverás a enamorarte. Eres joven…, y el corazón es más fuerte de lo que crees.

Evelina no quería darle la razón. No quería amar a nadie más. Creía que podía, pero se había equivocado. No podía.

Evelina había pensado que tras su precipitado anuncio en la boda y su desaire sería ella quien pondría fin a su relación, pero para su sorpresa, fue Mike. Nadie podía entender por qué no quería casarse con él y mucho menos Madolina.

—Es de buena familia. Tiene un buen trabajo. Es guapo, eso no se puede negar, y es interesante hablar con él. Además, tiene sentido del humor. Siempre pienso que la gente que ríe vive mejor y más tiempo. Y te quiere. No deberías rechazar algo así.

—Pero yo no lo quiero como él quiere —explicó Evelina.

—Ya llegará. A algunos les lleva más tiempo. Si todos los ingredientes están ahí, tendrás un buen pastel. En mi época, nuestros padres elegían a nuestros cónyuges.

—Como Benedetta y Francesco —adujo Evelina, y tuvo ganas de añadir que al final no fue una pareja demasiado buena.

—Soy más vieja y sabia que tú, y veo que Mike y tú encajáis bien. —Madolina entrecerró los ojos—. Si lo dejas ir, nunca lo recuperarás.

—No se trata de que yo lo deje ir, tía Madolina. Él me ha dejado a mí.

—Volvería contigo en un santiamén si aceptaras casarte con él.

Evelina negó con la cabeza.

—No puedo hacer eso.

—¿A qué esperas? ¿Al príncipe azul?

«A alguien que nunca vendrá», pensó Evelina.

—No lo sé —dijo en voz alta—. Pero prefiero no casarme a casarme con la persona equivocada.

Madolina parecía exasperada.

—Entonces será mejor que busques un trabajo, porque si vas a estar sola, necesitas tener de qué vivir. No se puede vivir del aire, ¿sabes?

Evelina recordó que Franklin le había ofrecido un trabajo en una organización benéfica. Consiguió su número de teléfono a través de Jane y lo llamó una tarde cuando volvía del trabajo. No pareció sorprenderse en absoluto de tener noticias suyas y se ofreció a concertar una cita con la señora Spellman, que dirigía la organización.

Al día siguiente la llamó para concertar una entrevista. La oficina de la organización benéfica estaba en el centro de Manhattan, así que Evelina tomó el metro y se presentó a la entrevista con una falda y una chaqueta elegantes y una sarta de perlas en el cuello. Estaba entusiasmada. Nunca había tenido un trabajo en condiciones y la sensación de independencia que le produjo el viaje a Nueva York le resultó estimulante. Le recordó la vez que fue en la carreta hasta Vercellino con Benedetta. Entonces pensó en Ezra, pero apartó el recuerdo. No era momento para la nostalgia ni la pena.

La señora Spellman era una mujer elegante de unos cuarenta años, con el pelo corto y rubio peinado en ondas a la moda y una mirada directa que parecía atravesarla. Llena de energía y determinación, vestía pantalones grises y camisa blanca, y se había arremangado las mangas para demostrar que iba en serio. Franklin le había contado a Evelina que Cynthia Spellman era la esposa de un acaudalado corredor de bolsa y que la habían traído hacía cosa de cinco años para dirigir la organización benéfica, que se remontaba a mediados del siglo XVIII. Su objetivo principal era la educación de los niños desfavorecidos, pero recientemente se había ampliado para brindar apoyo a madres solteras de las comunidades pobres de Nueva York.

La señora Spellman le ofreció asiento a Evelina y luego se recostó en su silla, encendió un cigarrillo y le sonrió.

—Cualquier amigo de Franklin es amigo mío. ¿Cuándo podrías empezar?

—En cuanto me necesites —respondió Evelina.

—Te necesito ya. Nos falta personal y hay mucho que hacer. Solo puedo pagarte cuarenta dólares a la semana, pero te prometo que el trabajo es gratificante.

Evelina aceptó en el acto y acordó empezar dentro de dos días.

Esa noche telefoneó a Franklin para darle las gracias.

—Ya me he enterado —dijo—. A Cynthia le has caído muy bien.

—Es una buena mujer —repuso Evelina.

—Seguro que sí. —Guardó silencio durante un breve instante—. Vamos a celebrarlo con una cena y un espectáculo. Ahora se están representando unas obras muy buenas. ¿Qué vas a hacer mañana por la noche?

13

A Evelina le encantaba el teatro, una afición que sus padres habían fomentado con entusiasmo durante toda su infancia. Artemisia sostenía que si no se hubiera casado con Tani, habría sido actriz. Tani sostenía que había nacido actriz y que Villa L'Ambrosiana era un escenario perpetuo en el que representaba sus numerosos dramas cotidianos. No se equivocaba, aunque era adulación lo que Artemisia ansiaba y el público de aquel viejo y aislado lugar nunca era lo bastante numeroso ni expresaba su agradecimiento de forma lo bastante efusiva como para satisfacer a la diva que la habitaba. Sin embargo, tanto Tani como Artemisia adoraban el teatro en todas sus formas y, como capricho anual, en un cumpleaños o quizá en Navidad, llevaban a sus hijos al famoso Teatro La Scala o Il Piccolo de Milán. En consecuencia, Evelina creció con la idea de que la ópera, el ballet y las obras de teatro eran las formas más elevadas del arte expresado en movimiento, música y danza, que había que amar y valorar, a diferencia del cine, que estaba al alcance de cualquiera y que, por lo tanto, era sobre todo para el vulgo. El teatro era especial.

Evelina estaba entusiasmada. Le daba igual la obra que fuera a ver, estaba encantada de ir. Eligió el vestido más bonito de su armario, un vestido negro sin mangas, de cintura entallada y falda amplia, adornado con el collar de perlas y los pendientes a juego que había llevado en la entrevista con la señora Spellman. Se apartó el pelo de la cara y se lo rizó hasta los hombros. Era un *look* más sofisticado y moderno, pero desde que terminó su relación con

Mike, quería ser alguien diferente. Alguien nuevo. Al fin y al cabo, ahora tenía un trabajo e iba a ganar su propio dinero, así que parecía el momento adecuado para cultivar una nueva personalidad.

Franklin era bastante mayor que Mike. Evelina no estaba segura de cuántos años tenía, pero supuso que debía rondar los treinta o incluso los cuarenta. Él no buscaba novia, eso le había dicho, y ella tampoco buscaba novio, como también le había dicho. Así que esa noche se trataba simplemente de amistad y eso le parecía estupendo. Acababa de salir de una relación y lo último que necesitaba era meterse en otra.

Cuando bajó las escaleras, Madolina estaba en el salón con sus amigas, jugando a las cartas. El humo de los cigarrillos llegaba hasta el vestíbulo y llenaba la casa, junto con el parloteo de las mujeres y alguna que otra carcajada. Entre las mujeres estaba Taddeo Paganini, el mejor amigo y confidente de Madolina. Taddeo era el único hombre al que se le permitía unirse a ese grupo de filántropas, pero no era un zorro en el gallinero. Soltero empedernido, pelirrojo y aficionado a las corbatas y calcetines extravagantes, que combinaba con trajes de raya diplomática, era mordaz e ingenioso, y tenía buen ojo para lo ridículo. Periodista de profesión, le apasionaba Madolina y la seguía a todas partes como si fuera una dama de honor. Evelina lo adoraba porque la hacía reír. Cada vez que se sentía deprimida, contaba con Taddeo para levantarle el ánimo con sus comentarios irreverentes y sus observaciones mordaces.

La puerta doble que comunicaba el salón con el vestíbulo se había dejado entreabierta, de modo que cuando Evelina entró en la sala, su movimiento captó la atención de Taddeo. Se levantó de inmediato de la mesa de juego y salió a verla.

—¡Pero si es Lauren Bacall! —exclamó, mirándola de arriba abajo con admiración—. Querida, estás sensacional.

Madolina le siguió.

—Ya sabes lo que le vendría bien; un broche —dijo entrecerrando los ojos.

—Tienes razón, Madolina. Es como un árbol de Navidad sin estrella —añadió Taddeo.

—No tengo ningún broche —dijo Evelina.

—Yo te puedo prestar uno. Quedará perfecto. —Madolina subió las escaleras.

—¿Quién es el afortunado? —preguntó Taddeo.

—Es solo un amigo.

Él enarcó una ceja.

—Y te vistes así para un amigo, claro.

—Vamos al teatro.

—Y sospecho que a cenar.

—Estamos celebrando mi nuevo trabajo.

—Bueno, no es que hayas llegado a la sala de juntas, ¿verdad?

Evelina se rio.

—No hay romance —aseveró con firmeza—. Solo somos amigos.

—Famosas últimas palabras, Eva —dijo Taddeo.

Madolina bajó las escaleras con un broche de diamantes y perlas en la mano. Lo prendió con cuidado en el vestido de Evelina y luego lo acarició con satisfacción.

—Ahora sí que ya estás —se apartó para admirarla—. Sí, ahora pareces toda una dama.

El broche tenía forma de abeja. Evelina se acercó al espejo para admirarlo.

—Gracias, tía Madolina —repuso, acariciándolo—. Es precioso.

—Me lo regaló Peppino en nuestra primera Navidad. Siempre me han gustado las abejas. —Sonrió con ternura al recordarlo.

—Eso es porque eres una abeja reina —adujo Taddeo—. ¡*Buzz, buzz, buzz*!

Evelina se rio. Madolina puso los ojos en blanco.

—Y si yo soy la abeja reina, ¿qué eres tú?

—Una pobre e incansable abeja obrera, que mira a su reina con anhelo desde un lejano rincón de la colmena.

—Ay, por Dios, Taddeo. Eres incorregible. —Madolina se volvió hacia su sobrina—. Bueno, diviértete esta noche. Franklin es un joven muy agradable. No podrías encontrar a nadie mejor que él.

—Ah, así que se llama Franklin. Espero que haga honor a su nombre, tanto en belleza como en inteligencia —adujo Taddeo.

—Puede que no tenga el aspecto de Franklin Roosevelt —respondió Madolina—. Pero uno puede aburrirse de la belleza. Pero de una conversación inteligente nunca te aburres.

—¡Gracias a Dios! —interrumpió Taddeo, pasándose la mano por el escaso pelo pelirrojo.

—La belleza se desvanece, pero la mente se agudiza con los años —añadió Madolina.

Taddeo suspiró.

—Al fin hay justicia.

Llamaron a la puerta. Evelina recogió su abrigo. Taddeo se lo quitó y lo sostuvo en alto para que ella pudiera ponérselo.

—Pásalo bien con tu Franklin, querida. Puede que si juegas bien tus cartas te compre un abrigo nuevo. Este tiene que desaparecer.

Evelina abrió la puerta y encontró a Franklin en el escalón. Sonrió al verla y sus ojos se iluminaron de placer. Al ver a Madolina y Taddeo detrás de ella, tuvo que saludarlos para no ser descortés. Entró en el vestíbulo, besó la mejilla regordeta de Madolina y le estrechó la mano a Taddeo; luego rodeó la cintura de Evelina con el brazo y la acompañó hasta el coche.

Taddeo se volvió hacia Madolina.

—Eso va a llegar a buen puerto —dijo, y Madolina asintió.

—Creo que tienes razón, Taddeo —convino—. Lo curioso es que me recuerda a mi hermano Tani.

Taddeo se rio entre dientes.

—¡Qué deliciosamente freudiano!

La obra era *Cyrano de Bergerac* y se representaba en el teatro Alvin de la calle 52 Oeste. Ver los deslumbrantes focos llenó de entusiasmo a Evelina, que recordó las noches de Milán en las que iba al teatro con sus padres y con Benedetta. Había experimentado la misma sensación de expectación y asombro.

Franklin y ella se acomodaron en las butacas de terciopelo rojo del centro del patio de butacas, desde donde tenían una vista panorámica del escenario. El telón estaba bajado y la gente se dirigía despacio a los pasillos y las acomodadoras los acompañaron a sus asientos. Franklin había comprado un programa y se sentaron juntos a leerlo y a hablar de los actores y del argumento. Franklin le explicó que la obra se basaba en una historia real sobre un hombre que tenía una gran nariz y pensaba que nunca lo amarían debido a ello.

—Fue escrita en 1897 por Edmond Rostand, poeta y dramaturgo francés —dijo Franklin—. Y muy bien traducida al inglés. Creo que te va a encantar.

—Me encanta estar aquí —repuso Evelina, casi temblando de placer—. Los amigos que he hecho prefieren el cine.

—Hay películas muy buenas, pero no hay nada mejor que el teatro. Creo que ver a los actores en escena es mucho más impactante.

—El ambiente es maravilloso, ¿no crees? Todos aquí juntos, emocionados por lo que vamos a ver. Debe ser divertido ser actor.

—Aterrador. Estoy muy contento de estar sentado aquí y no esperando detrás del telón.

Evelina se rio.

—Cuando era pequeña me imaginaba que era actriz. Mi madre es una auténtica diva, toda su vida es una representación, y mi hermana y yo solíamos representar obras de teatro.

—¿Actuaste en la escuela?

—No fui a la escuela.

Franklin parecía horrorizado.

—¿No fuiste a la escuela? —repitió, asombrado.

—Nos educaron en casa.

—Eso es muy anticuado.

—Mi padre es de otra época. Debería haber nacido a principios del siglo XIX.

—¿A qué se dedica?

—Es escritor, y de los buenos. Gana premios.

—¿Te las arreglaste para hacer amigos sin ir a la escuela?

—Unos pocos. Hijos de amigos de nuestros padres. Estábamos muy aislados.

—Tu hermana y tú… ¿Solo sois dos?

—Tenía un hermano. Murió.

Las luces bajaron de intensidad.

—Siento mucho oír eso, Evelina —susurró Franklin.

—Fue hace mucho tiempo —respondió en voz baja.

A Evelina le encantó la obra. Bebieron vino en el bar durante el descanso y Franklin le presentó a un par de amigos que por casualidad habían decidido asistir esa misma noche. Evelina se sentía bien con su vestido y sabía que la miraban con admiración. Era un público muy diferente al que estaba acostumbrada en Brooklyn. Más sofisticado y elegante. No solía ir a Manhattan muy a menudo, aunque con su nuevo trabajo iría todos los días. Lo deseaba con ilusión.

Cuando terminó la obra, Franklin la llevó a un restaurante caro cercano. No había estado en un sitio así desde que llegó a Estados Unidos. Con Mike, Alba y Antonio comían en cafeterías y bares o en casa. Esto era otra cosa. Evelina se sentía una dama sofisticada. Había una mujer en la recepción que le agarró el abrigo y lo colgó en un armario. Parecía un poco triste entre las pieles finas y los abrigos de pelo de camello de los hombres. Franklin conocía al *maître*, que los acompañó hasta una mesa redonda en un rincón con vistas al comedor. Sobre la mesa brillaba una vela junto a una pequeña lámpara de pantalla color carmesí. Franklin pidió vino y lo probó con la minuciosidad de un entendido antes de asentir con la cabeza y encender un cigarrillo mientras el sumiller llenaba primero la copa de Evelina. Ella estudió el menú y Franklin le dijo lo que estaba más bueno.

—Vienes mucho por aquí —dijo, dándose cuenta de que él ni siquiera había mirado el menú.

—Me encanta el teatro y vengo aquí después de la función. Conozco bien el menú. La langosta no estaba muy buena la última vez que vine, pero la ensalada de cangrejo es sensacional.

Evelina pidió los dos platos menos caros del menú, pues era consciente de que pagaría Franklin y no quería parecer avariciosa.

—Dime, Evelina, además de montar obras de teatro con tu hermana, ¿qué más hacías?

Evelina sonrió y bebió un sorbo de vino. No había hablado mucho de su vida en Italia. A Mike no le había contado nada. Pero, por alguna razón, no se le hacía raro contárselo a Franklin.

—Pintaba —dijo, imaginándose de inmediato los magníficos jardines de Villa L'Ambrosiana.

—¿Eras buena?

—Creía que era muy buena. —Se rio—. Creía que era Miguel Ángel.

—¿Ahora pintas?

—Hace años que no pinto.

—Supongo que también tuviste un tutor para eso.

—Tuve un tutor para todo. —Bajó la mirada cuando el rostro de Fioruccia apareció en su mente como un reflejo en el agua.

—Si te gusta, deberías retomarlo.

—No tengo dónde pintar. Solía pintar en el jardín. Había mucho que pintar allí. —Los ojos de Evelina brillaban a la luz de las velas mientras le hablaba a Franklin de Villa L'Ambrosiana. Le habló de las grutas y de las estatuas, de las escaleras ornamentales y de las columnatas, y le habló de la villa en sí, con su encanto descuidado y destartalado—. Es un poco como una vieja actriz de teatro —dijo con una sonrisa—. Se nota que una vez fue una belleza, pero ahora su piel está agrietada por la edad y se cubre la calva con una peluca. Lleva pieles finas y perlas, pero añora los días de gloria de su juventud, cuando la aplaudían y admiraban. Así es la villa. A mi madre le encantan las plantas, así que las paredes están cubiertas de madreselva y de jazmín, y por todas partes hay grandes macetas de buganvillas. —Sus pensamientos se dirigieron entonces a los caminos que serpenteaban por la propiedad—. Hay romero por todas partes. En verano, cuando las tardes son calurosas, el aire huele a romero. El aroma es maravilloso.

—Parece hermoso. ¿Qué pasó con tus pinturas?

Evelina se encogió de hombros.

—No lo sé. Deben de estar todavía en alguna parte de la casa.

—¿Tu madre no las enmarcó y las colgó en las paredes?

—Si conocieras a mi madre, sabrías lo ridículo que suena eso.

—¿Cómo es ella?

Evelina le habló de Artemisia. Llegó la comida y les llenaron los vasos de nuevo. Franklin escuchaba. Le prestó toda su atención y Evelina disfrutó recordando los buenos momentos. En los últimos tiempos se había concentrado tanto en los momentos tristes que había olvidado la diversión y las risas, que no habían faltado. Le habló de Benedetta, de que habían ido solas a Vercellino y de que se había puesto el vestido de Fioruccia entre los arbustos. Luego le habló de Francesco y de lo cruel que fue con Benedetta.

—Murió en la guerra y no me entristeció —confesó—. Era un fascista ferviente y un misógino. Benedetta era leal y lo soportaba como le habían enseñado a hacer. Fue una buena esposa para él y madre de su hijo Giorgio. Después se enamoró de un guapo partisano, mucho mayor que ella, y muy valiente, y entonces me di cuenta de que nunca iba a volver con Francesco. Menos mal que murió. Ahora Benedetta es feliz con Gianni y tienen una niña que se llama Pasquala y es hermanastra de Giorgio. Creo que llevan una vida tranquila. Debe de ser un gran cambio para Gianni, que fue encarcelado por los fascistas y luego luchó para los partisanos. Pero imagino que le gusta la tranquilidad.

Durante el postre Franklin le preguntó por Ezra. La mención del nombre de Ezra hizo que Evelina se estremeciera, pero no había razón para no hablar de él. Tal vez era más sano recordarlo que enterrar su recuerdo como si fuera algo sórdido o desagradable. Tomó una cucharada de helado con salsa de chocolate y se dio cuenta de que su relación con Ezra había sido como una montaña. La cúspide, que era su muerte, era muy pequeña en comparación con el tiempo que habían pasado juntos, que era la mayor parte de la montaña. Así que le habló a Franklin del momento en que se conocieron, de las notas que se enviaron por medio de su tía y de cuando él fue a buscarla a casa en bicicleta poco antes de que ella se marchara a Estados Unidos. Le habló del verano antes de que llegaran las lluvias. De los interminables días de sol. Del amor.

—Era judío —dijo—. Las leyes raciales del 38 fueron un golpe terrible, pero no pusieron en peligro su vida. Cuando los alemanes ocuparon Italia en el 43, todo cambió. Tuvieron oportunidad de marcharse, pero su padre, Ercole, nunca pensó que las cosas se pondrían tan mal. No quería dejar su casa ni su negocio. Había vivido en Vercellino toda su vida, al igual que sus padres y abuelos. No veía ninguna razón para marcharse. —Sacudió la cabeza y suspiró—. Pero todos fueron asesinados en los campos. Todos. Incluso los niños. —Bajó la mirada y frunció el ceño mientras los viejos sentimientos de pena y arrepentimiento le llenaban de nuevo el pecho.

—Qué terrible —repuso Franklin, conmovido—. Y perdiste al hombre que amabas.

Evelina asintió. Se le había formado un nudo en la garganta y se esforzó por no llorar.

—Nunca había hablado de esto —dijo con apenas un hilo de voz.

—Me alegro de que sientas que puedes hablar conmigo. No es bueno que te lo guardes todo. Puedes reprimir el llanto, pero no te permitirá sanar. La única manera de sanar es permitir que la luz entre en los rincones oscuros. Hablar de ello y compartirlo permite que entre la luz.

—Estoy segura de que tienes razón. Todavía está en carne viva.

—Debió ser un hombre muy especial para que tú lo amaras.

—Era muy especial.

—Sabes, algunas personas viven una vida muy larga y nunca aman así. Por supuesto, se casan, tienen hijos y construyen sus vidas juntos, pero nunca saben lo que es amar a alguien de verdad. No tuvisteis la oportunidad de construir una vida juntos, pero tuvisteis la oportunidad de amaros. Y eso ya es mucho.

Evelina se sintió tan conmovida que no supo qué decir. Se llevó el vaso a los labios y bebió un último sorbo. Al bajarlo, notó que le temblaba la mano.

Estaba nevando cuando salieron del restaurante. Los copos caían suavemente como si fueran plumas y se arremolinaban de manera juguetona bajo el dorado resplandor de las farolas. Ya se habían asentado en las aceras, cubriendo la calle con un aterciopelado edredón blanco que ocultaba los defectos de la ciudad y la transformaba en un mundo onírico de brillos y destellos. Evelina apoyó la mano en el pliegue del brazo de Franklin y caminaron hacia el coche.

Él se detuvo frente a la casa de Madolina y la acompañó hasta la puerta principal.

—Me lo he pasado muy bien esta noche —dijo Evelina, metiendo la llave en la cerradura—. Gracias por invitarme, Franklin.

—Yo también lo he disfrutado —respondió—. Buena suerte mañana. Seguro que todo irá bien. Cynthia Spellman es una buena mujer.

—Parecía muy simpática.

Franklin se inclinó y le plantó un beso en la mejilla.

—Dime, ¿puedo invitarte a salir alguna vez?

Evelina sonrió.

—Por supuesto que sí. Me gustaría.

—Bien. Te llamaré. —Y bajó los escalones hasta el coche. Evelina abrió la puerta y entró. Justo antes de cerrarla, se dio cuenta de que Franklin agitaba la mano.

Levantó la mano y la agitó también.

A la mañana siguiente, Evelina tomó el metro a Manhattan. Estaba nerviosa por su nuevo trabajo, pero también emocionada. Qué lejos había quedado la chica que se cambió el vestido en los arbustos al entrar en Vercellino. Cuánto había cambiado el mundo a su alrededor. En Nueva York no había caballos ni carros. Había coches elegantes, luces brillantes y ruido. Era estimulante formar parte de aquello y haber dejado atrás el aletargado mundo de Villa L'Ambrosiana. No quería volver jamás.

Evelina se sentó en el vagón y pensó en Franklin. Había pasado una velada maravillosa en el teatro. La obra había sido excelente y la cena de después, una auténtica delicia. Pero lo que más recordaba de la noche era que había hablado con él. Había hablado sin más. Había compartido sus pensamientos y sus sentimientos y la había escuchado con compasión e interés.

Mientras subía por la acera nevada hacia el edificio de oficinas, se sorprendió pensando en Franklin sin parar. Pensó en él mientras subía en el ascensor y pensó en él durante los muchos momentos del día en que hacía una pausa en su trabajo, miraba por la ventana y dejaba vagar su mente. Y cuando llegó a casa por la noche, sonó el teléfono y era él. Se quitó el pendiente, se acercó el auricular a la oreja y se sentó.

—Cuéntame —dijo Franklin.

Y mientras le explicaba su primer día, supo que él no le preguntaba simplemente por cortesía, sino porque de verdad quería saberlo y porque le importaba. La cálida sensación que le produjo fue como el aliento de la primavera en las ramas de un árbol invernal.

14

La Navidad con Peppino y Madolina era bulliciosa. Alba y Antonio, Jane y su marido Richard y sus tres hijos lo celebraron con ellos, y también Taddeo Paganini, que se había disfrazado de Papá Noel·para entretener a los niños, pues las fiestas no habrían estado completas sin él. Ayudó a Madolina a colocar un gran árbol de Navidad en el salón y a decorarlo con guirnaldas de luces, espumillón y adornos de cristal con figuritas salpicadas de escarcha. En la cima colocó una enorme estrella dorada. Al pie depositaron los regalos envueltos en papel y cintas de vivos colores. Madolina no había reparado en gastos.

El día antes de Navidad, Evelina quedó con Franklin. Fueron a dar un paseo por el parque mientras todos los demás iban a patinar sobre hielo, incluso Madolina, a la que se le daba sorprendentemente bien y hacía alguna que otra majestuosa pirueta. La noche cayó pronto. Las farolas brillaban en la creciente neblina y en sus halos dorados también se veían revolotear pequeños copos de nieve. Franklin y Evelina caminaron de la mano. Hacía frío, pero la mano de Evelina sentía el calor de la de Franklin a través de la lana de su guante, junto con la sólida sensación de formalidad. Últimamente habían pasado mucho tiempo juntos; cenas, ópera, ballet, alguna que otra película y alguna que otra comida. Era evidente que Franklin había cambiado de opinión respecto a tener novia y Evelina, para su sorpresa, también había cambiado la suya. Franklin la trataba como a una dama y Evelina se esforzó hasta convertirse en una no solo a sus ojos, sino también a los suyos propios. Le gustaba la persona que era cuando estaba con él. La tranquilidad y la facilidad en su dinámica no dejaban lugar a dudas en la mente de Evelina de que Franklin era el indicado. Mike era joven e inseguro; Franklin era un hombre.

Se detuvieron bajo una farola y Franklin le dio a Evelina un regalo envuelto en papel rojo y atado con una cinta de terciopelo del mismo color. Le dijo que lo pusiera bajo el árbol para abrirlo la mañana de Navidad. Evelina lo estrechó contra su pecho.

—No deberías haberlo hecho —dijo—. Pero me alegro de que lo hicieras. Será mi regalo más especial. —Sonrió—. Qué tonta soy. Debería haberte comprado algo.

Él la miró con ternura.

—Tú eres el único regalo que necesito —repuso, y ella rio y la alegría tiñó sus mejillas de rosa.

Franklin se inclinó y la besó. Era la primera vez que la besaba en los labios y Evelina cerró los ojos y dejó que la estrechara en un cálido abrazo. Su beso le resultó agradable. Sentía que estaba bien. Franklin era alto y fuerte y su abrazo le produjo una agradable sensación de seguridad. La sensación de haber llegado a un destino muy esperado y de no tener que ir más lejos; la sensación de volver a casa. Evelina supo entonces que se pertenecían el uno al otro y que ya no era un velero sin timón ni rumbo en el mar, sino un barco con una ruta fija y un rumbo estable.

Al día siguiente, cuando la familia se sentó alrededor del árbol para abrir sus regalos, Evelina tiró del lazo del regalo de Franklin y desenvolvió el papel rojo. Sacó una gran caja de acuarelas.

—¿De quién es? —preguntó Taddeo, mirando por encima de su hombro y estudiando la caja con atención.

—De Franklin —respondió Evelina.

—¿Pintas?

—En Italia sí, pero hace años que no pinto.

—Qué regalo tan considerado —interrumpió Madolina—. Aunque no sé dónde vas a encontrar espacio para montar tu caballete aquí.

—Le gustas mucho —comentó Jane con una sonrisa.

—Es muy amable de su parte pensar en mí.

Taddeo enarcó una ceja.

—Querida, no creo que esté pensando en otra cosa que no seas tú. Un regalo dice más que mil palabras, ya sabes.

—¿Y qué dice ese regalo? —preguntó Alba.

—Bueno, es muy evidente. Verás, el deseo de pintar viene de dentro de la persona. Al regalarle a Evelina una caja de acuarelas tan bonita, le está diciendo que la ve, no solo por fuera, sino también por dentro, y que la comprende y la valora. Quiere inspirarla para que reavive una vieja pasión.

—¡Qué romántico! —exclamó Alba. Se volvió hacia Antonio—. Espero que me hayas hecho un regalo igual de considerado.

Antonio se echó a reír porque a Alba no le importaba tanto el detalle como el precio, y el suyo había costado mucho.

—Es más que romántico, es conmovedor, Alba. —Taddeo se llevó una mano al corazón—. Una caja de pinturas me dice más sobre su corazón que una joya. Este hombre es para siempre. Espero que lo sepas.

Evelina se sonrojó.

—Desde que conozco a Franklin, nunca ha estado enamorado —dijo Jane, seria y pensativa—. Pero creo que ahora sí lo está.

Evelina no se sentía cómoda con tanta atención, así que fue un alivio cuando Alba se levantó y declaró que Antonio y ella tenían que hacer un anuncio. La sala se quedó en silencio. Madolina llamó la atención de Taddeo y ambos sonrieron con expectación.

—¡Vamos a tener un hijo! —Alba miró de inmediato a su madre para ver su reacción.

Madolina estaba encantada.

—¡Qué noticia tan maravillosa! —exclamó, poniéndose en pie y atrayendo a su hija contra su pecho para envolverla en una nube de Givenchy y de amor maternal.

—¿Y has esperado todo este tiempo para decírnoslo? —oyó Evelina que Taddeo murmuraba por lo bajo. La miró y se encogió de hombros. Evelina no dijo nada, pero se preguntó si Madolina y Taddeo ya lo sabían.

Peppino, que era evidente que no lo sabía, le dio una palmada en la espalda a Antonio y se fue a buscar más champán.

—¡Esto merece una celebración! —repuso, como si no estuvieran ya en medio de una—. Voy a abrir mi mejor botella.

En la primavera siguiente, Alba dio a luz a una niña y Franklin le pidió a Evelina que se casara con él. La niña se llamó Chiara y Evelina dijo que sí.

Evelina se dispuso a escribir enseguida a sus padres, pero Franklin pensó que no era suficiente.

—Deberíamos decírselo en persona —propuso.

—¿Te refieres a que vayamos a Vercellino? —preguntó Evelina, que de repente tenía sentimientos encontrados.

—Sí, quiero conocerlos y estoy seguro de que ellos querrán conocerme a mí. Me voy a casar con su hija. Es lo correcto.

—Sabes que mi madre nos montará una fiesta. No hay nada que le guste más que una fiesta y ser ella el centro de todo.

Franklin se rio.

—No veo por qué eso no es algo bueno.

—Si estás seguro de que no te importa. Italia no se parece en nada a Estados Unidos.

—Estoy deseando ir. —La estrechó entre sus brazos y la besó—. Quiero ver dónde creciste, Evelina. Quiero conocer a la gente que te trajo al mundo. Quiero que me enseñes los jardines donde pintabas, y el pueblo donde solías montar en carreta. Me has hablado de ello, pero no es lo mismo que verlo con mis propios ojos. Será una aventura.

—El viaje puede ser bastante duro —le advirtió.

—Iremos en primera clase.

—¿De veras? —Evelina se animó al pensarlo—. ¿Primera clase?

Él le sonrió y Evelina supo que Franklin quería darle todo lo que siempre había deseado.

—Por supuesto, cariño. No pensarás que voy a dejar que mi novia viaje en tercera, ¿verdad?

Cuando Evelina le contó sus planes a Madolina, esta se horrorizó.

—Debéis casaros primero —dijo de forma tajante—. Estoy a favor de que los jóvenes pasen tiempo juntos sin compañía, ya sabes que no vivo en la Edad Media como ese viejo fósil del padre O'Malley, pero no es correcto que viajéis juntos en un barco sin estar casados. Además, es incómodo y los billetes de primera clase no son baratos. No, es mucho mejor compartir habitación. Estoy segura de que Franklin estará de acuerdo conmigo. En cuanto a Tani y a Artemisia, te aseguro que no les importará perderse la ceremonia. —Se lo pensó un momento—. De hecho, tengo una idea espléndida —continuó con entusiasmo, frotándose las manos regordetas—. Podéis casaros aquí en una ceremonia pequeña y privada y luego celebrar la boda por la iglesia en Vercellino. A tu madre le encantará, ¿verdad? Nadie disfruta más de una fiesta que Artemisia. Y Peppino y yo os daremos una fiesta aquí para celebrarlo. ¿Qué te parece, querida?

Y así, una hermosa mañana de julio, Franklin y Evelina embarcaron en el elegante transatlántico italiano *Saturnia* rumbo a Génova, haciendo escala en Gibraltar y en Nápoles por el camino. Como recién casados, aquella era su luna de miel y disfrutaron de cada dichoso momento con el entusiasmo de unos adolescentes. Evelina sabía que tenía que dejar marchar a Ezra. Relegarlo con suavidad a las profundidades de su memoria junto con Bruno, para que descansara en las procelosas aguas del amor y el dolor como tesoros dañados. Evelina había tomado la decisión consciente de entregarse al presente, a lo nuevo e intacto, y encontrar en ello un tipo diferente de felicidad.

No se había entregado a Mike porque de forma instintiva sabía que no tenían futuro juntos. Con Franklin había sido diferente desde el principio. Cuando finalmente hicieron el amor en su noche de bodas, se entregó a él con todo su corazón. No se guardó nada. Con Franklin descubrió el placer sensual. No lo comparó con Ezra ni se sintió culpable por traicionarlo, a diferencia de la primera vez que Mike la había besado, porque con Franklin sentía que estaba bien. Mientras exploraban mutuamente sus cuerpos durante las largas horas a bordo del *Saturnia*, Evelina se maravilló de la capacidad del alma para amar. Al igual que un árbol de invierno que echaba brotes verdes en primavera, la capacidad del corazón para regenerarse hacía que se sintiera humilde, llena de asombro y de gratitud.

Además de hacer el amor, disfrutaron paseando por cubierta, jugando a las cartas en el salón con sus compañeros de viaje y contemplando el mar al atardecer, cuando el sol poniente derramaba oro líquido sobre la superficie del agua. Fue una época tranquila, que más tarde recordarían como encantadora.

Al acercarse a Génova, Evelina empezó a sentirse nerviosa. Comenzó con una sensación en el estómago, como abejas revoloteando. Una vibración, un zumbido, una creciente sensación de desasosiego. Se había ido de Italia con el corazón roto, languideciendo por Ezra y el futuro que les habían robado. Entonces era una persona muy diferente. Ahora era estadounidense y tenía un marido y un nuevo futuro. ¿Acaso era demasiado pronto para enfrentarse al pasado? ¿Había transcurrido suficiente tiempo para que ya no le doliera?

Franklin la abrazó mientras la costa italiana emergía de la bruma y adquiría poco a poco un color más intenso hasta hacerse claramente visible. La bahía en forma de herradura, las casas amarillas y naranjas aferradas a los acantilados como las almejas y las colinas, adornadas con árboles de un verde oscuro. Algunas pequeñas embarcaciones salieron a recibirlos y una multitud se congregó en el muelle para dar la bienvenida a sus familiares con toda la efervescencia e histeria que cabría esperar de una nación que se sentía cómoda con las demostraciones públicas de descontrolada emoción.

Franklin y Evelina tomaron el tren a Vercellino. Sentados en primera clase, observaron con creciente excitación el paisaje que pasaba volando al otro lado de la ventanilla. Franklin nunca había estado en el norte de Italia. Había estado en Roma y en Florencia en varios viajes a Europa antes de la guerra, pero nunca había viajado a Lombardía ni a Piamonte. Estaba encantado de estar allí, observando cada deslumbrante detalle con interés y los ojos muy abiertos y atentos. A Evelina todo le resultaba muy familiar. Se sentía como si nunca se hubiera marchado. Como si se hubiera metido en su vieja piel. Pero ya no estaba segura de encajar en ella.

Tani y Artemisia fueron a la estación en el antiguo Fiat de él para reunirse con ellos. Evelina no se dio cuenta de lo mucho que los había echado de menos hasta que los vio entre el vapor, de pie en el andén. Su padre llevaba un traje claro de lino y sombrero panamá, las manos en los bolsillos, mientras su madre, con un vestido de flores, un sombrero para el sol y el pelo suelto sobre los hombros, agitaba la mano como loca. Evelina bajó del vagón y corrió a sus brazos, dando y recibiendo más afecto que nunca antes de irse a Estados Unidos.

Tani reconoció de inmediato a un compañero erudito. Los dos hombres se estrecharon la mano y fue entonces cuando Evelina se dio cuenta de lo parecidos que eran. Le vino un recuerdo repentino a la memoria y recordó que Marica la Mística le había dicho que se casaría con un hombre muy parecido a su padre. Pero el recuerdo no tardó en diluirse en la avalancha de preguntas. Tani hablaba bien inglés, pero el de Artemisia era lamentable, así que los dos hombres se sentaron en la parte delantera del Fiat para poder charlar mientras las dos mujeres se sentaban en el asiento de atrás y hablaban en italiano, tan rápido que casi ni paraban a respirar.

Artemisia admiró el anillo de diamantes y rubíes de Evelina que Franklin y ella habían elegido juntos en Tiffany's. También admiró su ropa y su nuevo peinado, y en general el aire de Estados Unidos que había traído consigo. Quería saberlo todo y Evelina se lo contó encantada, pues nunca su madre había mostrado tanto interés por su vida.

Se callaron cuando el coche tomó el camino de entrada. Villa L'Ambrosiana se encontraba al final de la larga avenida de cipreses, como una vieja diva jubilada, con sus paredes armoniosamente proporcionadas vestidas de jazmín, sus ojos hastiados contemplando soñolientos la moteada estatua de Venus y su reflejo en el agua estancada a sus pies. Evelina sintió que se le formaba un nudo en la garganta. Era hermosa. Tal y como siempre lo había sido. Como siempre lo sería, tanto en su imaginación como en la realidad, porque algunas cosas eran demasiado inamovibles como para cambiar nunca. Se le nublaron los ojos y sintió una oleada de felicidad. Hubo un tiempo en que soñaba con marcharse, con volar como un pájaro a nuevos y exóticos lugares, para liberarse de su dorada prisión, pero ahora estaba encantada de volver, como una paloma mensajera que sabía a dónde pertenecía.

En la escalinata de la villa había un pequeño grupo de gente, de pie bajo el sol para darle la bienvenida a casa; la *nonna* Pierangelini, vestida con un largo vestido negro y perlas, como una urraca regordeta; su delgada hermana Costanza de carmesí; Benedetta y Gianni con sus hijos; y Romina. Evelina apenas pudo esperar a que el coche se detuviera para salir corriendo a saludarlos. Mientras abrazaba y besaba a su familia, Tani presentó a Franklin, y Franklin, que había estudiado latín y había aprendido algo de italiano desde que conoció a Evelina, pudo conversar un poco y entender lo que decían si hablaban despacio.

La *nonna* Pierangelini tomó la mano de Evelina y la apretó mientras atravesaban la casa hacia la terraza.

—Es guapo para ser estadounidense —dijo. Sus pequeños ojos brillaban con afecto en su rostro, añejo como la *grappa*—. Y tiene una expresión inteligente, lo cual es importante. Una chica nunca debe casarse con un hombre menos inteligente que ella, sino con un hombre al que pueda admirar. Creo que Franklin es ese tipo de hombre. ¿Estoy en lo cierto?

—Así es, *nonna*. Enseña lenguas clásicas en la Universidad de Columbia —dijo con orgullo.

La *nonna* Pierangelini jadeó.

—Entonces es el mejor tipo de hombre —añadió, temblando de placer—. Igual que mi Tani.

Costanza se colocó al otro lado de Evelina.

—Espero que sea un buen amante —dijo, rodeando con sus dedos manchados de nicotina el brazo de Evelina—. Eso también es importante.

Evelina se rio.

—Es muy buen amante, Costi.

—Entonces Dios te bendecirá con muchos bebés. —Se rio a carcajadas—. Dios solo puede hacer su obra si el marido cumple con su obligación.

Se acomodaron en los sillones de mimbre y la criada les llevó jarras de limonada helada y vino frío. Las dos ancianas no hablaban nada de inglés y el de Benedetta era tan limitado como el de Artemisia, así que las mujeres formaron un grupo aparte y se pusieron a conversar. Gianni hablaba inglés con fluidez, lo que sorprendió a todos menos a Benedetta, que sabía lo erudito que era su marido. Habló con Tani y con Franklin sobre la guerra civil y el papel que había desempeñado en ella y Franklin escuchó con fascinación a Gianni hablar sobre la forma en que habían utilizado la capilla allí en la finca y lo vital que había sido.

Romina tomó a Pasquala de los brazos de Benedetta y salió al jardín con Giorgio. Se volvió para mirar a Evelina mientras bajaba los escalones. Evelina levantó la vista y sonrió. Romina le devolvió la sonrisa y ella recordó con qué dulzura había cuidado de Bruno. Con qué ternura lo había velado en sus últimas horas. Entonces recordó que Ezra y ella habían estado prometidos (todavía podía verlos besándose en el banco a la luz de la luna) y que él había roto la relación por su culpa. Se preguntó si Romina llegó a enterarse de aquello o si Ezra consiguió mantenerlo en secreto. Su captura y encarcelamiento, y por último su muerte, probablemente impidieron que Romina supiera que Evelina también lo había amado.

Aquella tarde, Evelina fue a dar un paseo por los jardines del brazo de Benedetta. Las cartas eran un lenguaje universal y Franklin se había visto arrastrado a jugar una partida con la *nonna* Pierangelini, Costanza y Artemisia. Los cuatro parecían muy contentos allí en la terraza con vasos de *grappa* medio vacíos, el *bourbon* con hielo de Franklin y un cenicero lleno de colillas.

Los grillos cantaban en las altas hierbas y los pájaros trinaban en los pinos mientras las dos mujeres recorrían despacio el sendero que serpenteaba por la finca. Evelina aspiró los familiares olores de su hogar y sintió que un intenso sentimiento de nostalgia cubría su corazón como una vieja y cómoda manta. Era cálida y tranquilizadora. Conocía cada rincón del jardín. Cada estatua, fuente y escalera de piedra, manchada por el musgo, el liquen y el tiempo, albergaba un recuerdo que ahora se reproducía en su mente como espíritus danzantes de la naturaleza. Las sombras se alargaban y humedecían y recordó que había pintado con Fioruccia en aquellos sombreados rincones y que había jugado con Benedetta de niña entre los árboles y los arbustos. Todo aquello había desaparecido, pero, por extraño que pareciera, aún podía oír el eco de sus risas a través de los años.

—Es encantador —dijo Benedetta—. Me alegro de que hayas encontrado la felicidad, Eva.

—Nunca pensé que lo haría. Pensé que lloraría a Ezra para siempre.

—La vida es muy larga. Contiene muchos capítulos. Ezra fue uno. Franklin es otro. Hay tiempo para vivir muchas vidas.

—¿Sientes eso respecto a Francesco?

—Sí. Me alegré cuando terminó ese capítulo. Pensaba que era feliz, al menos al principio, pero al volver la vista atrás me doy cuenta de que me sentía desdichada la mayor parte del tiempo. Lo que pasaba era que no lo sabía. No conocía nada mejor. Pero me alegro de que nos casáramos. Si no, nunca habría tenido a Giorgio, que es uno de los grandes amores de mi vida.

—Ha crecido mucho. No puedo creer que tenga diez años.

Benedetta se rio.

—Siempre ha sido grandote. Es como una calabaza premiada en una feria de pueblo.

—¿No te parece que tuvimos una educación extraña? —Evelina negó con la cabeza—. Me refiero a que eligieron a Francesco para ti.

—Tienes suerte de haber podido tomar tu propia decisión.

—Tengo mucha suerte —convino.

—Pero yo elegí a Gianni.

—Y te ha hecho feliz.

—Mucho. —Benedetta sonrió a su hermana con afecto—. Pero te echo de menos, Eva. No solo eras mi hermana, sino también mi amiga. Echo de menos a mi vieja amiga.

—Y yo también te echo de menos. Alba es algo superficial, como un hermoso colibrí. Ha ocupado tu lugar hasta donde ha podido, pero no eres tú y nunca lo será. Quizá algún día vengas a visitarme.

—Me gustaría mucho.

De repente estaban delante de la capilla. Se habían topado con ella sin darse cuenta. Evelina se apartó de su hermana y caminó hacia el edificio, como si ejerciera una oscura atracción magnética a la que era incapaz de resistirse. Benedetta le dejó espacio y se quedó donde estaba.

La capilla estaba envuelta en sombras, pues el sol se estaba poniendo en el cielo por el oeste y solo las copas de los pinos más altos captaban la luz y se teñían de dorado, como si fueran velas. Evelina sintió una opresión en el pecho al acercarse. Sabía que no debía entrar. Sería mejor seguir caminando y dejárselo a los espíritus de la naturaleza. Pero del mismo modo que la lengua busca el diente que duele, empujó la vieja puerta y cruzó el umbral hacia el pasado.

El lugar estaba tal y como lo había dejado. También olía igual y olfateó el aire como si tratara de captar el aroma de Ezra entre las capas que se habían ido depositando allí a lo largo de los años, unas sobre otras. Caminó hacia el altar situado al fondo, con los sentidos pendientes de cada tono y matiz. Casi podía ver las mantas y los libros que le había llevado a Ezra tirados en el suelo de piedra entre las viejas hojas secas que el viento había arrastrado y había dejado para que se convirtieran en polvo, junto con los insectos muertos que habían encontrado el mismo final. Casi podía ver a Ezra allí y sentir la pasión de sus abrazos y la ternura de sus besos. Se hundió en una silla y apoyó la cabeza en las manos. Ahí había hecho el amor por primera vez. Ahí, en ese mismo lugar.

Ahora parecía que había pasado toda una vida. Tan viejo y desolado como esas hojas secas y esos insectos. Ella le había dicho que lo amaba y él le había clavado los ojos en los suyos y le había prometido que cuando terminara la guerra se casarían y llevarían una vida sencilla juntos. Y le había creído porque su amor era tan intenso y fuerte que no imaginó que nada ni nadie, ni siquiera los alemanes o los fascistas, pudiera acabar con él. Creían que estaban bendecidos por Dios, protegidos por los ángeles, por el destino, que ya había esculpido su futuro en el gran libro de la vida. Sin embargo, ya no quedaba más que el recuerdo, ni siquiera polvo.

Oyó pasos y levantó la cabeza.

Era Benedetta, con cara de preocupación.

—Ven —dijo con suavidad—. Deja a Ezra donde está, Eva. Está en paz. Él querría que tú también estuvieras en paz. —Evelina se levantó. Suspiró y se secó los ojos. Benedetta extendió la mano—. Volvamos a la casa. Franklin necesitará que lo rescaten.

Evelina asintió y aceptó la mano de su hermana. Salió al anochecer y cerró la puerta tras de sí. Abandonaron la capilla en sombras. El sol se ocultó y las copas de los árboles también quedaron a oscuras, mientras la primera estrella titilaba de forma débil en el cielo.

15

Artemisia había organizado una pequeña ceremonia para Franklin y Evelina en la basílica de la ciudad, seguida de una pequeña fiesta en el jardín. No fue un gran acontecimiento como el de Benedetta y los parientes de la familia no viajaron desde lejos para asistir, pero fue una ocasión espléndida. Todo el mundo prestó mucha atención a Franklin, que bailó con Costanza, con Benedetta y con Artemisia e incluso consiguió que la *nonna* Pierangelini saliera también a la pista de baile. A la *nonna* Pierangelini no le gustaba bailar y prefería sentarse en un lugar tranquilo donde pudiera hablar, pero una vez en brazos de Franklin no hubo quien la parara. Sonrió feliz y sus pequeños ojos brillaron de placer mientras él la sujetaba con firmeza, con una mano en su espalda y la otra asiendo la de ella, moviéndose al ritmo de la música. Era mucho más baja que él y hacían una pareja extraña, pero todos se deleitaron con el espectáculo, sorprendidos de que la *nonna* Pierangelini tuviera tan buen sentido del ritmo y unos pies tan ligeros.

Evelina se estaba divirtiendo demasiado como para pensar en Ezra. La capilla estaba escondida en medio del bosque, envuelta en el olvido y en la noche, que iba avanzando. No permitió que su mente vagara de nuevo hacia allí, sino que se concentró en el presente, en el que Franklin y ella estaban emprendiendo su nueva vida juntos con confianza y amor. Villa L'Ambrosiana volvía a vibrar de vida. Habían desaparecido las sombras que la muerte de Bruno había dejado tras de sí y con ellas, la oscuridad de la guerra. El optimismo resplandecía en la efervescente puesta de sol, en la resplandeciente luna y en los cientos de velas parpadeantes que habían diseminado por el jardín como estrellas fugaces. Los niños birlaron los restos de champán de las copas de cristal abandonadas, la banda continuó hasta altas horas de la madrugada, cantaron y bailaron y las risas se alzaron en una oleada de buenos deseos.

Por fin Evelina se encontró en brazos de su marido. La banda empezó a tocar una canción de amor y Franklin apretó la mejilla contra la suya. Ella esbozó una suave sonrisa y cerró los ojos mientras se mecía despacio al ritmo de la música. Estaba agradecida por haber encontrado el amor cuando creía que había muerto con Ezra. Abrazó a Franklin, consciente de que le habían dado una segunda oportunidad. Decidió que nunca lo daría por sentado, sino que lo apreciaría como el regalo que era.

Franklin y Evelina se alojaron durante una semana en Villa L'Ambrosiana. Desde allí debían viajar a Roma y a Florencia, para terminar su viaje en Nápoles y, por último, en la Costa Amalfitana. El último día, Evelina se despertó al amanecer. Se sentía extrañamente espabilada. De no ser por la penumbra, habría creído que era de día. Se levantó de la cama con cuidado de no despertar a Franklin y fue de puntillas al cuarto de baño. Cerró la puerta y abrió las contraventanas. Era un hermoso amanecer. El sol aún no asomaba por el horizonte, pero enviaba su resplandor para alertar a los pájaros y a los animales de su llegada. De los árboles brotaba una cacofonía de trinos y el jardín, tan apacible en la rosada penumbra, emergía poco a poco de la noche. El aroma del romero y del jazmín era tan intenso que Evelina sintió un deseo irrefrenable de estar allí. Experimentar el amanecer con la naturaleza, emparse de su belleza antes de abandonarla. Sabía Dios cuándo volvería.

Se vistió en silencio y abandonó la habitación con sigilo. Salió de la villa por la puerta de atrás mientras la excitación subía por su pecho ante la expectativa de un paseo a solas por aquel paraíso.

Cuando estaba a punto de cruzar el césped, vio una bicicleta apoyada en la pared. Se subió a ella y pedaleó por el camino, pues de pronto se sintió inspirada. Aspiró el aroma de los cipreses, sintió la cálida brisa en el pelo y en la cara, y saboreó la sensación de euforia que la hizo reír a carcajadas, espantando a los pájaros, que alzaron el vuelo. Salió de la finca y se sorprendió dirigiéndose hacia Vercellino.

Tomó el camino que atravesaba la campiña, serpenteando por los arrozales que brillaban a la luz del sol, que ahora se elevaba por el horizonte y bañaba de oro las llanuras. Todo le resultaba tan familiar que se le encogía el corazón de pensar en abandonarlo. Sola en su bicicleta, no pudo evitar pensar en Ezra y su corazón también sufrió por él.

Las calles de Vercellino estaban tranquilas, sus habitantes aún no se habían despertado en el nuevo día. El silencio del sueño se cernía aún sobre las casas cuyas contraventanas estaban cerradas y solo algún madrugador y algún perro vagabundo merodeaban por las sombras de color añil donde aún no había llegado el sol. Evelina se dirigió a la vieja tienda de Ercole Zanotti como si nada, con las ruedas de su bicicleta traqueteando sobre los adoquines como siempre habían hecho cuando iba a buscar a Ezra.

Cuando la vio, se quedó sin aliento. Ya no era una tienda, sino una cafetería. En lugar de las palabras ERCOLE ZANOTTI en letras doradas sobre el escaparate, había un letrero muy diferente: CAFFÈ FRANCHETTI. Evelina se detuvo y apoyó un pie en el suelo para mantener el equilibrio. Era una imagen tan inesperada que fue incapaz de moverse. Se quedó mirando como si esperara que en cualquier momento volviera a ser *Ercole Zanotti*. Pero no fue así. Continuó siendo una cafetería construida sobre la tumba de un negocio antaño próspero. Construido sobre las cenizas de toda una familia.

Al final apoyó la bicicleta contra la pared y acercó la nariz a la ventana. El espacio era muy diferente. Lo que antes era una tienda era ahora un lugar para comer y beber, con un largo mostrador donde antes estaba el de Ercole, mesas redondas y sillas y estanterías con botellas, vasos, tazas y platos y tarros llenos de galletas.

Recorrió el establecimiento con la mirada en busca de algo que pudiera haber quedado atrás. Un rastro de Ercole, de Olga o de Ezra, pero no había nada. Era como si nunca hubieran estado allí.

No se dio cuenta de que estaba llorando hasta que el cristal se empañó. Se apartó y lo limpió con la manga. Tal vez fuera bueno que se marchara ese día, pensó mientras se montaba de nuevo en la bicicleta y empezaba a pedalear. Vercellino solo la atormentaría. Ahora tenía una nueva vida, no tenía ningún sentido intentar encontrar la anterior. Había desaparecido. Por mucho que buscara, nunca la encontraría y solo le causaría dolor. Ahora estaba casada con Franklin y era feliz.

Cuando regresó a la villa, encontró a su abuela en la terraza con su habitual vestido negro largo y cubierta de perlas.

—Buenos días, *nonna* —dijo, acercándose a la silla de enfrente—. Has madrugado.

—No podía dormir —dijo la *nonna* Pierangelini, sacudiendo la cabeza.

—¿Por qué no?

—Te vas hoy. ¿Cómo voy a dormir sabiendo que quizá no vuelva a verte?

Evelina se horrorizó.

—Oh, *nonna*, es terrible lo que has dicho.

—Pero es verdad. Soy vieja. No me queda mucho en este mundo. No volverás en años. Tal vez nunca. Estados Unidos está al otro lado del mundo.

—Te quedan muchos años todavía —protestó Evelina.

—Lo dudo. He perdido a demasiada gente como para que eso no me haya acortado la vida.

—Tienes un corazón y una fe muy fuertes.

—No tengo miedo de morir, porque no creo en la muerte. ¿Cómo puedo tener miedo de algo que no existe? Pero estoy cansada de sufrir pérdidas. No hay pérdidas en el otro mundo y daré gracias por ello. En este hay demasiadas. —Sonrió a su nieta con tristeza—. Perdimos al querido Bruno y te perdimos a ti, quizá no de una forma tan definitiva, pero te perdimos de igual modo.

A Evelina se le llenaron los ojos de lágrimas.

—No digas eso, *nonna*.

—Sé que tienes que vivir tu vida y me alegro de que hayas encontrado un buen hombre que cuide de ti. Me gusta Franklin. Me gusta mucho.

—No tiene bigote —dijo Evelina con una sonrisa.

La *nonna* Pierangelini le devolvió la sonrisa.

—Claro que no. Es de los buenos. Quédate con él, ¿quieres?

—Por supuesto que lo haré.

—La vida está llena de tentaciones, Costi te lo puede decir, y es fácil dar por sentado al otro. No caigas en ninguna trampa.

—No lo haré, *nonna*.

—El mundo está lleno de trampas. El diablo las pone en tu camino para ponerte a prueba. Lo sabes, ¿verdad? —Evelina asintió, aunque no se lo creía—. Lo hace y sabia es la mujer que sabe esquivarlas. Un momento de placer no vale toda una vida de arrepentimiento —sentenció. Evelina pensó en su madre y en el *signor* Stavola y se preguntó si alguna vez se habría arrepentido de su aventura—. Te lo digo porque soy una vieja sabia y sé más que tú, y también porque eres guapa y los hombres se enamoran de ti. Así son las cosas.

—Tendré cuidado, *nonna*.

—Sé que lo tendrás, cariño. Pero no sería una buena abuela si no te alertara de los peligros. A toda esposa se le presenta la ocasión de alejarse del lecho conyugal. Incluso yo tuve una o dos, pero nada pudo apartarme de mi deber. Cumplí los votos que hice ante Dios. Todos. Porque siempre he sabido cuál era el camino correcto. En realidad es muy fácil. Solo tienes que hacerte una pregunta: ¿a quién voy a hacer daño? Si puedes ir por la vida sin hacer daño a nadie, descubrirás que tu vida en el otro mundo será muy agradable. —Evelina volvió a asentir. No sabía muy bien por qué su abuela le contaba todo aquello. No tenía intención de cometer adulterio—. Bueno, asegúrate de escribir a menudo y de contarle a tu vieja abuela qué tal estás y en qué andas.

—Lo haré.

La *nonna* Pierangelini sonrió.

—Buena chica. Siempre has sido una buena chica, Evelina. Incluso cuando eras traviesa. Que lo eras a menudo. Pero tu corazón está donde debe estar y esa es la llave del cielo.

Fue duro decir adiós. La familia se quedó en la escalera mientras Tani llevaba a Evelina y a Franklin a la estación. Agitaron la mano y Evelina sacó el brazo por la ventanilla y les devolvió el saludo. Luego observó con el corazón encogido mientras la villa se hacía cada vez más pequeña, hasta convertirse en una casita de juguete al final de la larga avenida de cipreses. Aún podía distinguir a su abuela con su vestido negro, agitando un pañuelo blanco, hasta que también desapareció.

El resto del viaje fue la luna de miel que se habían propuesto. Evelina acogía cada nuevo lugar con entusiasmo y alegría. Le encantaba ser la *signora* Van der Velden y alojarse en hoteles. Era una novedad y disfrutaba de las hermosas habitaciones, del servicio de habitaciones y del personal que estaba allí para complacer todos sus caprichos. Le encantaba despertarse con Franklin cada mañana y hablar hasta bien entrada la noche. Le encantaba recorrer las ciudades juntos, visitar iglesias y museos, cenar en restaurantes bajo las estrellas y pasear por plazas iluminadas por la luna. Se tomaban de la mano, se besaban, hacían el amor y reían. Era perfecto, los dos solos, y Evelina no quería que su viaje terminara. Pero lo hizo. Antes de darse cuenta ya estaban de vuelta en Nueva York y se mudaban a su nuevo apartamento en Manhattan, cerca de la universidad, para que Franklin no tuviera que viajar demasiado lejos por trabajo.

Franklin insistió en que Evelina convirtiera una de las habitaciones en un estudio para pintar. No era grande, pero cabía un caballete y tenía una ventana orientada al sur. Evelina disfrutaba de la tranquilidad de aquella pequeña habitación y de las vistas a la frondosa calle de abajo. Al principio no estaba segura de lo que iba a dibujar. No era lo mismo que sentarse en los rincones sombreados de los jardines de Villa L'Ambrosiana a dibujar cupidos. Entonces lo supo. El rostro de Fioruccia apareció en su memoria, hermoso y joven. Le sonrió con afecto y sus ojos castaños brillaron de forma alentadora. Evelina sintió que una oleada de tristeza le inundaba el pecho. Puso el carboncillo sobre el papel y se esforzó por encontrar a su vieja amiga y devolverla a la vida en la página.

Evelina no tardó en quedarse embarazada. Franklin estaba eufórico y se desvivía por ella, como si de repente se hubiera convertido en una criatura frágil e indefensa. Evelina dejó su trabajo en la ONG y Aldo nació en primavera. Lo acunó en sus brazos, envuelta en el amor que había traído consigo, y pensó en Bruno. Presionó los labios contra su frente y comprendió el dolor de su madre como si se hubiera levantado un velo, revelando un paisaje totalmente nuevo. El paisaje de la maternidad que la cambiaría de forma irrevocable.

Evelina se adaptó a su nuevo papel con entusiasmo. Dan nació un par de años después y, cuatro años más tarde, Ava María vino al mundo, gritando con la determinación y el alboroto que definirían su vida. Ava María nunca haría nada en silencio. Evelina mandaba fotografías a Italia y largas cartas en las que describía su vida en Manhattan. Su abuela le escribía con regularidad y Costanza rara vez lo hacía. Artemisia se las arreglaba para que le escribiera alguna que otra carta, pero estaba más involucrada en la vida de los hijos de Benedetta, lo cual era comprensible, pues los veía todo el tiempo. Evelina no esperaba que se interesara mucho por niños que no conocía. De todos sus nietos, Benedetta ya tenía tres más, Giorgio Bruno sería siempre el preferido de Artemisia por el nombre que llevaba y por el amor que le había inspirado cuando creyó que Bruno se había llevado con él todo lo que ella tenía.

Evelina echaba de menos a su familia, pero tenía una familia en Madolina, en Peppino y en Alba, que era como una hermana para ella. También se había hecho muy amiga de Taddeo Paganini. La hacía reír y se había convertido en una especie de confidente. A Taddeo le interesaba todo. Así era él. La vida le fascinaba a todos los niveles y en todas sus formas. Con un agudo ojo para la hilaridad y un amor por lo absurdo, no solo hacía crónicas de la vida en Manhattan para su columna en el *The New York Times*, sino también para Evelina, que disfrutaba de frecuentes almuerzos con él en su restaurante italiano favorito. Era divertido y ameno, pero también sabía escuchar. Aunque Evelina tenía una niñera que la ayudaba a cuidar de los niños, tenía sus quejas como cualquiera y Taddeo la animaba a expresarlas en alto, después a encontrarles el punto cómico y por último a dejarlas pasar. «Todo depende de cómo veas las cosas —le decía de forma sabia—. Si puedes reírte de tus problemas, nunca volverán a preocuparte». Y la mayoría de las veces tenía razón.

Franklin trabajaba mucho. Llegaba tarde a casa y, cuando estaba en casa, a menudo desaparecía en su estudio para corregir el trabajo de sus alumnos o preparar conferencias. A Evelina no le importaba. Estaba acostumbrada a que el hombre de la casa estuviera ausente, pero lo echaba de menos. Sabía que Franklin nunca la ignoraría por voluntad propia, simplemente le apasionaba su trabajo e invertía en él toda su energía. Nada le gustaba más que inspirar a jóvenes mentes inquisitivas, y sus alumnos también lo adoraban. Estaba ganando más relevancia en la vida universitaria y eso le exigía cada vez más de su tiempo. Cuando se sentaban juntos a cenar, le hablaba con deleite de sus alumnos, de sus colegas y de sus planes para mejorar los cursos que impartía y las excursiones. Al año siguiente tenía previsto llevar a un grupo de alumnos de excursión a Roma. No la excluía, sino que la incluía en todas sus ideas. Evelina no podía quejarse. Los niños la mantenían ocupada y los adoraba. Tenía un grupo cada vez mayor de amigas, a las que había conocido a través de los niños, y tenía a Taddeo, por supuesto, que tenía tiempo para escucharla como no hacía su marido. Pero a veces, cuando apagaban las luces para irse a la cama, deseaba que en algún momento Franklin le hubiera preguntado qué tal le había ido el día a ella.

Entonces, un día lluvioso de octubre de 1959, todo cambió.

Evelina dejó a Aldo y a Dan en el colegio con sus profesores y les deseó un buen día. Ava María estaba en casa con la niñera. Evelina no tenía que volver corriendo. De hecho, había quedado con Alba en una cafetería de Brooklyn. Evelina tomó el metro. Era temprano, así que entró en una librería. Le encantaba todo lo relacionado con las librerías; el olor a papel; ver los lomos alineados en ordenadas filas en las estanterías, los libros amontonados de forma impecable sobre las mesas. Le encantaban las diferentes cubiertas y tipos de letra, la riqueza de imágenes y diseños, pensar en las miles de millones de palabras escritas por mentes laboriosas. Podía perderse durante horas, pero ese día solo disponía de quince minutos, así que recorrió las hileras de títulos, sin perder de vista el reloj.

Al final llegó la hora de irse. Compró un ejemplar de *El gato ensombrerado* del Dr. Seuss, para los niños y *La edad de la inocencia*, de Edith Wharton, para ella. Luego se apresuró a ir a la cafetería, ya que llegaba un poco tarde. No le sorprendió que Alba aún no hubiera llegado. No era raro. Alba no era precisa y solía llegar con prisas, pues acababa de acordarse de que habían quedado. Evelina eligió una mesa en el rincón del fondo y se sentó en el recoveco de la pared para poder ver todo el lugar. Le gustaba ver a la gente entrar y salir. La gente era fascinante. Aunque llevaba trece años viviendo en Estados Unidos, seguía sintiéndose como una intrusa. Sabía que si volvía a Italia tendría la misma sensación. No era ni lo uno ni lo otro, sino algo intermedio. Y a veces se sentía un poco desarraigada.

Evelina se acomodó y pidió una taza de café y un bollo. No había tenido tiempo de desayunar. Se preguntó cómo habría sido su vida si se hubiera quedado en Vercellino. Se habría casado con un italiano y Benedetta y ella habrían criado juntas a sus hijos. La vida habría discurrido por un camino conocido y habría habido pocas sorpresas. Habría sido agradable estar cerca de su familia. Mientras se bebía el café, Evelina se preguntaba cómo había transcurrido su vida. También se preguntó por qué tardaba tanto Alba. Llegaba quince minutos tarde. Evelina abrió su nuevo libro y empezó a leer.

No se dio cuenta de que Alba no iba a aparecer hasta que se terminó su panecillo y pidió una segunda taza de café. Era evidente que se había olvidado o se había entretenido mientras visitaba a su madre. Evelina no estaba molesta, aunque sí un poco decepcionada. Tenía muchas ganas de verla. Sin embargo, tenía otra taza de café que tomar y un libro que leer, y le gustaba la idea de poder pasar la mañana en un lugar donde no conocía a nadie y donde era poco probable que la molestaran. Se acomodó en su asiento con un suspiro de placer.

Se distrajo de repente al oír que se abría la puerta. En esa fracción de segundo no esperaba ver a Alba, pero el movimiento de la puerta atrajo su atención. Levantó la vista de la página.

Su cuerpo se quedó paralizado. El restaurante se desvaneció. Las mesas, las sillas y toda la gente se desdibujaron y desaparecieron, hasta quedar reducidos a la nada, dejándola sola en medio de su propia incredulidad. Allí, mirándola con la misma expresión de asombro, estaba Ezra.

Evelina apenas podía respirar. Apenas podía pensar. Se quedó allí sentada, petrificada por el *shock*, parpadeando ante el hombre que amaba y que había regresado de la tumba.

Ezra ya no era un hombre joven. Tenía la frente más amplia y su cabello era bastante gris. Su piel tenía arrugas. Tenía ojeras, las mejillas hundidas y sus hombros estaban un poco encorvados. Pero seguía siendo Ezra. Su Ezra. Y la emoción que se apoderó de su corazón y le arrebató el aire de los pulmones era la prueba de que el tiempo no había hecho nada para disminuir su amor.

Se encaminó hacia ella. Despacio, como si temiera que no fuera quien él creía, sino alguien que se le parecía mucho. O tal vez temiendo que huyera si se movía demasiado rápido. Pero no era una doble y no huyó. Evelina no era consciente de su cuerpo ni de que este decidió levantarse. Pero de pronto se levantó, rodeó la mesa y se tropezó con una silla.

Ezra no dijo nada. No era necesario. Sus ojos, su boca y su respiración comunicaban un millón de sentimientos que las palabras nunca podrían expresar. Y cuando la estrechó entre sus brazos, la ferocidad de su abrazo habló de un millón de plegarias que por fin habían tenido respuesta.

Evelina lo atrajo hacia sí, apretó la cara contra su cuello y rompió a llorar.

TERCERA PARTE

Greenwich, Nueva York, 1981

—Qué rápido pasan los años —dijo Madolina con un suspiro—. Nuestros hijos crecen y tienen sus propios hijos. Luego estos crecen y antes de que te des cuenta, estás la primera de la fila con un billete VIP para el cielo. —Estaba en la mesa de juego con Taddeo, Topino y Evelina. Franklin no estaba lo bastante bien como para jugar la tradicional partida de ajedrez ese año. Jonathan, que estaba prometido a Ava María y planeaba casarse con ella en primavera, iba a ocupar su lugar. Topino había sugerido que suspendieran la partida; a fin de cuentas, decía que le dolía el cerebro solo de pensarlo. Pero Franklin había insistido. «Acción de Gracias era una tradición y no estaría bien romperla», alegó, sobre todo porque Jonathan había resultado ser un jugador muy bueno—. Cada año envejecemos un poco más —continuó Madolina—. Pero este año siento cada uno de mis noventa y cinco años.

—Tonterías —dijo Taddeo, examinando las cartas que tenía en la mano—. Todo está en la mente.

—No, no es así. Está en las rodillas, las articulaciones, la espalda, las caderas…

Evelina se rio.

—Estás muy bien para tu edad, tía Madolina.

—Es todo cuesta abajo —repuso—. Te lo aseguro.

—La vida es terreno peligroso —dijo Topino—. Está llena de pieles de plátano. Pero tú pareces tener un don para evitarlas. Yo creo que nos sobrevivirás a todos, Madolina.

Madolina se echó a reír.

—Por Dios, tendría que haber aprendido el secreto de la eterna juventud, Topino. No, mi tiempo está a punto de acabar. Cada día de Acción de Gracias pienso que va a ser el último.

—Y sin embargo, sigues aquí, Madolina —intervino Taddeo, mirándola por encima de sus gafas—. No hablemos de bajar el telón antes de que acabe la función.

—Me gusta hablar de la muerte —repuso Topino—. Me recuerda que sigo vivo.

—Y es parte de la vida, ¿no? —medió Evelina—. No se puede tener una cosa sin la otra. Son las dos caras de una misma moneda. Me gusta pensar que volveremos a encontrarnos en la gran mesa de juego del cielo.

Topino enarcó una ceja.

—¿Crees que seguiremos jugando a las cartas? En ese caso, preferiría la alternativa.

—¿Cuál es? —preguntó Taddeo—. ¿Jugar al escondite inglés con el diablo?

Todos rieron a carcajadas.

—¡Os adoro! —dijo Madolina, mirándolos a todos uno por uno—. Puede que esté a punto de irme, pero al menos me iré riendo.

—¡Así se habla! —repuso Taddeo.

Madolina palmeó la mano de Evelina.

—Has sido como una hija para mí, querida Evelina. Has sido un encanto desde que viniste a vivir conmigo hace muchos años. Mis propios hijos fueron una decepción. Hace años que no paso Acción de Gracias con ellos. Están muy ocupados con sus propias familias…

—Y a ti no te gusta viajar —añadió Evelina.

—Bueno, no voy a ir hasta Australia, si te refieres a eso.

—Ni a Washington.

—Washington debería venir a mí.

—En cuanto a Alba… —Evelina ya casi nunca la veía.

—¡Oh, he perdido la cuenta de sus maridos! ¿Cuántos lleva?

—Tres —respondió Taddeo.

Madolina agitó la mano como si quisiera ignorar el problema.

—No sé en qué nos equivocamos. Pero lo hicimos y de qué forma.

—Está buscando su camino —dijo Topino con aire filosófico.

Taddeo rio entre dientes.

—Todos los caminos llevan a Roma —adujo—. ¡Pero creo que va camino de Nápoles!

—Es feliz y eso es lo único que importa —sentenció Evelina.

—Mientras busque la felicidad fuera, nunca la encontrará —dijo Topino de manera sabia—. La felicidad es un modo de ser.

—Y tú eres un magnífico ejemplo de ello —señaló Madolina, dándole una palmadita en la mano.

—En cualquier caso, no la encontrará en un hombre —añadió Topino.

—¡Tonterías! —exclamó Madolina—. Yo he encontrado la felicidad con Peppino y he encontrado la felicidad contigo, Taddeo. Topino, tú también me has hecho feliz. No sabes lo que dices. Evelina sí lo entiende. Es una mujer. No me digas que no has encontrado la felicidad con Franklin.

—Desde luego que sí —dijo Evelina—. Y yo también he encontrado la felicidad con Topino y con Taddeo.

—Tú estás soltero, Topino. No sabes de lo que hablas. Deberías haberte permitido encontrar la felicidad con una buena mujer y sentar la cabeza. Eso también va por ti, Taddeo. Los dos tenéis más en común de lo que creéis.

Taddeo miró a Topino y sonrió.

—Algunos no estamos dispuestos a transigir, ¿verdad, Topino?

Antes de que Topino pudiera contestar, Evelina interrumpió.

—Sois unos viejos tontos los dos. Bueno, ¿seguimos con la partida o nos vamos a pasar aquí todo el día?

—Y puede que yo no tenga todo el día —comentó Madolina, succionando sus mejillas. Miró a Taddeo y él hizo una mueca—. Bueno, nunca se sabe —añadió.

Franklin consiguió bajar para la cena de Acción de Gracias. Estaba delgado y frágil, pero consiguió vestirse, con la ayuda de Evelina, y sentarse a la cabecera de la mesa. Aparentaba mucho más de setenta y ocho años, que eran los que tenía. Le temblaba la mano izquierda, así que tenía que sostener el vaso con la derecha, y apenas comió nada. Ava María y Jonathan hablaron de sus planes de boda. Aldo y Lisa esperaban otro hijo. Dan había traído a su última novia, una joven menuda y luchadora, con el pelo corto como el de un chico y una fuerte personalidad. Evelina se preguntó si por fin habría encontrado a su media naranja. Franklin habló poco, pero escuchó con placer, sin preocuparse de seguir el hilo de las diversas conversaciones que se sucedían a la vez.

Madolina hablaba de que iba morir, pero Franklin se estaba muriendo. Evelina no sabía cuánto tiempo le quedaba. Los médicos tenían varias teorías sobre su enfermedad, pero tanto él como Evelina estaban cansados de pruebas, pastillas y teorías. Ella no quería volver a ver a otro hospital ni a otro especialista. Cuidaría de su marido y se aseguraría de que estuviera cómodo. Él la necesitaba y ella estaba feliz y dispuesta a cumplir con su deber, como su esposa y su amiga, y corresponder a esa necesidad.

La madre de Evelina seguía viva a los ochenta y ocho años y vivía en Villa L'Ambrosiana. Costanza había muerto hacía tiempo ya, a la avanzada edad de ciento dos años, uniéndose sin duda a su hermana en las puertas del cielo. Tani también había fallecido. Benedetta le escribía a menudo y de vez en cuando hablaban por teléfono. Benedetta nunca había ido a visitar a Evelina, pero por el tono de su última carta, Gianni y ella se sentían cada vez más nostálgicos y Evelina intuía que quizá los pudiera convencer. El mundo solo era grande si uno lo permitía.

También Evelina sentía nostalgia del pasado, pero Franklin nunca volvería a Vercellino. Era muy probable que no volviera a salir de casa, salvo en alguna ocasión especial. Evelina lo sabía y lo había aceptado. Se preguntaba si alguna vez ella volvería a Villa L'Ambrosiana. Si volvería a pasear por aquellos jardines que tanto adoraba en su juventud, a quedarse en la capilla que había sido el centro de tanto drama, a probar los tomates encantados de la *nonna* Pierangelini y a sentarse en la terraza al atardecer con un vaso de vino fresco a pensar en el pasado. Cuánto había deseado abandonar la represiva y somnolienta villa que antaño había considerado una especie de prisión, y sin embargo ahora, a sus sesenta y cuatro años, la recordaba con afecto. Había adquirido un dorado resplandor, como si una luz sagrada la envolviera. Aunque Estados Unidos se había convertido en su hogar y había vivido más años allí que en Italia, Vercellino formaba parte de su alma. La atracción era cada vez más fuerte.

❧

—Espero que papá venga a nuestra boda —dijo Ava María en voz baja, apartando a su madre de la conversación general y mirando a su padre con preocupación.

—Claro que lo hará, cariño —la tranquilizó Evelina, pero no estaba segura.

—No puedo soportar la idea de caminar hacia el altar sin él.

—No tendrás que hacerlo. Él estará allí. Te lo prometo.

—Parece tan viejo ahora, ¿verdad?

—Bueno, tiene casi ochenta años.

—Madolina tiene casi cien años y parece más joven que él.

—Eso es porque tiene la constitución de un tanque…, y no está enferma.

Ava María respiró hondo.

—Me alegro de que cuides de él, mamá. No me gustaría que tuviera que ir al hospital y…

—Siempre cuidaré de él —aseveró Evelina—. No te preocupes. Tu padre está en buenas manos.

—Lo sé. Siempre has cuidado de él.

—Bueno, nunca tuve un trabajo propio. Se podría decir que él era mi trabajo.

—¿Por qué nunca has intentado vender tus cuadros? Eres una artista muy buena.

—No lo bastante buena.

—Podrías haber pintado retratos. Se te dan especialmente bien.

—Oh, no creo que sea tan buena.

—¿Quién era Fioruccia?

Evelina se sorprendió. Ava María nunca entraba en su estudio. Al menos creía que no lo hacía.

—Era mi profesora de arte cuando era niña. Venía a la villa y me enseñaba. Luego se hizo amiga mía.

—¿Qué fue de ella?

—La mataron en Auschwitz.

Ava María estaba conmocionada.

—Es horrible.

—Sí, lo es.

—Topino también estuvo en los campos, ¿no? —preguntó. Evelina frunció el ceño. No sabía qué decir. No era algo de lo que Topino hubiera hablado nunca con sus hijos—. Lleva ese número en el brazo.

—Así es.

—¿Me hablaría de ello si se lo pidiera?

—No lo sé. —Evelina se sintió incómoda—. Imagino que es una época que preferiría olvidar.

—No creo que el mundo deba olvidar lo ocurrido. La única forma de evitar que vuelva a ocurrir es contárselo a la gente. Los únicos que pueden hacerlo son los supervivientes, como Topino.

—Bueno, si quieres pedírselo, por supuesto que debes hacerlo, cariño. Él es muy capaz de decir que no. —Evelina miró a Topino. Estaba escuchando a Madolina. Sabía escuchar. Evelina se preguntó si sería un buen conversador, si Ava María se lo pidiera.

Al final de la cena, Franklin invitó a Topino a pronunciar el discurso. Topino se levantó y la mesa se quedó en silencio.

—Madolina ha dicho hace un rato que con cada Acción de Gracias, se siente un poco más vieja. Por supuesto, tiene razón. Todos envejecemos, a pesar de nuestros esfuerzos por desafiar al tiempo. Pero no se puede desafiar al tiempo. El primer Acción de Gracias que celebré con Franklin y con Evelina fue en 1962. En esta misma casa. La habían comprado esa primavera y los niños la adoraban. Dan, tú construiste una casa en el árbol.

—Todavía está ahí —se rio—. O lo que queda de ella.

—Y a ti te encantaba la piscina, Ava María.

—Todavía me encanta —exclamó—. Pero no en invierno.

—Cada año nos hacemos un poco más viejos, pero también más sabios, y disfrutamos viendo cómo fluye la vida. Jonathan y Ava María van a casarse. Es un acontecimiento emocionante. Brindo por vosotros y por vuestra felicidad. —Topino alzó su copa y todos los demás hicieron lo mismo—. Dan ha traído a la encantadora Lucille para celebrar Acción de Gracias con nosotros este año y espero que estés aquí para celebrarlo con nosotros de nuevo el año que viene, Lucille. Porque Acción de Gracias trata de la tradición, y aunque las circunstancias cambian a nuestro alrededor, son las tradiciones las que nos unen para que disfrutemos del consuelo de lo familiar al tiempo que damos la bienvenida a lo nuevo. Jonathan y yo vamos a jugar al ajedrez mañana por la tarde y me va a dar una paliza.

—¡Ay, Topino! —gritó Ava María, fingiendo un bostezo.

—¡Pareces un disco rayado!

—No, no. Estoy preparado para la derrota. Llega un momento en que los viejos tienen que dejar paso a los jóvenes. Cuando termine la partida, tal vez alguien me sustituya para que continúe la tradición. Tal vez sea una mujer. ¿Quizá tú, Lucille?

—Yo juego al ajedrez —dijo Lucille encogiéndose de hombros—. Me enfrento a cualquiera.

—Ya veis, ya tenemos una interesada.

Dan miró a Lucille y se rieron.

Topino continuó.

—Al mirar atrás, me doy cuenta de que habéis sido mi familia. Una vez tuve una familia, por supuesto. Todos empezamos con una. Pero perdí a la mía por el camino. Llegó un momento en que pensé que podría sobrevivir sin familia. Quién necesita una familia cuando tengo mi propia empresa, me dije. En serio, ¿cómo podría irme mejor? Pero la vida no merece la pena si no hay amor en ella y uno no puede sobrevivir solo queriéndose a sí mismo. De eso estoy seguro. La vida sin amor es un agujero sin sentido. Más que nada,

Evelina me ha enseñado el valor de la familia. Hizo que me sintiera tan a gusto que nunca salí a buscar una propia. Adopté la suya. A vosotros. Así que alzo mi copa por ti, Franklin, y por ti, Evelina, y os doy las gracias, en este día en que expresamos gratitud, por acogerme en vuestra familia hace años y por no arrepentiros, porque me he quedado. —Puso una cara cómica y todos rieron y alzaron sus copas con él—. Y por último, reflexiono sobre mi vida, sobre los muchos capítulos que he vivido, y agradezco al implacable paso del tiempo todas las cosas que me ha enseñado. Sin el tiempo no habría pasado que recordar, recuerdos que saborear ni crecimiento espiritual. También estoy agradecido al tiempo. —Asintió y volvió a levantar su copa. L´chaim! —dijo—. ¡Por la vida!

Después de cenar, Ava María ayudó a su madre a recoger los platos y fue a buscar a Topino, que estaba en la terraza fumando un cigarrillo y mirando las estrellas.

—¿Verdad que esta noche están preciosas? —dijo cuando Ava María se unió a él.

—Sí que lo están. Hace una noche particularmente clara.

—He tenido que salir a echar un vistazo. Es fácil darlas por sentado. —Inspiró por la nariz, saboreando el olor del jardín. Los aromas de la noche.

—Creo que nunca das nada por sentado —repuso Ava María—. Me has enseñado muchas cosas en la vida, pero una de las más maravillosas es a valorarlo todo. Con tu ejemplo. Tú lo valoras todo. Siempre lo has hecho.

—Es fácil convertirse en la voz de tu cabeza y no ver la belleza de la vida cotidiana que tiene lugar a tu alrededor.

—Topino, ¿podrías hablarme sobre ese número tatuado en tu brazo?

Topino se puso el cigarrillo entre los labios y se subió la manga.

—¿De esto? Si alguna vez me olvido de disfrutar de un día, solo tengo que mirar esto para acordarme de hacerlo. Nunca falla.

—¿Qué pasó en el campo?

—No quieres saberlo, Ava María. Fue una época oscura. Es mejor dejarla en el pasado.

—Creo que te equivocas. Si todos los que vivieron aquello lo dejaran en el pasado, el mundo nunca aprendería de la historia. Y tiene que aprender para que no vuelva a ocurrir.

—Los seres humanos rara vez aprenden de la historia. La lección se pierde al cabo de unas cuantas generaciones. No hace falta ser historiador para entenderlo. La humanidad comete los mismos errores una y otra vez. —Se dio un golpecito en la sien—. La memoria tiene las patas muy cortas.

—Al menos tenemos que intentarlo. —Ava María lo miró y frunció el ceño—. Te conozco de toda la vida y, sin embargo, no sé nada de ti, Topino. Eres como un tío para mí. Como el hermano de mi madre. Eres tan parte de la familia como Alba. Más aún porque te vemos todo el tiempo. Pero eres un misterio. ¿Y por qué eres un misterio? Porque nunca te he hecho preguntas. Siempre te hablo de mí.

—Prefiero ser yo quien haga las preguntas. —Rio entre dientes y dio una calada al cigarrillo. La colilla brilló con intensidad y una nube de humo flotó en el aire—. Y me gusta oírte hablar de ti.

—Es una tontería, pero ni siquiera sé tu verdadero nombre.

—¿No lo sabes?

—No. Siempre has sido Topino. Tío Topino. —Se rio—. Es absurdo. Ese no puede ser tu verdadero nombre.

—¿Por qué te interesa tanto de repente?

Ava María exhaló un suspiro.

—Porque estoy madurando. O quizá porque estoy cansada de hablar de mí. O quizá porque la vida de papá se apaga y de pronto soy consciente de lo valiosas que son las personas. Siempre he dado a todo el mundo por sentado, incluso a ti. Pero ahora siento curiosidad por ese número. Siento curiosidad por tu vida antes de convertirte en uno de nosotros. Quiero saber por qué nunca te has casado. ¿Alguna vez has estado enamorado?

Topino rio entre dientes.

—Todo el mundo ha estado enamorado —dijo.

—No me interesa todo el mundo. Quiero saber de ti.

—Muy bien, cielo. Te hablaré de mí, aunque puede que te duermas del aburrimiento. No soy muy interesante.

—Igual que no eres un buen jugador de ajedrez.

—Eso también. Todo es relativo.

—La belleza está en los ojos del que mira.

Él se encogió de hombros.

—Entonces puede que no te aburra.

Ava María enlazó su brazo con el de él.

—Vamos a pasear por el jardín a la luz de la luna. Es precioso. No quiero entrar. Si entramos, te acaparará Dan, la tía Madolina o mamá. Quiero tenerte para mí sola por una vez.

—Tienes toda mi atención. ¿Qué quieres saber?

—¿Cómo te llamas en realidad?

—Ezra —dijo—. Ezra Zanotti.

⁓⁓⁓

Evelina vio que Topino y Ava María desaparecían en la oscuridad y se preguntó de qué estarían hablando. Si había accedido a contarle su historia. Si se la contaba, se preguntó cuánto le contaría. Era un milagro que hubiera sobrevivido a la guerra, que se hubiera mudado a Nueva York y que hubiera entrado en la cafetería aquella mañana en Brooklyn, cuando ella esperaba a Alba. También había sido un milagro que Alba no hubiera aparecido.

Ezra Zanotti había regresado de entre los muertos. Después de tantos años, Evelina seguía sin creerse el milagro.

16

Nueva York, 1959

La cafetería no era lugar para hablar de la vida después de la muerte. Ezra tomó a Evelina de la mano y la condujo a la mojada calle. Seguía lloviendo. Los coches salpicaban el asfalto y la gente corría de un lado a otro por la acera bajo los paraguas. Ni Ezra ni Evelina tenían paraguas. Estuvieron a punto de echar a correr. Evelina no sabía adónde la llevaba y le daba igual. Lloraba y reía, y un millar de preguntas vibraban en medio del caos de sus emociones.

Ezra se detuvo delante de un edificio de piedra rojiza. Una vez dentro, le puso la mano en la espalda y la guio por la estrecha escalera hasta su apartamento. Era un lugar pequeño, que necesitaba una mano de pintura, pero limpio y espartano. No era el apartamento de un hombre preocupado por la decoración ni por las cosas materiales. Había libros repartidos por las superficies y amontonados en el suelo y las partituras yacían en la mesa junto a la ventana, junto a un atril y su violín, como si acabara de dejarlo para salir a tomar un café.

Evelina estaba de pie con el abrigo mojado, mirando a su alrededor e intentando abarcarlo todo. Su Ezra, aquí, en Brooklyn. ¿Cuánto tiempo llevaba aquí? ¿Cómo…?

Se quedaron mirándose, sin saber por dónde empezar. ¿Cómo podrían salvar con palabras la distancia entre el saber y el no saber? Las palabras eran insoportablemente inadecuadas. Torpes, superficiales y pequeñas.

—Ezra —dijo por fin. Pero las lágrimas le formaron un nudo en la garganta y no pudo continuar.

—Eva. —Volvió a estrecharla entre sus brazos y esa vez la abrazó con tristeza y pesar—. Mi Evelina. —Inspiró hondo para saborear su aroma. La miró a los ojos y había tanta ternura en su mirada que Evelina empezó a llorar de nuevo. Le apartó con suavidad el pelo mojado de la cara con una mano—. Nunca he dejado de quererte, ¿sabes? Ni por un momento. —Sus palabras, pronunciadas en italiano, trajeron a su memoria un torrente de recuerdos. Él sonrió y sus ojos estaban tan llenos de sombras que algo se enganchó en su corazón—. Y sin embargo, aquí estás. —Sacudió la cabeza, casi sin atreverse a creer—. Aquí estás.

Se apoderó de sus labios con una ferocidad que la tomó por sorpresa al tiempo que la arrastraba al torbellino. Evelina le devolvió el beso. Lo besó con fiereza, como si necesitara la confirmación de que era él de verdad, un hombre de carne y hueso y no un fantasma que podría desmaterializarse de repente a la luz. Se despojaron con apremio de sus abrigos y luego se apresuraron a deshacerse de la ropa; se bajaron las cremalleras y se desnudaron el uno al otro con la prisa de dos personas que habían esperado años y no tenían paciencia para esperar ni un segundo más.

Cayeron sobre la cama y Ezra se hundió dentro de ella. Evelina lo rodeó con los brazos y las piernas, pero no conseguía estar lo bastante cerca. Quería disolverse en él, que sus cuerpos se fundieran, que sus almas se fusionaran. Quería llenar de algún modo el vacío que su pérdida había creado con cada fibra de su ser y de ese modo borrar todo el sufrimiento que había padecido.

Sin embargo, nada podía borrarlo, pues estaba arraigado muy hondo. Cerró los ojos y se entregó a la sensual gratificación que poco a poco dominó su anhelo y permitió que sus pensamientos se desvanecieran.

Por fin yacieron exhaustos sobre las sábanas, entrelazados. Ninguno de los dos dijo nada durante un largo rato. Ambos sabían que hablar de la última década era adentrarse en un valle de espinas.

—El rabino dijo que habías muerto. Me di por vencida porque creí que habías muerto —dijo Evelina al final, apoyándose en un codo y mirándolo con reproche. Volvió a llorar. Lloró porque le habían mentido o engañado y lloró por los años perdidos, que nunca recuperaría—. Estoy casada, Ezra. Tengo hijos. ¿Por qué no volviste a Vercellino?

—Lo hice —dijo—. Pero ya te habías ido a Estados Unidos.

Dejó de llorar.

—¿Cuándo volviste?

—En febrero de 1946.

—No diste conmigo por poco. ¿Quién te dijo que me había ido?

—Romina.

—¿Romina?

—Fui a tu casa y Romina estaba allí.

—Sí, se vino a vivir con nosotros. Perdió a todos en la guerra. No tenía adónde ir, así que mamá la invitó a quedarse.

—Tu madre es una buena mujer —dijo.

—¿Por qué no pediste mi dirección? Podrías haberme escrito.

—Podría haberlo hecho, pero no lo hice.

—¿Por qué no lo hiciste? Habría vuelto por ti.

—Romina me dijo que estabas casada.

Evelina se incorporó.

—¿Te dijo qué?

—Que estabas casada.

La pena se convirtió en furia.

—No estaba casada. Acababa de irme con el corazón roto, creyendo que habías muerto, Ezra. No estaba casada. Estaba destrozada.

Ezra se levantó y se acercó a la ventana. Entrelazó los dedos detrás de la cabeza y se quedó mirando la calle mojada.

—Me dijo que te habías casado con un milanés y que te habías ido a vivir a Estados Unidos —dijo, con un tono cortante.

Se quedaron pensativos un momento, intentando comprender lo que había ocurrido y sin estar preparados para hacerse a la idea de que los habían saboteado a propósito.

—¿Romina sabía lo nuestro? —preguntó Evelina.

—Ignoraba que lo supiera.

—¿Cómo lo sabía?

—Tal vez lo descubrió cuando me presenté en tu casa. Una decisión tomada de forma apresurada, sin pensar en las consecuencias. Una fruto de los celos y de la amargura y porque lo había perdido todo.

—Si otra persona hubiera abierto la puerta, te habría dicho la verdad. —Evelina apoyó la cabeza en las manos y exhaló un profundo suspiro—. Entre tantas personas, fue Romina. Y mentir después de todo lo que habíamos hecho por ella… ¿Cómo pudo? —Ezra no dijo nada. Se quedó junto a la ventana, mirando el exterior. Evelina se acercó por detrás y le rodeó la cintura con los brazos—. Oh, Ezra —gimió, apoyando la frente en su espalda.

Él se dio la vuelta y le sujetó la cara entre las manos.

—Pero nos hemos encontrado, ¿no?

—Así es. —Evelina sonrió mientras él se inclinaba para besarla de nuevo—. Y ahora, ¿qué hacemos?

—No lo sé.

—Yo sí. Nos quedamos así. —Lo abrazó y apoyó la cabeza en su corazón—. Nos quedamos así y nunca nos soltamos.

***

—Sigues tocando el violín —dijo Evelina. Eran más de las doce. Habían pasado toda la mañana en la cama. Agarró el instrumento y se lo puso bajo la barbilla.

—Los hago yo —repuso Ezra. Estaba tumbado desnudo sobre las sábanas, con el cuerpo cubierto en parte por una sábana, un brazo detrás de la cabeza y fumando un cigarrillo.

—Es increíble. ¿Dónde aprendiste?

—Cuando me mudé aquí conocí a un viejo luthier italiano que me aceptó como aprendiz. Nuestro taller está a la vuelta de la esquina.

Punteó una cuerda.

—¿Cuándo viniste a Nueva York?

—Hace cinco años.

Evelina lo miró con los ojos como platos y llenos de incredulidad.

—Llevas cinco años aquí, en la misma ciudad que yo, ¿y no lo sabía? —dijo, y él asintió con la cabeza—. ¿Has encontrado a alguien? ¿Tienes mujer? —Intentó que los celos no tiñeran su voz, pues ¿qué derecho tenía a mostrarse posesiva?

—Hiciste que me fuera imposible, porque después de ti ya no podría amar a nadie más, Eva.

Eso debería haberla satisfecho, pero le preguntó a su pesar:

—Pero tú has estado con mujeres...

Ezra sonrió de forma irónica.

—Soy un hombre, no un santo, Evelina.

Ella rio, pues se sentía como una tonta.

—¿A dónde fuiste después de Vercellino?

—Fui a Israel.

Evelina dejó el violín. Se metió en la cama y se acurrucó contra él.

—¿Por qué te fuiste a Israel?

—Había perdido a todos, Eva. No podía quedarme en Vercellino. Allí no me quedaba nada más que recuerdos. Fui a Israel, luché contra Palestina y luego emigré aquí.

—¿Luchaste contra Palestina?

—No tenía otra cosa que hacer. —Se rio entre dientes—. Me gusta mantenerme ocupado.

Apagó el cigarrillo y Evelina se fijó en el número que llevaba tatuado en la muñeca. Lo agarró con la mano y lo recorrió con el pulgar.

—¿Qué pasó, Ezra? ¿Después de que te llevaran a Fossoli?

Ezra suspiró y apartó la muñeca.

—No hablemos de eso, Eva. —Le dio la vuelta y sepultó la cara en su cuello—. El pasado ya pasó. Quiero disfrutar de ti. A fin de cuentas, he tardado más de una década en encontrarte.

—Venga ya, Ezra. Ni siquiera me buscaste.

—Pertenecías a otro hombre. ¿Qué podía hacer?

—Buscarme —dijo.

Él le sostuvo la mirada, con el rostro serio y esa desconocida oscuridad en los ojos.

—Uno se cansa de tener esperanza, Eva. A veces hay que aceptar las cosas como son y seguir adelante.

—¿Es eso lo que hiciste? ¿Seguiste adelante?

—¿Tú no?

—Supongo que sí.

—Los dos seguimos adelante, pero nos hemos encontrado de todos modos. Demos gracias por ello.

Evelina salió del apartamento de Ezra a tiempo para recoger a los niños del colegio. Al pasar por delante de la cafetería, recordó que había olvidado pagar la cuenta. Avergonzada, entró corriendo y dio explicaciones. La mujer del mostrador no recordaba que hubiera estado allí, pero Evelina pagó de todos modos. Tomó el metro de vuelta a Manhattan y llegó a la puerta del colegio cinco minutos antes.

Los chicos salieron corriendo del colegio con su habitual vivacidad. Aldo había conseguido una estrella de oro por sus deberes y Dan había pegado a otro niño y lo habían reprendido. Evelina le riñó, pero a él le hizo gracia. Cuando llegó a casa, se los confió a Zofia, la niñera polaca, y subió a su dormitorio. Se sentó en la cama y respiró hondo cuando empezó a asimilar el impacto de lo que había ocurrido ese día; acababa de cometer adulterio. Marica la Mística y el Siete de Espadas aparecieron en su mente. Apartó la imagen porque no quería creer que hubiera algo de verdad en ella.

Evelina se duchó y se cambió. Estaba a punto de dar una vuelta a la manzana cuando sonó el teléfono. Era Alba.

—Creo que te he dejado plantada esta mañana —dijo—. Lo siento. Se me olvidó por completo. Acabo de verlo en mi agenda. ¿Me perdonas?

Evelina se había olvidado por completo de Alba.

—Por supuesto que te perdono. No pasa nada. Me senté a leer y me tomé dos tazas de café. La verdad es que fue muy agradable.

—Pero viniste hasta Brooklyn para nada.

—No está tan lejos en metro. Además, me gusta estar allí. Me recuerda a cuando llegué aquí.

—Podrías haber pasado a ver a mamá.

—Podría haberlo hecho, pero no quería molestarla. Ya sabes lo ocupada que está.

—¿Puedes venir mañana? Me gustaría mucho verte.

La mente de Evelina bullía de posibilidades.

—Sí, quedamos mañana —respondió, pensando en Ezra.

Cuando colgó el teléfono, sintió una punzada de culpa y se mordió el labio con ansiedad. Había traicionado a Franklin y él no se lo merecía. Volvió a sentarse en la cama, apoyó la cabeza entre las manos y suspiró. ¿Qué iba a hacer? De todas las cafeterías de Brooklyn, Ezra había entrado en la que estaba ella. ¿Qué posibilidades había? ¿Cuántos millones de personas había en Nueva York? ¡Y él había entrado en esa cafetería! Era el destino.

Pero el destino no había tenido en cuenta los Diez Mandamientos.

Había dejado de llover y se podían ver algunas estrellas titilando en las zonas oscuras entre las nubes. Evelina se puso el abrigo y salió a pasear. En esa época anochecía pronto. La dorada luz que proyectaban la farolas brillaba en las aceras y el aire estaba cargado de humedad. Se colocó bien el gorro de lana y metió las manos en los bolsillos. ¿Qué iba a hacer? Era una pregunta sin respuesta. Amaba a Ezra con todo su corazón, pero estaba casada con Franklin y también lo amaba.

¿Qué iba a hacer?

Caminaba por la acera, con la mirada fija en el trozo de asfalto que tenía delante, y el ritmo hipnótico de sus zapatos hizo que se retrajera más en su interior. Era difícil asimilarlo todo. Ezra estaba vivo. ¡Vivo! Había rezado por su regreso, pero jamás creyó que sus plegarias serían escuchadas. ¿Cómo pudo el rabino cometer semejante error? ¿Por qué Romina querría hacerle daño? Ezra debió pensar que no lo había esperado. Debió salir de la villa con la impresión de que lo había abandonado y muy rápido. Lo capturaron en diciembre de 1943 y se presentó en Villa L'Ambrosiana poco más de dos años después. ¡Cuánto debió dolerle pensar que ni siquiera había podido esperar dos años! Aquel pensamiento era tan horrible que la dejó sin aliento.

Buscó una cabina telefónica y marcó su número.

Cegada por las lágrimas, a duras penas pudo distinguir los números en el papel que él le había dado.

—Ezra —dijo cuando él contestó—. Nunca te di por perdido. ¡Jamás! Al menos no en mi corazón.

—Sé que no, Eva —respondió.

—No, no lo sabes. No lo sabes. —Se secó la cara con el guante—. No sabes cuánto sufrí cuando me dijeron que habías muerto. Lloré por ti, por tus padres, por Fioruccia y por Matteo... —Se le quebró la voz—. Por los niños...

—Está bien, Eva...

—No, no está bien. Has pasado los últimos trece años creyendo que no te esperé. Después de todo lo que pasaste, y sé algo de lo que pasaste, volviste a casa y descubriste que me había ido. No puedo soportarlo...

Introdujo algunas monedas en la ranura con los dedos temblorosos.

—Eva, eso ya pasó.

—Pero me atormenta, Ezra. No había un momento del día en que no pensara en ti. En que no te extrañara y te echara en falta. Estaba sufriendo por ti. Y entonces llegó un momento en que me di cuenta de que tenía que vivir. No podía consumirme esperando a un hombre que nunca iba a volver. Que estaba muerto. Creía que estabas muerto. Oh, Dios... —Apoyó la frente en el cristal y cerró los ojos—. Estabas muerto y ahora estás vivo y yo estoy casada.

—Está bien, cariño —repitió—. No pasa nada.

—Estaba viviendo sin ti. Había encontrado la felicidad y ahora...

—Nos las arreglaremos.

—Pero ¿qué significa eso? ¿Cómo podemos salir adelante? Quiero estar contigo, Ezra. Cada noche y cada día. Solo quiero estar contigo.

—Eva, tienes que calmarte. —Hubo una larga pausa mientras ella respiraba e intentaba recobrar la compostura. Metió más monedas en la ranura—. ¿Cuántos hijos tienes? —preguntó.

—Tres.

—¿Cuántos años tienen?

—Cinco, nueve y once.

—¿Se parecen a ti?

—Un poco.

—Entonces deben ser preciosos.

—Oh, Ezra…

—Tienes una familia. Tienes un marido. Tienes un hogar. Yo también tenía una familia, pero la perdí. La familia es algo muy valioso, Eva. Más valiosa que tú y que yo. —Ezra soltó una risita de resignación, como si hubiera aprendido a aceptar la vida tal como era y a sentir gratitud por todo lo que le daba—. Doy gracias por haberte encontrado. Creía que no me quedaba nadie en el mundo, pero apareciste como un regalo caído del cielo. Nos hemos encontrado. No importa lo que nos depare el mañana. No tenemos que hacer nada. Estamos en la misma ciudad. Respiramos el mismo aire. Somos libres.

—Cuando pienso en lo que debes haber pasado…

—No lo hagas. No pienses en cosas que no importan.

—Tienes razón. —Evelina resopló y volvió a secarse la cara—. Tengo que recobrar la compostura.

—No voy a irme a ninguna parte, Eva. Estoy aquí.

—Lo sé.

—¿Dónde estás?

—A una manzana de mi casa. En una cabina telefónica.

—Entonces tienes que irte a casa con tus hijos.

—Lo sé.

—¿A qué se dedica tu marido?

—Es profesor de lenguas clásicas en Columbia.

—Me alegro de que te casaras con alguien con un buen cerebro.

—Sí, yo también me alegro.

—¿Te trata bien?

—Muy bien.

—¿Cómo se llama?

—Franklin.

—Como el expresidente.

—Así es.

—Tienes que controlarte e irte a casa ahora, Eva.

—¿Puedo verte mañana?

—Puedes venir a mi taller.

Evelina había olvidado que tenía un trabajo.

—Por supuesto, haces violines. Me encantaría ver dónde trabajas.

Ezra le dio la dirección.

—Ven mañana por la mañana.

—He quedado con mi prima para tomar un café. Iré después.

—Bien.

—Vale. Ya me siento mejor.

—Escucha, va a llevar tiempo asimilar todo esto. No todos los días resucitan los muertos. De hecho, creo que solo ha ocurrido una vez y, como judío, me inclino a no creerlo. Eso me convierte en el primero.

—Te olvidas de Lázaro. —Se rio.

—Eso tampoco me lo creo. Sigo siendo el primero. No me quites el primer puesto. Lo estoy disfrutando.

—Oh, Ezra, ¿cómo puedes reírte de algo así?

—Porque te he encontrado, Eva. Eso me convierte en el hombre más feliz del mundo.

Evelina dio la vuelta a la manzana para secarse la cara y serenarse antes de volver a casa. No quería que sus hijos ni la niñera vieran que había estado llorando. Su mundo se había vuelto del revés y no sabía cómo afrontarlo. Solo quería hacerse un ovillo y llorar.

Pero Ezra quería reír. Él veía el vaso medio lleno. Sabía que ella también tenía que verlo de ese modo, así que lo intentaría.

Cuando llegó a casa, los niños estaban tomando el té en la cocina. Evelina se les unió un rato, haciendo un buen espectáculo y sonriendo ante las cosas graciosas que decían. Mirando sus dulces rostros supo que Ezra tenía razón. La familia era algo muy valioso. No quería hacer nada que pudiera lastimarlos o que hiciera que los perdiera. Intentó no pensar en Ezra, pero la mitad de su mente seguía apegada a él, pues tal vez temía que si lo dejaba ir un segundo lo perdería, mientras que la otra mitad actuaba como una buena madre.

Después del baño, le leyó a Ava María un cuento para dormir. Su hija pequeña siempre quería el mismo cuento sobre un gato. Evelina se lo sabía de memoria, y menos mal, porque no era consciente de lo que decía. Le dio un beso de buenas noches justo cuando Franklin entraba por la puerta. Se quitó el abrigo y el sombrero y dejó la cartera junto a la escalera.

—¿Llego demasiado tarde para darles las buenas noches?

—No, sube. Ava María está lista para acostarse. Los chicos están leyendo en sus habitaciones, pero seguro que les encantaría que les leyeras si tienes un momento.

Evelina se quedó en la puerta. Su marido la besó en la mejilla y luego fue a la habitación de Ava María para darle un beso de buenas noches. A continuación fue a ver a los chicos. Evelina vio que abría su libro de cuentos favorito de Oscar Wilde y les leía *El príncipe feliz*. Evelina bajó a preparar la cena. No había pensado en ello. Abrió la nevera y se sintió aliviada al encontrar pollo y verduras. Aunque no tenía ganas de comer, sabía que Franklin tendría hambre. Tomó un tomate y lo sujetó en la palma de la mano. Al verlo, recordó la primera vez que Ezra la había besado en el invernadero de la *nonna* Pierangelini. Se lo acercó a la nariz. No olía como el de su abuela, pero no se había cultivado en un lugar mágico. Las lágrimas le nublaron los ojos.

Franklin desapareció en su estudio hasta la hora de cenar. Cuando salió, miró a Evelina con el ceño fruncido.

—¿Estás bien, cariño? Estás pálida.

—La verdad es que no me encuentro bien. Creo que tengo un poco de fiebre.

Franklin le puso una mano en la frente.

—No tienes que quedarte despierta por mí. Si quieres acostarte temprano, yo dormiré en la habitación de invitados.

—¿No te importa?

—Por supuesto que no. Esta noche trabajaré hasta tarde. Tú sube y yo cenaré mientras trabajo. Tengo mucho que hacer.

Evelina lo besó.

—Trabajas demasiado.

—Lo sé, pero lo disfruto.

Se quitó el delantal y lo colgó detrás de la puerta.

—Nos vemos mañana —dijo, pero Franklin ya estaba poniendo la cena en una bandeja y pensando en otras cosas.

Evelina estaba en la cama pensando en Ezra. Recordó la primera vez que se vieron en Ercole Zanotti. Ahora estaba más viejo. Tenía unas profundas arrugas alrededor de los ojos y de la boca y los surcos de la frente se habían acentuado, pero seguía siendo guapo. Siempre había sido guapo. Imaginó que estaba en sus brazos. Lo imaginó con tanta fuerza que casi podía olerlo. Casi sentirlo. Era tan familiar, que parecía que nunca se hubieran separado.

Su cuerpo entero lo anhelaba. Se hizo un ovillo e intentó no pensar en el futuro. Intentó sentir la misma gratitud que él por haberse encontrado. Al fin y al cabo, era un milagro. El tipo de milagro que rara vez ocurre. Sin embargo, ahora quería más. No quería volver a separarse de él. Pero esa era una posibilidad demasiado remota y sabía que era algo que nunca podría pedir. Que Dios, en su infinita sabiduría, no le concedería. Porque al concederle ese deseo, destrozaría a cuatro corazones inocentes.

Ezra tenía razón; la familia era algo muy valioso.

17

A la mañana siguiente, Evelina tomó el metro hasta Brooklyn y se reunió con Alba en la cafetería. Alba llegó puntual y la estaba esperando en la mesa del rincón cuando Evelina abrió la puerta de un empujón. Alba tenía un aspecto elegante y caro con un abrigo de visón blanco y un sombrero. Se quitó las pieles solo cuando estuvo segura de que Evelina las había visto bien.

—Un regalo de Antonio —dijo con despreocupación—. Es culpable. Ese es el problema. Se cree que no lo sé. Cree que puede hacerme regalos y que yo haré la vista gorda. ¡Hombres! —Suspiró con exasperación—. ¿Por qué perdemos el tiempo? —Le dio un repaso a su prima—. Vaya, estás muy guapa. ¿Es por mí?

—Decidí que tenía que esforzarme más. Es fácil bajar el listón cuando nos casamos y tenemos hijos.

—Habla por ti. Yo necesito un poco de *glamour* en mi vida. ¡Si compitieras con chicas diez años más jóvenes que tú, te aseguro que no bajarías el listón!

Evelina se sentó y pidieron café y pasteles. Alba pidió una copa de champán.

—¿Tan mal está la cosa? —preguntó Evelina.

Alba se encogió de hombros.

—Digamos que lo voy sobrellevando.

—Eso no suena bien.

—Si te casas con un hombre como Antonio, tienes que aceptar que eche alguna canita al aire. Yo consigo joyas caras y pieles y él se acuesta con otras mujeres.

Evelina estaba horrorizada.

—¡Alba!

—Es verdad. A ti te lo puedo decir. —Miró a su prima con reproche—. ¿Quieres que mienta?

—Por supuesto que no.

—Entonces no seas tan inocentona. No todo el mundo tiene un matrimonio perfecto como tú.

—Yo no diría que es perfecto.

Alba rio entre dientes.

—Es perfecto, Evelina. —Buscó en el bolso su pitillera de carey, la abrió y se puso un cigarrillo entre los rojos labios—. Mira —dijo, hablando por un lado de la boca mientras encendía el mechero—. Sabía en lo que me metía cuando me casé con él. Bueno, sabía algunas cosas. No todo. Pero no era ingenua.

—¿Todavía lo quieres?

Alba echó humo al aire.

—Amor, ¿qué es eso? No lo sé. Estoy demasiado cerca como para que los árboles me dejen ver el bosque. —El camarero les llevó las bebidas y los pasteles. Alba bebió un trago de champán—. Supongo que lo quiero. Es el padre de mis hijos. Miro a las mujeres de sus hermanos y de sus colegas, si es que se puede llamar colegas a los familiares con los que trabajas. Todas estamos en la misma situación. Nosotras nos lo hemos buscado.

—Eso es deprimente —repuso Evelina. Bebió un sorbo de café y pensó en Ezra en su taller, esperando a que ella apareciera.

El champán empezó a hacer efecto y los hombros de Alba se relajaron.

—No debería quejarme. Tengo una buena vida. Mira. —Alzó la muñeca para enseñarle una deslumbrante pulsera de diamantes—. Me mima. No puedo decir que no lo haga. Tengo todo lo que quiero. Todo lo que el dinero puede comprar.

—Entonces, ¿qué es lo que no tienes?

Alba soltó una carcajada.

—A Antonio.

Alba se quedó más tiempo del que Evelina esperaba. Se bebió otra copa de champán y se fumó un par de cigarrillos más. No le preguntó a Evelina qué tal estaba ella, lo cual era típico, sino que habló de sus propios problemas. Se los contó a su prima y salió del restaurante a las once, sintiéndose más ligera.

Evelina la abrazó y la acompañó a un taxi, luego dio media vuelta y se dirigió al taller de Ezra. No podía creer que estuviera ahí, en Brooklyn, y que fuera a ver a Ezra. Era surrealista, como si estuviera viviendo un sueño.

No le costó encontrar la tienda. Gandolfi's Lutherie se anunciaba en grandes letras doradas dispuestas en arco en el escaparate, bajo un toldo verde festoneado. En el escaparate, dispuestos sobre una plataforma, había guitarras, violines y un violonchelo enorme. A Evelina se le aceleró el corazón. Respiró hondo y abrió la puerta. Una campanilla tintineó igual que en Ercole Zanotti. Una mujer que masticaba la punta de un lápiz y hojeaba un libro de contabilidad levantó la vista detrás del mostrador.

—Buenos días —saludó y sonrió. Tenía los ojos encapotados, la nariz aguileña y un acento marcado que Evelina no reconoció.

—He venido a ver a Ezra Zanotti —dijo Evelina, tratando de no parecer culpable, aunque la mujer no tenía ni idea de quién era ni de que había cometido adulterio el día anterior y probablemente lo volvería a cometer hoy.

—Está abajo. —La mujer se bajó del taburete—. Venga, la acompañaré. —Condujo a Evelina a la trastienda la tienda y señaló una estrecha escalera—. Ezra, una señora quiere verte —gritó. Luego le indicó con un gesto que bajara.

Evelina bajó despacio, con cuidado de no resbalar debido al entusiasmo.

Ezra apareció al fondo. Sonrió y le tendió la mano. El pecho de Evelina se hinchó de alegría. Puso su mano en la de él y lo miró con asombro. Ezra, que había vuelto de entre los muertos. Quiso arrojarse a sus brazos, pero reparó en la presencia de un anciano de barba blanca y delantal marrón que la miraba desde un banco de trabajo, y retrocedió.

—Permíteme que te presente a Giuseppe Gandolfi —dijo Ezra en italiano.

—El propietario. Es un placer conocerlo —repuso Evelina, dominando su autocontrol.

—El placer es mío —dijo Giuseppe, con los ojos verdes llenos de interés—. Ezra me lo ha contado todo sobre ti. —Evelina se preguntó cuánto le había contado y frunció el ceño—. ¿Cuánto tiempo ha pasado desde la última vez que os visteis? ¿Diez años? Es lo que tiene Nueva York; es un gran crisol de inmigrantes y, sin embargo, los viejos amigos se encuentran. Debería llamarse la «Ciudad de los Milagros».

—¿De dónde eres? —preguntó Evelina, reconociendo su acento del norte de Italia.

—Nací en Casale Monferrato —respondió, y Evelina asintió—. No estaba lejos de Vercellino. Luego me mudé a Milán.

—Aprendió a fabricar violines con el mismísimo Leandro Bisiach, en su taller de Milán —intervino Ezra. Evelina no sabía quién era Leandro Bisiach, pero por la admiración de Ezra supuso que era importante—. Ven a ver esto. —Evelina lo siguió hasta una pared en la que se exhibían piezas planas de madera con forma de cuerpo de violín—. Este molde perteneció al mismísimo Bisiach —dijo levantándolo de su soporte—. Está elaborado a partir de sus estudios de un Stradivarius. —Recorrió las curvas con sus largos dedos—. ¿Verdad que es precioso?

Evelina quería darle la razón, pero a ella solo le parecía un trozo de madera vieja.

—Creo que toda esta habitación es hermosa —dijo—. Es una maravillosa guarida llena de creatividad. —Era el taller de un artista, con bancos de trabajo y estanterías llenas de herramientas, tantas y de tan variadas formas y tamaños que no podía imaginar para qué servían. Había violines, violonchelos y guitarras en distintas fases de creación, botes de barniz y de aceite, tarros de pinceles, piezas de maquinaria y estantes de arce y sicomoro apilados de manera ordenada, pieza sobre pieza. El lugar olía a madera y a barniz, como el taller de un carpintero—. ¿También tocas estos instrumentos? —le preguntó a Giuseppe.

—Cuando tengo tiempo —respondió y sonrió, enseñando unos dientes amarillos y torcidos—. El problema es que tenemos demasiadas reparaciones. No sé qué hace la gente con sus instrumentos. Quizá los usen para golpearse en la cabeza. —Suspiró—. Me gustaría tener más tiempo para hacer nuevos, pero las reparaciones siguen llegando y no me gusta rechazar a nadie. A veces conseguimos una pieza antigua interesante y entonces las cosas se ponen emocionantes. Hace poco, un hombre trajo un Raffaele Fiorini para restaurar. —Hizo una pausa en su trabajo e inhaló por la nariz, besándose las yemas de los dedos—. ¡Sublime!

Evelina se rio.

—¿Qué estás haciendo ahora? —preguntó, acercándose a su banco de trabajo para verlo más de cerca.

—Estoy trabajando en un nuevo violín. Tenemos que responder a la demanda de instrumentos nuevos y reparar y restaurar los antiguos. Estoy tallando la cabeza con volutas en un trozo de arce, que luego pegaré al cuerpo.

—¡Es un gran talento y lo haces de maravilla! —exclamó mientras observaba a Giuseppe extraer finas virutas de madera.

—Se podría decir que, a mis setenta y cinco años, conozco mi oficio.

Evelina rio de nuevo.

—Creo que sí. Parece algo natural. —Se volvió hacia Ezra—. ¿Puedes hacer violines nuevos o siempre estás reparando los viejos?

—También los hago —respondió él, acercándose por detrás y poniéndole una mano en el hombro. Aquella mano, colocada de manera tan informal sobre su abrigo, atrajo toda su atención—. Es fantástico fabricar un instrumento tan bonito. Y cada pieza es diferente porque está tallada a mano. No me imagino haciendo otra cosa.

—¿Le has oído tocar? —preguntó Giuseppe y acto seguido rio—. Claro que sí. Toca como un profesional, pero no queremos que se le suba a la cabeza, así que guardémonos eso para nosotros.

Ezra rio y le dio una palmada en el hombro a Evelina.

—Voy a llevar a mi amiga a comer temprano. ¿Te traigo algo?

—No, mi sufrida esposa me ha preparado un sándwich de *focaccia*. Si no me lo como, heriré sus sentimientos. Y prepara unos bocadillos muy buenos. Mejor que cualquier cosa que puedas comprar en una tienda.

—Ha sido un placer hablar contigo, Giuseppe. Espero que volvamos a vernos —dijo Evelina.

Giuseppe asintió.

—Puedes venir cuando quieras —repuso—. Mientras no seas una distracción. —Sonrió y los vio subir las escaleras.

⁕

Una vez en la calle, Ezra hizo girar a Evelina y la besó en los labios. Ella tenía miedo de que alguien la viera, aunque nunca había estado en esa calle.

—Ezra, no debemos —dijo Evelina, apartándolo con suavidad—. Es peligroso.

—Creo que estamos bastante seguros aquí.

—No puedes estar seguro.

—Entonces, ven. Vayamos a un lugar donde podamos estar seguros.

Evelina sabía que no debía. Había sido infiel una vez y podía perdonarse por ello, ya que encontrarlo vivo había sido un *shock* y estaba desconcertada. Había perdido la cabeza y actuado por impulso. Había estado mal, pero podía justificarlo, al menos ante sí misma. Sin embargo, ahora estaba en su sano juicio y el *shock* y el desconcierto se habían convertido en alegría y gratitud. No había excusa ni justificación alguna, ni siquiera ante sí misma. Lo que iba a hacer estaba mal. De todas formas lo acompañó a su apartamento. En cuanto cruzaron la puerta, la empujó contra la pared, la besó y le quitó el abrigo y ella le desabrochó el suyo. No había forma de parar. El diálogo en su cabeza se silenció. Las discusiones cesaron. Lo bueno y lo malo de la situación se fundieron en una febril urgencia por estar cerca. Tan cerca como podían estar dos personas. Quería envolverse en él.

Después se tumbaron en la cama, como habían hecho el día anterior y hablaron. Recordaron Villa L'Ambrosiana, aquel verano de 1943, antes de que la guerra proyectara su sombra sobre su dorada parte de Italia, sumiéndolos en el peligro y, por último, en la angustia. Recordaron los paseos en bicicleta, los pícnics, las largas tardes al sol, tumbados en el campo de amapolas mirando las nubes. Recordaron las comidas en el apartamento de Fioruccia y de Matteo y los momentos robados en la tienda, cuando su padre no miraba. Los recuerdos compartidos estaban arraigados en lo más hondo de su ser, como riachuelos que discurrían a gran profundidad, donde nadie más podía verlos. Les pertenecían solo a ellos dos, y al hablar de ellos, afloraban a la superficie para brillar cada vez con más intensidad.

Volvieron a hacer el amor, esta vez despacio. Evelina se sentía como cuando era joven, haciendo el amor con Ezra en la capilla, explorando sus cuerpos por primera vez. Deleitándose con cada roce. Sintiéndose excitada por la más pequeña caricia. Cuando llegó el momento de separarse, Evelina no preguntó qué iban a hacer. No trató de arreglar el futuro. Sabía que, de algún modo, se verían. De alguna manera, se las arreglarían.

Evelina regresó a su apartamento de Manhattan y Ezra al taller, con el violín que estaba reparando. Evelina se dijo que la distancia entre ellos no parecía tan grande, ya que antes los había separado la muerte. Estaba agradecida de que estuviera vivo. Agradecida de que estuviera en Nueva York. Agradecida de haberse encontrado.

Evelina sintió un repentino deseo de tocar el piano. No había tocado una tecla desde la detención de Ezra, pero ahora que él había vuelto, sentía que la energía volvía a fluir desde el corazón hasta las yemas de los dedos, que se agitaban ansiosos por expresar sus sentimientos más profundos. Sin embargo, el apartamento no era lo bastante grande como para tener un piano en condiciones.

Al día siguiente se encontró con Ezra a la salida de Gandolfi's y fueron directamente a su apartamento. Después de hacer el amor, Ezra se encendió un cigarrillo y Evelina preparó un *espresso* con la cafetera de aluminio para los dos, como hacían en el pasado. El olor a café molido llenó el apartamento de una agradable sensación de nostalgia y ella se sentó en la cama con las piernas cruzadas para disfrutarlo.

—¿A qué dedicas tus días, Eva? —preguntó Ezra.

—Pinto.

—Me alegro de que todavía lo hagas. Fioruccia siempre decía que tenías talento.

—Era amable. Sabes, dibujé a Fioruccia de memoria. Se parece mucho. Lo enmarqué y lo puse junto a mi cama.

—A ella le habría gustado.

—Me pregunto si lo sabrá.

Él le sonrió por encima de su taza de café y una vez más Evelina se sorprendió de su humor, de que le diera tan poca importancia a los años que llevaban separados y al hecho de que ella hubiera creído que había muerto.

—A ti no te he pintado.

—¿Por qué?

Evelina se encogió de hombros.

—No lo sé. Tal vez pensé que sería desleal a mi marido.

—Dios no permita que seas desleal a Franklin. —Se rio y sus ojos grises centellearon con picardía.

—¡Ezra! Eso fue entonces. Esto es ahora. Es diferente.

—No creo que tenga nada de malo un boceto de tu antiguo novio, tu antiguo novio muerto. En cuanto a lo que estamos haciendo ahora…, bueno…

Evelina bajó la mirada.

—Era demasiado doloroso.

—Puedes dibujarme ahora, al natural. Estoy más guapo vivo.

No pudo evitar reírse.

—Siempre estabas guapo en mi memoria, Ezra. En ella nunca estabas muerto. Solo en mis pesadillas. —No quería pensar en ellas—. Te dibujaré —propuso—. Me gustaría hacerlo. He dibujado a mi familia tantas veces que necesito una cara nueva.

—¿Todavía tocas el piano?

—No he tocado desde que te capturaron.

—¿Por qué no?

—Porque te habías ido.

—Ahora que he vuelto, tienes que volver a tocar.

—No tengo piano.

—Puedes conseguir un piano vertical.

—No hay sitio.

—¿Qué tal un piano de pared? Fabrican buenos pianos en una tienda a la vuelta de la esquina del taller. Yo me ocuparé si quieres. Te lo pueden enviar a casa.

Evelina estaba entusiasmada.

—¡Me encantaría! —exclamó, feliz—. Por supuesto, te pagaré. —O mejor dicho, pagaría Franklin, pensó. ¿Sería injusto por su parte sugerir que fuera su regalo de Navidad?

—Trato hecho —dijo Ezra. Se levantó y empezó a vestirse—. Ven, quiero enseñarte una cosa.

Evelina se vistió y lo siguió hasta la ventana de la cocina. La abrió y salió por ella a la escalera de incendios.

—Más vale que sea algo bueno —repuso, tomándole de la mano y saliendo.

—Lo es —respondió con una sonrisa. Una vez en la escalera de incendios, lo siguió hasta el tejado, preguntándose qué narices quería enseñarle. La parte superior del edificio era plana y estaba salpicada de hojas que el viento había arrastrado. Evelina miró encantada a su alrededor. Los tejados y rascacielos de Brooklyn se extendían por todas partes, como otro mundo de hormigón y cristal. Ezra se tumbó. Dio una palmadita en el suelo, a su lado—. Ven, tienes que tumbarte boca arriba.

Evelina se alegró de que no hubiera llovido. Hizo lo que le decía. Ezra le sujetó la mano y se la apretó. Juntos contemplaron el cielo como habían hecho en Piamonte. Evelina respiró hondo. Ver el cielo azul y las nubes lo trajo todo a su memoria, como una melodía perdida hacía mucho tiempo, y sintió que el calor familiar se extendía por su pecho mientras se llenaba de felicidad y amor. Podía olvidar su entorno y desaparecer en el lejano cielo, que era el mismo dondequiera que uno estuviera. Ezra habló por fin.

—Me gusta subir aquí. Me dejo llevar, como un globo, y floto entre las nubes. A veces está despejado, otras nublado, pero siempre me dejo llevar. Es en estos momentos cuando me siento verdaderamente yo mismo.

Evelina oía el rumor del tráfico en las calles de abajo y el lejano ulular de una sirena, pero se sentía desconectada, como si pertenecieran a otro tiempo y lugar.

—¿Qué quieres decir con que te sientes *verdaderamente* tú?

—No estoy unido a nada. Ni a mi nombre, ni a mi cuerpo, ni a mi pasado, ni a mi experiencia ni a mi historia. Solo estoy en un estado de ser. Estoy en paz. Siento el viento en la cara, el sol en la piel y no pienso en nada… Es difícil de explicar. Pero siento la energía que soy yo.

—¿Aún vas a la sinagoga? —preguntó.

—No. No he estado desde Vercellino.

—¿El campo hizo que cuestionaras la existencia de Dios?

Evelina había oído a algunos supervivientes hablar de que la maldad que presenciaron allí les hizo perder la fe.

—Dios no estaba allí. Si existe, estaba mirando para otro lado. Pero no voy a permitir que Hitler me venza. La mayor venganza es mi felicidad y pretendo encontrar alegría en todo. En la vida. En el cielo, en las nubes, en los pájaros, incluso en el sonido de los camiones, de las sirenas y de los taladros. Hay belleza en todo si la buscas. Cada día que disfruto es una celebración de la rebeldía de nuestro pueblo. Un triunfo del bien sobre el mal. Una confirmación de que estoy vivo. Con Dios o sin Él, la única forma de encontrarle sentido a lo que he vivido es haber aprendido algo de ello. Eso es lo que he aprendido. A vivir.

Evelina se llevó su mano a los labios y se la besó. Luego permanecieron un rato en silencio, mirando el cielo azul.

Evelina se acostumbró a ver a Ezra cada mediodía. Era fácil tomar el metro hasta Brooklyn y reunirse con él en su apartamento. El piano de pared, regalo de Navidad de Franklin a Evelina, llegó y ella empezó a tocar. Sus dedos no lo habían olvidado y se acomodaron de nuevo en los viejos acordes y armonías como si nunca los hubieran abandonado. Una vez más, Evelina se dejó llevar por su imaginación, como Ezra le había enseñado a hacer. Era un pájaro con las alas desplegadas que sobrevolaba las montañas del Piamonte, hundiendo las puntas en los arrozales y zambulléndose entre las hileras de vides y olivos plantados con sumo esmero. Sus melodías la llevaron de nuevo a casa, a las grutas cubiertas de musgo de Villa L'Ambrosiana, y Ezra estaba allí porque él también pertenecía a aquellos jardines, con ella.

Evelina tomó su bloc de dibujo y lo bosquejó. Disfrutó trazando las líneas de su rostro a carboncillo, acariciando sus rasgos con su mirada concentrada. Él estaba recostado contra las almohadas, con el cigarrillo humeante entre los dedos y mirándola con los párpados pesados y los ojos soñolientos. Siguió la línea de sus labios, la curva de su barbilla, los sensuales contornos de un rostro que había besado mil veces en su imaginación y cientos más desde que había vuelto de entre los muertos. Estaba perdiendo el pelo y encaneciendo de forma prematura. Antes era espeso y rizado, del color de la tierra. Pero la experiencia y los traumas habían dejado sus huellas en él. Evelina temía mirarlo demasiado profundamente a los ojos, no fuera que viera allí su sufrimiento, un sufrimiento que no tenía valor para afrontar. Pero Ezra no quería hablar del pasado. Vivía el momento, valoraba su libertad y su vida; ¿de qué otra forma se podía vivir cuando se había salido del abismo solo por la gracia de Dios?

Pasaron los meses y esta nueva rutina se convirtió en parte de la vida. Aunque Evelina sabía que estaba traicionando a Franklin, no lo sentía como una traición. Había amado a Ezra primero. Eran dos mitades de un mismo todo. Como inspirar y exhalar, incapaz de existir lo uno sin lo otro. Franklin estaba cada vez más ocupado con el trabajo. Su trabajo no dejaba de aumentar. Las responsabilidades aumentaban a cada paso que daba. Evelina siempre estaba en casa cuando él volvía al final del día. Le preparaba la cena, lo escuchaba hablar de sí mismo y le llevaba una taza de chocolate caliente a su mesa cuando él seguía trabajando, mucho después de que ella hubiera terminado de fregar. De no haber sido por Ezra, se habría sentido poco querida e ignorada, pero gracias a él aceptaba la compulsividad de su marido, y Franklin agradecía su comprensión, sin cuestionarse de dónde procedía.

Entonces, un fin de semana de la primavera siguiente, cuando Franklin tuvo que ir a Boston por negocios, Evelina pasó la tarde con Ezra y dejó a sus hijos con Zofia. Pasearon por el parque, bajo los plátanos cuyas hojas empezaban a desplegarse. La brisa esparcía flores y el canto de los pájaros llenaba el aire. La vida vibraba con fuerza en cada linde y el dulce aroma de la fertilidad y de la regeneración impregnaba el aire. Se sentaron en un banco y contemplaron el río. Unas cuantas barcas se desplazaban con lentitud por el agua igual que patos y los brillantes y dorados rayos de sol se reflejaban en las ondas de las estelas que dejaban tras de sí.

—Quiero contarte lo que me ocurrió después de que me capturaran —dijo.

Evelina se armó de valor.

—Si estás preparado —respondió, sabiendo que no iba a ser agradable volver a un lugar tan oscuro.

Ezra se miró los números tatuados en el interior del brazo y tomó aire.

—Te contaré lo que pasó porque necesito contártelo, Eva. Y después no volveré a hablar de ello.

18

En junio, Evelina recibió una llamada de Italia. Era su madre, que llamaba para decirle que la *nonna* Pierangelini había muerto. Aunque Evelina sabía que era improbable que volviera a ver a su abuela, el carácter definitivo de su muerte fue un duro golpe para ella. La recordaba como la había visto por última vez a través de la ventanilla trasera del coche, como una baja figura vestida de negro, agitando un pañuelo blanco. «El mundo está lleno de trampas —le había dicho—. El diablo las pone en tu camino para ponerte a prueba». ¿Acaso su abuela sabía que podría someterse a la prueba? ¿Era posible que de algún modo supiera que Ezra estaba vivo y hubiera previsto los problemas que se avecinaban?

Franklin se mostró comprensivo. Se quitó las gafas y miró a su mujer como hacía meses que no la miraba. Viéndola de verdad y comprendiendo sus necesidades.

—¿Por qué no vas a visitar a tu familia? —sugirió—. Zofia puede cuidar de Ava María y tú podrías llevarte a los niños. Iría contigo si no tuviera tanto trabajo.

Evelina agradeció su comprensión.

—No lo sé. Es un viaje muy largo...

—No has vuelto a casa desde que nos casamos. Deberías ir a ver a tus padres y a Benedetta.

Evelina lo pensó un momento. Su reticencia no tenía nada que ver con el viaje, sino con Ezra. Si volvía a Italia, tendría que quedarse al menos tres semanas. Sabía que no podría separarse de él tanto tiempo. Tampoco estaba segura de poder separarse de Ava María.

Pero la muerte de su abuela puso de relieve la fragilidad de la vida y supo que si no tenía cuidado, pasarían los años y las personas que más significaban para ella se distanciarían cada vez más y al final seguirían a la *nonna* Pierangelini al otro mundo, dejando a Evelina con un profundo arrepentimiento por no haber hecho el esfuerzo de visitarlas cuando había tenido la oportunidad. A fin de cuentas, Italia no estaba tan lejos.

Cuando se lo comentó a Ezra, este le hizo una audaz sugerencia.

—Si esperas hasta agosto, con el calor que hace en la ciudad, Giuseppe cierra la tienda todo el mes y se lleva a su mujer a la Toscana. Yo podría ir contigo.

Evelina se estremeció ante la sugerencia. Era peligroso, pero irresistible.

—¿Volverías a Vercellino? —preguntó, sorprendida.

—No, iría a la Toscana con Giuseppe y nos encontraríamos en Florencia. Podrías visitar a tu familia y luego tomar el tren hacia el sur para pasar tiempo conmigo. ¿Una semana, diez días, dos semanas? Solos tú y yo.

Cuanto más lo pensaba, más simple le parecía la idea. Si iba en agosto, podría llevarse a los niños. Ava María era demasiado pequeña y Zofia estaría encantada de cuidarla, pero los chicos eran lo bastante mayores como para disfrutar el viaje y podría dejarlos con Benedetta mientras ella iba a Florencia. Empezó a emocionarse. Sería un sueño pasar un tiempo con Ezra en el que no estuviera constantemente pendiente de su infidelidad y del tictac del reloj.

Un par de meses después, Evelina estaba en un barco de vapor, cruzando el Atlántico con Aldo y Dan. Había sido duro darle un beso de despedida a Ava María, pero Franklin la había tranquilizado sosteniendo a su hija en brazos y diciéndole que Zofia y él la mantendrían ocupada para que no echara de menos a su madre. Ava María había levantado la mano y la había agitado mientras el barco vibraba como una bestia que despierta y se alejaba con lentitud del puerto. Evelina tuvo que apartar la vista porque el espectáculo era insoportable.

La travesía fue agitada a veces, pero a los chicos les pareció muy divertido rodar de un lado a otro en sus literas. Evelina tenía náuseas, pero se concentró en Florencia y se imaginó paseando por las calles empedradas de la mano de Ezra, igual que había imaginado que haría en Vercellino, hasta que la guerra truncó sus sueños. Tumbada en su litera de primera clase, pensó en lo que Ezra le había contado en el banco. Había compartido su historia sin emoción, de forma impasible, como si le hubiera ocurrido a otra persona. Ahora, mientras estaba allí tumbada, tratando de contener las sombrías imágenes que surgían de su imaginación (terroríficas por su vaguedad, pues ¿cómo podría entenderlas alguien que no hubiera estado allí?) se dio cuenta de por qué; porque la única forma de sobrevivir era tomar distancia de aquello. Lo que había vivido y presenciado en Auschwitz era tan terrible que resultaba del todo incomprensible. Pero lo que él quería era que lo escucharan. Evelina no podía darle mucho consuelo, pero sí toda su atención.

Tras ser capturado, llevaron a Ezra a Fossoli, cerca de Carpi, un campo dirigido por italianos para judíos italianos y prisioneros de guerra ingleses y estadounidenses. Estuvo detenido allí durante un mes. De Fossoli lo enviaron a Monowitz, uno de los campos del complejo de Auschwitz. Soportó once meses de trabajos forzados antes de que los rusos los liberaran. Los alemanes, ante el avance aliado, intentaron evacuar a todos los prisioneros, enviándolos en una marcha de la muerte desde Auschwitz a Buchenwald y Mauthausen, con la intención de matar a todos los que quedaran atrás y estuvieran demasiado enfermos para ser trasladados. Pero la velocidad del avance ruso los obligó a cambiar de planes y a huir. Ezra se salvó porque estaba en la enfermería con escarlatina. Sin embargo, tardó nueve meses en volver a casa atravesando Europa a pie y en tren.

Evelina lo había escuchado. Ezra no suavizó su historia con humor, sino que se la contó de forma objetiva, con los dedos entrelazados y los ojos fijos en el río. No quería compasión, solo el reconocimiento de lo que había vivido. No le ocultó nada del horror y ella se había contenido, tragando saliva y apretando los dientes para no llorar por él y por su familia, porque no quería que Ezra tuviera que consolarla a ella, que había vivido la guerra en la seguridad de Villa L'Ambrosiana. ¿Cómo podía mostrar emoción cuando él no mostraba ninguna?

Evelina también fijó la mirada en el río, procurándole a Ezra tiempo y silencio para hablar. Cuando terminó, ella le sujetó la mano y siguieron sentados, mirando la luz que se reflejaba en el agua, sin mediar palabra. Después de un buen rato, Ezra estrechó contra su pecho a la única persona que le quedaba en el mundo y murmuró un «Gracias».

Ahora, en la oscuridad de su camarote, Evelina rompió a llorar. Lloró por Ezra, por Ercole y por Olga, por Fioruccia y por Matteo, y por toda su familia. Lloró también por las millones de almas devoradas por aquella vorágine de maldad. Luego cuestionó al Dios que lo había permitido.

Dan y Aldo estaban entusiasmados de estar en Italia. Todo era nuevo y diferente, y sus preguntas eran como un ruidoso e incesante tiroteo. Tani los recogió en la estación de Vercellino. Ahora era mayor. Su pelo raleaba y su rostro mostraba una delgadez que antes no tenía. Les alborotó el pelo de los chicos y les habló en italiano, y luego regañó a su hija por no haberles enseñado su lengua materna.

—Lo intenté —explicó Evelina mientras lo veía colocar la maleta en el maletero—. Pero es más fácil hablar el idioma que hablan los demás.

Cuando por fin llegaron a Villa L'Ambrosiana, su madre y Benedetta se apresuraron a salir de la casa para darles la bienvenida. El pelo de Artemisia se había vuelto gris. Seguía teniéndolo largo y rizado, pero el tiempo le había robado espesor y brillo. Sin embargo su rostro se había vuelto más atractivo con la edad. Parecía una hermosa ave de presa, con su nariz aguileña y su mirada incisiva. Las mujeres se abrazaron y luego Evelina presentó a sus hijos a su abuela y a su tía. Artemisia los aplastó contra su perfumado pecho. Dan puso mala cara, pero Aldo fue educado e intentó recordar algo de italiano de lo poco que le había hablado su madre. Benedetta se llevó a los chicos a buscar a sus hijos, que estaban jugando en el jardín.

Costanza estaba sentada en la terraza vestida de negro, fumando un cigarrillo y bebiendo un vaso de vino. Evelina nunca la había visto de negro. Se la veía rara, como un buitre posado allí solo, encorvado sobre su copa de vino.

—Quiere morir —le dijo Artemisia a Evelina, hablando por un lado de la boca—. Dice que no puede vivir sin su hermana.

—Iré a hablar con ella —repuso Evelina y se acercó a saludarla.

Costanza levantó sus apesadumbrados ojos hacia su sobrina nieta y esbozó una pequeña y triste sonrisa.

—Ay, Evelina. Así que en el fondo no nos has olvidado.

Evelina arrimó una silla y se sentó a su lado. Costanza le tomó la mano con la suya. Evelina se dio cuenta de que ni siquiera se había pintado las uñas. Parecía como si no se hubiera cepillado el pelo en mucho tiempo y lo llevaba recogido en la parte superior de la cabeza con horquillas, no con un peinado especial, sino simplemente para retirárselo de la cara. Era de color gris pizarra con amplias vetas blancas, tan pálido como la ceniza. Sus ojos seguían siendo de un hermoso tono avellana y su luz aún no se había apagado.

—Jamás me olvidaría de ti —aseguró Evelina—. Solo lamento no haber podido volver a ver a la *nonna*.

—Falleció de manera plácida mientras dormía —adujo Costanza, acariciando la mano de Evelina—. Estoy segura de que está esperando a las puertas del cielo a que me reúna con ella para entrar. Bueno, así era mi hermana. Siempre pensando en los demás, sobre todo en mí. Nunca me casé porque no lo necesitaba. Siempre la tuve a ella. Y no quería a nadie más. Ella era mi alma gemela, ya ves, y no soy nada sin ella.

—Eso no es verdad, Costi. Ella no querría que estuvieras triste. Seguro que se preguntaría por qué vas de negro.

—Estoy esperando a que la Parca me lleve —dijo tirando la ceniza al cenicero.

—Pero si tú nunca te has vestido de negro.

—Lo llevo en memoria de mi hermana.

—Murió hace dos meses. Estoy segura de que le gustaría que volvieras a vestir de color. Siempre has ido muy glamorosa de color.

—Creo que esos días ya pasaron, cariño. Estoy vieja y cansada. Sí, estoy muy cansada. Me gustaría tumbarme en una fría tumba y dormir toda la eternidad.

Evelina se rio.

—Me gustaría hacerte la manicura.

—¿De veras? —Costanza frunció el ceño—. En realidad ya no tiene sentido. Cuando eres vieja, eres vieja y no hay vuelta atrás. ¿A quién le importa si mis uñas están pintadas o no?

—Me importa a mí.

Costanza le soltó la mano y pasó los dedos por la cara de Evelina.

—Eres un encanto. Siempre has sido un encanto. Aunque un poco traviesa. Dime, ¿cómo te trata la vida en Estados Unidos? ¿Es verdad que la pizza es mejor allí?

—No, no es mejor allí, pero es bastante buena.

—¿Cómo se llamaba tu marido?

—Franklin.

—Eso es. Me acuerdo de que era guapo.

—He traído a dos de mis hijos. Aldo y Dan. Estoy deseando que los conozcas.

—Ojalá tu abuela los hubiera conocido. Le encantaban los niños. —Costanza exhaló un suspiro—. Los niños también la querían a ella. Siempre han desconfiado un poco de mí, pero a ella siempre la quisieron. ¿Cuántos tienes?

—Tres.

—Sí, es verdad. Se me olvidan las cosas. Me entran por un oído y me salen por el otro y solo alguna que otra cosa se queda en medio. Suele ser lo menos importante. Así son las cosas. Tu abuela nunca olvidaba nada. Se le daban muy bien las cartas y fue así hasta el final. Era astuta como un zorro, pero no lo parecía. Engañaba a todos porque era regordeta y amable, y tenía una sonrisa dulce. Todos pensaban que yo era la astuta. Pero ella era mucho más astuta que yo. Tuve amantes, muchos amantes, y no me arrepiento de ninguno de ellos. —Arrugó la nariz—. Bueno, eso no es del todo cierto. Podría haber prescindido de uno o dos. Pero si te dijera que tu abuela tuvo un amante durante su matrimonio con tu abuelo, ¿me creerías?

—Me parece que no, Costi —dijo Evelina, preguntándose adónde se dirigía la conversación.

—Ya ves. Tu abuela era una zorra astuta y se las arregló para engañaros a todos. —Costanza se rio. Apagó el cigarrillo y buscó otro en el bolso—. ¿Has traído a…, cómo se llamaba?

—¿Franklin?

—Franklin. ¿Has traído a Franklin?

—No, solo a los chicos.

Costanza enarcó las cejas.

—¿Eres una buena esposa, Evelina?

—Sí, lo soy, Costi.

—Bien. No quiero que te hagas ilusiones ahora que te lo he contado todo sobre tu abuela.

—No lo haré.

Costanza dio una calada a su cigarrillo, que prendió en la llama de su mechero y brilló de color carmesí. Acto seguido se miró las uñas.

—¿Crees que podrías hacer algo con ellas?

—Seguro que sí —aseveró Evelina—. Creo que la *nonna* querría que llevaras las uñas rojas.

—Tal vez. Pero primero, ¿dónde están tus niños?

—Buena pregunta —repuso Evelina, levantándose.

—Están buscando sus raíces —dijo Costi, y al notar que su copa de vino estaba vacía, miró a su alrededor buscando a la criada para que le trajera otra botella.

Evelina disfrutó más de este viaje que cuando vino con Franklin justo después de casarse. Ahora que Ezra había vuelto a su vida, ya no lo lloraba. No iba en bicicleta a la ciudad ni buscaba su fantasma al otro lado del escaparate de la antigua tienda de Ercole Zanotti. Tampoco se aventuró con temor en la capilla para recordar, porque Ezra ya no estaba en el pasado, sino en su presente y en su futuro. Pudo disfrutar de su estancia en Villa L'Ambrosiana, liberada de la carga de la pérdida y del remordimiento, del peso de la memoria y del dolor, esperando con ilusión su viaje a Florencia con el corazón lleno de alegría y expectación.

Fue a visitar la tumba de su abuela. La *nonna* Pierangelini estaba enterrada en la cripta familiar del cementerio de Vercellino, con Bruno, su marido y los hijos que había perdido cuando eran pequeños. Evelina había recogido un ramo de flores del jardín, flores silvestres, de las que sabía que le gustaban a su abuela, y las puso en un jarrón, para reemplazar las que ya se habían marchitado. Luego cerró los ojos y rezó una oración. Al leer las inscripciones de las placas, se dio cuenta de que su nombre nunca figuraría entre ellas. Cuando muriera, la enterrarían en algún lugar de Nueva York. El primer Pierangelini lejos de casa, imaginó.

Benedetta había aceptado cuidar de los niños mientras ella estaba fuera. Nadie cuestionó por qué quería ir a Florencia a visitar a unos amigos que había conocido en Nueva York. El secreto de una buena mentira era decir una verdad a medias. Eso fue lo que hizo Evelina. Explicó que tenía una amiga que trabajaba para un luthier de Brooklyn. Ella, el luthier y su mujer iban a estar en la Toscana y la habían invitado a acompañarlos. Evelina había estado varias veces en Florencia cuando era joven y tenía muchas ganas de volver. Sin embargo, no era el momento de llevar a los niños, ya que eran demasiado pequeños para apreciarlo. Hubo un momento horrible cuando Artemisia sugirió que podría acompañarla, pero Benedetta no tardó en quitarle esa idea de la cabeza, pues consideraba descortés que su madre se autoinvitara, y además una semana sin su madre le daría tiempo a conocer a sus nietos estadounidenses y enseñarles algo de italiano.

***

Evelina había quedado con Ezra en una pequeña pensión del centro de Florencia, cerca de la plaza del Duomo. Tomó el tren de Vercellino a Milán y luego de Milán a Florencia. Tenía el estómago revuelto por culpa de los nervios y hacía un calor insoportable. No podía concentrarse en su libro, así que se abanicó y miró por la ventana, imaginando cómo habría sido su vida si no hubieran detenido a Ezra. Esa semana en Florencia le proporcionaría una muestra del camino que no había tomado.

Florencia estaba repleta de turistas. Los italianos sensatos se habían marchado a las playas, pero los extranjeros desafiaban el calor para ver el famoso Duomo y los tesoros de los Medici. Evelina tomó un taxi hasta la *pensione*. Se miró el vestido, arrugado por el viaje, y deseó haber elegido algo que no fuera de lino, que tanto se arrugaba. Era última hora de la tarde, pero el sol quemaba con intensidad y teñía los edificios de un intenso color dorado, de modo que incluso en las partes donde daba la sombra porque no llegaba el sol, hacía tanto calor que no proporcionaba alivio. Evelina se secó la cara con un pañuelo y se abanicó con brío. Florencia estaba preciosa bajo esa luz cobriza, pero estaba demasiado distraída pensando solo en Ezra y esperando que estuviera allí como para darse cuenta. Entonces pensó en Franklin. Pero ahora no era el momento de pensar en su infidelidad. Si el diablo le había tendido una trampa, había caído en ella.

El taxi bajó por una calle estrecha y se detuvo. Evelina pagó al taxista y le dio las gracias mientras sacaba su maleta del maletero. Se detuvo frente a la puerta marrón, integrada en un arco de piedra con una elaborada decoración. A la derecha había una lista de timbres. Estaba a punto de pulsar uno cuando sintió una mano en el hombro. Se giró y allí estaba Ezra, sonriéndole.

Lo abrazó, repleta de alivio. Él la levantó en vilo y la estrechó con tanta fuerza que apenas podía respirar.

—¡Has llegado! —Ezra rio.

Evelina lo miró fijamente, absorta en cada uno de sus preciosos detalles.

—No puedo creer que estemos aquí —dijo—. ¡Tú y yo solos durante una semana entera!

Agarró la maleta.

—Ven, deja que te enseñe dónde nos alojamos y luego iremos a pasear por Florencia y veremos la puesta de sol sobre el Arno.

⁂

La puerta daba a un bonito patio adornado con buganvillas rosas y descoloridas macetas con olivos. En el centro había un viejo pozo, que ahora era un encantador adorno lleno de geranios, y un gran gato blanco y negro que los observaba con recelo. Una anciana con delantal barría los adoquines al sol. Detuvo su labor para saludarlos.

—Buenas tardes, *signor* Zanotti —dijo. A continuación saludó a Evelina con la cabeza y añadió—: *Signora*.

—Buenas noches, *signora* Bianchi —dijo Ezra alegremente—. Mi esposa ha llegado por fin.

A Evelina le sorprendió la facilidad con que se refería a ella como su esposa. Sintió que sus mejillas enrojecían por la mentira y sin embargo deseó de todo corazón que fuera verdad.

La señora Bianchi sonrió.

—Bien. Florencia no es una ciudad para disfrutarla solo.

—Es maravilloso estar aquí —dijo Evelina, siguiendo a Ezra por la escalera de piedra. Ezra metió la llave en la cerradura al llegar arriba y empujó la puerta. Dentro había un dormitorio y un cuarto de baño sencillos, con vistas a la calle y a los tejados de Florencia—. Es perfecto —exclamó Evelina.

—Y tú también —declaró Ezra, dejando la maleta y tomándola en brazos—. Florencia puede esperar.

Aquella tarde pasearon por la ciudad tomados de la mano, tal y como Evelina había imaginado que harían. Era maravilloso estar juntos en aquel lugar mágico, lejos de casa. Allí podía fingir que estaba casada con Ezra. Podía olvidarse de sí misma y de sus ataduras y vivir una vida diferente. Tal vez así habrían sido las cosas si no hubieran capturado a Ezra. Se habrían tomado de la mano y se habrían besado a la vista de todo el mundo. No se habrían escondido, no se habrían escabullido, no se habrían sentido culpables. Habrían sido libres de amarse abiertamente de ese modo.

Pasearon por la plaza del Duomo, admirando la catedral y la famosa cúpula de Brunelleschi. Luego se sentaron en una mesa bajo una sombrilla, pidieron la cena y compartieron una botella de vino. Ezra jugaba con los dedos de ella mientras hablaban. Acarició la suave piel del dorso de la mano con el pulgar y trazó las líneas de la palma, sin dejar de mirarla con amor e incredulidad. El hecho de que estuvieran ahí juntos era embriagador y asombroso a la vez, y se miraron con intensidad, conscientes de que cada momento era un regalo que no duraría, y no había necesidad de palabras.

Llegaron demasiado tarde para la puesta de sol sobre el Arno, pero en su lugar contemplaron la luz de la luna y el resplandor de las luces de la ciudad reflejadas en deslumbrantes vetas de oro sobre el agua. El Ponte Vecchio, el emblemático puente que cruzaba el río, estaba silencioso y tranquilo bajo la bóveda celeste. Ezra apoyó a Evelina contra la pared, le rodeó la cintura con los brazos y la besó. Ella le apartó el pelo de la cara con las manos.

—Te quiero, Ezra —le dijo.

—Te quiero, Eva —respondió.

Y ambos sabían que el poder curativo del amor y solo del amor podía penetrar en esos oscuros y turbulentos lugares y transmutarlos en luz.

19

El tiempo transcurría despacio, como si el universo hubiera conspirado a fin de darles a Evelina y Ezra innumerables días y noches en los que disfrutar el uno del otro. No se quedaron en la ciudad, sino que tomaron un autobús para ir al campo a tumbarse en la hierba y buscar formas con las nubes, como habían hecho antes de que la guerra las convirtiera en cenizas. Nadaron en un lago, hicieron el amor en la orilla y comieron espaguetis en un pequeño restaurante donde los únicos clientes eran un par de ancianos que jugaban al ajedrez.

El último día, Ezra llevó a Evelina al mercado de Florencia para comprarle un regalo. Quería encontrar un recuerdo que le recordara siempre a esta semana. Sabían que no volverían a tener la oportunidad de hacerlo. Regresarían a Nueva York. A los momentos robados en el apartamento de Ezra en Brooklyn. Tal vez algún que otro paseo por el parque, pero les volverían a cortar las alas y sus vidas volverían a reclamarlos.

Recorrieron los pasillos entre los puestos de artículos de cuero, fruta, queso, joyas e iconos religiosos. La mano de Ezra asía la de Evelina con fuerza, como si no tuvieran ninguna preocupación en el mundo, aunque ambos sentían que el tiempo se les acababa. Intentaron no desperdiciar ni un momento de su último día preocupándose por la despedida. Se detuvieron en un puesto de venta de joyas de oro. Evelina empezó a echar un vistazo. Todo era muy bonito, pero nada le parecía personal. Evelina no quería que él le regalara una pulsera o un collar cualquiera, quería algo que la hiciera pensar en él.

Entonces Ezra lo vio, escondido detrás de otros colgantes que pendían de cadenas.

—¿Podemos probarlo? —le preguntó al vendedor.

El hombre se puso el cigarrillo entre los labios y lo desenganchó.

—Oro de 24 quilates —dijo—. La única estrella de seis puntas que tengo.

Evelina se levantó el pelo para que Ezra pudiera abrochárselo. Luego se miró en el espejito que el vendedor había colocado sobre el mostrador. La estrella descansaba sobre su pecho y ella la recorrió con los dedos, encantada.

—Me encanta —dijo de forma alegre.

Era un colgante muy sencillo. Sin diamantes ni grabados, solo una simple estrella de David, símbolo del judaísmo.

—Nos lo llevamos —dijo Ezra.

Evelina lo rodeó con los brazos y lo besó.

—Lo llevaré siempre —dijo. No creía que Franklin fuera el tipo de hombre que reparara en un collar nuevo y menos en uno tan sencillo como ese.

—Si nos hubiéramos casado, te habría comprado uno de diamantes —dijo Ezra.

—No querría uno de diamantes. Querría uno como este.

En ese momento, Evelina oyó que la llamaban por su nombre. Se separó de un salto de Ezra y se volvió para ver de quién se trataba.

—¡Evelina! —Una mujer regordeta de pelo gris y gran sonrisa se dirigía hacia ella—. Eres Evelina Pierangelini, ¿verdad?

Evelina la reconoció enseguida. Era Giulia Benotti, la amiga de su madre, a la que había calificado de oca, con su risa chillona y su carácter avasallador. Evelina se puso roja. ¿La habría visto Giulia besando a Ezra?

—¡Giulia, qué sorpresa! —exclamó Evelina. Se acercó a la mujer con la esperanza de poner distancia entre Ezra y ella y la besó en la sudorosa mejilla.

—¿Qué haces en Florencia? Creía que vivías en Estados Unidos.

—Así es. Solo he venido de visita.

Giulia posó sus agudos ojos en Ezra, que estaba pagando el colgante.

—¿Y quién es el apuesto joven? —preguntó. Ezra se volvió y sonrió con indiferencia. Giulia se quedó sin aliento—. ¿Ezra Zanotti? —Entrecerró los ojos y se llevó una mano al pecho—. ¡*Santa Madonna!* ¡No es posible!

Ezra le tomó la mano y se la llevó a los labios.

—Señora Benotti —dijo.

—Eras un crío la última vez que te vi. Antes de la guerra..., antes... —Lo miró como si acabara de salir de la tumba—. Creía que... —Desvió su mirada febril hacia Evelina, buscando una explicación.

—Yo también lo creía —dijo Evelina con calma—. He venido a visitar a unos amigos y nos hemos encontrado. Qué casualidad.

—Me instalé aquí después de la guerra —mintió Ezra—. Después de lo que pasó, no podía volver a Vercellino.

Giulia volvió a jadear, como si comprendiera todo el horror que había vivido.

—Por supuesto que no. Terrible, simplemente terrible. Lo que le hicieron a..., bueno, a tu familia. Fue terrible. No hay palabras para expresar... —Sonrió a Evelina con incertidumbre y con una expresión frenética—. Me alegro de verte, querida. Qué agradable sorpresa. Debes venir a cenar...

Evelina fingió decepción.

—Me temo que me voy mañana por la mañana. He dejado a mis hijos con mamá y con Benedetta, así que debo ir a recogerlos antes de volver a Estados Unidos. —Tomó la mano de Giulia, esperando haber conseguido convencerla con su historia—. Es un placer verte, Giulia.

—Una coincidencia. Me encantan las coincidencias. Supongo que no volveré a verte, ya que vives al otro lado del mundo. Imagino que has vuelto porque... —Vaciló. Los surcos de su frente se hicieron más profundos debido a la compasión—. Siento lo de tu abuela. La *nonna* Pierangelini era una mujer muy especial.

—Gracias.

—Debe ser muy duro para Costanza. Siempre fueron uña y carne. Bueno, será mejor que me dé prisa. Eugenio se estará preguntando dónde estoy. —Miró a Ezra y luego a Evelina—. ¿No te ha acompañado tu marido?

—No, no podía dejar el trabajo. Es una suerte que me haya encontrado con Ezra, de lo contrario habría estado vagando por este mercado yo sola.

Giulia disimuló su confusión tras una sonrisa titubeante.

—Oh, sí, mucha suerte.

—Bueno, debemos buscar al resto de nuestro grupo —dijo Ezra—. Ha sido un placer volver a verla, *signora*.

—Lo mismo digo. —Giulia le puso una mano regordeta en el brazo—. Me alegro de que te hayas…, ya sabes, de que te hayas instalado aquí en Florencia. Maravilloso, simplemente maravilloso. —Se despidió de ellos y desapareció entre la multitud a toda prisa.

Evelina respiró hondo.

—¿Crees que lo ha visto?

Ezra se rascó la cabeza.

—Tal vez. Desde luego, estaba muy agitada.

—Eso es porque pensaba que estabas muerto.

—Las resurrecciones tienden a desequilibrar a la gente.

—Parecía un conejo delante de los faros de un coche. Pobrecita.

—Ahora irá corriendo a contárselo a tu madre, así que será mejor que pienses en una buena historia.

—Esperemos que esté demasiado ocupada con tu supervivencia como para inventarse una historia por habernos visto a los dos juntos.

—No cuentes con ello. Esa mujer es una cotilla. La recuerdo de la tienda. Giulia «*bocca*» Benotti.

Evelina se echó a reír.

—¿La llamabais *bocca*?

—Teníamos algún que otro apodo para nuestros clientes. *Bocca* le iba como anillo al dedo.

—¿Qué mote le pusisteis a mi madre?

—Ninguno.

Evelina no estaba convencida.

—¿En serio?

—Era demasiado guapa y buena clienta para ponerle un mote. Mis padres le tenían un gran respeto.

Evelina enlazó su brazo con el de él.

—Gracias por el colgante, Ezra.

—No hay de qué. —Le sonrió—. No sé tú, pero yo tengo hambre. ¿Qué te parece si buscamos un buen restaurante y cenamos algo?

—Necesito una copa —dijo Evelina.

—Yo también. —Cruzaron la plaza—. ¡Me parece que *Bocca* Benotti también necesita una!

A la mañana siguiente, Ezra acompañó a Evelina a la estación de tren. Evelina llevaba su estrella de oro contra el pecho, sobre su pesaroso corazón.

—Te veré en Nueva York —le dijo, abrazándola con fuerza.

—No puedo creer que se haya acabado. —Cerró los ojos para contener las lágrimas.

—No ha terminado. Acaba de empezar.

—Ya sabes lo que quiero decir.

—No, no debes pensar así.

—Pero quiero más.

Él le sonrió con ternura.

—Siempre querrás más.

—¿Tú no?

Ezra se encogió de hombros.

—Aceptaré lo que me den.

—Supongo que cuando has resucitado, cualquier tipo de vida es un regalo.

—Formas parte de mi vida, Eva. Nunca pensé que te volvería a ver. Eso es un regalo.

Evelina lloró en voz queda mientras el tren salía de la estación. Contempló la ciudad por la ventanilla y se preguntó si volvería a ver Florencia. Había sido una semana perfecta y ahora se había acabado. Le dolía tanto el corazón que apretó la mano contra él para aliviarlo. Imaginó a Ezra como lo había visto por última vez, saludándola en el andén, y supo que, al igual que él, debía estar agradecida por el hecho de que pudieran verse. El problema era que no le bastaba. Quería despertar con él cada mañana y darle un beso de buenas noches cada noche. Ahora que lo había probado, ya no le bastaba con robar un rato para comer en Brooklyn.

Mientras el tren atravesaba la campiña italiana, Evelina pensó en el divorcio. Nunca se lo había planteado, pero ahora que había pasado una semana con Ezra, la palabra flotaba en su mente como si fuera el cebo en la punta del cayado del diablo. Franklin sobreviviría. De todas formas, estaba bastante casado con su trabajo. En cuanto a los niños, bueno, los niños eran resistentes, ¿no? Mientras los quisieran, estarían bien. Evelina intentó convencerse de que ellos también sobrevivirían a todo.

Evelina llegó a Villa L'Ambrosiana a última hora de la tarde. Aldo y Dan esperaban en la escalera con los hijos de Benedetta, que daban brincos de un lado a otro como si fueran ranas. Cuando vieron a su madre, corrieron a sus brazos. Ninguno podía dejar de hablar, pues estaban ansiosos por contarle lo que habían hecho durante su ausencia. Aldo presumía orgulloso de su italiano. Dan había aprendido a decir palabrotas.

Evelina hizo lo que Ezra le había sugerido y se inventó una historia convincente para contársela a su madre, por si acaso Giulia Benotti informaba de que los había visto. Se lo contó durante la cena con una expresión vaga y despreocupada.

—¿Sabéis a quién me encontré en Florencia?

—¿A quién? —dijo Artemisia.

—A Ezra Zanotti.

—¡No! —jadeó Artemisia. Tani dejó su copa de vino.

—¡*Santa Madonna!* —exclamó Costanza y se llevó la mano a la boca, con sus uñas escarlata y su manicura perfecta.

Benedetta miró a su hermana y entrecerró los ojos.

—¿Qué fue de él?

—Sobrevivió a Auschwitz —dijo Evelina—. Fue el único de su familia que sobrevivió.

Tani sacudió la cabeza. No había palabras para describir la barbarie de lo que habían hecho los nazis.

—Es terrible —dijo Artemisia, pareciéndose a Giulia Benotti.

—Me acuerdo de él cuando era pequeño —dijo Costanza—. Era muy guapo.

—Una vez estuviste enamorada de él —intervino Benedetta. Observaba a su hermana con mucha atención.

—Así es —respondió Evelina riendo y sacudiendo la cabeza, como si no pudiera imaginar lo que había visto en él.

—¿Se casó? —preguntó Artemisia.

—No —dijo Evelina—. No le pregunté si tenía novia o no. Me pareció que eso sería entrometerme.

—¿Vive allí, en Florencia? —preguntó Tani.

—Sí.

—Supongo que aquí no quedaba nada para él —añadió Tani.

—Ercole Zanotti es ahora una cafetería —dijo Costanza—. Era mejor como Ercole Zanotti.

—¿A qué se dedica? —preguntó Tani.

—No lo sé. En realidad no me entretuve mucho. Nos encontramos en el mercado. También me encontré con Giulia Benotti.

Artemisia sonrió.

—Qué bien. Tienen una casa allí. Aunque no me imagino qué hacen en Florencia en agosto. Yo creo que hace demasiado calor.

—Tienen una preciosa casa de campo con piscina —repuso Costanza—. Me ha hablado mucho de ella. Seguro que se sienta en el agua como un hipopótamo y se dirige a la ciudad al atardecer.

—Costanza se rio por la nariz—. ¡Como un hipopótamo!

Evelina estaba satisfecha de haber disipado cualquier insinuación que Giulia Benotti pudiera hacer sobre ella y Ezra a su regreso de Florencia. Podía imaginársela en la mesa de juego con su madre, causando problemas. Ahora su madre podría explicar que se trataba de un encuentro inocente. Evelina estaba a salvo.

En cambio Benedetta no se dejó engañar con tanta facilidad. Evelina sabía que el amor emanaba de ella como un perfume y que su hermana podía olerlo. Pero no reaccionó al ver que su hermana enarcaba una ceja ni al ver que clavaba los ojos en los suyos con la esperanza de captar un atisbo de remordimiento o un destello de reconocimiento. Aquellos días de confidencias compartidas habían quedado atrás. Pero si Benedetta recordaba algo del afecto de Evelina hacia Ezra, sabría que era una llama que nunca se había extinguido.

El viaje de vuelta a Nueva York fue tranquilo. A los chicos les encantó volver a estar en el barco y jugaron felices con los demás niños. Evelina se entristeció al despedirse de su familia, sobre todo porque no sabía cuándo volvería a verlos. Costanza la había despedido con la mano desde la escalinata de la villa, igual que había hecho su hermana, pero a diferencia de la *nonna* Pierangelini, Costanza volvía a vestir de color. Benedetta la abrazó y Evelina de repente deseó haber paseado del brazo por el jardín, igual que cuando eran jóvenes, y haber compartido sus secretos. Ahora que se marchaba sin visos de volver jamás, deseó haber compartido su secreto con Benedetta.

Artemisia lloró. En otros tiempos, Evelina habría acusado a su madre de hacerlo para crear un efecto dramático, pero esta vez parecía apenada de verdad y a Evelina se le formó un nudo en la garganta, que se hizo más grande cuando se despidió de su padre en el puerto. Tani la había abrazado con cariño, estrechándola más tiempo de lo habitual. «Cuídate —le había dicho—. Y escribe. Nos encanta saber de ti. Tus cartas nos entretienen durante días». Lejos de esconderse en su estudio como siempre había hecho en los viejos tiempos, durante la visita de Evelina apenas lo había pisado. Parecía que con la edad por fin había reconocido el valor de la familia.

Evelina estaba deseando ver a Ava María. No le hacía tanta ilusión ver a Franklin, que ahora se interponía entre Ezra y ella como un obstáculo insalvable. Pero él estaba feliz de tenerla en casa y le había comprado un hermoso ramo de flores como regalo de bienvenida. La besó en la mejilla y la miró con los ojos brillantes, llenos de afecto. Estaba claro que la había echado de menos, quizá más de lo que esperaba. También había echado de menos a los chicos y le encantó que corrieran a sus brazos, peleándose entre sí para contarle su aventura. Ava María, celosa de la atención que recibían sus hermanos, dio un pisotón en el suelo y se lamentó antes de salir furiosa de la habitación y ponerse a sollozar en alto en las escaleras para que todos la oyeran. Evelina la sentó sobre sus rodillas y la abrazó.

—Te he traído unos regalos —dijo, y Ava María dejó de llorar de inmediato.

La vida volvió enseguida a la normalidad. Al día siguiente, Evelina fue a ver a la tía Madolina y al tío Peppino para la comida del domingo con Franklin y los niños. Taddeo estaba allí, como de costumbre, y Alba sin Antonio. Los hijos de Alba se portaban mal, saltaban de la mesa e interrumpían a los adultos cuando intentaban hablar. Alba estaba tensa. Bebía demasiado vino, fumaba un cigarrillo tras otro y hacía comentarios sarcásticos sobre su marido que pretendían pasar desapercibidos para sus hijos, pero Evelina notó la expresión de ansiedad en el rostro de la mayor y supo que al menos Chiara era demasiado lista para no darse cuenta de la acritud entre sus padres. Evelina miró a Franklin, que discutía con Peppino, y luego a sus hijos. La palabra «divorcio», que tan atrevida y llena de posibilidades le parecía en el tren de vuelta de Florencia, perdió ahora su fuerza cuando Evelina sintió que la resignación hacía acto de presencia. ¿Qué clase de madre sería si hiciera pasar a sus hijos por algo así? Miró a Alba al otro lado de la mesa. Parecía inevitable que Alba dejara a Antonio. Evelina no quería ser como ella.

Evelina no vio a Ezra hasta el día siguiente, pero esa noche se escabulló y lo llamó desde el teléfono público solo para asegurarse de que había llegado sano y salvo a Nueva York. El lunes por la mañana dejó a los niños con Zofia y se dirigió a Brooklyn. Los últimos días de agosto eran agotadores y el calor, intenso. Llevaba un vestido ligero, gafas de sol y el pelo recogido en una coleta. Cuando llegó a su estación, estaba acalorada y transpiraba.

Gandolfi's estaba cerrado porque Giuseppe seguía en la Toscana. Evelina también deseaba seguir en la Toscana, pero Ezra no parecía preocupado. A ella le costaba entender que no se sintiera frustrado. Después de hacer el amor, se sentaron en la cama a tomar el café que ella había preparado. Ezra había comprado pasteles en la tienda de la esquina y se comió uno con fruición.

—¡Está buenísimo! —exclamó, cerrando los ojos y saboreándolo.

—Ezra —empezó.

—¿Sí? —respondió despacio, con voz recelosa.

Evelina sonrió.

—¿Por qué lo dices así?

—Así, ¿cómo?

—Como si supieras lo que viene y no quisieras oírlo.

—¿Cómo voy a saber lo que viene? No sé leer el pensamiento.

—Creo que se te da bastante bien leer los míos.

—De eso nada. Tú eres tan enigmática como la Esfinge, Eva.

Ella se rio.

—Ojalá siguiéramos en Florencia. Ojalá pudiéramos pasear juntos por la ciudad, como una pareja normal.

Ezra sacudió la cabeza.

—Eres como la mujer de la botella de vinagre.

—¿Qué mujer?

—La mujer que vive en una botella de vinagre. Una rana le concedió un deseo.

—Siempre es una rana —dijo Evelina, mordiendo un cruasán.

—Bueno, al menos no tiene que besarlo.

—Entonces, ¿no se trata de un príncipe?

—No, se trata de codicia.

—Oh. —Evelina dejó de masticar.

—Así que pide unas cortinas porque todo el mundo puede ver dentro de su botella de vinagre. Cuando vuelve a casa, su botella tiene cortinas.

—¿Me vas a decir que no está satisfecha?

—Lo está durante un tiempo, pero luego piensa que sería bueno tener una cama.

—Por supuesto. Toda mujer necesita una cama.

—Vuelve y le pregunta a la rana si no le importaría darle una cama. La rana lo hace y ella se siente muy agradecida por su cama durante un tiempo.

—Pero quiere más. —Evelina veía a dónde quería llegar.

—Así es. Llama a la rana del estanque y le pide sillas, una mesa y, ya que está, también una cocina.

—¿La rana le da todo eso? Qué rana tan generosa.

—Es magia, así que en realidad no le cuesta nada.

—Vale, y luego, ¿qué pide?

—Exige ropa. A ver, ¿cómo va a entretener a sus nuevos amigos en su nueva botella de vinagre si no tiene ropa bonita que ponerse?

—La rana se traga el cuento, ¿verdad?

—En realidad, ella se lo traga. —Ezra le sonrió—. La rana le dice que vuelva a su botella de vinagre y que allí encontrará todo lo que se merece. Ella regresa y solo encuentra la botella, tal como era en un principio.

—¿Y la rana?

—Creo que hizo las maletas y se fue a buscar otro estanque.

—Así que lo que quieres decir es que debería conformarme con lo que tengo.

—Sí. Acepta la vida como es y agradece lo que tienes. Agradece que estemos aquí, en esta fantástica ciudad, juntos. Quizá nunca nos hubiéramos encontrado.

—¿No quieres estar conmigo?

—Por supuesto que quiero estar contigo. Pero no puedo casarme contigo. Ya estás casada. Por lo tanto, es inútil desear algo que no puedo tener. Solo hará que sea infeliz y, cuando salí del infierno, decidí que nunca más daría por sentada mi libertad ni ninguno de los otros regalos de la vida.

—¿Y si me divorcio? —Evelina no pensaba mencionárselo, pero tenía curiosidad por ver su reacción. Sin embargo, no fue la que ella deseaba.

Ezra la miró con cara seria.

—Tienes que pensártelo muy bien, Eva. Harás daño a cuatro personas en el proceso y también a ti misma. Los divorcios son campos con minas donde menos te lo esperas.

—¿Me estás desanimando? —Evelina se sintió ofendida.

—Te estoy abriendo los ojos a las consecuencias.

Ella se cruzó de brazos.

—¿Es que no quieres estar conmigo?

—Eva, me casaría contigo mañana mismo si fueras libre.

—Puedo llegar a serlo.

Ezra exhaló un suspiro, poco convencido.

—Puedes…

—¿Acaso esos meses en el campo no te enseñaron también que la vida es corta? —le interrumpió—. ¿Que hay que vivirla como uno quiere, no como quieren los demás, sino como quieres tú? ¿Que a veces hay que ser egoísta? ¿Que la vida es demasiado corta para desperdiciarla siendo infeliz?

—Tú no eres infeliz, Evelina. Tienes tres preciosos hijos, un hogar confortable y un marido que te quiere. Imagino que lo querías antes de que yo apareciera. Creo que aún lo amas. Hay muchas formas de amar.

—¡No puedes amarme si eso es lo que sientes! Si me amaras estarías desesperado porque me divorciara. ¡Me suplicarías!

—Te quiero, Eva —insistió—. No puedo imaginar no quererte porque eres parte de mí. Pero no voy a pedirte que destruyas la vida de tu familia solo para tenerte para mí. Lo habría hecho, pero ahora no soy así. No podemos construir nuestra felicidad sobre el dolor de los demás.

Evelina se sintió como Ava María. Quería dar un pisotón en el suelo y salir corriendo de la habitación llorando. Pero no lo hizo. Apuró la taza de café y se levantó de la cama.

—¿Cómo nos ves dentro de diez años? —preguntó, llevando la taza a la cocina para volver a llenarla.

—No quiero pensar a tan largo plazo —dijo, encendiendo un cigarrillo.

—De acuerdo, dentro de seis meses. ¿Te parece demasiado?

—Un poco. —Expulsó una nube de humo.

—¿Nos ves viviendo así? ¿Robando momentos para estar juntos? ¿Así van a ser nuestras vidas? ¿A escondidas como ladrones?

—Acepta la botella de vinagre, Eva —dijo Ezra, y no bromeaba.

—¡Tú no eres una rana! —replicó, malhumorada.

—Eso es porque me has besado y me has convertido en un príncipe.

Ezra tenía una sonrisa irresistible. Evelina volvió al dormitorio y se acurrucó en el sillón del rincón, rodeándose las rodillas con los brazos.

—Antes de que aparecieras, yo era feliz —reflexionó—. Franklin está obsesionado consigo mismo. Su vida es su trabajo. Los niños y yo somos secundarios. Pero eso estaba bien. Las cosas eran así y no lo cuestionaba. Pero ahora que estás aquí, puedo ver una manera mejor de vivir. No soy como la mujer de la botella de vinagre. No quiero cosas materiales. No me importan la ropa elegante ni las joyas… —Se tocó la estrella del pecho. Como había previsto, Franklin no se había dado cuenta—. Excepto esto, claro. —Tomó aire, sorprendida por la ansiedad que se le acumulaba en el pecho—. Me importas, Ezra. Es lo único que quiero. Solo quiero estar contigo, siempre. Es lo que quería cuando tenía diecisiete años y es lo que quiero ahora. Es lo que siempre querré. —Ella lo miró con anhelo, esperando que él dijera que también la quería—. ¿Qué quieres tú? —le preguntó y sintió un nudo en la garganta—. Y no digas que no quieres nada. Que tienes todo lo que quieres. Que tu experiencia te ha enseñado que solo necesitas libertad para estar contento. Quiero que me digas que me deseas.

Él sonrió con indulgencia.

—Quiero que vengas aquí para que pueda hacerte el amor.

—Eso no es una respuesta.

—Es la única respuesta que puedo darte.

—No es suficiente.

—Eva…

—No es justo. Vuelves a mi vida y pones mi mundo patas arriba, pero ni siquiera puedes decirme lo que quieres. Hacia dónde va esto. Estoy siendo infiel a mi marido, me escabullo a Brooklyn todos los días para verte. Tengo derecho a saber qué tienes en la cabeza.

Ezra suspiró y apagó el cigarrillo. Luego la miró fijamente, sosteniéndole la mirada con la suya, sincera y abierta.

—Te deseo. Te deseo y te amo, Eva. Pero no te necesito. Esa es la verdad.

—Pero yo sí te necesito, Ezra —dijo Evelina con lágrimas en los ojos, dolida por sus palabras—. Si la guerra me enseñó algo, fue a aferrarme a los que amas, porque nunca sabes cuándo te los pueden arrebatar.

Ezra se levantó de la cama y se acercó para estrecharla entre sus brazos.

—No me malinterpretes, Eva. Intento decirte que estoy satisfecho con el maravilloso regalo que eres tú. No pido más. —La besó en la sien, le enmarcó el rostro y la miró a los ojos—. No voy a ninguna parte, Eva. Estoy aquí. Siempre voy a estar aquí, esperándote.

20

Evelina no podía quitarse de la cabeza las palabras de Ezra.

«No te necesito. Esa es la verdad».

¿Cómo podía amarla y no necesitarla? ¿Acaso las dos cosas no iban de la mano? Evelina lo amaba y, como lo amaba, necesitaba estar con él. No podía vivir sin él, así de simple, y sin embargo él parecía poder vivir sin ella. Como si pudiera tomarla o dejarla.

«No te necesito. Esa es la verdad».

Esa falta de urgencia y de anhelo era incomprensible para Evelina, que estaba consumida por ambos. Cuanto más intentaba acostumbrarse, menos sentido le encontraba. ¿Cómo podía no necesitarla? ¿Qué quería decir? ¿Era su amor menos intenso que el de ella? ¿O simplemente era más débil ante él?

«Pero no puedo casarme contigo. Ya estás casada».

Si ya no estuviera casada, ¿se casaría con ella? ¿Se negaba a luchar por ella a causa de Franklin? ¿Tenía miedo de ser la causa de la ruptura de su matrimonio y de la división de su familia? ¿Temía cargar sobre sus hombros el peso de la desdicha ajena? ¿Era eso lo que quería decir: no te necesito porque no quiero necesitarte? ¿Tenía miedo de ser dependiente por haber perdido a todos sus allegados? ¿Su aparente distanciamiento de la necesidad no era más que una forma de protegerse de la dependencia del amor?

Entonces Evelina se divorciaría de Franklin sin decírselo. Estaría exento de responsabilidad.

Sin embargo, Alba se le adelantó. En la comida del domingo, cuando los niños se levantaron de la mesa para ir a jugar, anunció que le había pedido el divorcio a Antonio. Madolina se puso blanca. Peppino le preguntó si era absolutamente necesario.

—¿Lo has intentado?

—Claro que lo he intentado, papá —replicó ella, mirándolo atónita—. Lo que deberías preguntar es si él lo ha hecho. Y la respuesta es no.

—Lo siento —dijo Evelina con dulzura, como si le hubieran quitado el viento de las velas—. Sé cuánto lo has intentado.

—Gracias, Evelina —declaró Alba en tono cortante—. Agradezco tu comprensión.

—Lo que pasa es que estoy triste por los niños —dijo Madolina—. Siempre son los niños los que resultan heridos en el fuego cruzado.

—No les pasará nada. Son fuertes —aseguró Alba con despreocupación.

Franklin miró a Evelina. Sabía que él pensaba lo mismo que ella. Que los hijos nunca son lo bastante fuertes como para salir indemnes de un divorcio, sino que siguen adelante a pesar de las heridas. Evelina volvió a mirar a su prima. Alba con sus labios rojos y su corto pelo rubio y rizado a la moda. Alba con sus llamativas joyas de oro y diamantes y su ropa cara. Alba, la mujer de la botella de vinagre. ¿Era el divorcio demasiado pedir?

—Los niños aparentan estar bien porque no tienen otra opción —continuó Madolina—. ¿Qué pueden hacer sino aceptar lo que se les da? Luego se pasan la vida luchando con los sentimientos de baja autoestima y con la falta de estabilidad, por no hablar de los problemas de confianza e incluso afectivos que les genera el divorcio.

—Mucha gente se divorcia y los hijos sobreviven —argumentó Alba.

—Pero sobrevivir no es más que un requisito básico de la vida. Todos podemos sobrevivir a la mayoría de las cosas —adujo Madolina con su franqueza habitual—. Otra cosa es que podamos seguir disfrutando y progresando.

—Alba también necesita progresar —adujo Taddeo con sensatez—. Según reza el dicho, la vida es demasiado corta. En ese caso,

¿qué sentido tiene pasar la mejor parte de la vida siendo desgraciado? Y a veces los niños se contagian de la desdicha de sus padres y eso también les afecta.

Alba se rio con amargura.

—Antonio y yo nos gritamos a todas horas. Los niños necesitan tapones para los oídos.

—Creo que Alba sabe lo que es mejor para su familia y para ella —medió Evelina.

Alba le sonrió, agradecida por su apoyo.

—No, no es cierto —dijo Peppino con firmeza—. A veces una persona está demasiado cerca para ver la situación con claridad. —Miró a su hija con la misma mirada que dirigía a sus empleados en la fábrica de aire acondicionado, imaginó Evelina—. Tienes una buena vida. La mayoría de las chicas solo pueden soñar con la vida que tú llevas. Tienes una buena casa, un buen coche, buena ropa y joyas, buenas vacaciones y una buena familia. No te falta de nada, Alba. Vale, Antonio se descarría un poco de aquí para allá y no te gusta. ¿Y si haces la vista gorda y ves si el problema desaparece por sí solo?

Alba se succionó las mejillas.

—Qué te crees que he estado haciendo los últimos cinco años, ¿eh? ¡Hacer la vista gorda! No tiene respeto, papá. Ni el más mínimo. Está encima de mí cuando tiene que estarlo. Me exhibe como un trofeo cuando necesita enseñar a su esposa y a sus hijos, bien emperifollados y de punta en blanco. Cree que otro collar de diamantes hará que me muestre dócil. ¡Bueno, pues ya tengo suficientes collares de diamantes como para hundir un barco! No necesito más y no lo necesito a él.

«Otra vez la palabra *necesidad*», pensó Evelina con aire sombrío.

—¿Qué dijo cuando le dijiste que querías el divorcio? —preguntó Franklin.

—Que luchará conmigo hasta el final.

—Eso es lo que me temía —repuso Peppino. Sacudió la cabeza—. No te conviene pelear con la familia Genovese.

—Son ricos, ¿y qué? —replicó Alba con sorna.

—Son de la mafia —sentenció Peppino.

Se hizo el silencio. Ni siquiera Taddeo tenía nada gracioso que decir al respecto. Franklin miró de nuevo a Evelina. Le dirigió una mirada, el tipo de mirada que indicaba apoyo, complicidad y tal vez gratitud por el hecho de que el problema de Alba no fuera el suyo.

—Creo que tienes que andarte con cuidado —dijo Madolina.

—Madolina tiene razón —convino Taddeo—. No hay razón para precipitarse.

—Necesito un buen abogado —repuso Alba—. Uno feroz. Ya deberías conocerme. En cuanto se me mete una idea en la cabeza, no paro hasta conseguirla. Y no hay quien me pare.

❧

Evelina y Franklin esperaron a estar solos en casa para hablar del divorcio de Alba y de Antonio. Con los chicos donde no podían oírlos y Ava María delante de la televisión, entraron en el salón y cerraron la puerta.

—Creo que es egoísta —dijo Franklin, acomodándose en un sillón y encendiendo un cigarrillo—. No podía decirlo en la mesa. No me corresponde. Pero Alba siempre ha sido una egoísta.

—¿Es que no merece ser feliz? —preguntó Evelina, sentándose en el sofá y cruzando las piernas.

—Pronunció sus votos ante Dios. Creo que está tirando la toalla sin pensar en aquellos que la rodean y que van a resultar heridos.

—Quizá tenga razón. Los niños son resistentes. Sobreviven.

—Pero ¿a qué precio?

—No lo sé. —Evelina intentó pensar en alguien que estuviera divorciado, pero no se le ocurrió nadie—. Creo que tiene que haber una salida.

—El matrimonio es para toda la vida. No siempre es fácil, pero hay que esforzarse y superar las dificultades, no solo por el bien de los hijos, sino también por el de toda la familia. Creo que soportaría muchas cosas para mantener unida a mi familia. —La miró y sonrió. Evelina se sintió culpable. Qué poco la conocía.

Apartó la mirada.

—No creo que te hiciera feliz que yo andara por ahí con otros hombres.

—Por supuesto que no. Ningún hombre quiere ser un cornudo. Pero la libertad dentro de un matrimonio es un componente importante, si no vital. Los celos degradan a una persona. En mi opinión, Alba debería hacer la vista gorda y buscar la forma de lidiar con la situación en lugar de arremeter contra ella.

—O tal vez debería tener su propio amante. —Evelina soltó una risita irónica.

—Tal vez. —A Evelina le sorprendió que Franklin estuviera de acuerdo. Él notó su expresión de desconcierto—. Como he dicho, el matrimonio no siempre es fácil. Tienen que encontrar una solución que funcione para ambas partes. No sé por qué, pero dudo mucho que Antonio le permitiera a Alba tener un amante. —Sonrió—. A mí tampoco me gustaría que tú tuvieras un amante, así que no te hagas ilusiones.

Evelina se rio con inquietud.

—Claro que no.

—Es que creo que en el caso de Antonio y Alba, es necesario que se concedan ciertas libertades.

—Solo alguien muy poco común estaría de acuerdo con eso.

—Los franceses —adujo Franklin, dando una calada a su cigarrillo.

—Los italianos no —replicó Evelina con firmeza. Exhaló un suspiro—. Creo que va a ser una lucha muy larga y vamos a oír hablar mucho de ella.

Franklin tiró la ceniza a la bandeja.

—Me alegro de que no sea mi problema. La vida ya es bastante dura sin tener que pasar por un divorcio.

Fue entonces cuando Evelina se dio cuenta de que la idea del divorcio para Franklin era tan remota como la de construir una casa en la luna; nunca se le había pasado por la cabeza. Lo vio abrir el periódico y enfrascarse en un artículo. Y supo que Ezra tenía razón. No era infeliz. Quería a Ezra y lo necesitaba, pero no era infeliz con Franklin. Había muchas maneras de amar.

Unos días después, Evelina estaba en la mesa de la cocina, escuchando la radio mientras remendaba el viejo abrigo de Franklin, cuando oyó la familiar música del programa semanal *Mamma Forte* y luego la inconfundible voz de la tía Madolina. Evelina dejó de coser y escuchó.

—Hoy voy a hablar del divorcio —dijo con su cálido acento italoamericano. Sonaba a tiramisú, pensó Evelina. Sin embargo, su tema no tenía nada de dulce—. Me preocupa que la generación más joven se esfuerce menos por hacer que el matrimonio funcione porque es más fácil dejarlo y el divorcio no supone tanto un estigma hoy en día como antaño. En mi época, el divorcio no era una opción. La Iglesia católica sigue sin reconocerlo. «Lo que Dios ha unido, que no lo separe el hombre». —Madolina soltó una risita y tomó aire—. El divorcio es como amputar un miembro enfermo. Es drástico, doloroso, y al volverte a casar no te crece un miembro nuevo y siempre cabe la posibilidad de que la enfermedad reaparezca. Lo que se debe aconsejar es que las personas se tomen un tiempo para resolver las diferencias y se den una oportunidad. A veces, si uno aguanta, supera el problema.

»Todos podemos imaginar lo inquietante que debe ser un divorcio para los niños, pero recientemente se han llevado a cabo varios estudios que han concluido que los efectos del divorcio en los niños son mucho peores de lo que cualquiera pueda imaginar. Miedo al abandono y al rechazo en el futuro, trastornos emocionales, conducta social inadaptada, bajo rendimiento escolar y dificultad para formar vínculos afectivos son algunos de los problemas que estos estudios han puesto de manifiesto. El problema es que vivimos en una sociedad en la que las personas ya no tienen el sentido del deber que tenían antaño y complacerse a uno mismo se está convirtiendo cada vez más en el Santo Grial; ser feliz es un objetivo alcanzable y se debe buscar a toda costa. Pues bien, como sabéis, queridos oyentes, *Mamma Forte* dice las cosas como son y yo no escondo mis albóndigas bajo una montaña de espaguetis. La felicidad no es el Santo Grial y no todos tenemos derecho a ella. A veces hay que aceptar que no podemos tener todo lo que queremos. A veces hay que anteponer el bienestar de los demás a nuestros propios deseos egoístas. A veces simplemente hay que decir: «No, no puedo». Se trata de hacer lo correcto y vivir la vida con sentido de la responsabilidad hacia esas pequeñas almas que has traído al mundo. Sé que a algunos no os va a gustar oír esto. No me importa ser impopular; alguien tiene que decir las verdades desagradables. Soy católica, pero esto no es una cuestión religiosa, sino que es una cuestión básica humana de respeto y de amor que nos afecta a todos. Antes de lanzarte de cabeza al divorcio, hazte tres preguntas: ¿he intentado de veras resolver nuestras diferencias? ¿De verdad quiero que mis hijos pasen por esto? ¿Cómo va a ser mi vida apartada de los demás? Una vez os quisisteis. Si buscáis bien, seguro que descubrís que ese amor sigue ahí.

Evelina se preguntó si Alba estaría escuchando eso. De ser así, ¡seguro que le había tirado un zapato a la radio!

Aquella noche, cuando Evelina besó a sus hijos, recordó las palabras de la tía Madolina. «¿De verdad quiero que mis hijos pasen por esto?». Al mirar sus inocentes rostros, la respuesta fue un rotundo «no».

Evelina no podía dormir. Escuchaba la respiración de Franklin a su lado y deseaba que fuera Ezra. Lo anhelaba con todo su cuerpo; le dolían los brazos, de las ganas de abrazarlo; las piernas, de las ganas de rodearlo; los labios, de las ganas de besarlo. Daba vueltas en la cama, temerosa de que su desasosiego despertara a su marido. Lo último que necesitaba era que él le preguntara si estaba bien.

Al final se levantó de la cama, se puso la bata y subió por la escalera de incendios hasta el tejado. Se tumbó boca arriba y miró al cielo. Era una noche clara. Las estrellas brillaban y una luna en forma de hoz resplandecía con un inquietante fulgor. Empezó a crear dibujos con las estrellas. Podía ver los ojos de los animales salvajes, las linternas de los viajeros cansados, las luces de barcos lejanos. De repente se encontraba entre ellos, flotando en la oscuridad, ingrávida en el espacio. Perdió de vista la ciudad que la rodeaba y la sensación del techo bajo su cuerpo. Perdió de vista quién era y dónde estaba. No tenía nombre, ni pasado, ni experiencia ni historia. Estaba fuera de su cuerpo en la oscuridad, tan ligera como una mota de polvo, tan diminuta como una estrella. Saboreó la maravillosa sensación de existir, tal y como Ezra le había enseñado a hacer.

Por fin se le despejó la cabeza y le sobrevino una sensación de paz. Deseaba de todo corazón estar con Ezra, pero no quería hacer daño a sus hijos ni a Franklin. En definitiva, no estaba resentida con Franklin, por mucho que quisiera tener a alguien a quien culpar. Franklin la quería, aunque no lo demostrara a menudo. Su matrimonio había evolucionado con rapidez hacia la familiar comodidad y la rutina de la vida doméstica y de los hijos. Ya no había romanticismo ni pasión; la largas noches haciendo el amor habían terminado. Pero había respeto mutuo, amistad y afecto. No, no le guardaba rencor. Franklin la había rescatado cuando estaba perdida en Nueva York y la había escuchado mientras luchaba por aceptar la pérdida de Ezra y su marcha de Italia. Franklin se había portado bien con ella en un momento en que para Evelina la bondad era más valiosa que el oro. ¿Cómo podría siquiera pensar en corresponder a esa bondad con un divorcio?

Cuando pensaba en el futuro, le parecía una carretera recta y gris que se perdía en la niebla. No podía vivir así para siempre, tomando el metro hasta Brooklyn para pasar alrededor de una hora con Ezra y luego volviendo a casa para ser madre y esposa. Simplemente no podía. Y sin embargo, no parecía haber otra manera.

Confusa por estos pensamientos, llamó a Taddeo a la mañana siguiente y le pidió que quedaran a comer. Taddeo, tan avispado como un zorro, supo que algo pasaba por el tono de su voz. Nada más sentarse en el restaurante, se puso la servilleta sobre las rodillas y pidió una botella de Pinot Grigio.

—Bueno, Evelina, ¿qué pasa? —preguntó. Habló en italiano, cosa que se abstenía de hacer en casa de Madolina.

A Madolina no le gustaba volver a la madre patria después de tantos años intentando librarse de ella. Pero Taddeo se consideraba un italiano que vivía en Estados Unidos y había escogido lo mejor de ambas culturas para adaptarlo a sus gustos. En su opinión, el idioma era una de las mejores cosas de la madre patria, junto con la comida. Ni la mejor hamburguesa de Estados Unidos podía superar unos sencillos espaguetis al pomodoro.

—No tengo a nadie más a quien recurrir excepto a ti —dijo Evelina.

—Puedes contar con que seré discreto —le aseguró.

El camarero sirvió un poco de vino en el vaso de Taddeo. Él no se molestó en probarlo, sino que hizo un gesto con la mano y esperó mientras el camarero llenaba las copas de ambos y se marchaba. Evelina tomó aire.

—Tengo que hablarte de Ezra Zanotti —empezó, y por la expresión de su cara, Taddeo supo que iba a contarle algo profundo, íntimo y, en última instancia, doloroso. No hizo ningún chiste, aunque tenía el don de encontrar la comicidad en las circunstancias más terribles. Pidieron comida y él la escuchó atentamente sin decir palabra.

Evelina le contó la historia desde el principio. Que se habían enamorado en Vercellino, que Ezra se había prometido a la niñera de Bruno, que se habían reunido por fin cuando ella estaba a punto de marcharse a Estados Unidos. Luego le habló de las leyes raciales de Mussolini, de la ocupación alemana del norte de Italia, de la redada y de la exportación de judíos y de la captura y el cautiverio de Ezra en Auschwitz. Por último, le habló de la mañana que estaba en la cafetería esperando a Alba cuando él entró. Taddeo se quedó atónito.

—*¡Santa Madonna!* —murmuró—. Resucitado de entre los muertos.

A continuación Evelina le confesó su aventura. Cuando terminó, bebió un trago de vino.

—Te lo he contado todo —dijo con un suspiro. De hecho, se sentía más ligera por haberlo compartido—. Ahora necesito tu consejo.

El camarero les trajo la comida y volvió a llenarles el vaso. Entonces Taddeo puso los codos sobre la mesa, se inclinó hacia delante y apoyó la barbilla en las manos.

—Supongo que estarás pensando en el divorcio —dijo.

—Se me ha pasado por la cabeza —confesó Evelina, avergonzada de admitir algo tan egoísta—. Pero no puedo hacerlo. No quiero hacer daño a Franklin ni a los niños. Como dijo Ezra, no podemos construir nuestra felicidad sobre el sufrimiento ajeno.

Taddeo asintió, pensativo.

—No puedes tener a Ezra y también a Franklin.

—Lo sé. —Evelina rio con amargura—. Necesito dos vidas, dos de mí.

—Eso tampoco puedes tenerlo. ¿Qué dice Ezra?

—Me dijo que me quería, pero que no me necesitaba. —Evelina se encogió de hombros, confusa. Vio que Taddeo fruncía el ceño—. ¿Tiene sentido para ti? —preguntó.

—Después de la historia que me acabas de contar, creo que sí.

—¿Cómo?

—¿Qué entiendes tú por «necesitar»?

—Que tengo que tenerlo. Que no puedo vivir sin ello.

—Creo que significa algo diferente para Ezra. Creo que se trata de supervivencia y aceptación. Para Ezra significa que después de lo que ha vivido, algo que ningún ser humano debería tener que vivir, ni siquiera en el Infierno, puede sobrevivir estando sin ti.

—¿Quieres decir que puede tomarme o dejarme?

—No, no lo entiendes. Debes tratar de comprenderlo. Tal y como te dijo, él te ama, Evelina. Pero es tolerante. Estás casada. No puede tenerte.

—No va a luchar por mí.

—¿Qué sentido tendría eso? Parece una buena persona, Evelina. Un hombre que acepta la vida y está agradecido por lo que esta le da. Un hombre que ha visto el dolor y sacrificio en su grado máximo y lo ha superado para llegar a un lugar de aceptación y agradecimiento.

—Parece típico de Ezra.

—No va a romper tu matrimonio.

—Quiero que desee romper mi matrimonio. Quiero que desee destruir el mundo por mí. Y aunque no haga ninguna de las dos cosas, quiero que desee hacerlo. Quiero que me necesite como yo a él.

Taddeo sonrió de manera comprensiva.

—Evelina, la vida real no es como las películas en las que el intrépido héroe mata a todo el que se interpone en su camino y se lleva a su amada al atardecer a lomos de un semental blanco. La vida no es así. La gente no es así. Somos más complicados. Tienes que poner a este hombre en contexto. Tienes que entender por lo que ha pasado.

—Estoy atrapada, ¿no?

—Estás casada, Evelina —dijo, haciendo hincapié—. Madolina tiene razón. A veces hay que decir que no.

Evelina lo miró fijamente, con los ojos llenos de lágrimas.

—No puedo vivir sin él, Taddeo —susurró, con un nudo en la garganta por la emoción.

—Nadie dice que tengas que vivir sin él. Puede formar parte de tu vida, pero tienes que hablarle de él a Franklin.

Evelina abrió los ojos como platos, horrorizada.

—¿Te refieres a que le confiese una aventura?

—No, yo no compartiría esa parte de la historia con él. Pero tienes que hacerle saber que Ezra está aquí y que lo quieres en tu vida. No como amante…

—¿No puedo tenerlo como amante?

—Sino como amigo. —Le tomó la mano por encima de la mesa—. Como un querido y viejo amigo.

Evelina se lo pensó un momento.

—No estoy segura de poder vivir así —dijo.

—Es eso o no tenerlo en tu vida —declaró Taddeo.

—Estoy segura de que podría alejarse sin mirar atrás.

—Yo no estaría tan seguro de eso, Evelina.

—Sé que yo no podría.

—Entonces tienes que comprometerte.

—Odio esa palabra.

—Todos la odiamos.

—Lo pensaré.

—Hazlo. —Taddeo sonrió y se comió los ñoquis. Miró a Evelina—. Y, por cierto, yo tendría cuidado con ese colgante si vas a contarle a Franklin lo de Ezra. No es tonto.

—¿Tan obvio es?

—Es una estrella de David. ¿Quién más podría habértela regalado aparte de Ezra?

Evelina no quería tomar una decisión. ¿Cómo podía decidir renunciar a Ezra? No podía. ¿Cómo podía decidir divorciarse de Franklin? No podía. Así que dejó las preguntas en el aire, sin respuesta, para pensar en ellas en otro momento, cuando tuviera que hacerlo. No tenía que pensar en ellas en ese momento.

La Navidad llegó y pasó. Nevó en Nueva York. La ciudad estaba preciosa, cubierta por un resplandeciente manto blanco, con titilantes lucecitas y el sonido de los villancicos por doquier. Evelina pensó en Ezra, que estaría solo, ya que, al ser judío, no celebraba la Navidad, pero era una época para estar en familia, para estar juntos, y él no tenía a nadie. Evelina deseaba poder incluirlo en su vida familiar como Madolina incluía a Taddeo. Se preguntó si quizá Taddeo lo había sugerido por eso, ya que era una situación que le iba bien. Entonces a Evelina le asaltó un pensamiento. ¿Madolina y Taddeo habían sido amantes? Era una idea descabellada, pero de pronto cobró sentido. La aversión de Madolina al divorcio, que incluyera a Taddeo en todos los aspectos de su vida, la ternura con la que se hablaban. Taddeo le había dicho que no tenía por qué vivir sin Ezra. Que podía seguir formando parte de su vida como un «viejo y querido amigo», pero no como amante. Era una sugerencia muy extraña. Cualquier otro le habría dicho que renunciara a Ezra y dedicara su tiempo y su atención a su marido y su familia. Solo Taddeo le diría que podía tener las dos cosas, si él mismo había logrado ese tipo de compromiso.

¿No habían utilizado Taddeo y Madolina la misma frase, que a veces una persona solo tenía que decir que no? ¿Era ese el compromiso al que tenían que llegar? Evelina ya no podía ser la amante de Ezra, pero podía ser su amiga y acogerlo en su familia. Si lo amaba, ¿no era suficiente?

Evelina iba a preguntárselo a Taddeo. Estaba segura de que él le daría una respuesta sincera. Sin embargo, no tardó en darse cuenta de que no tenía que preguntárselo, porque ya lo sabía. El velo había caído y Evelina vio el afecto que su tía y Taddeo se profesaban con sencillez y júbilo y se preguntó si era posible que Ezra y ella llegaran a tener alguna vez un compromiso tan hermoso.

21

Alba obtuvo el divorcio a pesar de las protestas de sus padres. Evelina vivió las amargas disputas mientras Alba luchaba por conseguir más dinero del que Antonio estaba dispuesto a darle. Llamaba por teléfono a Evelina a horas intempestivas de la noche y quedaba con ella para tomar café y comer durante el día con el fin de contarle los últimos acontecimientos, utilizando a su prima como confidente, terapeuta y hombro sobre el que llorar cuando se sentía agobiada. Evelina estaba dedicando tanta energía a Alba y a Ezra que no se había dado cuenta de lo exhausto que estaba Franklin. Estaba ausente, como de costumbre, pues trabajaba muchas horas en la universidad y en su estudio, pero sobre todo estaba cansado. Evelina debería haberlo notado y haberle animado a ir al médico. Pero no lo hizo. Por tanto Franklin se encargó de pedir cita sin decírselo a ella, ya que no quería preocuparla con lo que creía que era un problema menor. El médico le hizo análisis de sangre y otras pruebas rutinarias. Los resultados no fueron dramáticos. Franklin tenía anemia y le faltaba vitamina D. El médico creía que podría estar luchando contra un virus. Le dijo que le vendría muy bien descansar.

—El médico me ha recetado unas vacaciones —le dijo Franklin a Evelina cuando llegó a casa.

—El problema es que trabajas demasiado —repuso Evelina—. Esa universidad te hace trabajar como un mulo.

—Quiero que nos vayamos lejos los dos solos —anunció con una sonrisa.

La mente de Evelina pensó en Ezra. La idea de dejarlo hizo que le faltara el aliento.

Franklin se sentó al tiempo que exhalaba un sonoro suspiro. Algo en ese suspiro y en la forma en que se sentó, como un anciano, hizo que Evelina dejara de pensar en Ezra. Miró a su marido con detenimiento. Estaba pálido, demacrado y tenía unas oscuras ojeras. No tenía buen aspecto. Evelina se avergonzó de no haberse dado cuenta antes.

—¿A dónde vamos? —preguntó con suavidad, sentándose a su lado en el sofá.

—A Utah —respondió. Evelina nunca había estado en Utah—. Quiero ver las famosas mesas. Conozco un retiro. Es sencillo, pero creo que será justo lo que necesito. Lo que ambos necesitamos. A ti también te vendrían bien unas vacaciones, Evelina.

—¿Cuándo nos vamos?

—El mes que viene. En abril hace buen tiempo y es la semana de estudio y de exámenes en la universidad, así que puedo organizar que me sustituyan.

—No creo que debas ocuparte de tu salud dependiendo de la universidad. La universidad debería trabajar en base a tu salud. Esto es importante, Franklin.

Él sonrió con agradecimiento.

—Será estupendo pasar tiempo contigo, los dos solos. —Le dio una palmadita en la rodilla—. Nos hemos visto muy poco. Te he estado desatendiendo.

—No me has desatendido —mintió. La verdad era que le convenía que lo hiciera. Su abandono le daba la libertad de pasar tiempo con Ezra—. He estado ocupada con Alba —añadió—. Es un trabajo a tiempo completo.

—Para serte sincero, hace tiempo que no me siento bien. —Respiró hondo—. No iba a decir nada. No quería ser pesado. Pero me vendrá bien tomarme un descanso.

—Por prescripción médica —añadió Evelina con firmeza.

Franklin se rio entre dientes.

—Eso hace que esté bien.

Nada podría haber preparado a Evelina para la extraordinaria belleza de Utah. Era como retroceder al mundo prehistórico de los dinosaurios. El desierto se extendía a lo largo de kilómetros y kilómetros, y de aquel árido suelo surgían gigantescas montañas anaranjadas de formas extrañas, como de otro mundo, moldeadas por el viento y, millones de años antes, por el agua. Inmensos cañones se abrían en la tierra como vastas bocas dentadas y la bóveda celeste que los cobijaba era mayor y más azul de lo que Evelina había visto jamás. «¿Cómo podría alguien no creer en Dios ante tal magnificencia?», pensó mientras contemplaba maravillada desde lo alto todo lo que le rodeaba.

El retiro consistía en una serie de cabañas construidas al pie de una meseta con una vista espectacular de la llanura desértica. En aquel terreno llano, los conejos saltaban entre las retamas y la salvia púrpura, y las poco comunes caléndulas volvían sus pétalos amarillos al sol. Su alojamiento era una cabaña de madera con un dormitorio sencillo y un cuarto de baño contiguo, decorado con gusto con telas de estampados geométricos navajo. Unas puertas dobles daban a un porche donde podían sentarse y disfrutar de la vista de aquellas colinas lejanas que reflejaban la luz en tonos rosas y azules, que iban cambiando a medida que el sol se desplazaba con el cielo sin prisa.

También había otras personas, pero ni Evelina ni Franklin tenían ganas de hacer vida social. Se mantuvieron apartados y dedicaron el tiempo a leer los libros que habían traído, a pasear por el desierto y a charlar mientras disfrutaban del sol. Evelina se dio cuenta de que la última vez que habían estado a solas fue en su viaje a Italia, hacía catorce años. Era sorprendente que nunca se les hubiera ocurrido organizar unas vacaciones sin los niños. Quizá si se hubieran prestado más atención el uno al otro, Franklin no se habría enfrascado tanto en su trabajo y Evelina no habría necesitado a Ezra tanto como lo necesitaba. A medida que los días transcurrían en medio de una apacible tranquilidad, Evelina veía que las mejillas de su marido recuperaban el color y que la calma se apoderaba de él, como si con cada día que transcurría se desprendiera poco a poco de parte de la carga que lo agobiaba. No tenía trabajo que lo distrajera y Evelina no tenía a los niños, ni a Alba ni a Ezra que la entretuvieran. Por primera vez en años se dedicaron toda su atención el uno al otro.

—Creo que no podría haber pedido una esposa más comprensiva —dijo mientras contemplaban el vasto horizonte sentados una tarde en lo alto de una meseta. El sol se hundía en un cielo añil, tiñendo las montañas de un intenso rosa ámbar. Evelina se envolvió en su abrigo porque la temperatura descendía a medida que las sombras se alargaban. Pronto refrescaría. Volvió el rostro hacia el sol, cerrando los ojos e inhaló el leve olor a hierbas silvestres que desprendían los secos matorrales, y disfrutó de los dorados rayos sobre su piel. Aquel lugar tenía algo mágico, algo profundo y antiguo que sintonizaba con su parte más profunda y antigua. Allí arriba, en la cima del mundo, se sentía parte de la eternidad, como si nunca hubiera habido un tiempo en el que no hubiera existido, en el que hubiera dejado de existir. Era una sensación poderosa que le provocó un cosquilleo en el pecho, llenándolo de amor. En ese momento no había otro lugar en el que prefiriera estar salvo allí, en esta montaña prehistórica, en sintonía con las atemporales vibraciones de la naturaleza—. Has sido muy buena conmigo, cariño —continuó Franklin, y parecía avergonzado, pues tal vez era consciente de que no había cumplido con sus deberes hacia ella como esposo y amigo.

—Solo he hecho lo que haría cualquier esposa —repuso Evelina—. ¿Qué esposa no apoyaría a su marido en su carrera? Lo he hecho con mucho gusto.

—Eres una mujer abnegada y tengo suerte de tenerte. Sé que he estado distante y distraído y nunca te has quejado. Debería haber estado más pendiente de tus necesidades. Ahora me doy cuenta.

—No tengo muchas necesidades, Franklin. Tú me has dado todo lo que quiero. —Lo cual era cierto. Sus hijos eran su mayor alegría y a nivel material no podía estar más satisfecha. Lo miró y ya no vio un obstáculo para su felicidad y la de Ezra, sino a un querido amigo. El hombre con el que había elegido pasar su vida. El hombre al que amaba. En ese momento, mientras en su interior se producía un extraño florecimiento, se dio cuenta de que en verdad lo amaba. Era un amor distinto del que sentía por Ezra. Carecía de urgencia, de pasión, de deseo y de unas profundas raíces arraigadas en la tragedia. Pero tenía una firmeza y una sensación de seguridad, cuyo valor ahora reconocía.

Franklin le tomó la mano.

—Te necesito de veras, cariño. Cuando estaba en la consulta del médico, me vino a la cabeza un pensamiento. Podría tener algo grave, como cáncer. Ya sabes cómo es la mente. No para de dar vueltas, imaginando siempre lo peor. Bueno, sabía que si tenía algo grave, al menos te tenía a ti. Sabía que estarías a mi lado para ayudarme a superarlo. Que no estaría solo. Fue una sensación tranquilizadora. Me alegro de no tener nada grave, pero también me alegro de que este pequeño susto haya hecho que te tenga más presente a ti, la única persona que ha estado a mi lado todos estos años de forma discreta, sin pedir nada a cambio.

—Haces que parezca una santa —repuso Evelina, pensando en Ezra y queriendo de pronto hablarle de él a Franklin. Ya no estaba bien engañarlo. Se merecía lo mejor de ella, no lo peor. El sol se acercó un poco más al horizonte y el rosa se tornó en tonalidades doradas y anaranjadas—. No soy una santa, Franklin. —Le apretó la mano—. Tengo que contarte una cosa.

—De acuerdo. —La miró con comprensión y Evelina se preguntó si él también sentiría que algo florecía en su interior.

—¿Recuerdas que te hablé de Ezra Zanotti?

—El judío que murió en Auschwitz.

—Sí, ese mismo. Bueno, pues hace un tiempo estaba esperando a Alba en una cafetería de Brooklyn y de pronto entró él.

Franklin la miró, sorprendido.

—Dios mío, ¿entró sin más?

—Sí. Creía que estaba muerto. El rabino de Vercellino me dijo que estaba muerto. Se equivocó. Ezra sobrevivió. Se fue a Israel y finalmente emigró aquí. Hace violines en Brooklyn.

Franklin le envolvió la mano entre las suyas como si de pronto se diera cuenta de que podía perderla. La preocupación se reflejó en su rostro.

—¿Qué hiciste?

Evelina se encogió de hombros.

—¿Qué podía hacer? Lo abracé. Mi viejo amigo había regresado de entre los muertos.

—¿Qué sientes por él ahora?

Evelina lo miró a los ojos y sonrió.

—Lo quiero. Te quiero a ti y lo quiero a él.

Franklin asintió, tratando de entender lo que parecía incomprensible.

—Entiendo. —Su mirada se posó en la estrella de David de su pecho—. ¿Te ha regalado él ese colgante?

El hecho de que Franklin se hubiera fijado la tomó por sorpresa. Lo había subestimado gravemente. Clavó la mirada en su rostro serio, contenta de repente de que se hubiera percatado.

—Sí —respondió Evelina, tocándola con la yema de los dedos.

Franklin suspiró y no dijo nada.

La emoción llenó el pecho de Evelina. ¿Cómo había podido pensar en divorciarse de él? Se llevó su mano a la mejilla y cerró los ojos un momento. Ahora más que nunca necesitaba que él fuera sensato.

—Quiero a Ezra en mi vida, Franklin. Como un viejo y querido amigo. No está casado. Está solo. No tiene a nadie más en el mundo que a mí. Nadie de su pasado. No tiene familia. A nadie. Perdió a todo el mundo. No puedo dejar que me pierda a mí también ahora que acaba de encontrarme.

Franklin la abrazó. Sintió que la apretaba con fuerza. Tal vez era alivio porque no había dicho que iba a abandonarlo o por ese maravilloso florecimiento que se estaba produciendo en su propio corazón y que lo llenaba de compasión.

—Entonces debe formar parte de tu vida, cariño. Y si forma parte de tu vida, también debe formar parte de la mía. Debe ser parte de nuestra familia.

Evelina no estaba preparada para la oleada de emociones que le sobrevino. Surgió de la nada, tomándola desprevenida, e hizo que se le llenaran los ojos de lágrimas.

—Oh, Franklin. No te merezco. —Apretó la cara contra su pecho. Él la besó en la coronilla.

En ese momento de ternura, Evelina se dio cuenta de que no solo Franklin la necesitaba, sino que ella también lo necesitaba a él. Solo ahora se daba cuenta de cuánto.

Evelina y Franklin volvieron a casa. El descanso había sido bueno para ambos, pero Franklin sabía que necesitaba algo más que unas vacaciones para recuperarse. Necesitaba reducir su carga de trabajo y pasar más tiempo con su familia.

Evelina había quedado con Ezra en la cafetería de la esquina de su taller. Sabía que si iba a su apartamento acabarían en la cama y había tomado una decisión en el avión de vuelta a Nueva York; iba a poner fin a la aventura.

Ezra sonrió cuando la vio a través de la ventana. Evelina estaba nerviosa. No estaba segura de poder llevar a cabo su plan. Iba a necesitar mucho autocontrol, un autocontrol que se esfumó en cuanto lo vio a través del cristal. Abrió la puerta y fue hasta su mesa. Ella se levantó y él la abrazó, tomando su rostro en un lánguido beso. Se sentaron.

—El descanso te ha sentado bien —dijo Ezra, recorriéndola con la mirada y fijándose en cada detalle—. Estás muy guapa, Eva.

—Gracias —respondió. Luego tomó aire. Aún no estaba preparada para decírselo—. ¿Pedimos algo? Tengo hambre.

—Tienes el apetito de un judío —dijo con una risita—. Siempre tenemos hambre.

—No te vendría mal comer un poco más, Ezra. Estás muy delgado.

—¿Muy delgado? No paro de comer. Soy un pozo sin fondo. No sé dónde lo echo.

—Tienes suerte. Tienes un metabolismo rápido. Ojalá yo tuviera un metabolismo tan rápido como el tuyo.

—Eres preciosa tal y como eres. —Sonrió—. Pidamos un festín y hagamos sudar tinta a mi metabolismo.

Pidieron un montón de pasteles y café. Ezra se encendió un cigarrillo. Le preguntó por Utah y Evelina le contó lo bonito que era.

—Pero no creo que Franklin esté mejor —dijo—. Le ha sentado bien, pero ahora tiene que bajar el ritmo y darle a su cuerpo la oportunidad de luchar contra lo que sea con lo que esté luchando.

Ezra frunció el ceño.

—¿Qué le pasa?

—No lo sé. Los médicos no lo saben. Solo está cansado. —Evelina notó la expresión de preocupación en el rostro de Ezra—. No es nada grave. Trabaja demasiado.

Ezra soltó el humo por un lado de la boca.

—Entonces hace bien en tomarse un descanso. ¿Cuántos años tiene?

—Cincuenta y ocho.

—No es viejo.

—Tampoco es joven. Tiene que cuidarse. Necesita que yo cuide de él. —Evelina no tenía intención de que esa frase sonara malintencionada, pero Ezra entrecerró los ojos. El camarero les trajo los cafés y los pasteles y luego los dejó solos. Evelina exhaló un profundo suspiro y bajó la mirada a su taza de café—. He tenido mucho tiempo para pensar mientras estaba en Utah —dijo. Ezra apagó el cigarrillo y echó un terrón de azúcar en el café—. Franklin me necesita —continuó sin mirarlo—. No puedo seguir traicionándolo de esta forma. No es justo. No quiero ser así.

Ezra asintió mientras removía el café con aire pensativo.

—¿Qué quieres hacer?

Evelina alzó la vista y vio que él la miraba con expresión seria.

—Quiero teneros a los dos en mi vida. Pero algo tiene que cambiar, porque mientras esté casada con Franklin, no puedo acostarme con otra persona a escondidas.

—Lo comprendo —dijo, con la resignación de un hombre decidido a aceptar lo que la vida le deparase.

Evelina alargó el brazo y le sujetó la mano.

—No quiero perderte, Ezra. Ya te perdí una vez y no voy a volver a perderte.

Él le apretó la mano con más fuerza.

—No me perderás, Eva. No voy a ir a ninguna parte.

—Le he contado a Franklin que habías aparecido.

Ezra enarcó las cejas.

—¿Cuánto le has contado?

—Solo que estás aquí en Brooklyn y que te quiero en mi vida.

—¿Qué te dijo?

—Que quiere conocerte. Que cualquier amigo mío es amigo suyo. Quiere que formes parte de nuestras vidas. Esa es la única manera de que esto funcione.

Ezra asintió.

—Tengo que pensar en ello.

Evelina apartó la mano y asió el pastel de su plato.

—Claro, tómate el tiempo que necesites. —Lo miró. De pronto parecía distraído, como si tuviera la cabeza en otra parte. Masticó en silencio. Cuando no pudo soportar más el silencio, dijo—: ¿Ezra? ¿Estás bien?

—Claro —respondió, como si despertara de un trance—. ¿Qué tal el café?

—Frío —dijo ella, tratando de animarlo con una sonrisa.

Esperaba no haberlo estropeado.

***

Evelina no sabía de qué manera llevar adelante este nuevo arreglo de no acostarse con Ezra. Sus encuentros habían sido rutinarios, durante la hora de almuerzo, de lunes a viernes. Se veían en su apartamento y se habían enamorado con la pasión de dos personas que, privadas la una de la otra durante tanto tiempo, estaban decididas a saborear cada momento como si fuera el último. Si eliminaban eso de su relación, ¿qué quedaba? ¿Tomar café en una cafetería? ¿Comer en restaurantes? ¿Tomarse de la mano en una mesa, mirándose con anhelo? Era como intentar reducir algo enorme a una caja diminuta; su amor era demasiado grande para el pequeño espacio que Evelina quería darle.

Sin embargo, era todo lo que podía dar.

En los meses siguientes, la salud de Franklin se deterioró. Evelina pasaba más tiempo en casa, cuidándolo. Algunas mañanas no podía levantarse de la cama. El doctor Shaw le hizo más pruebas, pero nada sugería que estuviera enfermo. Lo derivaron de un especialista a otro, pero ninguno consiguió llegar al fondo del problema. Al final, dejó de trabajar. La universidad accedió a concederle un año de excedencia y él se resignó a llevar una vida tranquila en casa, leyendo.

Fue entonces cuando decidió que debían mudarse de Nueva York. A Evelina no le entusiasmaba. ¿Cómo vería a Ezra si se alejaba de él? Pero Franklin insistió en que Greenwich sería un lugar más saludable para él y, por tanto, también para Evelina y los niños. Podrían comprar una casa más grande con jardín y conocerían a sus vecinos. En Manhattan apenas veían a sus vecinos. Y Franklin podría trabajar en una de las universidades locales.

Evelina se dedicó a mirar inmuebles con el corazón encogido. Solo conocía una ciudad de Estados Unidos. Se había acostumbrado al ruido del tráfico, a las noches en las que nunca oscurecía, al olor a gasolina y al abrazo de los edificios. Le resultaba familiar y con el tiempo había empezado a sentirse como en casa. No estaba segura de querer cambiarlo por una vida tranquila, lejos de Ezra.

Sin embargo, Greenwich era un lugar arbolado y bonito y las casas eran grandes y tenían unos jardines preciosos. Pensó en los niños encerrados en su apartamento y recordó su entusiasmo cuando estuvieron en Villa L'Ambrosiana, con tanto espacio para corretear. Recordó la alegría que le producían los árboles, las flores y los jardines secretos, escondidos en los rincones más recónditos de la finca. Volvería a pintar al aire libre. Tendría sitio para un piano de verdad. Quizá hasta podrían tener un perro. Cuanto más veía las casas a través de los ojos de los niños, más crecía su entusiasmo. Sería un hogar de verdad.

Se decidieron por una casa de tablillas blancas con contraventanas verdes y tejado de tejas grises. Tenía un gran jardín con piscina y un huerto de manzanos. A la derecha del edificio había un arce y a la izquierda, un enorme plátano. Al fondo había un cedro que parecía llevar allí mucho más tiempo que la casa. Evelina se preguntó si podrían colgar un columpio de una de las ramas para Ava María. Parecía sacada de un libro de cuentos infantiles, con buhardillas en el tejado y chimeneas en las que encender la lumbre en invierno.

Evelina le contó a Ezra sus planes de mudarse mientras tomaban un café en la cafetería. De nuevo se quedó callado, perdido en sus pensamientos en un lugar donde Evelina no podía alcanzarlo. Parecía que desde que había puesto fin a su romance, se había abierto una brecha entre ellos. Cuanto más cambiaba la vida de ella, mayor se hacía esa distancia. Tomarse de la mano por encima de la mesa era un transición insuficiente teniendo en cuenta que estaban acostumbrados a la intimidad y a la efusividad de hacer el amor. Ezra no quería ponerle fin, a pesar de que le había dicho que no la necesitaba. Le había dicho que estaba satisfecho con el regalo que era ella y que no pedía más; pero ella le había dado menos. El riesgo de que menos se redujera a nada era muy grande.

Franklin y Evelina se mudaron en la primavera del año siguiente, justo cuando el arce empezaba a reverdecer y las ramas de los manzanos estaban cargadas de flores rosas y blancas. Los niños estaban entusiasmados con su nuevo hogar. Dan aseveró que iba a construir una casa en un árbol. Aldo quería trepar por el cedro hasta la copa. Ava María quería nadar en la piscina. Franklin estaba encantado con su estudio y Evelina con su piano. Madolina, Peppino y Taddeo fueron los primeros invitados a la mesa del comedor. Alba fue la primera en llorar en el sofá. Lo único que faltaba era Ezra.

Evelina se consolaba con su música. Sin embargo, cada vez que cerraba los ojos e imaginaba que volaba, sentía a Ezra a su lado. Instaló su caballete en el jardín, pero cuando ponía el pincel sobre el papel dejaba de ver los árboles y las flores y veía a Ezra, con los ojos llenos de anhelo, más solo que nunca. Y cuando salía por la noche a mirar las estrellas, tan brillantes ahora que estaba fuera de la ciudad, se preguntaba si Ezra estaría tumbado en su azotea, viéndolas también. Después de haberlo llorado durante quince años, no podía soportar llorarlo de nuevo. Era inconcebible que después de encontrarse estuvieran separados.

Entonces Ezra la llamó. Quería verla.

—Hay algo que quiero decirte.

Evelina tomó el tren a Brooklyn y se reunió con él en la cafetería. Pidieron café. Ezra no se había afeitado. Llevaba su rizado cabello más largo y despeinado y tenía los ojos enrojecidos. Sonrió, pero no pudo ocultar la tristeza que había detrás.

—Te he echado de menos —dijo. No le tendió la mano, pero ella se la sujetó de todos modos.

—Yo también te he echado de menos —respondió.

Ezra sacudió la cabeza.

—Me equivoqué al decirte que no te necesitaba. —La miró, derrotado—. Te necesito, Eva. Te necesito en mi vida. Si no puedo abrazarte, al menos podré verte. —Su sonrisa se animó—. Si Franklin me acepta, me gustaría conocerlo. Me gustaría conocer a tu familia. Me gustaría ver tu nueva casa. Quizá hasta pueda ir a visitarte.

Evelina le envolvió la mano entre las suyas.

—Oh, Ezra.

Él se llevó las manos de Evelina a los labios y las besó.

—¿Cuándo puedo ir?

Evelina estaba cocinando cuando sonó el timbre. Franklin fue a abrir. Evelina lo oyó hablar y luego a la voz de Ezra cuando Franklin le invitó a entrar. Se desató el delantal y lo colgó detrás de la puerta. Una suave sonrisa suavizó su rostro al ver a Ezra. Se había afeitado y cortado el pelo, y aunque la ropa le quedaba grande, estaba limpia. Lo besó con cariño, consciente de que temblaba de los nervios.

—¿Qué llevas ahí? —le preguntó mirando la caja que llevaba. Tenía agujeros en la parte superior, lo que sugería que lo que había dentro estaba vivo.

Franklin llamó a los niños, que estaban en el jardín. Dan había hecho una casa en el árbol y Aldo y él parecían pasar cada minuto libre dentro de ella. Ava María estaba en la sala de juegos y entró corriendo al vestíbulo.

—Quiero presentaros a un amigo muy especial —dijo Evelina.

Los niños no miraron a Ezra, sino la caja. Ezra la dejó en el suelo.

—Venga, abridla —dijo.

—Con cuidado —advirtió Franklin mientras empezaban a rasgar el cartón.

Poco a poco surgió una jaula.

—¿Qué es? —preguntó Evelina, mirando a Ezra con el ceño fruncido.

—Un amigo —respondió, encogiéndose de hombros.

—¡Es un ratón! —gritó Ava María con entusiasmo—. ¡Un ratón, un ratón, un ratón!

El ratón se quedó observando los tres pares de ojos que lo miraban.

Los chicos querían sacarlo y jugar con él.

—Creo que deberíais darle tiempo para que se acostumbre a vosotros —adujo Franklin—. Gracias, Ezra. Qué regalo tan considerado.

—*Un topino* —dijo Evelina con un suspiro. Un ratoncito—. De verdad, no deberías haberlo hecho.

Ava María abrazó a Ezra, lo que le sorprendió tanto como a sus padres.

—Gracias, Topino —dijo, confundiéndolo con su nombre.

Evelina rio y miró a Ezra.

—Algo me dice que te vas a quedar con ese nombre —dijo.

—Entra y te serviremos una copa, tío Topino.

CUARTA PARTE

Greenwich, Nueva York, 1982

Evelina se sentó junto a la cama de Franklin, con su mano delgada y huesuda entre las suyas, y le sonrió con afecto y tristeza. Sabía lo decepcionado que estaba por no poder celebrar Acción de Gracias.

—Lo celebraremos juntos, los dos solos —le dijo en voz baja—. Y tal vez el año que viene… —Pero era inútil decirlo. Franklin no llegaría al año que viene.

—¿Me lees? —preguntó.

—Por supuesto.

—Me gusta cómo lees. Me gusta tu voz. Siempre has tenido una voz preciosa.

—¿Qué quieres que lea?

—*El Conde de Montecristo*.

—También es uno de mis favoritos.

—Nunca me canso. —Él la miró, y de repente sus ojos azules eran más penetrantes—. Pero estoy cansado de la vida, cariño.

Su resignación la asustó.

—No digas eso, Franklin.

—Es verdad. —Suspiró—. Estoy listo para irme.

Las lágrimas le nublaron la vista a Evelina.

—No estoy preparada para que te vayas.

—Hemos tenido una buena vida juntos. Hemos viajado, hemos disfrutado de nuestros hijos, nos hemos reído. Siempre nos hemos llevado bien, ¿verdad?

—Sí —convino—. Nos llevamos bien desde la primera vez que nos vimos. ¿Te acuerdas?

—¿Cómo podría olvidarlo? En la boda de Alba. Su primera boda. ¡Esa mujer devora hombres como la mayoría de la gente devora tabletas de chocolate!

—Es verdad. Me temo que ya va por el número cuatro.

—¿Por qué no se limita a vivir con ellos? ¿Por qué tiene que casarse con ellos?

—Si empezamos esa conversación, no podré leerte.

—Estabas sentada a mi lado. Estabas saliendo con ese joven que estaba desesperado por casarse contigo, pero tú eras reacia a comprometerte.

—Se llamaba Mike.

—Sí, eso es. Mike. Era bastante simpático, pero no era el adecuado para ti. Me pareciste guapa, pero no vi nada especial en ti hasta que estuvimos en la cafetería, hablando.

—Tenía mucho frío y estaba enfadada.

—Sí, Mike acababa de anunciar a todos los asistentes de la fiesta que estabais prometidos.

—Estaba mortificada.

—Estabas seria. Pero sentí tu vergüenza.

—Fue una manera tonta de declararse. No puedes obligar a una persona a casarse contigo.

—En ese momento te perdió.

—Ya me había perdido, Franklin.

—Estábamos en la cafetería y te pedí un chocolate caliente. Debías de tener unos veinte años, pero parecías más joven. Parecías una niña, temblando de frío y de furia.

—Casi puedo saborear aquel chocolate caliente. —Evelina sonrió con nostalgia al recordarlo—. Estaba delicioso.

—Me dijiste que nunca podrías volver a amar.

—¿De veras?

—Sí, me hablaste de Ezra. Me dijiste que lo habían matado en la guerra. Tus grandes ojos se llenaron de lágrimas y parecías tan triste que casi te creí.

—¿Casi?

—Me pregunté si yo podría hacer que me amaras.

—Oh, Franklin. Ni siquiera me conocías en ese momento.

—Sí, pero se me pasó por la cabeza. Allí estabas tú, una hermosa joven, con esas mejillas rosadas y esos ojos brillantes, hablándome de un joven al que habías amado y amarías siempre, y sentí celos.

—¿Celos de Ezra?

—Celos de que le hubieras dado tu corazón y que él se lo hubiera llevado a la tumba. Me gustabas. Me preguntaba si alguna vez podrías amarme así.

Evelina sacudió la cabeza.

—Nunca pensé que volvería a amar. Pero lo hice. Te amé a ti.

La sonrisa de Franklin se volvió tierna, como ante una dorada puesta de sol.

—Me has amado, mi querida Evelina. Pero no como has amado a Ezra. —Evelina quiso protestar, pero Franklin le apretó la mano entre las suyas para impedírselo—. Hay muchas maneras de amar y muchos grados de amor, Evelina. Cuando me dijiste que Ezra había entrado en la cafetería de Brooklyn, temí que me dejaras. Comprendí lo que sentías por él. La profundidad de tus sentimientos. Ambos compartíais raíces, experiencias y la tragedia. No hay nada más romántico que eso. Pero no me dejaste. Elegiste quedarte.

Evelina estaba llorando.

—Porque yo también te quería, Franklin. Todavía te quiero. Te quiero mucho.

Franklin se llevó la mano de Evelina a los labios y la besó.

—Y yo te amo a ti, Evelina. Por eso, cuando me vaya…

—No hables de ello.

—Cuando me haya ido… —insistió—, te doy mi bendición para que compartas tu vida con Ezra.

—Oh, Franklin…

—No lo digo por autocompasión, sino por gratitud y respeto a tu lealtad y tu amor. Quiero que Ezra y tú viváis el resto de vuestros días juntos, sabiendo que os he dado mi bendición.

—No sé qué decir. No quiero pensar en que no estés aquí.

—Soy un hombre viejo, querida. Se me ha acabado el tiempo. Estoy en paz con eso, así que tú también deberías estarlo. He tenido una buena vida. Estoy listo para irme. Pero, acabe donde acabe, no seré feliz sabiendo que intentaste honrar mi memoria erigiéndome un santuario. Cuando me haya ido, me habré ido, y seré feliz sabiendo que estás con Ezra y que una vez al año, en Acción de Gracias, alzáis vuestras copas para brindar por mí. —Evelina fue incapaz de hablar porque la emoción le formaba un nudo en la garganta—. Imagino que los chicos se sorprenderán. Así que te sugiero que escribas tu historia para que la lean y la asimilen. Así lo entenderán. Tienen que saber cómo os conocisteis, el calvario que vivisteis, que Ezra apareció de repente después de que lo hubieras dado por muerto. Es una historia increíble de por sí, pero es tu historia y deben conocerla.

—Has pensado mucho en eso.

—He tenido mucho tiempo. —Sonrió y no había tristeza en su sonrisa. Era la sonrisa de un hombre que había hecho las paces con su destino—. Quiero irme sabiendo que no hay cabos sueltos.

—No hay cabos sueltos, Franklin. Has pensado en todo.

—Ven, deja que te bese. —Evelina le dio un beso en la frente. Los labios de Franklin estaban extrañamente fríos contra su piel—. Léeme, ¿quieres?

Evelina abrió el libro y empezó a leer.

—«El 24 de febrero de 1815, el vigía de Notre Dame de la Garde dio la señal al avistar los tres mástiles del Faraón, un bergantín procedente de Esmirna, Trieste y Nápoles…».

Cuando Franklin falleció, su familia estaba junto a su cama; Aldo, Dan, Ava María y Evelina, por supuesto, que le sujetó la mano a su hija mientras lloraban en silencio. Se marchó de forma serena. Franklin no opuso resistencia. Simplemente cerró los ojos y se fue. Evelina encendió una vela y rezaron.

—¿Dónde está ahora? —preguntó Ava María.

—En un lugar agradable —respondió Evelina—. Franklin se merece lo mejor.

—Espero que el cielo exista de verdad —añadió Ava María—. Espero que abra los ojos y se encuentre en campos de amapolas y ranúnculos.

Dan se rio entre lágrimas.

—Creo que papá preferiría estar en los grandes salones celestiales del aprendizaje.

—¿Crees que eso existe? —preguntó Ava María.

—Pues claro —respondió Dan—. Creo que el cielo es como la tierra, pero sin todo lo malo, como la basura y Halloween.

Aldo, que había permanecido sumido en sus pensamientos, rio.

—¿Halloween?

—Odio Halloween —dijo Dan, arrugando la nariz—. Está sobrevalorado. Papá también odiaba Halloween. ¿Os acordáis de que nos hacía apagar las luces y fingir que no estábamos en casa para evitar que todos los niños llamaran a la puerta?

Evelina sonrió.

—Lo recuerdo. Pero a vosotros os encantaba disfrazaros y salir.

—Solo porque tú nos obligabas —repuso Dan—. Yo pensaba igual que papá.

—Así que ni basura ni Halloween —dijo Ava María con un suspiro—. Solo grandes salas celestiales de aprendizaje y un telescopio para que pueda cuidarnos aquí abajo.

—Y él nos cuidará —dijo Evelina, sintiendo la familiar mano del dolor apretándola con fuerza por dentro—. Porque nos quería mucho.

━━━━⁓⁓⁓━━━━

Topino volvió en cuanto supo la noticia. Evelina le hizo pasar al vestíbulo. Él no se quitó el abrigo ni el sombrero, sino que la estrechó entre sus brazos y la abrazó con fuerza. Ninguno de los dos habló. No era necesario. Topino sabía cuánto sufría el corazón de Evelina y Evelina sabía que Topino compartía ese dolor, porque eran parte el uno del otro.

Aldo, Dan y Ava María estaban en la sala de estar bebiendo algo caliente y con un buen fuego encendido, sin saber muy bien qué hacer. El ambiente estaba cargado de tristeza y de una extraña incomodidad, porque cada uno tenía su propia manera de llevar el duelo y no eran necesariamente compatibles. Cuando Topino entró, Ava María rompió a llorar de nuevo. Topino hizo lo que mejor sabía hacer; se sentó junto a ella en el sofá, la rodeó con el brazo para que pudiera apoyar la cabeza en su hombro y escuchó mientras le contaba todas las cosas que echaría de menos de su padre y después todas las cosas por las que le estaba agradecida. La incomodidad se disipó en el calor de la compasión de Topino e incluso los chicos empezaron a compartir sus recuerdos y a soltar alguna que otra carcajada.

Los jóvenes se ofrecieron a pasar la noche para que su madre no estuviera sola, pero Evelina les dijo que estaba bien, que no tendría miedo, y se marcharon después de cenar, dejando a Evelina y a Topino en el salón.

Topino se puso el abrigo y el sombrero y tomó las manos de Evelina entre las suyas. La miró de forma penetrante, con sus ojos grises embargados de emoción.

—Yo tampoco quiero dejarte sola, pero no estaría bien que me quedara —dijo.

Evelina lo rodeó con los brazos y le apretó la cara contra el cuello.

—Amaba a Franklin, Ezra. Lo quería mucho. Dame tiempo para llorarlo y luego iré a por ti.

Topino cerró los ojos y la abrazó un rato más.

—Siempre estaré aquí, esperándote, Eva —le dijo.

El funeral de Franklin fue multitudinario. Varios de sus antiguos alumnos y colegas de Columbia y Skidmore acudieron a presentar sus respetos, así como amigos y familiares, que eran numerosos. El sol brillaba entre los árboles, tornando las hojas amarillas que quedaban en doradas, y una solitaria nube surcaba el cielo con lentitud, como un gran barco que llevaría el alma de Franklin al cielo.

Topino, Taddeo y Madolina se sentaron delante en la iglesia. Topino llevaba el mismo abrigo viejo de siempre y un sombrero de fieltro bien calado. Taddeo vestía de color porque no era partidario de vestir de negro en los funerales; ¿por qué hacer que un día triste lo fuera aún más vistiéndose como la Parca?, argumentaba. Madolina vestía de negro, pero había elegido un sombrero adornado con plumas de un morado intenso para complacer a Taddeo. Al fin y al cabo, era más importante complacer a los vivos que a los muertos.

—Debería ser yo —dijo, sacudiendo la cabeza por lo injusto que era aquello.

—¿Se te ha pasado por la cabeza que Dios podría no quererte? —dijo Topino con una sonrisa.

—Hasta ahora, no —replicó Madolina con un resoplido.

Taddeo rio entre dientes.

—Topino tiene razón, Madolina. El cielo aún no está listo para ti.

—Dios tampoco me quiso a mí —añadió Topino—. ¡Menos mal!

—Y ahora, ¿qué? —preguntó Madolina, mirando a Topino con picardía.

—Damos gracias por una vida inestimable.

—No, me refiero a Evelina y a ti. ¿Qué pasa? —Esbozó una sonrisa, suponiendo que él no iba a responder a esa pregunta—. Lo sospeché hace tiempo y luego lo supe con certeza porque Taddeo me lo contó. Cuando murió Peppino, Taddeo y yo podríamos habernos ido a vivir juntos, pero ya había pasado el momento y yo era demasiado mayor...

—Tonterías —interrumpió Taddeo—. ¡Demasiado vieja! ¡Y un cuerno!

Madolina lo ignoró.

—El momento no ha pasado para Evelina y para ti —continuó—. De hecho, yo diría que vuestro momento acaba de empezar. —Le dio una palmadita en la rodilla—. No te preocupes, no tienes que contestarme. Lo averiguaré a su debido tiempo. Solo te diré que no malgastes el tiempo. Estoy segura de que Franklin también lo sabía, y si no lo sabía, ya no le importará. No me cabe duda de que uno adquiere cierta perspectiva después de la muerte. Evelina y tú estáis hechos el uno para el otro.

—Franklin todavía está caliente —dijo Topino en voz baja.

—Pues dale una semana o dos. A vuestra edad no se puede perder el tiempo. Cada segundo es precioso. No hace falta que te lo diga.

Evelina se sentó ante el escritorio de Franklin. Pasó los dedos por encima de sus cosas; su papel secante de cuero manchado de tinta; su pluma estilográfica Montblanc negra y su bandeja archivadora vacía que antaño estaba llena de documentos, facturas y cartas, y sintió su presencia como si aún estuviera allí, mirando por encima de su hombro. Paseó sus ojos cansados por la estantería y su mirada se detuvo en las fotografías enmarcadas en plata expuestas entre los libros. Celebraban un largo capítulo de la vida familiar, pero ahora Franklin ya no estaba y ese capítulo había llegado a su fin, como acababa pasando con todos los capítulos. Con cada final brotaba un nuevo comienzo. Evelina había sobrevivido a muchos nuevos comienzos en su vida; ese era solo uno más. Sin embargo, su corazón se estremecía de dolor, pues a pesar de la experiencia, el corazón no aprendería nunca a soportar el dolor de la pena o a superarlo, solo aprendería qué esperar.

Evelina puso un bloc de papel rayado en el secante que tenía delante y sacó un bolígrafo azul del portalápices de Franklin. Bajó el boli, pero la nívea página en blanco resultaba intimidante. No sabía por dónde empezar. Nunca había escrito nada parecido. Pensó en Franklin y exhaló un suspiro de frustración; él sabría bien qué hacer. Franklin tenía una facilidad con las palabras que a Evelina le parecía mágica. Ella carecía de ese talento. Deseó que él estuviera ahí para aconsejarla. «¿Cómo empiezo?», se preguntó, enviándole sus pensamientos a él, dondequiera que estuviera. Cerró los ojos e inspiró despacio. En ese espacio oyó la voz de Franklin. Era tan clara como si él le estuviera hablando directamente y le metiera las palabras en la cabeza: «Cuenta tu historia desde el principio», dijo.

Y así lo hizo:

Norte de Italia, julio de 1934
Villa L'Ambrosiana

Evelina inspiró hondo. El olor a romero llenó sus fosas nasales. Le encantaba aquel arbusto de agujas de hoja perenne y flores púrpuras que crecía en todos los rincones de la villa. La finca rebosaba de flores; había enormes macetas de terracota con buganvillas, montones de tomillo, abundantes adelfas y jazmines, que cubrían las paredes de piedra caliza de la villa y liberaban su dulce fragancia en las habitaciones. Y, sin embargo, el olor que definía el lugar era el romero. Era un aroma amaderado, aromático y sensual. Para Evelina, de diecisiete años, era el olor del hogar.

Era un cálido día de marzo. Evelina había invitado a su familia y a Topino a comer el domingo. El aroma de la primavera impregnaba el aire, los manzanos empezaban a florecer y los fosforescentes brotes verdes surgían de la tierra y se asomaban tímidamente a la luz. Evelina había preparado un delicioso festín. Se sentaron alrededor de la mesa. Madolina se quejó del jaleo. Taddeo le rellenó la copa de vino y le dijo que adormeciera sus sentidos porque era la única manera de hacer frente a una familia que nunca iba a hablar en voz baja. Ava María anunció a bombo y platillo que esperaba su primer hijo. Jonathan se sonrojó de orgullo. Dan le había pedido matrimonio a Lucille y estaban tomados de la mano por debajo de la mesa. Aldo, que estaba sentado en la silla de su padre, levantó la copa y pronunció un discurso como solía hacer Franklin, y Lisa miró a sus hijos, que escuchaban a su padre con el rostro radiante de admiración. Evelina miró a Topino y sonrió. Topino le devolvió la sonrisa, una sonrisa tierna y llena de nostalgia.

Al final de la comida, Evelina fue al estudio, recogió tres paquetes envueltos en papel de estraza y atados con un cordel y los llevó a la mesa.

—¿Qué es eso? —preguntó Ava María, entrecerrando sus brillantes ojos, pues percibía algo inusual en el comportamiento de su madre, aunque sin saber qué era.

—Es para vosotros —respondió Evelina. Le dio uno a Ava María y les pasó los otros dos a sus hijos.

Madolina frunció el ceño. Ni siquiera ella, con su aguda capacidad de observación, pudo averiguar qué contenían los paquetes. Ava María fue la primera en desenvolver el suyo, rasgando el papel con impaciencia. Sacó el manuscrito y se quedó boquiabierta. *Del tiempo, los tomates y el amor*, de Evelina Pierangelini.

—¿Has escrito un libro? —exclamó.

—He escrito mis memorias —repuso Evelina—. Para los tres.

—¡Vaya! —dijo Dan—. No sabía que querías ser escritora.

—No quiero —respondió Evelina.

—No lo entiendo —dijo Aldo. Sabía que se trataba de algo más que los recuerdos de su madre sobre su infancia.

Evelina sujetó la mano de Topino. Le dio un apretón tranquilizador.

—Tu padre me sugirió que lo escribiera después de darme su bendición para empezar un nuevo capítulo de mi vida con Ezra.

—¿Ezra? —preguntó Dan, mirando a Topino y luego a su madre, confuso.

—Ezra —repitió Ava María con lentitud, posando en él su mirada y comprendiendo de repente.

—Ezra y yo nos vamos a Italia. Mientras estemos fuera, quiero que leáis mis memorias. Así lo entenderéis.

—¡Ya era hora! —dijo Madolina con una sonrisa—. ¿Vais a Vercellino?

Aldo, Dan y Ava María miraron perplejos a su madre y a Topino.

—Cuando dices que os vais juntos a Italia, ¿quieres decir como pareja? —preguntó Aldo.

Se hizo un silencio incómodo en la mesa. Lisa miró a Aldo con preocupación. Lucille y Jonathan no dijeron nada. Las lágrimas anegaban los ojos de Ava María. Por un momento, Evelina temió que su hija la regañara por insensible. Pero, para su sorpresa, apretó el manuscrito contra su pecho.

—Si papá te dio su bendición, ¿quiénes somos nosotros para negarte la nuestra? Solo hay un hombre al que quiera tanto como para ocupar el lugar de mi padre al lado de mi madre, y ese eres tú, Topino. Puede que seas Ezra para mamá, pero para mí siempre serás el tío Topino.

Los chicos parecían menos emocionados. Su padre no llevaba ni un año muerto y su madre se marchaba a Italia con su mejor amigo. Cuando llegó la hora de partir, Evelina los abrazó con fuerza, esperando que acabaran comprendiendo y aceptando su decisión.

—Leed la historia —les pidió—. Es más complicado de lo que os imagináis.

Madolina se despidió de su sobrina con un beso.

—Disfrutad de Italia —dijo, dándole una palmadita en el hombro—. Y no interrumpáis vuestra luna de miel por nada. Ni siquiera por mi funeral. ¿Entendido? Habéis esperado esto más de cuarenta años.

Ezra y Evelina se sentaron fuera, en el columpio. El sol se ocultaba despacio, incendiando el cielo.

—¿Qué ves ahí? —preguntó él.

—Veo una naranja ardiente —respondió Evelina.

—Yo veo un helado derritiéndose.

Evelina se rio.

—¡Cómo no ibas a ver helado! —dijo.

—¿Tú no?

—No, veo una naranja ardiente. —Se volvió hacia él—. ¿Cómo crees que habrá ido?

—No podría haber ido mejor.

—No, en serio. Creo que los chicos se quedaron impactados.

—Tal vez. Es comprensible. Ya no soy tan guapo como antes.

—Ay, Ezra. Para mí sigues siendo guapo.

—Y eso es lo que importa. —Deslizó la mano hasta su nuca, por debajo del pelo, y la besó en los labios.

Evelina sintió la vieja y familiar excitación, como si sus nervios despertaran de un largo sueño. Fue un beso profundo y tierno, que fue haciéndose más apasionado a medida que se redescubrían de nuevo. Los años fueron desapareciendo poco a poco y Evelina volvió a sentirse joven. Joven y enamorada, capaz por fin de ver un futuro en el que Ezra y ella podían estar juntos.

Villa L'Ambrosiana, 1982

A Evelina se le nublaron los ojos cuando Villa L'Ambrosiana apareció al final de la avenida de cipreses. No había cambiado en todos los años que había estado ausente. Seguía teniendo ese aire de abandono, de serena vigilancia, de permanencia. En el patio, el estanque ornamental brillaba al sol y la fuente de Venus seguía seca. Las estatuas de mármol de hombres desnudos en *contrapposto* permanecían en sus pedestales como siempre, con los miembros salpicados de musgo y de líquenes, contemplando sin ver las macetas de buganvillas moradas y los setos de tejo recortados en bolas desiguales. A Evelina le dio un vuelco el corazón y apretó cada vez más fuerte la mano de Ezra. Allí, en la escalinata para recibirla, estaba su madre con un gran sombrero para el sol, el pelo gris cayéndole de forma desordenada y descuidada sobre los hombros y una gran sonrisa en su apuesto rostro. También estaban Benedetta y Gianni, sus hijos, yernos y nueras, y sus nietos y sus perros. A Evelina se le hizo un nudo en la garganta y empezó a reír entre lágrimas. El tiempo se detuvo en Villa L'Ambrosiana como siempre lo haría, pues solo las generaciones pasaban por ella como el cambio de las estaciones, una tras otra. Aquellos muros permanecían como testigos de la brevedad y fragilidad de la vida y quizá también de su aparente falta de propósito, pues ¿qué sabían los muros del corazón humano?

Evelina bajó del taxi y corrió a abrazar a su madre y a su hermana. No se fijó en las arrugas que el tiempo y la tragedia habían grabado en sus rostros, pero sí en las lágrimas, porque eran lágrimas de alegría. Evelina ya solo veía la luz, porque las sombras del pasado habían quedado atrás; Ezra y ella habían vuelto por fin a casa.

Ezra miró a Gianni. La guerra civil parecía ya cosa de otra vida. Ambos habían tomado caminos diferentes y, sin embargo, ahí estaban, en la misma parada, al final de un largo viaje. Los dos hombres se abrazaron y en su abrazo había una energía que trascendía las palabras, pues ¿cómo podrían comunicar con sílabas las emociones que surgían en sus corazones? Permanecieron así largo rato. En Italia no se consideraba poco masculino que los hombres llorasen.

Ezra y Evelina estaban ante el altar de la pequeña capilla donde habían hecho el amor por primera vez. Evelina no pensó en la muerte de Bruno ni en la detención de Ezra. Solo era consciente de la luz del sol que entraba por los grandes ventanales y caía sobre las hojas crujientes y el suelo de piedra en rayos dorados. Ezra le enmarcó el rostro con las manos y le pasó los pulgares por las mejillas, mirándola a los ojos con ternura.

—Evelina Pierangelini, ¿aceptarías como esposo a un simple judío, hijo de un comerciante de telas y una costurera? Te prometo que, con lo poco que tengo, te amaré, te valoraré y no permitiré que nada vuelva a interponerse jamás entre nosotros. El río de la vida que nos separó una vez nos ha devuelto al lugar donde empezamos y juro honrar este momento como el regalo que es. Te amo con todo mi corazón, como siempre te he amado.

Evelina asintió porque no podía hablar. Contempló el rostro al que se había aferrado incluso cuando su cabeza le decía que lo olvidara y sintió que su pecho se henchía de gratitud por tener una segunda oportunidad, por el nuevo capítulo que empezaba, por un amor que había sobrevivido a las mayores adversidades y por Franklin, por regalarle este momento para disfrutarlo sin remordimientos.

Ezra se inclinó y la besó, y con ese beso los años se desvanecieron y volvieron a ser jóvenes, adentrándose en un futuro que les pertenecía.

Agradecimientos

Hace muchos años, en una cena en Londres, me senté junto al padre del anfitrión, un hombre encantador y carismático llamado Jonas Prince. Fue muy divertido y charlamos durante toda la cena. Cuando le dije que era escritora, me contó una historia increíble; la de su madre. Después de oírla, y tan conmovida que estaba a punto de llorar, le dije que daría cualquier cosa por escribirla. Esa historia me acompañó y, a lo largo de los años, he pensado a menudo en convertirla en una novela. Sin embargo, la madre de Jonas era polaca. Nunca he estado en Polonia y no sé nada de su cultura. Además, estuvo encarcelada en Auschwitz durante la guerra, algo sobre lo que jamás me atrevería a escribir porque no soy judía (me convertí al judaísmo en 1988, pero no nací judía). Sin embargo, el giro de la historia era tan poderoso que supe que tenía que encontrar la manera de hacer que funcionara. El año pasado se me ocurrió una idea. Me inspiré en un viejo libro universitario que estaba juntando polvo en la estantería, *El jardín de los Finzi-Continis*, de Giorgio Bassani. Decidí ambientar mi novela en el norte de Italia, en lugar de hacerlo en Polonia, y que mi heroína fuera italiana y el joven del que se enamorara, un judío italiano. De ese modo no escribiría la historia de la madre de Jonas, sino que envolvería mi propia historia en torno al pequeño pero crucial giro que tan cautivador me había parecido.

Este libro nunca se habría escrito de no haber sido por aquel encuentro fortuito con Jonas. Por lo tanto, le estoy enormemente agradecida. No voy a estropear la historia revelando el giro, pero lo sabrás cuando llegues a él, y ese es el pequeño retazo de verdad del libro que mi imaginación jamás podría haber inventado. Gracias,

Jonas, por tu amabilidad al compartir conmigo la historia de tu madre y espero que algún día volvamos a vernos.

Me gusta inventarme ciudades y pueblos para hacerlos míos. Recibo cartas de lectores que me preguntan en qué lugar exacto de la costa de Amalfi se encuentra Incantellaria o dónde está Ballinakelly, en el condado de Cork, porque les gustaría visitarlos. Y tengo que contestarles y decirles la decepcionante verdad, que pueden acercarse mucho, pero que nunca los encontrarán. Y Vercellino también es inventado. Existe un pueblo llamado Vercelli, en Piamonte, que inspiró Vercellino, pero no es que yo lo haya escrito mal. Si quieres visitar Vercellino, ¡Vercelli es lo más cerca que estarás!

Me gustaría aprovechar esta oportunidad para dar las gracias a las personas que enriquecen mi vida. Escribir es una ocupación solitaria, así que tomarme una taza del café más delicioso de Londres en Rino's, en el número 40 de Kensington Church Street, hace que salga de casa, y esa breve charla matutina con el propietario, Rino Eramo, y su vivaz esposa Morgana, mientras estoy sentada en la mesita redonda bajo el sol, es uno de los mejores momentos de mi día. Dos veces a la semana entreno con Carl van Heerden en Core Collective, en Kensington. Es brutal, pero brillante, y si no fuera por él me pasaría el día sentada en mi mesa comiendo galletas; ¡me salva de mí misma y le estoy muy agradecida por ello! El encantador Artan Mesekrani dirige la Ivy Kensington Brasserie, que es el mejor restaurante local y mi lugar de reunión favorito. Tiene un gran equipo y siempre me hacen sentir como en casa. Los fines de semana vamos a The Yard Café, cerca de Alresford. El café Moon Roast es delicioso y Ted «Longshot» Longden sabe muy bien cómo me gusta. ¡La tarta también es una locura!

Doy las gracias a mis padres, Charles y Patty Palmer-Tomkinson, a mi hermano James, a mi cuñada Sos y a sus cuatro encantadores hijos, Honor, India, Wilf y Sam, y a mi tía Naomi. Cuanto más mayor me hago, más cuenta me doy de lo importante que es la familia. ¡Lo es todo!

Me gustaría dar las gracias a mi maravillosa amiga y agente, Sheila Crowley, de Curtis Brown, y al dinámico equipo que trabaja con ella; Luke Speed, Anna Weguelin, Emily Harris, Sabhbh Curran, Katie McGowan, Grace Robinson, Alice Lutyens y Sophia MacAskill. Muchas gracias a mi experta editora, Suzanne Baboneau, y a mi jefe, Ian Chapman, y a su brillante equipo de Simon & Schuster UK: Sara-Jade Virtue, Richard Vlietstra, Gill Richardson, Dominic Brendon, Polly Osborn, Sabah Khan, Matt Johnson, Sian Wilson, Louise Davies y Francesca Sironi. Simon & Schuster Canadá ha trabajado mucho y con gran entusiasmo para que mis novelas tengan éxito allí, así que también quiero darles las gracias; Nita Pronovost, para quien ningún detalle es demasiado pequeño, y sus fabulosos colegas Kevin Hanson, Greg Tilney, Mackenzie Croft, Shara Alexa y Jillian Levick.

Los libros rara vez alcanzan el éxito por sí solos. En mi caso, se trata de una delicada alquimia en la que muchos ingredientes (el trabajo, el agente, el editor, los equipos de ventas, el creativo de marketing y de publicidad, y los minoristas) se unen en armonía para crear algo especial. Yo no podría prescindir de ninguno de esos ingredientes y les estoy verdaderamente agradecida a todos ellos por su duro trabajo y su entusiasmo. De hecho, Ralph Waldo Emerson dijo que nada grande se logra sin entusiasmo; ¡esas personas apasionadas son el viento que impulsa mis alas! También quiero dar las gracias a mis lectores, ¡porque sin ellos no tendría trabajo! Después de viajar por todo el mundo y conocer a muchos de ellos, creo que tengo los mejores lectores del mundo.

Gracias a mi marido Sebag, a nuestra hija Lilochka y a nuestro hijo Sasha, por su paciencia, su risa y su amor. Me inspiran cada día y me recuerdan constantemente lo que más me gusta de mi vida.

¿TE GUSTÓ ESTE LIBRO?

escríbenos y
cuéntanos tu opinión en

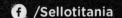 /Sellotitania    /@Titania_ed

/titania.ed

#SíSoyRomántica